Jürgen Seibold
Kinder

PIPER

Zu diesem Buch

Annette und Rainer Pietsch sind beide Mitte Vierzig. Gemeinsam mit ihren drei Kindern – Sarah (14), Michael (12) und Lukas (11) – leben sie ein relativ beschauliches Leben in einer Stadt im Großraum Stuttgart. Als nach den Sommerferien ein neues Schuljahr beginnt, richtet sich die Familie wieder im Alltag ein. Nach einigen Wochen allerdings beginnen sich die Kinder zu verändern. Sarah wird immer abweisender den Eltern gegenüber, was diese der Pubertät zuschreiben. Aber auch Michael und Lukas entwickeln bisher unbekannte Verhaltensweisen und der Familienfriede wird mehr und mehr von Sticheleien, Streitigkeiten und einem zunehmend aggressiven Auftreten der Kinder erschüttert. Allmählich entsteht der Verdacht, die Veränderungen könnten etwas mit der Arbeit der beiden neuen Lehrer Rosemarie und Franz Moeller zu tun haben. Während des ersten Elternabends wird vereinzelt Kritik an den unkonventionellen Methoden der beiden Lehrer laut. Dann häufen sich Berichte über Mobbing und mysteriöse Zwischenfälle, bei denen Schüler sogar verletzt werden. Einer von ihnen tödlich ...
Die Homepage zum Thriller mit Infos, Terminen, Hintergründen: www.paedaea.de

Jürgen Seibold, 1960 geboren, lebt mit seiner Familie in der Nähe von Stuttgart. Er ist gelernter Journalist und arbeitet als Schriftsteller. Unter anderem ist er der Autor einer erfolgreichen Regionalkrimireihe.

Jürgen Seibold

KINDER

Psychothriller

Piper München Zürich

Mehr über unsere Autoren und Bücher:
www.piper.de

MIX
Papier aus verantwor-
tungsvollen Quellen
FSC® C083411

Originalausgabe
März 2012
© Seibold Medien
© 2012 Piper Verlag GmbH, München
Umschlagkonzept: semper smile, München
Umschlaggestaltung und -motiv:
Hauptmann & Kompanie Werbeagentur, Zürich
Satz: Kösel, Krugzell
Gesetzt aus der Quadraat
Papier: Munken Print von Arctic Paper Munkedals AB, Schweden
Druck und Bindung: CPI – Clausen & Bosse, Leck
Printed in Germany   ISBN 978-3-492-27307-7

Er klappte das Buch zu und legte es beiseite. Dann nahm er seine Lesebrille ab, massierte sich die Nasenwurzel und sah aus dem Fenster. Tief drunten, am Fuß des Hügels, breitete sich nach allen Seiten dichter Wald aus, zog sich die Hänge gegenüber hinauf und bedeckte beinahe die ganze Landschaft, die Muhr von seinem Schreibtisch aus übersehen konnte.

Der Mond stand als fahle Scheibe am Himmel, Wolkenfetzen zogen vorbei, vom starken Wind geschoben und verzerrt. Die Nacht war lau, aber der durch die Ritzen der Erkerfenster dringende Wind wirkte kühl.

Muhr goss sich ein wenig Wein nach, nahm einen Schluck und sah wieder hinaus. Er liebte die Vulkaneifel, liebte den Blick von hier oben auf diese manchmal wie verwunschen daliegende Landschaft, liebte die Ruhe, die diese Wälder und Hügel und Überreste uralter Krater ausstrahlten. Irgendwie schien ihm diese Gegend aus der Zeit gefallen, und mit ihr das Internat, das oben auf dem Cäcilienberg in einem ehemaligen Kloster untergebracht war.

Er konnte sich noch gut daran erinnern, wie er das erste Mal durch das steinerne Tor hindurch den Innenhof betreten hatte. Die Abgeschiedenheit, der tiefe Frieden, der von dem alten Gemäuer ausging, hatten ihn so sehr beeindruckt, dass er die Stelle als Mathematiklehrer sofort angenommen – und alle anderen Vorstellungstermine abgesagt hatte.

Er hatte seine Entscheidung nie bereut. Über die Jahrzehnte war aus dem engagierten Junglehrer Robert Muhr der Rektor des Internats geworden, und noch immer war er gefangen von der besonderen Atmosphäre »seiner« Schule.

Ein leises Knacken hinter ihm schreckte ihn auf. Muhr drehte sich in seinem Schreibtischstuhl um, aber nichts Ungewöhnliches war zu sehen. Er lauschte. Nichts. Es war inzwischen so spät in der Nacht, dass wohl auch die letzten Schüler und Lehrer in den Schlaf gefunden hatten.

Muhr wandte sich wieder dem Fenster zu und trank noch einen Schluck. Er ärgerte sich, dass ihn inzwischen selbst ein leises Geräusch, wie es für das alte Gebäude doch so typisch war, beunruhigte. Wut kam in ihm auf, wieder einmal, weil die Ereignisse der vergangenen Monate ihm viel von der Ruhe und dem Frieden geraubt hatten, die er an seinem Leben auf dem Cäcilienberg so sehr schätzte.

Die Polizei hatte lange ermittelt, um die tragischen Vorfälle rund um das Internat aufzudecken. Aber sie hatten keine Beweise gefunden, keine ausreichenden Indizien – und er selbst hatte geschwiegen. Er wollte dem Ruf der Schule nicht schaden, gerade in einer Zeit, in der überall in den Internaten Skandale aufgedeckt oder zumindest gesucht wurden.

Muhr lachte bitter auf. Mit sexuellen Übergriffen hatten die Ereignisse auf dem Cäcilienberg freilich wirklich nichts zu tun. Aber er wusste inzwischen, dass das längst nicht die einzige schlimme Möglichkeit war.

Seine Gedanken rasten, und in schneller Abfolge tauchten die Bilder der Opfer vor ihm auf, die scheinheiligen Erklärungen der Verdächtigen, die zynischen Geständnisse unter vier Augen. Und wieder bohrte sich das Gefühl der Ohnmacht in seinen Magen, das er seit Wochen so gut kannte.

Natürlich hatte er die beiden sofort entlassen, und sie hatten verabredet, dass beide Seiten zum Wohl der Schule über alles schweigen würden. Ihm hätte ohnehin niemand geglaubt, dazu war alles viel zu geschickt eingefädelt. Von seinen Gegnern viel zu raffiniert mit scheinbar wasserdichten Alibis und schlüssigen Argumenten verwoben.

Die beiden würden den Cäcilienberg in wenigen Tagen verlassen, und niemand würde je wieder ein Wort über die Ereignisse verlieren.

Er aber würde mit seinem Wissen leben müssen. Und mit daran Schuld haben, dass alles ungesühnt blieb. Und nur er würde es wissen. Nur er, und niemand konnte ihm diese Last abnehmen. Niemandem konnte er sich anvertrauen. Von niemandem konnte er Trost erwarten. Nie.

Letztlich würde ihn das seine Freude kosten, mit der er noch bis vor wenigen Monaten, wenigen Wochen sein Leben als Leiter dieser Schule genossen hatte. Die Ruhe, der Frieden wären für ihn verloren. Für immer. Muhr knetete seine Finger, räusperte sich, sah zunehmend verzweifelt auf die nächtliche Eifel hinaus.

»Nein!«, knurrte er schließlich mit rauer Stimme und setzte sich aufrecht hin. »Nein!«

Mit zitternden Händen wühlte er in den Unterlagen auf seinem Schreibtisch, kramte eine abgegriffene Visitenkarte hervor und griff nach dem Telefon. Wie oft schon hatte er diese Karte in der Hand gehalten, hatte mit sich gerungen und sie schließlich doch wieder zur Seite gelegt.

Er wählte die Privatnummer, die in krakeliger Schrift auf der Rückseite stand. Das Tuten an seinem Ohr wirkte unnatürlich laut in der nächtlichen Stille. Kurz spürte Muhr ein schlechtes Gewissen.

»Sie können mich anrufen, zu jeder Zeit«, hatte Kommissar Mertes gesagt, als er die Ermittlungen in der Schule ergebnislos abschloss. Das hatte Mertes nun davon. Und Muhr war sich nicht sicher, ob er am nächsten Tag noch einmal den Mut für diesen Anruf haben würde.

Am anderen Ende der Leitung klingelte es zweimal, dreimal. In Muhr stieg die Angst auf, der Kommissar könnte gerade jetzt nicht erreichbar sein. Er begann in Gedanken eine kurze Erklärung zu formulieren, die er notfalls auf dem Anrufbeantworter hinterlassen konnte. Es klingelte ein viertes und ein fünftes Mal.

Kein Anrufbeantworter sprang an.

Nach dem sechsten Klingeln ließ Muhrs Entschlossenheit ein wenig nach, nach dem siebten griff er mit der freien rechten Hand noch einmal nach seinem Weinglas.

Nach dem achten Klingeln wurde abgehoben. Aber das hörte Muhr schon nicht mehr. Hinter ihn war eine dunkle Gestalt getreten und hatte ihm mit einer schnellen Bewegung einen dünnen Draht um den Hals geschlungen. Überrascht spürte Muhr den heftigen Druck, die Atemnot, den schneidenden Schmerz an seinem Hals. Dann nichts mehr.

»Hallo?«, rief Kommissar Mertes am anderen Ende der Leitung in den Hörer. »Hallo? Wer ist denn da?«

Ein scharrendes Geräusch war zu hören, ein gedämpftes Ächzen, ein Klirren wie von einem zu Boden gefallenen Glas. Dann wurde aufgelegt.

Kapitel eins

»Hi, Mami! Hi, Paps!«

Sarah sprang die Treppe ins Erdgeschoss herunter, immer zwei Stufen auf einmal, und ließ sich auf den letzten freien Stuhl am Esstisch fallen.

»Mami ... Paps ...« Rainer Pietsch sah zu seiner Frau Annette hinüber und verdrehte die Augen. Sie lächelte zurück und drückte seine Hand.

»Na, schlechtes Gewissen, Paps?«

»Ein schlechtes Gewissen? Wieso das denn?«

»Deswegen«, machte Sarah und nickte grinsend zu dem Blumenstrauß in der Mitte des Tisches hin.

»Tja, meine liebe Sarah, ich muss dir leider sagen: Nein, ich habe nichts ausgefressen. Blumen schenke ich deiner Mutter einfach, weil ich sie mag.«

»Na, wie nett!«

Sarah strich sich Nugatcreme aufs Brot, und Annette sah ihren Mann mit gespielter Strenge an.

»Mag ...?«

»Nein, nein«, beruhigte er sie sofort und deklamierte pathetisch: »Ich liebe dich, wie immer schon und jeden Tag ein bisschen mehr!«

»Bäh«, maulte Michael. »Hört bloß auf mit diesem Schmus. Das ist ja abartig, in eurem Alter!«

»Du bist ja bloß neidisch«, foppte ihn sein jüngerer Bruder Lukas, »weil du noch keine Freundin hast!«

»Freundin? Spinnst du? Was soll ich denn mit ... Mädchen?«

Er schüttelte sich und schaufelte sich einen Löffel Müsli in den Mund. Einige Minuten lang waren nur leises Schmatzen und das Radio im Hintergrund zu hören. Dann begann der Werbeblock.

»Oh, wir müssen«, sagte Rainer Pietsch und stand auf. »Daran könnte ich mich übrigens gewöhnen: morgens zusammen frühstücken, mit Blumen und perfekt arrangierter Wurstplatte.« Er gab seiner Frau einen Kuss.

»Du musst dir nur häufiger mal freinehmen – an der Wurstplatte soll es dann nicht scheitern.«

»Das wäre ja auch noch schöner«, lachte er, »wenn man schon mit einem Cateringprofi verheiratet ist!«

»Hallo?«, rief Annette Pietsch und knuffte ihren Mann lachend in die Seite.

Kurz darauf war er mit den drei Kindern im Auto unterwegs.

»Lässt du uns hier raus, Paps?«

»Hier schon?«

»Du weißt doch ...«

Rainer Pietsch fuhr rechts ran. »Ich weiß: Eltern sind peinlich.«

»Genau«, lachte Sarah und klopfte ihrem Vater auf die Schulter. »Jetzt hast du's verstanden.«

Sie hauchte ihm einen Kuss auf die Wange, huschte aus dem Wagen, und schon strebten sie und ihre beiden Brüder der Schule zu. Rainer Pietsch blieb sitzen und beobachtete durch die Windschutzscheibe des Familienvans, wie seine Kinder die Straße entlangschlenderten, erste Klassenkameraden begrüßten, die Jungs sich mit ihren Freunden abklatschten und Sarah überschwänglich ihre beste Freundin umarmte und abküsste.

Geburtstag, Silvester, der Beginn eines neuen Schuljahrs: Immer zu solchen Anlässen fiel Rainer Pietsch auf, dass seine Kinder schon wieder größer und älter geworden waren. Sarah war mit ihren vierzehn Jahren bereits eine junge Dame, auch der zwölfjährige Michael mochte nicht mehr als Kind gelten. Und der ein Jahr jüngere Lukas wollte in einem Augenblick ganz groß sein und dann wieder ganz klein – seine Eltern mussten sich gelegentlich ein Grinsen verkneifen, wenn ihr Jüngster wieder einmal zwischen einem Kinobesuch ohne Erwachsenenbegleitung und dem Kinderkanal hin und her schwankte.

Mensch, noch ein paar Jahre, dann sind die drei aus dem Haus, dachte Rainer Pietsch, und er war sich mit jedem Jahr weniger sicher, wie gut ihm das gefallen würde.

Lächelnd lehnte er sich zurück, wickelte ein Bonbon aus und sah noch ein paar Minuten zur Schule hinüber. Dann startete er den Motor, fädelte sich wieder in den Verkehr ein, der nun immer dichter wurde, und fuhr langsam auf die Schule zu.

Sarah stand inmitten eines Pulks von Mädchen unter der großen Ulme, Michael hatte sich zu zwei Jungs am Treppenaufgang gestellt. Lukas stand mit einigen Klassenkameraden am Rand des Schulhofs. Als er seinen Vater vorbeifahren sah, hob er die Hand in Hüfthöhe und winkte ihm möglichst unauffällig zu.

Rainer Pietsch nickte lächelnd und ließ kurz seinen Blick über den Schulhof schweifen. Es wimmelte überall von Schülern, die schwatzend, lachend oder auch einfach nur müde herumstanden, die sich an Mauern lehnten, sich gegenseitig übermütig schubsten oder verstohlen zu anderen Gruppen hinübersahen.

Etwas abseits standen zwei auffällige Gestalten: ein Mann

und eine Frau, beide groß, hager und trotz des angenehmen Spätsommermorgens in altmodisch wirkende, graue und fast bodenlange Mäntel gehüllt. Rektor Wehling ging auf die beiden zu und begrüßte sie, doch auch während des Gesprächs fixierten sie immer wieder einzelne Schülergruppen.

Wenn diese schrägen Figuren neue Lehrer sind, werden wir noch viel Spannendes zu hören bekommen, ging es Rainer Pietsch durch den Kopf, und er bog grinsend in die nächste Querstraße ein.

Ein kalter Blick vom Schulhof aus verfolgte ihn, bis er mit dem Van außer Sichtweite war.

»Und, wie war's?«

Rainer Pietsch gönnte sich noch einen Nachschlag und sah erwartungsvoll in die Runde. Zum Ende seines freien Tages hatte sich die ganze Familie wieder am Esstisch versammelt. Um eine große Schüssel Spaghetti und einen dampfenden Topf Hackfleischsoße herum sah er müde Gesichter.

»War okay«, brachte Michael zwischen zwei Bissen hervor. Sarah zuckte mit den Schultern und aß ungerührt weiter.

»Und du, Lukas? Hast du auch so viel zu erzählen wie die beiden?«

»Ich sitze neben Kevin«, sagte er und sah nicht sehr begeistert aus.

Mit Kevin Werkmann hatte er sich im Vorjahr immer wieder gekabbelt, und die beiden waren das ganze fünfte Schuljahr über nicht richtig warm miteinander geworden.

»Das ist Pech«, nickte Annette Pietsch, die den Ärger mit Kevin noch gut in Erinnerung hatte. Kevin galt mit Übergewicht, Brille und einem Hang zum Stottern in seiner Klasse nicht gerade als besonders cool – und entsprechend ruppig wurde er, wenn er jemanden fand, dem er sich überlegen fühlte. Im vergangenen Jahr hatte es immer wieder den schmächtigen und etwas schüchternen Lukas getroffen.

»Halb so schlimm«, brummte Lukas schließlich. »Wir werden uns schon aneinander gewöhnen, heute ging's eigentlich ganz gut. Und Frau Moeller meinte auch, dass wir die Sitzordnung nach den Herbstferien noch ein bisschen verändern können.«

»Frau Moeller?«

»Ja, unsere Klassenlehrerin. Die ist neu an der Schule und hat unsere Klasse übernommen.«

Die bisherige Klassenlehrerin war ein paar Wochen vor den Sommerferien in Mutterschutz gegangen.

»Und wie ist sie so, diese Frau Moeller?«

»Na, geht so. Streng, etwas pingelig.«

»Vielleicht wird's ja etwas ruhiger in eurer Klasse.«

»Kann gut sein. Und einen Spitznamen hat sie auch schon.«

»Das ging aber fix. Welchen denn?«

»Vogelscheuche.«

»Ach«, lachte Rainer Pietsch. »Ich glaube, die habe ich heute früh schon gesehen.«

Alle am Tisch sahen ihn mit großen Augen an.

»Na ja, wenn sie Vogelscheuche genannt wird … Groß? Hager? Altmodischer Mantel? Irgendwie schräg?«

Lukas nickte jedesmal und grinste immer breiter.

»Die stand mit einem Mann, der ihr ziemlich ähnlich sah, auf dem Schulhof und wurde von eurem Rektor begrüßt.«

»Und ihr Mann ist jetzt unser Klassenlehrer«, schaltete sich Sarah ein. »Den habe ich in Mathe und Geschichte. Ein gruseliger Typ, irgendwie.«

»Gruselig?«, fragte ihre Mutter.

»Der ist so komisch angezogen. Dieser lange Mantel, und darunter hatte er heute eine grobe Kordhose an, ein kariertes Hemd und breite Hosenträger. Das geht ja wohl gar nicht, oder?«

»Ach, wenn euer Lehrer nur den einen Fehler hat, deinen modischen Vorstellungen nicht zu entsprechen – ich glaube, damit kann ich leben.«

Alle lachten, nur Sarah zog einen Schmollmund.

»Komm schon«, besänftigte sie Rainer Pietsch. »Ich seh für dich doch auch aus wie frisch aus der Kleidertonne gezogen, oder?«

Sarah grinste.

Am nächsten Tag kam Rainer Pietsch spät von der Arbeit nach Hause. Seine Frau hantierte geräuschvoll in der Küche, der würzige Duft machte ihm Appetit auf das Abendessen. Sarah und Michael saßen am Esstisch und waren offenbar noch mit den Hausaufgaben beschäftigt. Lukas lümmelte nebenan vor dem Fernseher.

»Na, so fleißig heute?«

»Hör bloß auf«, stöhnte Sarah. »Der Moeller spinnt. Der packt uns ein Pensum drauf, das sich gewaschen hat. Und dann immer noch ein paar Extras – ›damit man sich schneller kennenlernt‹, wie er meint. Ätzend.«

»Klingt ganz danach, als würde dieses Schuljahr nicht anders ablaufen als das vorige. Ätzend hast du auch damals schon alles gefunden.«

Fröhlich wandte sich Pietsch ab, ging in die Küche, lugte in einen der Töpfe und gab seiner Frau dann einen Begrüßungskuss.

»Na«, sagte sie und stupste ihn auf die Nase, »an der Reihenfolge müssen wir aber noch arbeiten.«

»Welche Reihenfolge?«

»Erst in den Topf schauen und mich dann erst küssen? So geht das nicht, mein Lieber!«

»Man muss eben Prioritäten setzen«, lachte er und wich dem Rührlöffel aus, den sie in seine Richtung schwang.

»Raus hier«, rief sie und versuchte trotz ihres Grinsens empört zu klingen. »Sonst kannst du dir heute Abend ein Brot schmieren.«

»Das kann ich nicht riskieren. Übrigens: sorry – ich wäre heute mit Kochen dran gewesen, stimmt's?«

»Stimmt.«

»Wir hatten noch ein Meeting. Unsere Chefs werden gerade etwas nervös, die Auftragslage könnte besser sein. Und wahrscheinlich wollen sie uns mit Konferenzen, die über den normalen Feierabend rausgehen, den Ernst der Lage deutlich machen, was weiß ich.«

»Dann kochst du eben morgen – heute hat es mir eh besser gepasst. Wir waren mit dem Catering schon recht früh fertig. Und Fischplatten waren auch nicht bestellt.«

Pietsch schnupperte an ihrer Schulter.

»Stimmt: Heute riechst du lecker.«

»Was heißt hier: heute? Mach lieber, dass du rauskommst, sonst ...«

Sie drohte ihm noch einmal lachend mit dem Rührlöffel, und Rainer Pietsch trat grinsend den Rückzug an. In der Tür zum Flur stieß er fast mit Michael zusammen, der dort stand und ein Blatt Papier und einen Stift in der Hand hielt.

»Was ist denn?«

»Ich muss dich was fragen. Ist für die Hausaufgaben.«

»Klar, kein Problem. Ich wollte eh gerade zu euch rüber.«

Sie setzten sich an den Esstisch, wo auch Sarah auf ihren Vater zu warten schien.

»Das wird aber jetzt keine Familienkonferenz, oder? Tut mir echt leid, dass ich heute so spät heimgekommen bin – ich hab's Mama auch schon gesagt.«

»Nein«, schüttelte Sarah den Kopf. »Wir wollen nur etwas von dir wissen, wegen dieses Fragebogens hier.« Sie hielt ein Blatt hoch, wie es auch Michael vor sich liegen hatte.

»Ein Fragebogen? Na, meinetwegen. Schießt mal los.«

»Das meiste wissen wir ja selbst: dein Job, Mamas Cateringservice, unser Haus, wann ihr geheiratet habt und so.«

»Wer will das denn alles wissen?«

»Der Moeller. Der will uns doch kennenlernen, das habe ich dir doch gerade vorhin gesagt.«

»Aha, und dazu braucht er den Fragebogen.«

»Genau.«

»Und Michael hat denselben? Hast du auch den Moeller als Lehrer?«

»Nein, seine Frau. Aber die ist genauso drauf.«

Rainer Pietsch schüttelte den Kopf. »Also, dann fragt mich mal.«

»Du hast Abitur gemacht, richtig?«

»Ja.«

»Und danach?«

»Äh ... das müsst ihr echt da reinschreiben? Wozu soll das gut sein?«

»Jetzt sag halt!«

»Bundeswehr, Ausbildung, Job. Jahreszahlen wirst du hoffentlich nicht auch noch brauchen.«

»Nein. Okay ... dann zu Mama: auch Abitur, und dann?«

»Hat BWL studiert, ihr Diplom gemacht und war dann im Controlling unserer Firma angestellt. Und vor deiner Geburt ist sie dann in Mutterschutz gegangen.«

»Und seit ein paar Jahren hat sie den Cateringservice.«
Rainer Pietsch nickte.

»Warum ist sie eigentlich nicht mehr in die alte Firma zurück?«

»Was hat das denn in diesem Fragebogen zu suchen?«

»Nein, nichts – das interessiert mich nur so.«

»Na ja, die hatten ihr eine kleine Abfindung angeboten, wenn sie auf ihren Anspruch auf eine Teilzeitstelle verzichtet. Und irgendwie hatte sie ohnehin keine Lust mehr auf den Bürojob.«

»Ah, gut«, meldete sich Michael zu Wort. »Das passt hier rein: Mama hat also Spaß an ihrem jetzigen Beruf, ja?«

Rainer Pietsch sah seinen Sohn verblüfft an.

»Äh ... ja. Und ich auch. Sollt ihr das da reinschreiben?«

»Ja.«

»Lass mal sehen«, sagte er und drehte das Blatt so, dass er es lesen konnte. »Ausbildung und Beruf der Eltern«, las er, »Familienstand, Wohnsituation.«

Das Blatt war von Michael dicht beschrieben und die Schrift sah auffallend ordentlich aus.

»Du hast dir ja richtig Mühe gegeben«, lobte er ihn.

»Na ja, die Moeller hat schon durchblicken lassen, dass wir uns anstrengen sollen. Sie will viele Infos, wir sollen genau arbeiten und lesbar schreiben – sonst müssen wir alles noch mal machen.«

»Tja, wenn das so gut anschlägt bei dir, ist dagegen nicht viel zu sagen«, grinste Rainer Pietsch.

Michael brummte missmutig und wollte das Blatt wieder zu sich herüberziehen.

»Nein, lass mal, ich bin noch nicht ganz durch.«

Michael hatte recht detailliert das Haus der Familie beschrieben, hatte auch erwähnt, wann sie von ihrer Eigentumswohnung ein paar Straßen weiter hierhergezogen waren.

Der unterste Fragenblock war noch nicht beantwortet. Unter der Überschrift »Gefühle« wurde hier unter anderem gefragt: »Lieben dich deine Eltern? Liebst du deine Eltern?«

Rainer Pietsch grinste.

»Das will ich unbedingt lesen, wenn ihr es ausgefüllt habt. Vielleicht kopier ich's mir auch.«

Dann fiel sein Blick auf die untere rechte Ecke des Blattes.

»Wieso steht da Seite 5 von 5? Habt ihr noch mehr ausfüllen müssen?«

»Ja«, sagte Sarah. »Eben noch die anderen vier Seiten – aber das haben wir schon in der Schule gemacht.«

»Aha, und worum ging's da?«

»Na ja, eigentlich so das Übliche: Ob wir Allergien haben, ob wir eine Klasse wiederholt haben, in welchen Fächern wir unsere Stärken und unsere Schwächen sehen, wer unsere besten Freundinnen und Freunde sind – so was halt.«

»Und damit seid ihr in der Schule nicht fertig geworden, deshalb müsst ihr den Rest zu Hause machen?«

»Nicht ganz. Die ersten vier Seiten sollten wir unbedingt in der Schule ausfüllen – diese Seiten hat der Moeller auch gleich eingesammelt.«

»Seine Frau auch«, fügte Michael hinzu.

»Manchmal bin ich ganz froh, dass ich nicht mehr zur Schule muss.«

»Darf ein Vater so was eigentlich sagen?«, grinste Sarah.

»Sollte er lieber nicht, was?«

»Doch, doch, Papa«, lachte Michael. »Das werde ich mir merken!«

Sarah und Michael beugten sich wieder über ihre Blätter und schrieben weiter.

»Sagt mal«, fiel Rainer Pietsch dann noch ein. »Sarah hat gesagt, es ging eigentlich um das Übliche – ging es denn sonst noch um irgendwas?«

Michael druckste herum.

»Ach, so Themen wie ...«, Sarah dachte kurz nach, »na: Ob ihr uns manchmal noch in den Arm nehmt und so. Ob ihr euch noch küsst. Ob ihr nackt aus der Dusche kommt, wenn wir euch sehen könnten. Voll peinlich fand ich das.«

»Und das habt ihr beantwortet?«

»Ist uns allen, glaube ich, nicht leicht gefallen. Aber der Moeller ist dann durch die Sitzreihen gegangen und hat uns versichert, dass davon außer ihm niemand etwas erfahren würde. Und dass das doch auch nichts sei, wofür man sich schämen müsse. Schließlich sei es wichtig, dass man seine Gefühle auch benennen und ausdrücken könne. Der hat gar nicht mehr aufgehört zu schwafeln. Und als ich dann gefragt habe, ob man diese Felder auch frei lassen könne, meinte er nur: ›Klar, lass sie frei – aber wer nichts zu verbergen hat, kann es sich allemal leisten, alle Fragen zu beantworten.‹ Da habe ich mich dann nicht mehr getraut und alles reingeschrieben.«

»Alles?«

»Na, dass ihr euch noch mögt, noch küsst und so. Das ist ja wirklich kein Geheimnis, oder?«

»Nein, eigentlich nicht. Und du, Michael?«

»Och ...«

»Hm?«

»Das ist doch voll peinlich, das alles. Aber bei uns hat die Moeller auch nicht locker gelassen. Hat davon erzählt, dass gerade Jungs mit offenen Antworten auf solche Fragen beweisen könnten, dass sie starke Charaktere sind – solches Zeug halt.«

»Und was hast du dann geschrieben?«

»Dass ihr mich natürlich noch in den Arm nehmt. Dass ich mich, als ich mir in den Ferien das Knie aufgeschlagen hatte, auf deinen Schoß setzen und heulen durfte. Und dass ich weiß, dass du davon nie jemandem erzählen würdest.«

»Das stimmt ja auch alles.«

»Ja. Aber ich hoffe echt, dass die Moeller das wirklich für sich behält. Wenn das die anderen Jungs zu lesen kriegen, bin ich geliefert.«

»Typisch!«, neckte ihn Sarah. »Sonst hast du keine Sorgen, was?«

Minuten später beruhigte sich das typische abendliche Gekabbel unter Geschwistern, als die Familie vor vollen Tellern saß und sich das Abendessen schmecken ließ.

Im Lehrerzimmer herrschte der übliche Trubel. Von draußen lärmten die vertrauten Pausengeräusche herein, die Tür zum Flur hinaus öffnete sich, wurde zugeschlagen, wieder aufgerissen.

»So«, schnaufte Jörg Zimmermann, zog sich das Kordjackett aus und ließ sich schwer in seinen Stuhl fallen, »zwanzig Minuten Pause.«

Neben ihm putzte sich Frido Hässler die Nase, um den strengen Geruch loszuwerden, den Zimmermanns Jackett ausströmte. Als er fertig war, musste er einsehen, dass er nichts gewonnen hatte: Zimmermann klappte eine Plastikdose auf und Aromen von Leberwurst und sauren Gurken mischten sich in den Schweißgeruch.

»Und? Schon wieder schlapp?«

Zimmermann brummte etwas und biss ein großes Stück von seinem Wurstbrot ab. Auch ohne sein Gegenüber Hannes Strobel anzusehen, wusste er, dass der Kollege spöttisch grinste. Strobel, Sport und Mathe, war sehr zufrieden mit sich. Und daraus, dass er den am großen Tisch ihm gegenübersitzenden Zimmermann, Deutsch und Geschichte, für eine Flasche hielt, hatte er noch nie einen Hehl gemacht.

»Ach, Strobel, du hast doch keine Ahnung«, brachte Zimmermann resigniert zwischen zwei Bissen hervor. »Ich sag nur: neunte Klasse, Argumentation und Erörterung.«

»Ja, und? Bei mir sind die alle auf Zack!«

»Klar, wenn ich die Kurzen erst einmal ein paar Runden im Kreis rennen lassen könnte, hätte ich auch meine Ruhe.«

»In Mathe rennt bei mir niemand, Zimmermann«, brauste Strobel auf. »Disziplin ist Kopfsache!«

Zimmermann freute sich, dass er wie jedesmal den richtigen Knopf gefunden hatte, um den Kollegen an die Decke gehen zu lassen. Das war auch nötig, denn dass Strobel mit seinen Schülern besser zurechtkam als er, machte ihm durchaus zu schaffen.

»Brauchst gar nicht so dämlich zu grinsen, mein Lieber«, brummte Strobel. »Nimm dir lieber ein Beispiel an unseren Neuen.«

Zimmermann verschluckte sich, hustete, rang nach Luft. Hässler klopfte ihm im Reflex ein paarmal auf den Rücken.

»Lass das, Hässler«, rief Strobel, »das macht es nur noch schlimmer. Das solltest du eigentlich wissen.«

Hässler, Biologie und Erdkunde, kümmerte sich nicht weiter um Strobel.

»Geht's wieder?«, fragte er schließlich, als sich Zimmermann leidlich beruhigt hatte.

Zimmermann nickte und wischte einige Brotbrösel von der Tischplatte. Dann zog er eine kleine Plastikflasche aus der Tasche und nahm einen kräftigen Schluck.

»Vielleicht solltest du da mal lieber einen ordentlichen

Klaren reinkippen«, höhnte Strobel, »und nicht immer nur dieses labbrige Saftschorlezeug. Vielleicht würde dich das etwas ruhiger machen.«

»Musst du dich nicht schon mal aufwärmen«, fragte Hässler in scharfem Ton, »damit du in der Turnhalle überhaupt noch mit den Kids mithalten kannst?«

Strobel schnaubte, stand dann aber wortlos auf und ging zur Kaffeemaschine hinüber.

»Danke«, keuchte Zimmermann und räusperte sich.

»Ach, dieser Strobel«, winkte Hässler ab. »Weißt du, Jörg, um den solltest du dich gar nicht kümmern. Zu viele Kopfbälle, nehme ich an«, lachte er und brachte Zimmermann immerhin zum Lächeln.

»Aber diese Neunte macht mich echt fertig«, sagte Zimmermann dann und wurde wieder ernst. »Die tanzen mir total auf der Nase rum.«

»Vielleicht solltest du …« Hässler brach mitten im Satz ab, eine Hand hatte sich schwer und kalt auf seine linke Schulter gelegt.

Zimmermann sah zu Hässler, dann fiel ihm der Kollege hinter Hässler auf: Es war der Neue, der mit besorgt wirkendem Blick auf die beiden Lehrer heruntersah und trotz der Wärme im Zimmer seinen üblichen grauen Mantel trug. Zimmermann fröstelte und griff nach seinem Jackett.

»Wenn ich helfen kann«, sagte Moeller mit leicht schnarrender Stimme, »lassen Sie es mich bitte wissen.«

»Ja, ja, mach ich«, brachte Zimmermann noch hervor, »aber ich muss jetzt auch wieder.«

Damit war er auch schon auf dem Weg zur Ausgangstür. Moeller sah ihm aufmerksam nach, und auch Hässler packte seine Unterlagen zusammen und murmelte eine Verabschiedung.

In den folgenden Tagen kehrte im Haus der Pietschs der Alltag ein. Rainer Pietsch schaffte es fast täglich pünktlich nach Hause, Annette bekam einige interessante Catering-Aufträge, und aus der Schule war nichts Seltsames zu hören.

Die Kinder schienen nach den langen Ferien auch allmählich wieder in Tritt zu kommen. Es wirkte sogar ganz so, als seien sie nun doch ein Jahr älter geworden: Wenn sie nach Hause kamen, flogen die Ranzen nicht mehr im hohen Bogen in irgendeine Ecke des Flurs, sondern jedes Kind trug den Ranzen in sein Zimmer, stellte ihn fein säuberlich neben den Schreibtisch und setzte sich ohne großes Trödeln sofort an die Hausaufgaben.

Und als die erste Schulwoche vorüber war, lagen drei Schreiben im Eingangskörbchen für Post, Broschüren und Einkaufsmerkzettel: drei Einladungen zum Elternabend, und zwar schon für die kommende Woche.

»So früh diesmal?«, fragte Annette Pietsch nach dem Abendessen.

»Die Moellers sind wohl von der schnellen Truppe«, grinste Sarah.

»Wieso die Moellers? Ich dachte, nur Lukas hat Frau Moeller als Klassenlehrerin – und Termine für die Elternabende setzen doch die Klassenlehrer fest und sprechen das mit den Elternbeiräten ab.«

»Sagen wir es mal so: Die beiden haben offenbar ein sehr einnehmendes Wesen – die anderen Lehrer scheinen sie zu akzeptieren und sich auch von ihnen überreden zu lassen. Ich glaube, die beiden neuen Lehrer haben an der Schule schon einen ziemlich guten Stand.«

»In der kurzen Zeit? Respekt!«

»Und sie sind offenbar davon überzeugt, dass man möglichst schnell die Eltern an den Schulthemen beteiligen sollte und dass deshalb der Elternabend gar nicht früh genug im Schuljahr stattfinden kann.«

»Das klingt gut«, fand Annette Pietsch. »Dann lernen wir die auch mal alle beide kennen. Ich bin schon ganz gespannt.«

»Ich auch«, schloss sich ihr Mann an, schenkte sich ein Bier ein und ging mit den anderen ins Wohnzimmer hinüber.

Nur Lukas blieb noch kurz sitzen, ehe er ohne ein weiteres Wort in sein Zimmer hinaufging und sich schlafen legte. Am nächsten Morgen fanden sie ihn noch immer schlafend in seinem Bett, in den Kleidern vom Vortag, mit verwuschelten Haaren und dunklen Ringen unter den Augen. Als ihn seine Mutter weckte, schreckte er hoch und sah sich einige Augenblicke verwirrt um.

»Na, du Langschläfer«, neckte ihn Annette Pietsch. »Kommst du zum Frühstück?«

»Ja, gleich, Mama«, hauchte er und blieb noch kurz liegen.

Erst als seine Mutter das Zimmer verlassen hatte, huschte er ins Bad hinüber, zog seine feuchte Unterhose aus und stopfte sie zusammen mit seiner Jeans ganz nach unten in den Wäscheberg.

Rektor Wehling schlenderte gemächlich auf die Kollegen zu, die sich unter der großen Ulme im Pausenhof versammelt hatten.

»... ist mir irgendwie nicht geheuer«, hörte er Frido Hässler noch sagen, dann drehten sich einige der Männer und Frauen zu ihrem Vorgesetzten um und sahen ihm stumm entgegen.

»Na?«, sagte Wehling in die Runde, und er versuchte seiner Stimme einen möglichst leutseligen Klang zu geben – die Spannung unter der Ulme war fast mit Händen zu greifen. »Haben Sie den Mädels ihren Stammplatz streitig gemacht?«

Er nickte lächelnd zu einigen Mädchen aus der neunten Klassenstufe hinüber, die heute ausnahmsweise am Rand des Schulhofs beisammenstanden statt wie sonst unter dem großen Baum.

»Und was ist Ihnen nicht geheuer, lieber Hässler?«, setzte er nach.

»Ich ... na ja, machen wir es kurz: Unsere beiden neuen Kollegen kommen mir manchmal ein wenig seltsam vor. Immer kontrolliert, immer konzentriert, und die Kinder kuschen schon nach kurzer Zeit vor ihnen.«

»Neidisch?«, fragte Wehling lachend, legte Hässler aber zugleich besänftigend eine Hand auf den Arm. »Nicht böse gemeint, Hässler, nicht böse gemeint.«

»Irgendwie kommen mir die beiden halt komisch vor, ich weiß auch nicht. Selbst wenn sich Franz Moeller im Lehrerzimmer hinter mich stellt, habe ich das Gefühl, dass mich ein kalter Hauch streift.« Hässler hob sofort abwehrend die Hände: »Ich weiß, das klingt schräg, sorry, aber ... Ich kann irgendwie nicht in Worte fassen, warum die beiden ein solches Unbehagen in mir auslösen.«

»Für Vampire werden Sie sie aber hoffentlich nicht halten, oder?«

»Ach, Quatsch, diese Bella-Edward-Geschichten überlasse ich meiner Tochter. Schlimm genug, dass die das liest. Trotzdem ...«

»Ich sehe ja selbst«, redete Wehling beruhigend auf Hässler und die anderen ein, »dass Rosemarie und Franz Moeller ... nun, sagen wir: schon optisch nicht ganz dem entsprechen, was wir sonst im Lehrerzimmer sehen. Aber sie haben exzellente Zeugnisse, Empfehlungen von ihren bisherigen Schulen – und, ganz ehrlich: Wenn in dieser Zeit zwei offenbar sehr qualifizierte Lehrer aus einem anderen Bundesland zu uns kommen, sollten wir dafür dankbar sein. Wir sind hier zwar nicht in Winnenden, aber Probleme gibt es auch in unserer Stadt und an unseren Schulen.« Er legte eine kurze Pause ein und streifte alle in der Gruppe mit einem freundlichen Blick. »Das wissen Sie doch am allerbesten.« Noch eine kurze Pause. »Ich bin jedenfalls froh, dass wir sie haben – und sie scheinen der Disziplin an unserer Schule ja auch gutzutun, das haben Sie selbst gesagt, Herr Hässler.«

»He, pass doch auf!«

Marius Meiring fuhr herum und baute sich so dicht vor Lukas Pietsch auf, dass sich fast die Nasen der beiden berührten. Lukas wich einen Schritt zurück, Marius rückte nach.

»Was willst du eigentlich von mir?«, fragte Lukas. »Du hast mich schon gestern so blöd angemacht, ich weiß gar nicht, was das soll!« Er gab sich forsch, aber insgeheim setzte es ihm zu, dass sich schon so kurz nach dem Beginn des Schuljahrs neuer Streit abzeichnete – würde Marius in diesem Jahr Kevins Rolle übernehmen und sich immer wieder mit ihm anlegen? »Außerdem hast du mich angerempelt, ich stand hier nur und habe gar nichts gemacht!«

»Hört ihr das, Leute?«, fragte Marius die Jungs, mit denen er meistens herumhing. Sein Tonfall klang höhnisch, Lukas ahnte schon, dass es wieder Ärger geben würde.

Der müde Benjamin, der fahrige Claas und der hagere Hype, der eigentlich Heiko hieß, aber auf keinen Fall so genannt werden wollte: Marius' kleine Gang schloss ihren Kreis um Lukas.

»Lasst mich doch in Ruhe, Leute«, bat Lukas die vier Klassenkameraden. »Ich will einfach keinen Ärger, okay?«

»Ach, heul doch, du Mädchen!«, schnauzte Hype und schubste Lukas.

»Genau, heul doch!« echote Benjamin und schubste Lukas in die andere Richtung.

Claas trat unruhig von einem Bein aufs andere und sah abwechselnd zu Lukas und zu Rosemarie Moeller, die neben dem Schuleingang stand, als hätte sie schon wieder Pausenaufsicht.

»Was wollt ihr eigentlich von mir?«, sagte Lukas. »Ich hab euch doch nichts getan!«

»Du hast die Moeller gehört.«

»Die Moeller?«

»Die hat uns in den Senkel gestellt, als wir uns mit Kevin beschäftigt haben. Und dann hat sie uns einen Rat gegeben.«

»Aha, und welchen?«

»Sie hat uns angemacht, dass wir uns nicht zu viert über den armen Kevin hermachen sollen, der doch eigentlich gar kein würdiger Gegner für uns sei.«

»Und der bin ich jetzt, oder was?«

»Nein, du bist auch so eine Pfeife wie Kevin – aber der Dicke scheint ja im Moment unter Welpenschutz zu stehen. Also bist du an der Reihe, zum Üben sozusagen.«

»Ihr habt doch einen Knall, ehrlich!«

Benjamin trat direkt hinter Lukas und kickte ihm in die Kniekehlen. Lukas sackte ein wenig hinunter, genau dem rechten Knie von Marius entgegen, das ihn hart zwischen den Beinen traf.

»He, Leute, aufhören!«, rief Claas. »Die Moeller schaut her!«

Marius und die anderen traten einen Schritt zurück, dann raunte Marius dem sich vor Schmerzen krümmenden Lukas noch ins Ohr: »Bring morgen mal lieber Kohle mit, sonst werden wir richtig ungemütlich. Verstanden?«

Michael Pietsch stand mit zwei Freunden etwas abseits und wirkte genervt, weil sich die beiden anderen unablässig über zwei Mädchen unterhielten, die im Musiksaal direkt vor ihnen saßen: Alexandra und Marcella, beide recht hübsch und ziemlich nett, mit langen schwarzen Haaren. Aber eben Mädchen.

»Mensch, jetzt hört doch endlich mit diesem Gesülze auf – das nervt«, sagte er schließlich. »Ihr vertrödelt die ganze Pause mit dem Gelaber über die beiden, und ganz ehrlich: Die wissen doch gar nicht, dass ihr überhaupt existiert!«

»Du hast doch keine Ahnung!«, maulte Petar, der Stämmigere seiner beiden Freunde. »Erst gestern hat mir Marcella wieder zugelächelt.«

»Und Alexandra …«, begann der hagere Ronnie, aber da sah sich eines der Mädchen gerade auf dem Schulhof um, als suche sie jemanden. Ihr Blick streifte auch die drei Jungs, blieb aber nicht an ihnen haften. Ronnie lief puterrot an und sah zu Boden.

Michael verdrehte die Augen.

»Für die seid ihr doch Kinder«, sagte er kopfschüttelnd, und als Petar schon wieder protestieren wollte, hob Michael abwehrend beide Hände und deutete dann auf einen Jungen aus der Neunten, der gemächlich über den Hof schlurfte: »Der Typ dort drüben – auf den stehen sie. Schaut euch nur an, wie sie ihm hinterhersehen.«

»Pah«, machte Ronnie, aber er klang schon jetzt ein wenig eingeschnappt und sah dem Älteren scheel nach.

»Das ist Sören, der geht mit meiner Schwester in die 9c«, erzählte Michael.

»Ja, ja, schon gut, wir wissen, wer das ist«, brummte Petar.

»Der ist cool, den mögen alle – und er ist etwas älter als eure Traumfrauen. Da habt ihr schlechte Karten, Jungs, damit solltet ihr euch abfinden.«

Sören war inzwischen bei einer Gruppe am anderen Ende des Schulhofs angekommen. Er klatschte einige der Jungs ab und plauderte lächelnd auf eines der Mädchen ein – ganz offenbar war der coole Sören nicht nur unter Siebtklässlerinnen mächtig angesagt.

Rosemarie Moeller stand seit Beginn der großen Pause kerzengerade und unbeweglich in der Nähe der Eingangstür. Immer wieder ließ sie ihren Blick über den Hof schweifen, sah einige Schüler tadelnd an, die sich gerade balgen wollten, fixierte dann ein Liebespärchen aus der elften Klasse, das auffällig unauffällig in einer Ecke zusammenstand, und sah zwischendurch immer wieder zu den Lehrerkollegen hinüber, die unter der großen Ulme standen und offenbar eifrig miteinander diskutierten.

Eine Weile beobachtete sie einen Neuntklässler: Er schlenderte gemächlich quer über den Schulhof, verfolgt von den Blicken des einen oder anderen Mädchens, und wurde von der Schülergruppe, bei der er schließlich ankam, überaus freundlich begrüßt.

Schließlich blickte sie auf die gegenüberliegende Ecke des Pausenhofs, wo ebenso kerzengerade und unbeweglich ihr Mann stand. Franz Moeller hatte ebenfalls die Gruppe unter dem Baum gemustert und sah nun zu seiner Frau herüber. Nach einem kurzen Moment nickte er ihr zu, und die beiden gingen kurz nacheinander zurück ins Schulgebäude.

Als Rektor Wehling mit dem Klingeln der Pausenglocke das Gebäude betrat und dabei die letzten Nachzügler aus der Oberstufe vor sich her zu ihren Klassenzimmern scheuchte, sah er am anderen Ende des Flurs Rosemarie und Franz Moeller beisammenstehen.

Sie unterhielten sich mit ernsten Mienen, und mit etwas langsamerem Schritt ging Wehling nun auf die beiden zu. Als er noch ein paar Meter entfernt war, glaubte er den Namen Sören Karrer zu hören, aber noch bevor er wirklich verstehen konnte, was die beiden so intensiv zu besprechen hatten, bemerkten sie ihn. Rosemarie Moeller verstummte augenblicklich und sah ihrem Vorgesetzten gespannt entgegen, Franz Moeller begrüßte Wehling freundlich.

»Na, Freistunde?«, fragte Wehling, um ein Gespräch in Gang zu bringen.

Rosemarie Moeller zog eine Augenbraue hoch.

»Nein, nein, Herr Wehling«, versicherte ihm Franz Moeller. »Wir gehen auch gleich in unsere Klassen – aber ich habe den Eindruck, dass uns die Schüler nicht böse sind, wenn wir uns mal ein paar Minuten verspäten.«

Franz Moeller lachte, Wehling lachte mit, Rosemarie Moeller verzog keine Miene.

Schließlich schob Rektor Wehling noch ein paar launige Sprüche hinterher, verabschiedete sich und eilte die Treppe hinauf zum Rektorat.

Rosemarie und Franz Moeller sahen ihm einen Augenblick nach. Als Wehling außer Hörweite und auch sonst niemand mehr in der Nähe zu sehen war, tauschten die beiden Lehrer noch die Namen einiger weiterer Schüler aus und machten sich auf den Weg zu ihren Klassen.

Rainer Pietsch ging ins Klassenzimmer seines Jüngsten und saß wie schon im Vorjahr auf einem für ihn viel zu kleinen Stuhl. Nach und nach füllte sich der Raum, und diejenigen Eltern, die sich über ihre Kinder näher kannten, plauderten fröhlich durcheinander.

Neben ihn setzte sich Christine Werkmann, die Mutter von Lukas' Banknachbar Kevin. Sie nickte ihrem Stuhlnachbarn kurz zu, zog dann mit hektischen Bewegungen Stifte und einen Block aus ihrer Tasche und legte alles vor sich auf den Tisch.

»Na, geht's gut?«, fragte Pietsch. Er hätte sich die Frage schenken können: Der Frau ging es offensichtlich alles andere als gut. Sie hatte tiefe Augenringe, und die leicht gerötete Nase deutete auf eine Erkältung hin.

»Muss ja«, sagte sie knapp, schien aber kein Interesse an einem längeren Gespräch zu haben. Sie schnäuzte sich und sah dann gespannt zur Tür. Pietsch folgte ihrem Blick: Mit wehendem Mantel eilte eine groß gewachsene, hagere Frau ins Zimmer, ließ einen abschätzenden Blick über die Anwesenden gleiten und ging zu ihrem Platz. Sie platzierte eine dünne Aktentasche auf dem Tisch, legte ihre Hände entspannt ineinander und stand nun kerzengerade und stumm da.

Die meisten Eltern hatten bemerkt, dass die Klassenlehrerin eingetroffen war, und setzten sich. Meiring, ein grobschlächtiger Handwerker und Vater des ziemlich begabten Marius, hatte mit dem Rücken zur Tür auf einem Tisch gesessen und wurde von seinem Gesprächspartner auf die

Lehrerin aufmerksam gemacht. Meiring sah sich um, bemerkte den kalten Blick, mit dem Rosemarie Moeller ihn fixierte, und beeilte sich, auf dem Stuhl seines Sohnes Platz zu nehmen.

Allmählich verebbte ein Gespräch nach dem anderen.

»Wissen Sie, dass die Schüler sie Vogelscheuche nennen?«, raunte Pietsch seiner Nachbarin zu, doch die hörte kaum hin, wirkte nervös und sah aufmerksam zu der Lehrerin hin.

Es dauerte noch ein, zwei Minuten, bis Stille im Raum herrschte. Dann erst kam wieder Bewegung in die Lehrerin.

»Guten Abend, meine Damen und Herren.«

Sie klang sehr förmlich, etwas spröde. Ihre recht tiefe Stimme war fest und etwas schneidend.

»Ich begrüße Sie herzlich zum ersten Elternabend. Mein Name ist Rosemarie Moeller, ich bin seit Anfang dieses Schuljahres die Klassenlehrerin Ihrer Kinder. Und wer mit meinem normalen Namen noch nichts anfangen kann: Ich weiß, dass mich die Kinder insgeheim ›Vogelscheuche‹ nennen.«

Sie sah zu Rainer Pietsch hinüber. Er schluckte und fühlte sich wieder wie damals in der siebten Klasse, als er mit seinen Kumpels einen Mitschüler in den Papierkorb gesteckt hatte und dafür vom Rektor in den Senkel gestellt worden war. Um ihn herum wurde vereinzelt Gelächter laut, es klang aber eher nervös als befreiend – und Rosemarie Moeller verzog dazu keine Miene.

»Ich unterrichte Ihre Kinder im Fach Deutsch, und außerdem liegt es mir als Klassenlehrerin am Herzen, dass sie sich insgesamt weiterentwickeln. Dazu haben wir Ihren Kindern einige Fragen gestellt …«

»Sehr private Fragen!«, schnaubte Meiring.

Rosemarie Moeller sah ihn an und hob langsam die rechte Hand.

»Herr Meiring, wir wollen doch einige Grundregeln beachten: Wenn Sie etwas beizutragen haben, dann melden Sie sich bitte. Wenn wir das von Ihren Kindern erwarten, sollten wir ihnen kein schlechtes Beispiel geben, meinen Sie nicht auch?«

Meiring, dieser bullige Kerl, den Rainer Pietsch schon häufiger ruppig und selbstbewusst erlebt hatte, sackte unter dem Blick der Lehrerin regelrecht in sich zusammen. Rosemarie Moeller nickte kurz – seine Körperhaltung schien ihr Bestätigung genug, dass er sie verstanden hatte.

»Die Antworten Ihrer Kinder haben wir analysiert. Das zeigt uns Wege auf, wie Ihre Kinder ihr Leistungsvermögen steigern können. Und das« – sie sah noch einmal kurz zu Meiring hin – »ist uns doch allen wichtig, nicht wahr?«

Einige Eltern räusperten sich, viele nickten beflissen. Christine Werkmann wirkte unruhig, sie schob einen Stift hin und her und schlug ihren Block auf – auf der ersten Seite hatte sie sich Notizen gemacht. Rainer Pietsch lugte unauffällig hinüber, konnte aber nichts entziffern: Die Frau hatte eine fürchterliche Klaue.

In der ersten Reihe ging eine Hand nach oben, Rosemarie Moeller nickte knapp.

»Aber müssen Sie dazu wirklich wissen, wie groß unsere Wohnung ist?«, fragte Karin Knaup-Clement. »Und ob wir unsere Kinder noch in den Arm nehmen? Oder ob wir zulassen, dass unsere Kinder uns nackt sehen – das ist wirklich sehr privat, da hat Herr Meiring recht.«

Rosemarie Moeller lächelte der schlanken Unternehmensberaterin nachsichtig zu und nickte dann.

»Noch sind wir nicht ganz fertig mit unserer Analyse, aber

zu fast allen Kindern haben wir schon vielversprechende Ansätze gefunden. Ihre Tabea zum Beispiel könnte in den Fremdsprachen ohne allzu große Mühe Einsen erreichen.«
»Einsen?«
Karin Knaup-Clement lachte kurz auf. Tabea war aktuell von kaum etwas so weit entfernt wie von einer Eins in Englisch, und auch für Französisch sah es nicht besonders gut aus.
»Ja«, nickte die Lehrerin und blieb ernst. »Dazu wäre es hilfreich, wenn sie beim Abendbrot ab und zu auch von der Schule erzählen und das Erlebte mit Ihnen teilen könnte. Ihr Beruf und der Ihres Mannes sind sicher sehr spannend, aber ob das für ein elfjähriges Mädchen wirklich das richtige Thema ist, an jedem Abend der Woche?«
Karin Knaup-Clement schnappte empört nach Luft, die mollige Frau neben ihr grinste.
»Und Ihr Benjamin, Frau Weber«, wandte sich Rosemarie Moeller an die Mollige, »tut sich morgens etwas schwer mit der Konzentration. Vielleicht gibt es ja die Möglichkeit, dass er ein Zimmer etwas weiter entfernt vom Elternschlafzimmer bekommen könnte?«
Ursel Weber lief puterrot an.
»Ein ungestörter Schlaf ist sehr wichtig für Kinder dieses Alters«, fuhr die Lehrerin ungerührt fort, »und ich hatte zudem den Eindruck, dass ihn manche Geräusche durchaus verstören.«
Rainer Pietsch verkniff sich ein Grinsen. So unterhaltsam war schon lange kein Elternabend mehr gewesen – obwohl ihm diese Lehrerin nicht ganz geheuer war.
Rosemarie Moeller nahm einige Notizen vom Tisch auf, blätterte ein wenig darin und legte die Blätter dann wieder weg. Das nahm zwei, vielleicht drei Minuten in Anspruch,

aber im Klassenzimmer blieb es ruhig, alles wartete darauf, dass die Lehrerin fortfuhr. Rainer Pietsch konnte sich gut vorstellen, dass sie auch ihre jeweilige Klasse mit ihrer autoritären Art mühelos im Griff behielt.

Rosemarie Moeller wollte gerade weiterreden, als ihr Blick auf Christine Werkmann fiel – den erhobenen rechten Arm quittierte sie mit einem knappen Kopfnicken und legte den Kopf ein wenig schräg.

»Mein Sohn Kevin hat mir erzählt, dass er schon mehrfach seit Beginn des Schuljahres gehänselt wurde. Und er hat den Eindruck, dass das in den letzten Tagen schlimmer wurde.«

Einige Eltern verdrehten die Augen: Sie erinnerten sich noch gut an das vorige Schuljahr, als Kevin für viel Ärger gesorgt hatte, von seiner Mutter aber immer in Schutz genommen worden war.

»In den vergangenen Tagen, meinen Sie?«

Christine Werkmann sah sie verständnislos an.

»Nach den letzten Tagen kommen keine Tage mehr, und das wollen wir ja nicht hoffen.«

Einige Eltern grinsten, wurden aber gleich wieder ernst, als befürchteten sie, als Nächste ins Visier der stengen Lehrerin zu geraten.

»Das können Sie halten wie Sie wollen«, entfuhr es Christine Werkmann. »Ich habe jedenfalls ein Problem damit, dass in dieser Klasse ein Kind ... ich sage mal: gemobbt wird, weil es vielleicht nicht der Norm entspricht.«

Rosemarie Moeller sah die Mutter ruhig an.

»Und diesen Eindruck haben Sie gewonnen?«, fragte sie schließlich.

Christine Werkmann nickte und hielt dem Blick der Lehrerin stand.

Rosemarie Moeller sah in die Runde.

»Sieht das noch jemand so?«

Keine Reaktion.

»Es wäre nicht in Ordnung, wenn ein Kind mit Übergewicht und Brille, mit etwas schwachem Willen und … nun ja: eingeschränkten Lernfähigkeiten in dieser Klasse … wie sagten Sie, Frau Werkmann? Gemobbt wird?«

Die Mutter nickte mit zusammengepressten Lippen, ihre Gesichtsfarbe nahm allmählich eine dunklere Färbung an.

»Wenn dieses Kind also gemobbt würde, wäre das natürlich auf gar keinen Fall in Ordnung. Und das wollen wir in dieser Klasse, an dieser Schule, auch nicht dulden. Deshalb noch einmal die Frage an Sie alle: Hat noch jemand den Eindruck, Kevin werde von seinen Mitschülern gehänselt, geärgert, unterdrückt?«

Niemand sagte etwas, nur wenn die Lehrerin jemanden direkt ansah, erntete sie ein knappes Kopfschütteln. Schließlich sah sie mit leicht fragendem Blick wieder zu Christine Werkmann hin.

»Typisch«, zischte die Mutter. »Hier kriegt doch keiner den Mund auf. Glauben Sie denn, dass hier jemand seine Kinder verpfeift?«

Der Blick der Lehrerin wurde leicht tadelnd.

»Und überhaupt: Sie beschreiben meinen Jungen, als sei er hier das Allerletzte – ist das die Art, mit der Sie die Kinder zu neuen Höchstleistungen antreiben wollen?«

»Ich habe nichts gesagt, was nicht zuträfe, Frau Werkmann. Und davor sollten gerade Sie als alleinerziehende Mutter nicht die Augen verschließen.«

Christine Werkmann sprang auf und funkelte die Lehrerin an.

»Alleinerziehend? Ja, und? Was hat das denn jetzt wieder

damit zu tun? Ist es Ihnen unangenehm, wenn Familien nicht dem alten Heile-Welt-Bild entsprechen? Glauben Sie, ein Junge kann von seiner Mutter allein nicht großgezogen werden?«

Rosemarie Moeller ließ den Ausbruch ruhig über sich ergehen, die anderen Eltern verfolgten den Machtkampf interessiert, die meisten aber vorsichtshalber nur aus den Augenwinkeln.

»Sie scheinen das Gefühl zu haben«, sagte die Lehrerin schließlich in ruhigem Tonfall, »dass Sie sich verteidigen müssen. Müssen Sie das? Müssen Sie sich Vorwürfe machen? Das, Frau Werkmann, will ich nicht beurteilen, das können nur Sie selbst.«

Christine Werkmann schien schwer getroffen. Sie atmete heftig, dachte wohl fieberhaft über eine Antwort nach – um sich dann wortlos ihren Stift, ihren Block und ihre Tasche zu schnappen. Sie stieß ihren Stuhl beiseite, marschierte durch das Klassenzimmer, ohne die Lehrerin noch eines Blickes zu würdigen, riss die Tür auf und knallte sie hinter sich wieder zu.

Die Lehrerin stand währenddessen unbewegt. Nur um ihre Mundwinkel zuckte es ganz leicht – es war aber nicht zu erkennen, ob sich die Frau eine wütende Miene verkniff oder ein triumphierendes Lächeln.

Als sich die schnellen Schritte der Mutter schließlich hallend im Hausflur entfernten, ging Rosemarie Moeller langsam auf den umgekippten Stuhl zu, stellte ihn wieder auf, ging zurück nach vorne an die Tafel, blieb kurz mit dem Rücken zum Raum stehen und drehte sich dann wieder um.

»Sie sehen selbst: Disziplin ist nicht jedermanns Sache. Und wir – mein Mann, ich und alle Kollegen, die unsere

Überzeugung teilen – wollen Ihre Kinder vor solchen Auftritten bewahren.«

Im Raum hätte man eine Nadel fallen hören können. Rosemarie Moeller allerdings legte äußerlich unbeeindruckt ihre Hände ineinander und sah erneut in die Runde.

»Ich habe nun noch einige Informationen zum Lernstoff und dazu, wie Sie Ihre Kinder in den kommenden Wochen und Monaten unterstützen können.«

Der Abend ging ohne weitere Wortmeldung zu Ende.

Kurz vor zwölf verließ Franz Moeller die Klasse 9c, weil er dringend etwas aus dem Lehrerzimmer holen müsse, wie er den Schülern gesagt hatte. Er ging mit lauten, schnellen Schritten den Flur entlang und die Treppe hinunter, drehte unten um und ging leise wieder nach oben, wo er sich still neben die Tür zum Klassenzimmer stellte.

Hinter der Tür war kein Mucks zu hören, die Schüler schienen konzentriert die Aufgaben zu erledigen, die er ihnen gegeben hatte. Franz Moeller sah auf die Uhr: Die Arbeit sollte noch für knapp zehn Minuten ausreichen. Er wartete.

Aus dem benachbarten Klassenzimmer kam Hannes Strobel, der während seiner Doppelstunden gerne eine kleine Zigarettenpause im versteckt liegenden Schulgarten einschob – und den Schülern für diese Zeit meistens kleine Mathetests zum Üben vorlegte. Als er Franz Moeller entdeckte, zögerte er kurz, bevor er dann doch mit festem Schritt an dem Kollegen vorbeischritt und ihm im Vorübergehen knapp zunickte.

Franz Moeller sah ihm einen Moment nach, ein verächtliches Lächeln spielte um seine schmalen Lippen. Dann wurde es wieder still im Flur, er wartete weiter.

Als hinter der Tür zum Klassenzimmer die ersten Gespräche zu hören waren, schaute er auf die Uhr: siebzehn Minuten. Das war ein Anfang, aber längst noch nicht gut genug.

Er stellte sich vor die Tür, legte die Hand auf die Klinke und ging in Gedanken kurz die Profile der Schüler durch. Er würde ein Exempel statuieren.

Lukas hatte später Unterricht, nun war er kurz an der Bushaltestelle stehen geblieben und hatte sich dann für einen anderen Weg zur Schule entschieden. Als er den Schulhof erreichte, war es deshalb schon kurz vor dem Beginn der Stunde, und vor dem Gebäude waren nur noch ein paar Schüler aus der Oberstufe zu sehen, die betont lässig auf die Eingangstür zuschlenderten.

Lukas sah sich kurz nach allen Seiten um, dann flitzte er zu den Oberstuflern hinüber und drückte sich direkt hinter ihnen durch die Eingangstür.

Eine Etage darüber stand Michael an der Tafel und wusste nicht mehr weiter.

»Na, Michael«, sagte Rosemarie Moeller in seinem Rücken, »das kannst du doch besser, nicht wahr?«

Michael schluckte. Die Moeller hatte ihn bisher noch nicht kritisiert, er war noch kein einziges Mal unangenehm aufgefallen – aber aus den anderen Klassen machten Geschichten die Runde, die ihm ordentlich Angst einjagten vor dieser großen, seltsam gekleideten Frau.

Schnell kritzelte er einige Begriffe in das skizzierte Schema, dann trat er einen Schritt zur Seite. Rosemarie Moeller musterte das Ergebnis, sah dann Michael Pietsch an und lächelte nachsichtig. Dann trat sie selbst an die Tafel, wischte »Gestütsrecht« ab und schrieb »Geblütsrecht« an die frei gewordene Stelle.

Michael lief knallrot an.

»Na, so schlimm war das ja nicht – und wenn man sich die Verhältnisse von damals vor Augen führt, ist der Unterschied eigentlich kein ganz so großer.«

Michael traute seinen Augen kaum: Rosemarie Moeller lächelte, und es sah auf eine steife Art sogar freundlich aus. Konnte es sein, dass die Geschichten vom Pausenhof erfunden waren? Geschichten von Schülern, die bloßgestellt und unter Druck gesetzt worden waren?

Als Michael zu seinem Platz zurückging, funkelten ihn zwei seiner Mitschüler feindselig an: Tobias und Marc, die mit ihren Auftritten an der Tafel zuletzt weniger gut weggekommen waren.

Anders als sonst sehnte Lukas den Schulschluss an diesem Tag nicht herbei. Während der Unterrichtsstunden hatten ihm Marius und Hype mit scharfen Blicken und Grimassen zu verstehen gegeben, dass sie ihr gestriges Zusammentreffen noch nicht vergessen hatten. In den Pausen seither war er den vier Jungs aus dem Weg gegangen oder er hatte sich zu anderen Klassenkameraden gestellt, um von ihnen gewissermaßen Deckung zu bekommen. Das hatte ihn bisher über den Vormittag gebracht, aber nach der letzten Stunde konnte es eng für ihn werden.

Etwa zehn Minuten vor dem letzten Klingeln kam ihm die rettende Idee: Er würde die Schule einfach mit Kevin zusammen verlassen – schließlich saßen sie nebeneinander, und Kevin hätte sicher nichts dagegen, wenn er ausnahmsweise mal nicht alleine nach Hause trotten müsste.

Unter einem Vorwand verwickelte Lukas seinen Mitschüler gleich nach der Stunde in ein Gespräch, und es stellte sich heraus, dass Kevin noch bei einem Drogeriemarkt vorbeiwollte, um sich dort Nachschub für seine Spielekonsole zu kaufen. Kurz wägte Lukas ab – aber was er sich von seinen Eltern für die ungewohnt späte Heimkehr würde anhören müssen, war leichter zu ertragen als die drohende Tracht Prügel.

Kevin wunderte sich zwar, warum sich Lukas ihm anschließen wollte – schließlich waren sie im vergangenen Jahr nicht gerade gut miteinander ausgekommen. Aber dann zuckte er die Schultern, murmelte ein »Okay« und war insgeheim ganz froh, dass er nun vielleicht doch noch einen Freund finden würde.

Als die beiden den Schulhof in Richtung Innenstadt verließen, standen Marius und seine Kumpels neben dem Ausgang, den Lukas sonst immer nahm. Die vier Jungs sahen Kevin und Lukas nach, und als Lukas sich auf dem Gehweg noch einmal umdrehte, hob Marius die rechte Hand und rieb Daumen, Zeige- und Mittelfinger aneinander.

Sarah verließ die Schule erst ein paar Minuten später als sonst. Sie sah gerade noch, wie Lukas mit dem dicken Kevin um die Ecke verschwand und wunderte sich ein wenig, wohin ihr Bruder wollte und warum er sich plötzlich so gut mit dem Jungen vertrug, der für ihn im vergangenen Jahr eine solche Plage gewesen war. Aber Lukas war alt genug, um so etwas selbst zu wissen.

Hinter ihr kam Hannes Strobel aus dem Gebäude, der ihr im Sportunterricht gerne mal auf den Hintern stierte, und neben ihm ging der neue Referendar mit den nachlässig verwuschelten Locken, der so süße dunkle Augen hinter der runden randlosen Brille hatte. Kurz sah sie noch zu ihm hin, dann bemerkte sie Strobels Blick und ging schnell weiter.

Am Ausgang zum Gehweg hin standen vier Jungs aus

Lukas' Klasse zusammen, und einer von ihnen formte die Lippen zu einem leisen Pfiff.

»Ach, du meine Güte«, grinste sie breit, »Kindergeburtstag ... Verschluck dich mal nicht, Kleiner, und heb dir das Pfeifen für deine Altersklasse auf.«

Damit ging Sarah weiter in Richtung der Bushaltestelle und spürte förmlich, wie der Kleine hinter ihr rot wurde. Es war lächerlich, wie sich hier an der Schule schon die Jüngsten aufspielten – trotzdem gönnte sie sich ein kleines Lächeln: Selbst ein solches Kompliment war ja durchaus mal angenehm.

Ihr Lächeln erstarb, als sie die Bushaltestelle erreichte: Auf der Bank neben dem Fahrplanaushang lümmelte Rico, ein eingebildeter sechzehnjähriger Schüler aus der Werkrealschule, der sie seit ein paar Tagen nicht mehr aus den Augen ließ und sie offenbar davon überzeugen wollte, dass sie sich mal mit ihm verabreden sollte.

Mit versteinerter Miene stöckelte sie an Rico vorbei und mischte sich am anderen Ende der Haltebucht in eine Gruppe laut lachender Mädchen.

Das Mittagessen war längst abgeräumt, als Lukas nach Hause kam. Seine Mutter fragte ihn, wo er denn so spät herkomme, und er erzählte, dass er Kevin in die Stadt begleitet habe.

»Ach? Kommt ihr inzwischen besser miteinander klar?«

Lukas zuckte mit den Schultern.

»Das wäre ja schön«, sagte Annette Pietsch schließlich. »Wenn ich mich früher mit Kollegen, die auch noch in meiner Nähe saßen, nicht vertragen habe, hat das die Arbeitstage richtig unangenehm gemacht.«

Lächelnd strich sie ihrem Sohn über den Kopf, dann fiel

ihr wieder ein, dass er zu spät heimgekommen war, ohne vorher Bescheid zu geben – und sie rang sich noch einen kleinen Tadel ab.

»Du weißt genau, dass wir uns sonst Sorgen machen!«, sagte sie und sah Lukas ernst an.

»Ist gut, Mama«, murmelte der Junge und trollte sich auf sein Zimmer.

Er setzte sich gleich an die Hausaufgaben und war doppelt erleichtert: Marius und seine Gang hatten ihn nicht erwischt, und die Standpauke seiner Mutter war wirklich sanft ausgefallen.

»Wer war denn dran?«

Annette Pietsch stellte das Telefon zurück auf die Ladestation, setzte sich wieder zu ihrem Mann an den Esstisch und schüttelte den Kopf.

»Karin Knaup-Clement«, sagte sie und betonte den Namen übertrieben gespreizt.

»Oha, unsere Business-Lady. Und: was wollte sie?«

»Die trommelt gerade die Eltern von Lukas' Klasse für einen Stammtisch zusammen. Sag mal, Rainer: War da vorgestern noch etwas auf eurem Elternabend, von dem du mir nicht erzählt hast?«

Er dachte noch einmal nach, aber es fiel ihm nichts weiter ein.

»Nein. Die Moeller war ziemlich streng, das wussten wir ja schon von unseren Kindern. Schon auch etwas gruselig, da hatte Sarah recht. Und sie hat Kevins Mutter quasi vor aller Augen geschlachtet. Das hatte etwas von einer Machtdemonstration, als wolle sie nur mal zeigen, wer Chef im Ring ist.«

»Hm ... Aber die Knaup-Clement kann die Werkmann

doch gar nicht leiden – also für die organisiert sie den Stammtisch ganz sicher nicht.«

»Vielleicht ist sie beleidigt, weil die Moeller sie ja auch kritisiert hat.«

»Weil sie abends vom Job erzählt, anstatt ihrer Tochter zuzuhören?«

Rainer Pietsch zuckte mit den Schultern.

»Na, ich weiß nicht ...«

»Hallo, Jörg«, sagte Frido Hässler und ließ sich neben dem Kollegen auf den Stuhl sinken.

Zimmermann nickte nur, kaute weiter an seinem Käsebrot und hielt Hässler eine kleine Plastikschale mit Oliven und Schafskäse hin.

»Hm?«

»Nein, danke«, lehnte Hässler ab und kramte ein Brötchen aus seiner Tasche hervor. »Trockentag heute, weißt du?«

Zimmermann nickte grinsend – die Marotte des Kollegen, zweimal die Woche nur trockene Brötchen oder trockenes Brot zu sich zu nehmen, kannte er natürlich.

»Siehst gut aus, heute«, sagte Hässler ein paar Bissen später. Und er meinte damit vor allem, dass Zimmermann besser roch als sonst: kein Schweiß, sondern ein Hauch von Shampoo und Rasierwasser.

»Mir geht's auch besser. Die Neunte scheint sich halbwegs gefangen zu haben – mit denen kann ich inzwischen richtig Unterricht machen. Die passen auf, lärmen nicht rum, arbeiten mit – nicht wiederzuerkennen, ehrlich!«

»Moeller, oder?«

Zimmermann zuckte mit den Schultern.

»Wahrscheinlich. Der Typ ist irgendwie schräg, aber er bringt Zug in die Klassen, das muss man ihm lassen.«

Hässler nickte.

»Wenn ich nur wüsste, wie er das anstellt. Und vor allem: warum das anhält, auch wenn er selbst gar nicht im Raum ist.«

In der Vereinsgaststätte herrschte dicke Luft.

Nebenan lief ein Fußballspiel auf Großleinwand, und selbst durch die getönte Scheibe zwischen Nebenzimmer und Gastraum war zu erkennen, dass drüben schwere Qualmschwaden zur Decke aufstiegen. Die beiden Räume waren zwar durch die Glasscheibe und eine Schiebewand komplett voneinander getrennt, aber die Bedienung huschte so oft durch die Verbindungstür, dass inzwischen auch der Gastraum selbst intensiv nach Zigarettenrauch roch.

Am großen Tisch in der Ecke saß Karin Knaup-Clement, flankiert von mehreren anderen Müttern, und sah immer wieder missbilligend auf die Verbindungstür. Ab und zu, wenn die Bedienung zum Tisch herübersah, wedelte sie demonstrativ mit der flachen Hand vor ihrer Nase, aber die Bedienung verstand den Wink nicht oder wollte ihn nicht verstehen – und ihre Stammkundschaft hätte sie wohl auch kaum für einen Tisch voller Mineralwasser und kleiner Beilagensalate mit Joghurt-Dressing light vor den Kopf stoßen wollen.

Annette und Rainer Pietsch hatten für die Kinder einen DVD-Abend vorbereitet, mit Chips und Popcorn und einer Science-Fiction-Trilogie aus den Achtzigern. Nun waren sie gespannt, was der Anlass für diesen Stammtisch war – um so mehr, als sie inzwischen für dieses Treffen noch eine zweite Einladung von der Elternvertretung der neunten Klasse bekommen hatten. Ein Doppelstammtisch war ungewöhnlich, auch wenn einige Eltern Kinder in beiden Klassen hatten und sich teilweise seit der gemeinsamen Grundschulzeit ihrer Jungs und Mädchen kannten.

Es dauerte noch eine Weile, bis der lange Tisch gefüllt und die Runde leidlich vollständig war. Schließlich klopfte Karin Knaup-Clement mit ihrem teuren Markenkuli mehrmals gegen ihr Wasserglas und spreizte sich für ihre Eröffnungsrede. Rainer Pietsch suchte unter der Tischplatte nach der Hand seiner Frau, drückte sie kurz und grinste ihr zu.

»Es scheint, dass wir nun auf niemanden mehr warten müssen«, begann Karin Knaup-Clement mit Unternehmensberatermiene. »Dann will ich Ihnen« – sie drehte sich geziert zu zwei Frauen hin, die sie etwas näher kannte – »und euch schildern, warum wir uns heute hier treffen.«

Christine Werkmann kam zur Tür herein, sah sich kurz um und kam dann an den Elternstammtisch.

»'n Abend«, murmelte sie und setzte sich auf einen der letzten freien Stühle.

»Guten Abend«, brummte Karin Knaup-Clement und wartete kurz mit strengem Blick, bis Christine Werkmann ihre Handtasche und ihre Jacke über die Stuhllehne drapiert hatte. »Kann ich?«

Christine Werkmann nickte.

»Danke. Also: Wir haben ja auf den Elternabenden die beiden neuen Lehrer schon kennengelernt, und für meinen Geschmack urteilen diese Moellers reichlich von oben herab.«

Rainer Pietsch sah seine Frau an: Ob die Unternehmensberaterin diesen ganzen Aufstand nur veranstaltete, um sich für die vergleichsweise kleine Kränkung am Elternabend der 6d zu rächen?

»Frau Werkmann hat damals ja schon angesprochen, dass ihr Kevin in der 6d gehänselt werde – was mir übrigens sehr leidtut. Sobald ich weiß, wer dahintersteckt, helfe ich Ihnen gerne, das aus der Welt zu schaffen.«

Annette Pietsch konnte ihre verblüffte Miene kaum verbergen: Seit wann interessierte es die schneidige Business-Lady, ob Kevins Mutter Probleme hatte? Es war kein Geheimnis, dass Karin Knaup-Clement die alleinerziehende Christine Werkmann für eine Verliererin hielt – und das schien auch Kevins Mutter zu wissen, denn sie musterte die Rednerin ebenfalls mit skeptischem Blick.

»Aber inzwischen habe ich allen Grund zur Annahme, dass Kevins Erlebnisse kein Zufall sind – und dass sie mit den beiden neuen Lehrern zu tun haben. Hendrik aus der 9c hat seiner Mutter etwas berichtet, das mich in diesem Verdacht bestärkt. Frau Karrer, deren Sohn betroffen war, wollte heute Abend nicht kommen – was ich durchaus verstehen kann. Aber wir sollten uns überlegen, was wir unternehmen, denn was ihr Sohn Sören erlebt hat, kann jederzeit auch ein anderes unserer Kinder treffen.« Sie sah ernst in die Runde und schaute dann eine der anderen Mütter am Tisch direkt an: »Hanna möchtest du uns erzählen, was du von Hendrik gehört hast?«

Hanna Probst nickte knapp und begann zu erzählen, was ihr älterer Sohn daheim von dem Ereignis in der 9c erzählt hatte. Sie redete erst mit stockender Stimme, dann immer flüssiger, erregter, aufgewühlter.

Die Wohnung war karg eingerichtet. An den Wänden hingen keine Bilder, es gab nirgendwo Pflanzen. Im Wohnzimmer standen Bücherregale, vollgestopft mit pädagogischer Fachliteratur, mehrere Bände mit dem Titel »Platon. Sämtliche Werke«, Bücher von Aristoteles, Albertus Magnus und einige zerlesene Bände von John Locke. Eine Vitrine aus hellem

Holz war gefüllt mit Gläsern und Kristallkaraffen, in einem Hängebord reihten sich einige CDs aneinander: klassische Musik, Bach, Beethoven, Händel.

Von der um einen niedrigen Holztisch gruppierten kleinen Sitzgruppe führte ein alt aussehender Teppich zum Flur. An der Tür zur Küche mit kleinem Esstisch vorbei passierte man die beiden geschlossenen Türen zu Bad und Gäste-WC, die letzte Tür führte ins Schlafzimmer, die Tür rechts daneben stand offen und gab den Blick frei auf ein modern eingerichtetes Arbeitszimmer.

Franz Moeller saß vor einem Flachbildschirm und bearbeitete am PC dicht beschriebene Datenblätter, Rosemarie Moeller saß hinter seinem Rücken an einem Schreibtisch, blätterte in großen Papierstapeln und nannte ihm von Zeit zu Zeit Details, nach denen er sie fragte, ohne sich umzudrehen.

Rainer Pietsch kam mit zwei Gläsern Rotwein an den Esstisch. Nach dem Stammtisch waren sie noch eine Runde durchs Viertel gegangen, weil ihnen die Geschichte von Hanna Probst keine Ruhe gelassen hatte. Und als sie nach Hause kamen, lagen alle drei Kinder schon im Bett und kein Mucks war mehr zu hören. Der Bildschirm des Fernsehers im Wohnzimmer war noch warm, aber als die Eltern leise in die Kinderzimmer schauten, überboten sich Lukas, Michael und Sarah darin, einen möglichst tief schlafenden Eindruck zu erwecken.

Rainer Pietsch nickte nur, gab seiner Frau ein Glas und prostete ihr zu.

»Verrückte Geschichte, die wir da gehört haben, oder?«

Hendrik Probst ging mit Sarah in eine Klasse, und morgen würden Annette und Rainer Pietsch ihre Tochter fragen müssen, warum sie ihnen nichts von dem Zwischenfall erzählt hatte – es war schließlich kein Pappenstiel, was sich da in der 9c ereignet hatte. Was Hendrik seiner Mutter und sie den Eltern am Stammtisch geschildert hatte, lief darauf hinaus, dass Franz Moeller, der in der 9c Mathematik unterrichtete, unter seinen Schülern ein Klima der Rivalität schürte, dass er Druck und Angst aufbaute – nichts, was Annette und Rainer Pietsch von der Schule ihrer Kinder hören wollten.

Franz Moeller hatte am Tag nach dem Elternabend während einer Mathestunde das Klassenzimmer verlassen, um im Lehrerzimmer etwas zu holen, das er anscheinend vergessen hatte. Er hinterließ den Kindern Aufgaben, war aber noch nicht zurück, als die Aufgaben bereits erledigt waren. Eine Zeit lang blieben die Schüler trotzdem still, weil sie Moeller inzwischen als strengen Lehrer kennengelernt hatten – doch schließlich begannen die Ersten zu reden, und wenig später waren überall im Klassenzimmer Gespräche im Gange, wenn auch nicht besonders laut, wie Hendrik beteuert hatte.

Plötzlich stand Moeller wieder im Klassenzimmer, und noch bevor ihn alle bemerkt hatten, zitierte er Sören Karrer nach vorne zur Tafel. Der schlaksige Junge galt mit seinem lässigen Auftreten, seinen gut schulterlangen schwarzen Haaren und seinem Talent für kesse Sprüche als Star der 9c, mit dem jeder gern zusammen war. Und weil er obendrein ein ausreichend guter Schüler war, hatte ihn jeder Lehrer in seiner Rolle belassen.

Damit hatte es an diesem Tag ein Ende.

»Herr Karrer«, hatte Franz Moeller mit einem herablassenden Grinsen gesagt, »nun versuchen Sie sich mal halbwegs gerade hinzustellen.« Kurze Pause. »Noch etwas gerader, bitte!« Kurze Pause. »Und nun nehmen Sie die Kreide und stellen sich an die Tafel.« Kurze Pause. »Danke, nun legen Sie die Kreide bitte weg und schauen Ihre Mitschüler an.«

Daraufhin hatte Sören fragend zu Moeller hingesehen. Anscheinend verstand er nicht, was der Lehrer mit ihm vorhatte.

»Ihre Mitschüler, bitte, Herr Karrer, nicht mich!«

Sören hatte ihm den Gefallen getan und mit einem lässigen Grinsen in die Runde gesehen.

»Schauen Sie sich diesen jungen Mann genau an«, hatte Moeller nun doziert, nachdem er sehr zufrieden Sörens Grinsen registriert hatte, »und lernen Sie aus seinem Verhalten. Sie alle finden ihn ... wie sagt man? Cool? Geil? Was auch immer. Viele von Ihnen, vermute ich, wären gerne wie Sören – und dann steht Ihr großes Idol auf, dreht sich zu Ihnen hin, stellt sich gerader hin, dann noch etwas gerader, dann nimmt er die Kreide und stellt sich an die Tafel, dann legt er die Kreide weg und dreht sich wieder um, macht alles, was ich ihm sage, ohne auch nur einmal wirklich aufzubegehren. Mehr als ein etwas dümmliches Grinsen bringt er als Reaktion darauf nicht zustande – Sie haben es gerade selbst gesehen.«

Sören hatte seinen Kopf Moeller zugewandt.

»Bitte, Herr Karrer: den Kopf geradeaus!«, donnerte Moeller, plötzlich ein gutes Stück lauter als bisher.

Sofort hatte Sören wieder zu seinen Mitschülern hingesehen, der Schreck war ihm sichtlich in die Glieder gefahren.

»Sehen Sie? Er hat es wieder getan: Er versteht nicht, was ich von ihm will, aber er gehorcht meinen Befehlen. Wollen Sie auch solche ... Äffchen werden?«

Sören war ein wenig in sich zusammengesunken.

»Wir sind hier an einem Gymnasium, und Sie als Gymnasiasten haben die Chance, nein: die Aufgabe, zur Elite Ihres Landes zu werden. Sie werden in einigen Jahren als Ärzte, Anwälte oder Manager arbeiten. Die Besten unter Ihnen werden ein paar Jahre später als Chefärzte, Prokuristen oder Geschäftsführer mittlere und größere Unternehmen in den unterschiedlichsten Branchen leiten. Positionen, die Ihnen viel Renommee, viel Geld und ein selbstbestimmtes Leben bieten – aber eben auch Positionen, die von Ihnen einen starken Willen erfordern. Positionen, in denen Sie sich nicht zum Affen machen lassen dürfen, wenn Sie bestehen wollen.«

Der hämische Seitenblick des Lehrers hatte Sören die Schamröte ins Gesicht getrieben.

»Und warum erzähle ich Ihnen das alles? Weil ich in dieser Stunde nur mal eben ins Lehrerzimmer gegangen bin und Ihnen sogar noch Aufgaben hinterlassen habe, damit Sie sich nicht selbst überlegen müssen, mit welchem Stoff Sie sich beschäftigen könnten. Ich komme zurück und muss draußen auf dem Flur hören, wie hier drin herumgequatscht wird, wie Sie sich aus lauter Langeweile schale Witze erzählen und sich zum Fußball oder zum Skaten verabreden. Ist denn keine Einzige, kein Einziger von Ihnen auf die Idee gekommen, sich selbst eine neue Aufgabe zu suchen und sie in Ruhe zu erledigen? Hat denn niemand von Ihnen genug Eigenständigkeit, seinen Weg auch ohne detaillierte Schritt-für-Schritt-Anleitung zu gehen?«

Alle hatten wie begossene Pudel vor dem Lehrer gesessen.

»Ich bin enttäuscht von Ihnen, meine Damen und Herren. Nicht von ihm ...« Moeller hatte Sören mit einer abfälligen Geste bedacht. »Aber von Ihnen! Wollen Sie wirklich noch immer so werden wie er hier? Cool, lässig, meinetwegen –

aber schaffen wird er mit dieser Art nicht viel in seinem Leben. Was soll so einer denn auf die Beine stellen? Aufbauen, voranbringen? Ich frage Sie: Ist Ihr Anspruch nicht doch etwas höher?«

Nach einer kleinen Pause hatte sich schließlich Carina, die Klassensprecherin, ein Herz gefasst: »Aber Sören ist kein Loser, er ist ein guter Schüler!«

Nachlässig hatte Franz Moeller ihr zugelächelt, dann hatte er gesagt: »Wenn es Ihnen reicht, nur gut zu sein, liebe Carina, dann hätten Sie nicht unbedingt aufs Gymnasium gehen müssen.«

Wie sie da vor dem Kindergrab stand, mit hängenden Schultern und geneigtem Kopf, wirkte die Frau deutlich älter, als sie tatsächlich war.

Das Grab war mit einem hellen, noch neu wirkenden Holzkreuz markiert, auf der Querstrebe stand eingeschnitzt: »Kai Wirsching, geb. 15. 4. 1995, gest. 9. 4. 2010«. In der Mitte der rechteckigen Fläche, deren Rand von weißen Kieselsteinen markiert wurde, steckte eine Plastikvase in der dunklen Erde, aus der frische Schnittblumen ragten. Das grüne Papier, in dem die Blumen eingeschlagen gewesen waren, hielt die Frau noch in der Hand.

Still und stumm stand sie da, blickte auf das Kreuz und knetete das Papier in ihren Händen, bis sie es zu einem steinharten Klumpen zusammengedrückt hatte.

Die sich nähernden Schritte auf dem Weg hinter ihr bemerkte sie erst nicht. Dann aber drehte sie sich langsam um und sah in die traurigen Augen eines Mannes, dem sie in den Wochen nach Kais Tod bittere Vorwürfe gemacht hatte.

Kommissar Mertes nickte Anna Wirsching kurz zu, dann stellte er sich wortlos neben sie vor das Grab ihres Sohnes.

Er hatte die Frau erst gesehen, als er um die Pelmer Kirche herumgegangen war, und er wollte ihr eigentlich gar nicht begegnen. Etwa einmal die Woche kam er hierher und zu den Gräbern der anderen Kinder in den umliegenden Orten, und er versuchte es so einzurichten, dass er möglichst wenigen Leuten und vor allem nicht den trauernden Eltern begegnete – aber heute hatte es eben nicht geklappt, und er hätte es schäbig gefunden, nun einfach wieder wegzugehen, ohne sich dem Anblick der Gräber und den vorwurfsvollen Blicken der trauernden Frau zu stellen.

Er sah hinüber zu der Bahnstrecke, auf der noch immer der alte Triebwagen verkehrte. Er hob den Blick und schaute zu dem Hang, auf dem die Kasselburg thronte. Dann spürte er den Seitenblick von Anna Wirsching und sah wieder auf das Grab vor sich hinunter.

Diese Frau hatte ihren einzigen Sohn verloren, und die Arbeit von Mertes und seinen Kollegen in der Soko Cäcilienberg hatte nur das ergeben, was für viele von Anfang an offensichtlich war: Im Internat Cäcilienberg waren Schüler verunglückt, und andere hatten sich umgebracht, weil sie entweder mit dem Leistungsdruck nicht fertiggeworden waren – oder weil sie eine depressive Veranlagung oder einfach nur Probleme mit der Pubertät hatten.

Dass Anna Wirsching diese Auflösung nicht akzeptierte, war keine Überraschung. Aber auch Mertes ließ die Geschichte keine Ruhe. Und als er einige Zeit nach dem Tod der Kinder vom Internat aus angerufen worden war, ohne dass sich am anderen Ende jemand gemeldet hätte, war Mertes sofort wieder so aufgewühlt wie zu Beginn seiner Ermittlungen.

Er hatte herausfinden können, dass er vom Apparat des Rektors aus angerufen worden war – doch der Rektor war verschwunden und blieb es bis zum heutigen Tag. Auf seinem Laptop hatte er einen Abschiedsbrief getippt, aber nicht ausgedruckt – und auf dem Boden vor dem Schreibtisch lag ein zerbrochenes Weinglas, umgeben von einem dunklen Weinflecken, der wie Blut wirkte.

Dass Muhr spurlos verschwand, war ein weiteres merkwürdiges Detail in diesem merkwürdigen Fall, aber es konnte natürlich durchaus sein, dass der Leiter des Internats nach all den tragischen Zwischenfällen nicht mehr leben wollte oder – seine Leiche war bisher nicht gefunden worden – dass er irgendwo ein neues Leben beginnen wollte.

Kapitel zwei

Rektor Johannes Wehling drückte auf den Knopf seiner Espressomaschine und beobachtete, wie nach dem laut knarzenden Mahlgeräusch die schaumige dunkelbraune Brühe in die Tasse lief. Ein würziger Duft breitete sich in seinem Büro aus, und vorsichtig balancierte er das kleine Tässchen zu seinem Schreibtisch hinüber. Er rührte den Zucker behutsam ein, leckte die Crema ab, die an dem kleinen Löffel hängen blieb. Dann schnüffelte er noch einmal genüsslich an dem Espresso und kippte ihn schließlich in einem Schluck hinunter.

Mit geschlossenen Augen blieb er kurz so sitzen: die Tasse in der einen Hand, die Untertasse mit dem Löffel in der anderen, den Oberkörper in den Sessel gelehnt, den Kopf in den Nacken gelegt.

Dann ging ein Ruck durch ihn, er stellte alles beiseite und nahm den Brief zur Hand, den er heute schon mehrmals gelesen hatte: Die Elternvertreter der Klassen 9c und 6d hatten sich über Rosemarie und Franz Moeller beschwert und baten ihn, die beiden Kollegen zur Ordnung zu rufen.

Das klang nach Ärger, und er hatte absolut keine Lust dazu, sich mit den beiden neuen Lehrern anzulegen. Zwar beruhigte er die anderen Kollegen immer wieder und versuchte ihnen ihre Bedenken gegen die Moellers auszureden – aber so ganz geheuer waren ihm die beiden selbst nicht.

Derweil wurde Franz Moeller von der Klasse 9c erwartet.

»Er kommt!«, rief Hendrik und beeilte sich, seinen Platz in der zweiten Reihe zu erreichen. Schlagartig verstummten alle Gespräche, und Sarah, die noch ermunternd auf Sören eingeredet hatte, hockte sich wie die meisten anderen kerzengerade auf ihren Stuhl.

Sören lümmelte fast wie sonst auf seinem Platz, allerdings hatte er feuchte Hände, er wirkte blass und sein Blick huschte unstet im Zimmer umher. Als Franz Moeller den Raum betrat und seine Tasche auf dem Lehrerpult ablegte, ließ er sich demonstrativ noch ein wenig tiefer in den Stuhl sinken.

Moeller bemerkte es, lächelte ihn aber nur mitleidig an.

Der Schüler räusperte sich, aber es half nicht: Seine Augen bekamen einen verräterischen Schimmer.

Kevin und Lukas gingen wieder gemeinsam in die Stadt.

Diesmal hatte Lukas seiner Mutter schon am Morgen Bescheid gegeben, und weil Michael und Sarah Nachmittagsunterricht hatten, sollte ohnehin erst am Abend gemeinsam warm gegessen werden. Als Lukas ankündigte, dass er danach noch mit zu Kevin nach Hause wolle, war seine Mutter zwar erstaunt über die so plötzlich entstandene Freundschaft – aber letztendlich war es ihr ganz recht, wenn Lukas mehr Kontakt zu seinen Klassenkameraden bekam. Er war zwar kein Einzelgänger, aber zu Treffen mit anderen Kindern aus der 6d kam es höchstens alle zwei, drei Wochen.

Fast hätte Lukas die Verabredung mit Kevin gar nichts genützt, denn Marius und seine Kumpels hatten diesmal besser aufgepasst: Sie folgten Kevin und Lukas aus dem Schulhof und wollten gerade zu ihnen aufschließen, als von hinten die Stimme von Rosemarie Moeller zu hören war.

»Hallo, Marius«, sagte sie knapp und gönnte sich ein leichtes Grinsen, als die Jungs mitten in der Bewegung erstarrten, »musst du nicht in die andere Richtung?«

Marius hatte noch etwas Unverständliches gestammelt, war dann aber eilig mit seinen Begleitern umgekehrt. Rosemarie Moeller ging noch ein Stück neben Kevin und Lukas her, und sie plauderte sogar ein bisschen mit den beiden, aber als sie sich an der nächsten Kreuzung verabschiedete, war Lukas doch froh: Er hatte Angst vor dieser Frau.

Kurz sah er sich noch um, aber Marius und die anderen waren nirgendwo zu sehen. Erleichtert schloss er wieder zu Kevin auf, der weitergegangen war, und die beiden nahmen Kurs auf die Innenstadt.

Michael schlurfte fürs Mittagessen zusammen mit Petar und Ronnie gemächlich zur Mensa hinüber. Kartoffelbrei, Hackbällchen und Paprikasoße zählten zwar nicht gerade zu seinen Lieblingsgerichten, aber für diesen Monat war keine Rote Wurst aus der Metzgertheke mehr drin und erst recht keine Hühnchenschale aus dem Thai-Imbiss – das musste er selbst bezahlen, während er das Geld für die Mensa-Essensmarken von seinen Eltern bekam.

Tobias und Marc bemerkte er erst, als die beiden mit Schwung in ihn hineinrannten.

Michael verlor das Gleichgewicht, und Tobias, der sich in Michaels Ranzengurt verheddert hatte, zog ihn vollends zu Boden. Die beiden Jungs rappelten sich auf, Petar und Ronnie halfen Michael wieder auf, und Tobias begann sofort loszuschimpfen, Michael habe ihn stolpern lassen.

»He, ist gut jetzt«, sagte Petar und funkelte Tobias und Marc wütend an. »Erst rennt ihr Michael über den Haufen, und jetzt wollt ihr auch noch rummotzen?«

»Michael ist wirklich ...«, mischte sich nun auch Marc ein, aber Petar stoppte ihn: »Schaut zu, dass ihr Land gewinnt, ihr Knallköpfe!«

Mit dem stämmigen Petar wollten sie sich offensichtlich nicht anlegen, und so trollten sich die beiden, noch immer schimpfend wie die Rohrspatzen. Aus dem Augenwinkel bemerkten sie Hannes Strobel, der einen Teil der Szene durch die offene Tür eines Klassenzimmers beobachtet hatte.

Erst als sie um die nächste Ecke gebogen waren, gönnten sich Tobias und Marc ein Grinsen und klatschten sich zufrieden ab. Das war fürs Erste gar nicht so schlecht gelaufen.

Gegen fünf verabschiedete sich Lukas. Kevin hatte mit ihm gespielt, ein bisschen gelernt und die Kekse und den Kakao verputzt, die ihm seine Mutter morgens hingestellt hatte – war nun aber erleichtert, dass Lukas aufbrach und er endlich sein neues Konsolenspiel ausprobieren konnte.

Auf dem Weg zur nächsten Bushaltestelle sah sich Lukas immer wieder nach allen Seiten um, doch weder Marius noch einer seiner Freunde war zu sehen. Er musste einmal umsteigen und erwischte dabei den Bus, mit dem auch seine beiden älteren Geschwister nach Hause fuhren.

Schwatzend und lachend gingen Sarah, Michael und Lukas das letzte Stück bis nach Hause, und vor allem Lukas genoss den kurzen Weg: In Begleitung der beiden Älteren hatte er nichts zu befürchten.

Im Haus hantierte Annette Pietsch bereits mit Töpfen und Pfannen, schnippelte Gemüse klein und schien bester Laune. Rainer Pietsch hatte angerufen: Die für heute angesetzte Besprechung um sechs falle aus, hatte er gesagt, und er könne nun doch zum gemeinsamen Abendessen zu Hause sein.

»Mami«, rief Sarah in die Küche, »wir sind da, und ich mache noch kurz Hausaufgaben, ja?«

»Oha!«, kam es vom Herd zurück. »So fleißig?«

Aber da war Sarah schon in ihr Zimmer verschwunden, und auch die beiden Jungs saßen an ihren Schreibtischen. Michael lernte auf einen Vokabeltest, und Lukas hockte einfach nur da und war froh, dass der Tag für ihn so glimpflich verlaufen war.

Er zog sein Hausaufgabenheft heraus, überflog noch einmal die Liste der bereits abgehakten Aufgaben – und wurde bleich: Aus dem Heft rutschte ein kleiner karierter, aus einem Block gerissener Zettel, auf dem nur »Kohle!!!« stand, groß und fett gekrakelt und mit drei Ausrufezeichen dahinter.

Sarah konnte lange nicht einschlafen. Sören ging ihr nicht mehr aus dem Kopf. Nett hatte sie ihn schon immer gefunden, aber ein gleichaltriger Junge war eigentlich viel zu jung für sie – wenn sie ihn sich als ihren festen Freund vorstellte.

Bisher hatte sie sich mit ihm ganz gut verstanden. Er war ein angenehmer Typ, cool natürlich, aber meistens freundlich, während viele andere ihre Coolness auf eine Art vor sich hertrugen, die sie arrogant wirken ließ. Sören war anders, und seit Moeller ihn vor der versammelten Klasse so heruntergemacht hatte, offenbarte er auch Seiten, die sie bisher nicht an ihm vermutet hätte. Verletzlich wirkte er inzwischen, und hinter der lässigen Fassade, die durch Moeller Risse bekommen hatte, kam ein eher schüchterner Junge zum Vorschein.

Sarah mochte das. Sie hatte ohnehin noch nie verstanden, warum Jungs immer den Macker geben mussten, obwohl das kein bisschen männlich, sondern meistens einfach nur lächerlich wirkte.

Schritte kamen die Treppe herauf, und Sarah zog sich

seufzend die Decke über den Kopf, mit den Gedanken noch immer bei Sören.

Langsam und lautlos öffnete sich die Tür zu ihrem Zimmer. Rainer Pietsch musterte das Bett seiner Tochter, sie schien tief und fest zu schlafen. Mit einem Lächeln zog er die Tür wieder zu und ging selbst zu Bett.

Sören Karrer konnte nicht schlafen. Er war es nicht gewohnt, von Lehrern nicht gemocht zu werden, und dass ihn Franz Moeller nicht nur hart angegangen war, sondern vor der ganzen Klasse auch unmöglich gemacht hatte, machte ihm schwer zu schaffen.

Lange hatte er sich in seinem Bett herumgewälzt, dann gab er auf. Er schlich hinaus auf den Flur, linste durch die offenstehende Tür des Elternschlafzimmers: Seine Mutter lag schräg über beide Betthälften ausgestreckt und schnarchte leise, der Vater kam wegen seines Jobs derzeit nur über die Wochenenden nach Hause.

Sören schlich sich zur Wohnungstür, eine Runde um den Block würde ihm wegen der kühlen Nachtluft sicher helfen, nachher doch noch einzuschlafen. Vorsichtig zog er die Tür hinter sich zu, zog die Stiefel auf der Treppe an und ging nach unten.

Zwei Straßenecken weiter fiel ihm ein, dass er in Richtung der Straße unterwegs war, in der die Moellers wohnten. Er hatte die beiden gegoogelt und war darauf gestoßen, dass sie sich nicht allzu weit von ihm entfernt eingemietet hatten. Also ging er weiter, und etwa fünfzehn Minuten später stand er vor dem Haus, das die Suchmaschine genannt hatte. Er ging zum Eingang des Mehrfamilienhauses: Rosemarie und Franz Moeller schienen im zweiten Stock zu wohnen. Er schlenderte zur anderen Straßenseite hinüber und nahm auf einem Betonkasten Platz, von dem aus er bequem zu den Fenstern im zweiten Stock hinaufsehen konnte.

Hinter einem Fenster leuchtete ein bläulicher Schimmer, vermutlich saß einer der Lehrer am Computer. Im Nebenraum schien ein eher gelbliches Licht in die Nacht hinaus. Lange tat sich gar nichts, dann ging im gelb ausgeleuchteten Zimmer eine Silhouette am Fenster vorbei, wurde größer und etwas unschärfer – da schien jemand auf eine Lichtquelle in der Zimmermitte zuzugehen. Kurz danach kam eine zweite Silhouette dazu, die beiden Gestalten schienen eine Art Gymnastik auszuüben, vielleicht Yoga oder etwas in der Art.

Dann verschwand eine Silhouette, die andere führte weiterhin ähnliche Bewegungen aus.

Hinter einem dritten Fenster, halb verdeckt von einem Vorhang und deshalb von Sören unbemerkt, war für kurze Zeit ein blasses Gesicht hinter der dunklen Scheibe zu sehen.

Die turnende Silhouette verharrte nun immer länger in unbequem aussehenden Posen, und der Übergang von der einen Stellung in die andere ging fließend und langsam vor sich. Sören grinste: Die beiden sind Yoga-Fans und wissen nichts Besseres mit ihrer Nacht anzufangen, als Gymnastik zu treiben. Das müsste sich doch nutzen lassen, um die Moellers bei den Mitschülern lächerlich zu machen. Vielleicht konnte er sich damit gegen die aggressive, erniedrigende Art seines Lehrers wehren.

Sören schaute auf seine Armbanduhr: halb eins durch. Er schüttelte den Kopf: Wie durchgeknallt musste man sein, wenn man mitten in der Nacht Gymnastik machte?

»Na, interessant?«

Sören zuckte zusammen und erstarrte: Die Stimme schien direkt aus seinem Kopf zu kommen. Dann fiel ihm auf, dass heißer Atem sein Ohr streifte, und die Stimme sprach weiter.

»Mein lieber Herr Karrer, wenn Sie sich einen Vorteil davon versprechen, uns nachts zu beobachten, muss ich Sie enttäuschen.«

Franz Moeller stand direkt hinter ihm, an den Betonkasten gelehnt, auf dem Sören saß, und zischte ihm ins Ohr. Sören war wie gelähmt, er sah weiterhin starr hinauf zum zweiten Stock.

»Nehmen wir mal an, Sie suchen nachts nach irgendwelchen Informationen, mit denen Sie uns vor Ihren Mitschülern als skurril oder seltsam oder lächerlich erscheinen lassen könnten. Dann gehen Sie also in den nächsten Tagen in der Schule von Tisch zu Tisch und erzählen irgendetwas. Da würde ich mich als Mitschüler allerdings fragen, ob nicht womöglich der gute Sören einen an der Klatsche hat, wenn er mitten in der Nacht vor der Wohnung seines Lehrers herumlungert und durchs Fenster glotzt. Außerdem sind Sie in der Klasse ohnehin zum Abschuss freigegeben, ich nehme an, das ist Ihnen schon aufgefallen. Mir scheint es, als würde Sie niemand mehr so großartig finden wie früher. Und falls doch mal jemand der anderen mit Ihnen redet oder Ihnen Hilfe anbietet, würde ich darauf tippen, dass das aus purem Mitleid geschieht.«

Sören zitterte erbärmlich, aber er versuchte es sich nicht anmerken zu lassen. Seine Nackenhaare standen zu Berge, aber das Zischen an seinem Ohr nahm kein Ende. Schließlich raunte Moeller ihm mit höhnischem Unterton zu: »Sören Karrer, Sie sind fertig, erledigt, glauben Sie mir!«

Dann entfernten sich die Schritte, Moeller schien zurück über die Straße zu gehen. Sören hörte die Haustür zuschlagen – erst jetzt wagte er den Blick zu senken und zum Hauseingang hinüberzusehen. Im Treppenhaus brannte Licht, die Straße lag ruhig und leer. Sören wandte den Kopf der Stelle zu, an der Franz Moeller gerade noch gestanden hatte. Ein leichter Geruch wie von Rotwein und Räucherstäbchen hing in der Luft. Ein Weinkrampf schüttelte ihn, schluchzend und zitternd kippte er vornüber und blieb zusammengekauert auf dem Betonkasten hocken. Schließlich nahm Sören alle Kraft zusammen, ließ sich zu Boden gleiten und schlurfte gebeugt nach Hause.

Oben stand Franz Moeller und schaute ihm aus dem dunklen Zimmer hinterher.

Der Freitag begann ungewohnt ruhig im Hause Pietsch. Während Annette Pietsch ihrem Mann noch nachsah, als er mit dem kleineren ihrer beiden Autos um die nächste Ecke verschwand, hörte sie hinter sich Schritte auf der Treppe.

Sarah und Michael kamen herunter, waren bereits angezogen und stellten ihre Schulranzen sachte an der Wand neben der Eingangstür ab. Dann gingen sie in die Küche, holten aus den Regalen und dem Kühlschrank, was noch zum Frühstück fehlte, und begannen zu essen.

»Magst du dich nicht zu uns setzen?«, fragte Sarah schließlich, als sie ihre Mutter bemerkte, die staunend in der Küchentür stand. Es war Annette Pietsch schon aufgefallen, dass sich die Kinder mehr am Haushalt beteiligten, aber so vorbildlich, so selbstständig wie heute früh hatten sie sich bisher noch nie verhalten.

»Äh ... ja, doch, klar. Ich geh nur noch kurz nach Lukas sehen.«

»Okay, Mami!«

Kopfschüttelnd ging sie die Treppe hinauf, um Lukas zu wecken, doch auch ihr Jüngster war schon wach. Er saß am

Schreibtisch und schien noch seine Schulsachen zu sortieren – als Annette Pietsch ihn aber ansprach, zuckte er kurz zusammen und schob schnell ein aufgeschlagenes Schulheft über die Mitte der Schreibunterlage.

»Ist was?«, fragte seine Mutter.

»Nein, nein, alles klar«, versicherte der Junge schnell. »Ich komm auch gleich runter.«

Kurz zögerte Annette Pietsch, wollte fragen, was Lukas denn so erschreckt habe, aber dann drehte sie sich doch um und ging wieder nach unten.

Lukas wartete, bis sie unten angekommen war, dann klappte er das Matheheft zu, steckte es in den Schulranzen und zählte noch einmal das Geld, das er auf den Schreibtisch gelegt hatte, ehe er es sich in die rechte Hosentasche stopfte.

»Dumm gelaufen, würde ich sagen«, sagte Franz Moeller leichthin und schickte Sarah Pietsch wieder zurück zu ihrem Platz. »Das sollte Ihnen in diesem Schuljahr nicht mehr allzu oft passieren.«

Sarah saß mit hochrotem Kopf auf ihrem Stuhl und stierte vor sich auf die Tischplatte. Der Moeller war so ungerecht, ging es ihr durch den Kopf, aber sie sagte keinen Ton, um nicht noch einen Rüffel zu riskieren.

»Eigentlich sollte ich Ihnen nicht nur eine mündliche Sechs geben, sondern gleich zwei – Sie machen auf mich nicht den Eindruck, als hätten Sie verstanden, was ich damit bezwecken will.«

Sarah stierte weiter vor sich hin. Am liebsten wäre sie im Boden versunken.

Franz Moeller ging langsam auf sie zu, stellte sich direkt hinter sie und sah auf denselben Punkt auf dem Tisch wie sie. Ansonsten stand er stumm und still, stand einfach da, direkt hinter Sarahs Stuhllehne. Sarah fröstelte, und vor allem hatte sie keine Ahnung, wie sie nun am besten reagieren sollte. Aus den Stuhlreihen hinter ihr war unterdrücktes Kichern zu hören, das aber abrupt endete, als Franz Moeller sich kurz räusperte.

Zwei, drei Minuten dauerte das Schweigen an, dann hielt Sarah es nicht mehr aus: Langsam drehte sie sich auf ihrem Stuhl zu Moeller um und sah ihn fragend an.

Der Lehrer grinste auf sie hinunter: »Ich dachte schon, wir hätten Sie nun ganz verloren.«

Sarahs rot leuchtende Wangen nahmen eine noch intensivere Farbe an. Sie schämte sich, wusste aber nicht einmal genau, wofür.

»Kommen Sie bitte noch einmal zu mir nach vorn?«, sagte Moeller schließlich nach einer weiteren Pause und ging zur Tafel.

Mit wackligen Beinen erhob sich Sarah, atmete tief durch und folgte dem Lehrer.

»Machen Sie das mal!«, sagte er, hielt Sarah ein Stück Kreide hin, ging hinüber zum Fenster, lehnte sich an das Fensterbrett und deutete auf die leere Tafel.

Sarah sah ihn an und wartete.

»Sie wissen nicht, was Sie nun machen sollen, stimmt's?«

Sarah nickte und schluckte.

»Das ist mir klar, und woher sollen Sie es auch wissen?«

Sarah schwieg.

»Bisher habe ich es Ihnen ja auch noch nicht gesagt.«

Sarah wartete. Moeller musterte sie, schwieg und gestattete sich mit der Zeit ein immer breiter werdendes Lächeln.

»Sehen Sie?«, fragte er schließlich. »Genau darum haben Sie vorhin die Sechs bekommen.«

Sarah öffnete den Mund, schloss ihn aber wieder – sie brachte keinen Laut heraus. Irgendwann musste diese Quälerei doch ein Ende haben!

»Sie sollten eine mathematische Aufgabe lösen, die wir noch nicht im Unterricht behandelt hatten. Und das konnten Sie nicht.«

Sarah sah ihn fragend an.

»Und warum konnten Sie das nicht?«

Sarah zuckte mit den Schultern. Sofort hatte sie Angst, damit wieder einen entscheidenden Fehler begangen zu haben.

»Na, endlich: eine Regung!« Moeller wirkte nicht böse, seine Stimme klang jetzt sogar einigermaßen freundlich. »Sie konnten die neue Aufgabe nicht lösen, weil Sie Ihre Hausaufgaben nicht gemacht haben.«

»Hausaufgaben? Welche Hausaufgaben denn?«, brachte Sarah schließlich hervor.

»Die Hausaufgaben, die auf die heutige Stunde zu machen waren.«

»Sie haben ...« Sarah brach ab.

»Ja?«, hakte Moeller nach.

Sarah nahm ihren ganzen Mut zusammen: »Sie haben uns aber keine Hausaufgabe aufgegeben.«

»Das ist so nicht ganz richtig«, korrigierte Moeller, aber es war nicht zu übersehen, dass das Gespräch so verlief, wie er es sich erhofft hatte. Er legte wieder eine Pause ein und schien es zu genießen, dass Sarah völlig verunsichert zwischen ihm und ihren Mitschülern hin und her sah.

»Gut, Sarah, gehen wir noch einen Schritt zurück.«

Sie machte Anstalten, zu ihrem Platz zurückzukehren, aber Moeller schüttelte nur kurz den Kopf.

»Sie erinnern sich hoffentlich, was ich Ihnen und den

anderen in der Klasse zum Thema Selbstständigkeit erzählt habe.«

Sarah nickte.

»Können Sie es für mich noch einmal kurz zusammenfassen, bitte?«

»Wir ... Sie meinten, wir sollten mehr Eigeninitiative ergreifen.«

»Und was noch?«

»Sie haben betont, dass wir für uns selbst verantwortlich sind und nicht darauf warten sollen, bis man uns alles auf dem Silbertablett serviert.«

»Sehr gut«, nickte Moeller zufrieden. »Das war, wenn ich mich richtig erinnere, sogar genau mein Wortlaut. Wollen wir mal hoffen, dass Sie das nicht nur auswendig gelernt, sondern auch verinnerlicht haben.«

Sarah sah ihn an und wartete, was als Nächstes kommen würde.

»Was ich von Ihnen ... nein: was ich für Sie will, ist: Sie sollen nicht die Schafe sein, sondern die Wölfe – oder meinetwegen mindestens die Schäfer.«

Moeller wandte sich ab und sah zum Fenster hinaus. Es war ein regnerischer Tag, aber liebend gerne wäre Sarah draußen durch die Pfützen getappt, nur um dieser unerträglichen Situation endlich entfliehen zu können.

»Da draußen«, fuhr Moeller plötzlich fort und schien in irgendeine weite Ferne zu blicken, »da draußen herrscht Krieg, und auf diesen Krieg will ich Sie vorbereiten.«

Er schnellte herum, sah kurz in die Runde und quittierte die verblüfften Gesichter mit einem breiten Grinsen.

»Sie wollen wahrscheinlich alle mal Karriere machen, wollen gutes Geld verdienen oder die Welt verbessern. Aber wenn Sie das schaffen wollen, müssen Sie besser sein als andere – was hilft Ihnen die beste Idee, wenn Sie es nicht bis zu dem Hebel schaffen, mit dem Sie auch tatsächlich etwas in Ihrem Sinne bewegen können?«

Es war still im Klassenzimmer, alle starrten auf den seltsamen Lehrer, der da so beseelt von seinem Thema vor ihnen stand. Die plötzlich losschrillende Pausenglocke ließ die meisten zusammenschrecken, Moeller allerdings stand unbewegt – und nachdem er bereits einmal alle mit ausführlichen Strafarbeiten bedacht hatte, die sich mit dem Klingeln ohne seine Erlaubnis erhoben hatten, blieben nun alle sitzen, wenn auch zähneknirschend.

»Sehen Sie«, sagte er nach einer weiteren kurzen Pause, »Sie sind schon viel weiter als zu Beginn des Schuljahrs. Keiner von Ihnen steht auf. Weil Sie die Pausenglocke nicht mehr brauchen, um zu erkennen, ob ein Thema zu Ende behandelt ist oder nicht.«

Er sah noch einmal in die Runde, dann wandte er sich wieder Sarah zu.

»Aber um heute keine Sechs zu bekommen, liebe Sarah, hätten Sie noch etwas weiter sein müssen.«

Ärger stieg in Sarah auf. Wegen der Sechs – solche Noten war sie bisher nicht gewöhnt – und wegen des geheimnisvollen Getues von Franz Moeller, das ihr inzwischen gewaltig auf die Nerven ging.

»Sie haben gesagt: ›Wir hatten keine Hausaufgaben auf.‹ Und ich habe erwidert, dass das so nicht ganz richtig sei. Was schließen Sie daraus?«

Sarah zuckte mit den Schultern.

»Na, jetzt stehen Sie doch schon hier vorne, da können Sie sich auch etwas Mühe geben, oder?«

Sarah schluckte.

»Also: was schließen Sie daraus?«

»Dass Sie dachten, Sie hätten uns Hausaufgaben aufgegeben?«

Moeller schüttelte den Kopf.

»Lassen wir Ihren verschrobenen Satzbau mal beiseite – aber da ich den Unterricht leite, dürfen Sie das, was ich weiß – nicht glaube! – ruhig als gegeben annehmen.«

Sarah verstand kein Wort, und das war ihr auch deutlich anzusehen.

»Ich habe sehr wohl Hausaufgaben für Sie vorbereitet, und ich wollte sehr wohl, dass Sie diese Hausaufgaben bis zur heutigen Unterrichtsstunde erledigen.«

»Aber davon wusste ich nichts!«, protestierte Sarah in einem anklagenden Ton, den sie insgeheim selbst kindisch fand.

»So weit gebe ich Ihnen recht«, sagte Moeller unbeeindruckt. »Und warum wussten Sie nichts davon?«

»Weil Sie nichts davon gesagt haben.«

»Das ist die Sichtweise der Schafe, liebe Sarah. Was würden Wölfe antworten?«

Sarah zog die Stirn kraus, dann zuckte sie erneut mit den Schultern.

»Wölfe würden sagen: ›Weil ich Sie nicht danach gefragt habe.‹«

Sarah dachte fieberhaft nach.

»Ich hätte Sie also fragen sollen, ob Sie Hausaufgaben für uns haben?«, brachte sie schließlich hervor.

Moeller nickte nur und lächelte sie freundlich an. Der hat einen Knall, schoss es Sarah nur durch den Kopf.

»Ich hätte Sie also fragen sollen, und weil ich das nicht gemacht habe, bekomme ich jetzt eine Sechs?«

»Ja, indirekt: Hätten Sie mich nach der Hausaufgabe gefragt, dann hätte ich Ihnen die Aufgabe mitgegeben – und hätten Sie die Aufgabe durchgearbeitet, hätten Sie heute an der Tafel die Lösung gekannt.«

Sarah stand mit offenem Mund da.

»Aber, Herr Moeller«, meldete sich Carina zu Wort, die Klassensprecherin, »woher hätte Sarah denn wissen sollen, dass sie ausgerechnet an diesem Tag hätte fragen sollen?«

Moeller lächelte noch immer.

»Ich habe Ihnen allen zu Beginn des Schuljahres gesagt, dass Sie davon ausgehen sollten, dass ich nach jeder Mathestunde Hausaufgaben für Sie haben werde. Und diesmal habe ich das erste Mal darauf verzichtet, die Aufgabe an die Tafel zu schreiben – das war ein Test, und Sarah hat ihn leider nicht bestanden.«

»Aber keiner von uns hat Sie wegen der Hausaufgabe gefragt! Warum bekommt dann Sarah eine Sechs?«

»Weil sie dabei erwischt wurde.«

»Aber das ist ungerecht!«

»Da ich annehme, dass Sie mit Ihrem Protest nicht erreichen wollen, dass jeder in dieser Klasse eine Sechs bekommt, weil er oder sie das ebenso verdient hätte wie Sarah, vermute ich, Sie wollen erreichen, dass Sarahs Sechs gestrichen wird. Richtig?«

»Ja, natürlich, alles andere wäre unfair!«

Moeller lachte kurz auf, dann zog er ein Stofftaschentuch hervor, schnäuzte sich, steckte das gefaltete Taschentuch wieder weg und sah Carina nachsichtig an.

»Unfair? Ich glaube, dieses Wort sollten Sie aus Ihrem Wortschatz streichen. Da draußen herrscht Krieg, das habe ich gerade erwähnt – und auf diesen Krieg will ich Sie vorbereiten. Da ist es mit Kuscheln und Loben leider nicht getan.«

Carina lehnte sich kopfschüttelnd in ihrem Stuhl zurück,

dann sah sie demonstrativ zur Wanduhr hin: Die große Pause dauerte nur noch ein paar Minuten.

Moeller folgte ihrem Blick.

»Schade um die Pause«, sagte er dann. »Aber lassen Sie uns das hier noch zu Ende bringen.«

Er klappte die Tafel auf und wandte sich wieder Sarah zu.

»So, nun schreiben Sie alles hier an diese leere Tafel, was Ihnen an guten Eigenschaften einfällt. Alles, was Sie für wichtige Charaktereigenschaften halten.«

Sarah stutzte.

»Na, los!«

Kurz dachte sie nach, dann begann sie zu schreiben. Moeller drehte sich zur Klasse um, ließ seinen Blick über die Schüler schweifen. Sie sahen wütend aus, blickten finster oder frustriert drein, aber alle waren gespannt bei der Sache – Moeller nickte zufrieden, griff sich ein zweites Stück Kreide und holte aus.

»Sören, Sie könnten ... nein«, unterbrach er sich sofort wieder und ließ seinen rechten Arm mitten in der Wurfbewegung verharren. »Nein, Sören, das mit Ihnen lassen wir mal lieber.«

Der Junge schluckte, sagte aber nichts. In Moellers Unterrichtsstunden war der einst so coole, lässige Klassenliebling nur noch ein Schatten seiner selbst.

Die Kreide flog im hohen Bogen durch den Raum, im letzten Moment hob Carina die rechte Hand und fing die Kreide auf.

»Gut gemacht, Carina«, grinste Moeller. »Kommen Sie bitte zu Sarah und helfen ihr ein wenig?«

Carina erhob sich langsam, ging zur Tafel, las einige der Begriffe, die schon dort standen, dann begann sie ebenfalls zu schreiben.

Die Glocke zerriss die angespannte Stille erneut, die große Pause war vorüber, doch Moeller reagierte nicht weiter auf die Störung und beobachtete die beiden Mädchen, wie sie Begriff um Begriff an die Tafel schrieben und wie sich die dunkle Schreibfläche immer schneller mit weiß gekritzelten Buchstaben füllte.

Nach zwei Minuten ging die Tür auf und Jörg Zimmermann hastete herein. Als er Moeller sah, der völlig entspannt vorne am Pult stand, blieb er wie angewurzelt stehen und sah den Kollegen fragend an.

»Guten Tag, Herr Kollege«, sagte Moeller sanft, »wir sind noch nicht ganz fertig.«

»Äh ... ich ... wir haben jetzt ...«

»Deutsch, ich weiß«, nickte ihm Moeller zu. »Ich würde die Stunde allerdings gerne noch ein wenig für unser Thema nutzen – wir sind gerade mittendrin. Was halten Sie davon, wenn Sie die unverhoffte Pause einfach genießen? Ich kann Ihnen gerne in den nächsten Tagen eine meiner Stunden dafür abtreten.«

Zimmermann schien mit dem Vorschlag alles andere als einverstanden. Er stand kurz unschlüssig da, sah zu den Schülern hinüber, dann begehrte er halbherzig auf: »Nein, Herr Moeller, so geht das nicht. Wir müssen uns auf eine Klassenarbeit ...«

»Danke, Herr Zimmermann, dass Sie Verständnis haben«, sagte Moeller ganz ruhig, als habe er Zimmermann gar nicht gehört. »Ich komme nachher zu Ihnen und dann schauen wir mal, welche Stunde ich Ihnen im Tausch anbieten kann, ja?«

Zimmermann öffnete den Mund, schloss ihn wieder.

»Danke, Herr Zimmermann«, sagte Moeller noch einmal und nickte ihm auf eine Art zu, die keinen Zweifel daran ließ, dass der Kollege den Raum nun bitte verlassen sollte.

Kurz schien Zimmermann zu zögern, dann drehte er sich linkisch um, ging mit abgehackten Bewegungen zur Tür hinaus und schloss sie auffallend leise hinter sich.

Moeller schien ihn bereits vergessen zu haben, noch bevor er sich zum Gehen gewandt hatte, und las nun, was Carina und Sarah bisher geschrieben hatten.

»Das sollte reichen«, sagte er dann. »Danke, Carina, danke, Sarah – Sie können sich wieder setzen.«

Er wartete, bis die beiden Mädchen wieder Platz genommen hatten, dann las er einige der Begriffe laut vor: »Mitgefühl. Respekt. Hilfsbereitschaft.«

Ein Grinsen huschte über sein Gesicht: »Das ist durchaus mutig, Sarah, dass Sie diese Begriffe aufgeschrieben haben – wo doch klar ist, dass Sie mir das alles – nach einem Gespräch wie dem heutigen – rundweg absprechen.«

Sarah zuckte zusammen, aber Moeller wandte sich wieder der Tafel zu und schien ganz zufrieden.

»Was haben wir hier noch? Mut, Entschlossenheit, Fleiß – sehr schön, alles sehr schön.« Er drehte sich wieder zur Klasse hin. »Das sind alles sehr lobenswerte Charaktereigenschaften, und zugleich sind das aber auch die Päckchen, die Sie mit sich durchs Leben schleppen. Dass Sie genau diese Begriffe« – er machte eine Geste zur Tafel hin – »als wichtig erachten und nicht ganz andere, ist in Ihrer bisherigen Prägung begründet. So haben Ihre Eltern Sie erzogen, vielleicht auch die Großeltern, Sie haben das aus dem Umgang mit den Nachbarskindern gelernt oder bekamen es von Lehrern wie Herrn Zimmermann nahegelegt.«

Er musterte die Mienen der Schüler. Sie hatten die Hoffnung auf eine verspätete Pause offenbar aufgegeben, und sahen ihn aufmerksam an, vermutlich vor allem aus Angst vor einer möglichen Strafaktion.

Moeller wandte sich wieder der Tafel zu. Er überflog die anderen Begriffe, dann nahm er den Schwamm, wischte die ganze Tafel sauber und drehte sich wieder zur Klasse hin.

»Und das« – er deutete über die Schulter auf die leere Tafel – »ist das, was ich für Sie an dieser Schule erreichen will.«

Fragende Gesichter.

»Der Begriff Tabula rasa wird Ihnen vermutlich noch nicht viel sagen, aber er bezeichnet das Prinzip recht treffend. Sie alle kommen mit unterschiedlichen Prägungen an diese Schule, die davon abhängen, in welchem Stadtteil Sie aufwachsen, welchen Beruf Ihre Eltern haben, wie gut oder mäßig Ihre Verwandtschaft gebildet ist. Das wäre die Tafel mit den Begriffen von vorhin. Jetzt ist die Tafel wieder leer, und Sie können selbst daraufschreiben, was Ihnen wichtig ist. Sie können selbst bestimmen, worum sich Ihre Existenz drehen soll. Sie selbst nehmen Ihr Schicksal in die Hand, Ihre Zukunft, Ihre Karriere – welcher Art auch immer sie sein soll.«

Moeller sah in die Runde, und Carina kam sein Blick etwas flackernd vor, als sei er selbst ganz ergriffen von seinem Monolog. Die meisten Schüler hingen geradezu an seinen Lippen: Der spröde Moeller, streng und skurril, offenbarte eine Leidenschaft, die sie offenbar mitriss. Und alles klang, als meine er es nur gut mit ihnen.

Sogar Sören, den Moeller bei jeder sich bietenden Gelegenheit erniedrigte, hörte aufmerksam zu.

»Lassen Sie uns Ihre Tafel neu beschreiben!«

Er sah noch einmal jedem einzelnen Schüler in die Augen. Als er zwischendurch auch Sören fixierte, spielte ein deutlich erkennbarer verächtlicher Ausdruck um seinen Mund. Dann sah er, viel ermutigender und freundlicher, zum nächsten Schüler hin.

»Helfen Sie mir dabei?«

Erst nickten einige schüchtern, dann war vereinzelt ein »Ja« zu hören, und schließlich kam allmählich aus allen Stuhlreihen zustimmendes Gemurmel auf.

»Gut«, sagte Moeller schließlich. »Dann lassen Sie uns das anpacken. Gleich, nachdem Sie jetzt noch Ihre Pause nachgeholt haben.«

Zimmermann, der am Ende des Flurs nervös darauf wartete, dass Moeller endlich seine Klasse freigab, schaute irritiert hoch, als die Tür aufschwang und Beifall aus der Klasse zu hören war. Moeller drehte sich noch einmal zur Klasse um und bedankte sich mit einem Diener für den anhaltenden Applaus.

Michael kramte immer hektischer in seiner Schultasche, aber die Hausaufgaben waren nicht zu finden. Er wühlte noch einmal alles durch, war er sich doch sicher, dass er das Arbeitsblatt gestern Abend noch ins Geschichtsheft gesteckt hatte – doch jetzt fehlte es. Als er endlich aufgab und sich melden wollte, um keine Strafe zu bekommen, sondern die Chance, die Arbeit nachzuholen, stand Rosemarie Moeller schon neben ihm und sah ihn stirnrunzelnd an.

»Ich …«, begann Michael, verhaspelte sich aber vor lauter Schreck und blieb schließlich stumm sitzen, schuldbewusst zur Lehrerin hinaufblickend.

»Kannst du mir bitte deine Hausaufgaben zeigen?«, fragte Rosemarie Moeller.

»Äh … ich …«

»Ich nehme an, du kannst sie mir nicht zeigen?«

Michael sah vor sich auf die Tischplatte und rutschte unruhig auf seinem Stuhl hin und her.

»Und warum hast du mir das nicht rechtzeitig gesagt?«

»Aber ... ich wollte doch gerade ...«, machte Michael noch einen Versuch, aber dann sank er in sich zusammen und wartete einfach darauf, dass er seine Strafarbeit bekam.

»Schade«, sagte Rosemarie Moeller, »bisher habe ich eigentlich große Stücke auf dich gehalten.« Sie ging wieder zur Tafel nach vorn und schrieb rechts oben eine Kombination aus Seitenzahlen und Buchtitel hin. »Das machen bis morgen alle, die ihre Hausaufgaben für heute nicht erledigt und ...« – sie sah nacheinander Marcella, Petar und Michael an – »die das vor mir verheimlichen wollten.«

Michael nahm sein Hausaufgabenheft, blätterte die Doppelseite der aktuellen Woche auf, schrieb die Strafarbeit für morgen hinein. Sie hatten morgen keinen Unterricht bei Rosemarie Moeller, also würde er die Strafarbeit und die Hausaufgabe für heute extra ins Lehrerzimmer bringen müssen. Er hob die Hand und wartete, bis die Lehrerin ihn aufrief.

»Ach, Michael«, sagte sie und nickte ihm zu, »willst du mich darauf hinweisen, dass ihr morgen gar nicht bei mir Unterricht habt?«

»Nein«, sagte der Junge und spürte, dass seine Ohren knallrot anliefen, »aber ich bräuchte das Arbeitsblatt bitte noch einmal.«

Rosemarie Moeller sah ihn fragend an, und Michael nahm all seinen Mut zusammen, um nicht alle Vorwürfe unwidersprochen auf sich sitzen zu lassen.

»Ich weiß, dass ich die Hausaufgabe gemacht habe. Ich bin mir sicher, dass ich das Arbeitsblatt gestern Abend in mein Heft gesteckt habe – und jetzt ist es weg.«

»Du suchst immer noch nach einer Ausrede?«, fragte die Lehrerin mit überraschter Miene.

»Nein, ich mach die Strafarbeit, aber ich muss doch auch die Hausaufgabe noch einmal machen, oder?«

Sie nickte.

»Dann brauche ich doch noch einmal ein neues Blatt, wenn das alte weg ist. Geben Sie mir bitte eins?«

Kurz dachte die Lehrerin nach, dann fragte sie die beiden anderen: »Braucht ihr das Blatt auch noch einmal?«

Marcella und Petar schüttelten den Kopf.

»Gut, Michael, dann kopier dir das von einem der beiden, ja? Etwas Eigeninitiative kann nicht schaden.«

Damit ging sie ansatzlos zum heutigen Unterrichtsthema über, und Petar wedelte mit dem leeren Arbeitsblatt, das er aus dem Ranzen zog. Michael nickte ihm dankbar zu.

Eine Reihe hinter ihm knuffte Marc seinen Freund Tobias leicht in die Seite und öffnete unter dem Tisch seine rechte Hand ein wenig: Das vollständig ausgefüllte Arbeitsblatt war inzwischen zu einem festen Papierball zusammengeklumpt.

»Sag mal, du Lusche!«, fuhr ihn Marius an, als er Lukas in der großen Pause zusammen mit Claas, Hype und Benjamin in eine Ecke abgedrängt hatte, die vom Schulhauseingang nicht einsehbar war. »Das soll alles sein?«

Lukas hielt seinem Klassenkameraden noch immer die Hand mit zwei Fünf-Euro-Scheinen und einigen Münzen hin, und er versuchte, nicht allzu sehr zu zittern. »Mehr habe ich nicht«, sagte er schließlich und schluckte, weil die vier anderen aussahen, als ob sie gleich wütend würden.

»Sehen wir aus, als könntest du uns verarschen, oder was?«

»Ich ...«, begann Lukas, aber da hatte ihn Benjamin schon mit der Faust in die rechte Hüfte geschlagen, sodass Lukas ein wenig einknickte.

»Halt die Klappe, du Opfer!«, zischte Marius. »Morgen bringst du mehr mit, sonst kannst du was erleben!«

Damit wandten sich die vier Jungs von Lukas ab und gingen in Richtung Stadtmitte davon. Wahrscheinlich würden Sie das Geld, das er seit dem Ende der Sommerferien für einen neuen Bausatz zusammengespart hatte, gleich ausgeben. Sie konnten ja mit Nachschub rechnen, wenn Lukas auch keine Ahnung hatte, wo er nun noch mehr Geld herbekommen sollte.

Nach der Schule hatte sich Sarah noch mit einigen Freundinnen in der Eisdiele verquatscht. Sie hatten über Jungs geredet und über Klamotten, darüber, was sie am Wochenende alles vorhatten, und dann auch sehr ausführlich über die anstehenden Klassenarbeiten.

Sarah hatte sich erst gewundert, dass sich ihre Freundinnen neuerdings so interessiert am Schulstoff zeigten – das war in der achten Klasse noch kein Thema gewesen. Aber ihr selbst ging es ja nicht anders, und wahrscheinlich wurden sie nun eben einfach älter und reifer. Und es war zudem ein angenehmes Gefühl, wenn man sich morgens auf den Weg zur Schule machen konnte, ohne im überfüllten Schulbus noch rasch die fehlenden Hausaufgaben zusammenschustern zu müssen.

Vor der Eisdiele zerstreuten sich die Mädchen in alle Richtungen, und Sarah musste sich beeilen, wenn sie ihren Bus noch erreichen wollte. An der Haltestelle standen drei Siebtklässler, ihr Bruder Michael war nicht darunter.

Sie stellte sich ein Stück abseits, steckte sich einen Kaugummi in den Mund und sah auf die Uhr: eine Minute noch.

»Das sieht ... cool aus«, sagte Rico direkt in ihr Ohr.

Sarah erschrak und machte einen Satz zur Seite. Sie hatte

nicht bemerkt, wie er sich von hinten an sie herangeschlichen hatte.

»Spinnst du?«, fuhr sie ihn an, aber Rico grinste nur.

»Sieht cool aus, wie du Kaugummi kaust«, sagte er noch einmal und deutete auf ihren Mund.

»Laber hier nicht rum, lass mich in Ruhe!«

Rico sah sie weiter an und zog einen Schmollmund.

»Och …«

»Was willst du eigentlich?«, fragte Sarah schließlich und hielt aus den Augenwinkeln ungeduldig Ausschau nach dem Bus.

»Das weißt du doch: Ich möchte mal mit dir … was weiß ich: ausgehen, spazieren gehen, Eis essen. Irgendwas halt.«

»Na, toll. Und warum?«

»Warum?« Rico lachte. »Ich finde dich cool. Und ich finde, dass wir beide gut zusammenpassen würden.«

»So, so, findest du«, schnaubte Sarah, und sie versuchte, ihrer Stimme einen höhnischen Unterton zu geben. »Bist du nicht ein bisschen jung für mich?«

»Na, hör mal: Ich bin zwei Jahre älter als du!«

»Eben«, sagte Sarah schnippisch und wandte sich zum Gehen. Der Bus fuhr gerade in die Haltebucht und Sarah steuerte auf die Vordertür zu, die in dem Moment aufschwang, als Rico sie wieder eingeholt hatte. Schnell schlüpfte sie in den Bus und ließ sich auf einen Fensterplatz auf der anderen Seite fallen.

Zwischen den Sitzreihen hindurch konnte sie Rico noch an der Haltestelle stehen sehen. Enttäuscht sah er dem Bus nach, ehe er sich umdrehte und sich auf sein altes Moped schwang.

Von beiden unbemerkt hatte Rosemarie Moeller hinter einem ausladenden Busch gestanden und das Zusammentreffen von Sarah und Rico beobachtet. Als Bus und Moped weg waren, schlenderte sie zurück in Richtung Eisdiele und murmelte dabei einige Sätze in ein kleines Diktiergerät, das sie danach in ihrer Manteltasche verschwinden ließ.

Viele kleine Details ergaben allmählich ein erfreulich genaues Gesamtbild, fand Rosemarie Moeller, und ein Grinsen huschte über ihr hageres Gesicht.

Rainer Pietsch war früher nach Hause gekommen, um seiner Frau den Rücken freizuhalten. Sie hatte für den Abend einen Catering-Auftrag angenommen, den sie auf keinen Fall verderben durfte: Karin Knaup-Clement weihte ihr neues Büro direkt an der Wilhelmstraße ein – hohe Räume, hohe Miete, und alles todschick renoviert.

Für hundertzwanzig Leute war ein Buffet bestellt: Bruschette und Olivenspießchen, getrüffelte Salami, Breisgauer Ziegenbrie, Schwarzwälder Schinken und Parmigiano, Rucolasalat und Tomatenschiffchen – Annette Pietsch hatte sich eine Mischung aus landestypischen und mediterranen Kleinigkeiten einfallen lassen. Und als sie ihrer Kundin riet, sich dazu vom Fischhändler um die Ecke frische Meeresfrüchte anrichten zu lassen, hatte sie den Auftrag in der Tasche. Den ganzen Tag über war Annette Pietsch schon für die abendliche Veranstaltung auf den Beinen, hatte Gemüse und Salat ausgesucht, Oliven aufgespießt und Rucola geputzt. Seit dem Nachmittag hantierte sie mit drei freien Mitarbeiterinnen in der Versuchsküche eines befreundeten Restauranttesters, mischte Dressings und bereitete den Aufstrich für die Bruschette vor.

Michael und Lukas waren leidlich pünktlich für ein eiliges Mittagessen nach Hause gekommen, das ihnen ihre Mutter zum Aufwärmen vorbereitet hatte. Sarah kam erst später, aber alle drei kümmerten sich darum, dass die Küche hinterher wieder aufgeräumt und die Spülmaschine gefüllt und gestartet war. Sarah rief sogar auf dem Handy ihrer Mutter an und fragte, ob sie bei den Vorbereitungen helfen könne – aber Annette Pietsch war es lieber, mit ihrem eingespielten Team zu wirbeln.

Rainer Pietsch war überrascht, als er die Küche bei seiner Ankunft ordentlich und sauber vorfand – und die drei Kinder in ihren Zimmern, konzentriert mit Hausaufgaben oder dem Lernen auf die nächste Klassenarbeit beschäftigt.

Etwas Entscheidendes hatte sich in diesem Schuljahr verändert, und er war sich längst sicher, dass das vor allem mit dem Lehrerehepaar Moeller zusammenhing. Auch wenn er die beiden neuen Lehrer nicht sympathisch fand und große Bedenken hatte, was ihren Umgang mit den jeweiligen Schülern betraf: Insgesamt schien der Unterricht der beiden skurrilen Neulinge seinen Kindern gutzutun.

Christine Werkmann musste sich kurz an Kevins Schrank abstützen, als sie aufstand. Sie hatte wohl zu lange zusammengekauert auf der Bettkante ihres Sohnes gesessen, nun waren ihre Beine taub und drohten nachzugeben.

Kevin lag mit dem Gesicht zur Wand, atmete gleichmäßig und schien zu schlafen. Endlich, dachte Christine Werkmann und sah, als sie zur Küche hinübergehumpelt war, auf die Wanduhr: Geschlagene eineinhalb Stunden hatte es sie gekostet, bis Kevin wieder ruhiger geworden war.

Aus der Thermoskanne schenkte sie sich Tee nach, der inzwischen nur noch lauwarm war. Dann setzte sie sich an den Küchentisch und begrub ihr Gesicht in ihren Händen. Nahm das denn nie ein Ende?

Schon im vergangenen Jahr war Kevin gemobbt worden, als dicklicher, oft stotternder und eher mäßiger Schüler war er als Opfer für seine Mitschüler wie gemacht, das war ihr klar. Seit diese beiden neuen Lehrer am Gymnasium unterrichteten, schien sich für Kevin die Situation gebessert zu haben – obwohl Christine Werkmann das nach dem fürchterlichen Elternabend nur ungern vor sich selbst zugeben mochte. Aber immerhin hatten die anderen ihren Sohn seither in Ruhe gelassen, warum auch immer.

Heute aber war es schlimmer gewesen als zuvor, auch das Stottern – und dabei war Kevin selbst nicht einmal etwas Konkretes zugestoßen.

Lukas war heute Nachmittag nicht zum Spielen gekommen, und als sie von der Arbeit nach Hause kam, saß Kevin vor der Spielekonsole und war ganz abgetaucht in seine eigene Welt. Sie hatte das Abendessen vorbereitet, sie hatten zusammen gegessen, ein bisschen über den Tag und die vergangene Woche geredet, hatten sich überlegt, was sie am Wochenende unternehmen könnten, und Christine Werkmann hatte darauf geachtet, dass sie für Ausflüge vor allem solche Ziele vorschlug, die sie dank ihrer Monatskarten auch mit Bus und Bahn erreichen konnten. Alles war friedlich gewesen, es gab keine Spannungen, keinen Streit.

Dann war Kevin zu Bett gegangen. Seine Mutter werkelte in der Küche, machte sich einen Tee und freute sich auf einen entspannten Fernsehabend. Wie üblich ging sie vorher noch kurz in Kevins Zimmer hinüber, um nach ihm zu sehen – und stand wie vom Schlag getroffen in der Tür, als sie sah, wie sich der Rücken des Jungen zitternd hob und senkte, begleitet von schluchzenden Geräuschen.

Es hatte eine Weile gedauert, bis Kevin erzählen mochte, was ihm so zu schaffen machte. Doch dann brach es unter Tränen aus ihm hervor.

Er war seit ein paar Tagen immer wieder mit Lukas Pietsch zusammen und schien in ihm nun endlich einen Freund gefunden zu haben. Christine Werkmann war darüber erstaunt, aber auch glücklich – die beiden Jungs hatten im vorigen Schuljahr einige Probleme miteinander gehabt, aber nun schienen sie sich bestens zu vertragen.

Was Kevin allerdings zu schaffen machte: Er hatte beobachtet, wie vier Jungs aus seiner Klasse Lukas umringt und ihn offenbar abkassiert hatten – dieselben vier Jungs, die zuvor schon ihm selbst das Leben schwer gemacht hatten, deren Namen er aber seiner Mutter unter gar keinen Umständen hatte verraten wollen.

Eineinhalb Stunden lang versuchte Christine Werkmann ihrem Sohn daraufhin die Angst auszureden, dass demnächst außer Lukas auch er wieder abgezockt, gehänselt und geärgert werden würde. Irgendwann war Kevin zu erschöpft, um ihr zu widersprechen, und er drehte sich zur Wand und schlief schließlich ein. Ob er nun überzeugt war, dass ihm keine Gefahr drohte, konnte sie nicht sagen. Sie wusste es ohnehin besser.

Michael kam zusammen mit seinen Geschwistern auf den Schulhof. Tobias und Marc, die neben dem Schulgebäude warteten, gingen hinein, als sie Michaels Begleiter sahen. Lukas sah auf dem Flur hin und her und huschte dann schnell zu seinem Klassenzimmer. Michael schloss sich schon am Wasserspender seinen Freunden Petar und Ronnie an, die dort gerade ihre Flaschen füllten. Sarah winkte ihm noch kurz zu, aber Michael schaute betont unauffällig weg – und seine Schwester tänzelte lächelnd die Treppe hinauf, teils wegen des zur Schau getragenen Desinteresses ihres Bruders an Mädchen, teils aus Vorfreude über das Wiedersehen mit Sören.

Doch Sörens Platz im Klassenzimmer der 9c war leer. Sarah sah fragend zu seinem Banknachbar Hendrik hin, doch der zuckte nur mit der Schulter und musterte Sarah, bis sie saß, und fragte sich insgeheim: Hatte Sarah was mit Sören?

Kurz darauf kam Jörg Zimmermann herein, die Gespräche verstummten und alle Augen richteten sich auf den Lehrer. Auf der Tafel skizzierte er kurz das heutige Thema, dann drehte er sich zur Klasse um und gab den Fahrplan für die heutige Doppelstunde vor. Er genoss es sehr, in jüngster Zeit nicht mehr gegen seine Schüler ankämpfen zu müssen.

Am Abend verschwanden Lukas und Michael gleich nach dem Essen wieder auf ihren Zimmern. Am nächsten Tag stand ihnen eine Klassenarbeit bevor, Michael in Geschichte, Lukas in Deutsch – und da beide Fächer von Rosemarie Moeller unterrichtet wurden, konnten Annette und Rainer Pietsch gut verstehen, dass sich ihre Kinder richtig Mühe geben wollten.

Sarah saß noch ein Weilchen mit den Eltern am Tisch. Sie wirkte etwas bedrückt, wollte aber nicht sagen, was in ihr vorging – sie wusste es ja selbst nicht so genau: Sören hatte heute in der Schule gefehlt, sein Banknachbar Hendrik hatte von nichts gewusst, und als er sie fragte, warum sie denn ständig etwas über Sören wissen wolle, war ihr klar geworden, dass sie sich wohl etwas zu auffällig verhalten hatte.

Die Eltern gaben sich mit Sarahs knappen Ausreden – »Mir ist heute einfach nicht so nach Quatschen« – zufrieden und unterhielten sich weiter über die neuesten Aufträge für Annette Pietschs Cateringservice. Das Buffet für Karin Knaup-Clement war sehr gut angekommen, und noch während der Veranstaltung in den neuen Büroräumen hatten sich einige der Gäste Visitenkarten von Annette Pietsch geben lassen – die ersten Anfragen waren inzwischen eingegangen, und sie war zuletzt bis spät in die Nacht mit dem Schreiben und Versenden von Angeboten beschäftigt gewesen.

Heute war nun der erste verbindliche Auftrag von einem der potenziellen Neukunden eingetroffen: Maurermeister Pfleiderer feierte in einigen Wochen Firmenjubiläum, und dazu sollte Annette Pietsch in der kleinen Lagerhalle des Betriebs ein eher deftiges Buffet zusammenstellen.

Das passte zu Pfleiderer, einem recht netten, aber meistens ruppig auftretenden Typen, der obendrein noch eine Schwäche für anzügliche Scherze hatte. Nun machten sich die Pietschs einen Spaß daraus, sich möglichst seltsame Speisen für diesen Abend auszudenken, von der Kuttel-Blutwurst-Suppe bis zu gegrillten Schweinsohren an Feuersenf-Tunke, und nach einiger Zeit ließ sich Sarah von dem albernen Spiel anstecken und blödelte ein bisschen mit.

»Ich habe heute erst zur zweiten Stunde«, sagte Lukas, als sich die anderen am Morgen beeilten, ihre Schultaschen zu schultern, und schmierte sich noch ein Brot.

»Wirklich?«, fragte seine Mutter. »Davon hast du mir gestern gar nichts gesagt.«

Sarah und Michael verabschiedeten sich, Rainer Pietsch war schon seit zwei Stunden im Büro – in seiner Firma ging es seit Kurzem ziemlich stressig zu.

»Was fällt denn aus?«

»Religion.«

»Na, zum Glück nicht Deutsch – sonst hättest du gestern umsonst gelernt, was?«

»Ha ha«, maulte Lukas und nahm einen großen Bissen.

»Na, keinen Humor heute?« Annette Pietsch wollte ihrem Jüngsten sanft übers Haar streichen, aber der duckte sich schnell weg. »Oh, so schlimm?«

»Lass mich einfach, ich bin noch müde – und diese Streichlerei nervt.«

»Okay, okay, ich lass dich ja schon. Aber ich muss jetzt los, Sachen für heute Abend besorgen. Kommst du alleine klar?«

»Ich bin doch kein Baby mehr!«

»Stimmt«, lächelte Annette Pietsch. »So etwas hattest du gerade angedeutet.«

Lukas sah ihr nach, als sie nach draußen zum Van ging, dann legte er das angebissene Brot weg und lief in den Flur. Er war allein im Haus, und in der Schule warteten Marius und die anderen auf ihn. Nacheinander zog er die Schubladen am Telefonschränkchen auf und suchte nach kleineren irgendwo deponierten Geldmengen.

Sören war an diesem Morgen wieder zur Schule gekommen, aber er sah elend aus.

»Was hast du denn?«, fragte Sarah, aber er schüttelte nur den Kopf und machte nicht den Eindruck, als wolle er darüber reden. Enttäuscht setzte sich Sarah an ihren Platz und traute sich nicht einmal mehr, sich zu Sören umzudrehen – Hendrik hatte schon ihre Frage mit einem breiten Grinsen quittiert.

Die erste Mathestunde verlief ohne Zwischenfälle. Der Stoff hatte es in sich, aber die meisten Schüler arbeiteten konzentriert mit. Moellers fordernde Art schien allmählich immer besser anzukommen – und ihnen auch Vorteile zu bringen.

In der zweiten Stunde fragte Moeller einige Schüler ab, bis auf Hendrik konnten alle eine gute mündliche Note für sich verbuchen, und Moeller bedankte sich bei jedem Einzelnen mit einem freundlichen Nicken. Als er schließlich Sören aufrief, drehten sich alle wie auf Kommando zu dem Jungen in der letzten Reihe um. Sören schreckte nervös hoch.

»Herr Karrer, können Sie es einrichten?«, fragte Moeller in spöttischem Ton, und einige kicherten leise.

Sören sah sich um, fast schien ein Flehen in seinem Blick zu liegen.

»Ich wüsste gerne von Ihnen ...«, begann Moeller, aber weiter kam er nicht: Sören schluckte mehrfach, dann wurde er weiß wie eine Wand, schlug sich die rechte Hand vor den Mund, presste die linke Hand auf die rechte und rannte zu dem kleinen Waschbecken in der Ecke des Klassenzimmers. Dort erbrach er sich.

Einige Mädchen riefen »Iiih!«, einige Jungs machten »Bääh!«, Moeller aber sah Sören nur ganz ruhig zu und wartete, bis sich der Schüler wieder aufrichtete und sich mit ein paar Papierhandtüchern den Mund abwischte.

»Geht's wieder?«, fragte er schließlich, aber er machte keine Anstalten, Sören irgendwie zu helfen. Sören stöhnte, stützte sich mit einer Hand auf dem Waschbecken ab und atmete schwer.

Moeller ging an eines der Fenster, öffnete es und bedeutete den Schülern, die an den anderen Fenstern saßen, mit einer knappen Geste, auch die anderen Fenster aufzureißen. Kalte Luft strömte herein und wirbelte den säuerlichen

Gestank erst noch im Klassenzimmer herum, bevor sich das penetrante Aroma allmählich verflüchtigte.

»Im Moment sollte ich Sie wohl lieber nicht abfragen, Herr Karrer, oder?«

Franz Moeller schien völlig unbeeindruckt von Sörens Zustand. Der Junge sah ihn mit fiebrigem Blick an und schüttelte kaum merklich den Kopf.

»Gut, dann lassen Sie sich doch bitte abholen.« Moeller sah sich in der Klasse um. »Will ihm vielleicht jemand helfen?«

Sarah machte Anstalten aufzustehen, Moeller quittierte ihre Bewegung mit einem kurzen, spöttisch wirkenden Grinsen – und Sarah, die sofort an Hendrik denken musste, blieb sitzen und lehnte sich wieder zurück.

»Niemand?«, fragte Moeller noch einmal in die Runde, und sein bohrender Blick schüchterte alle ein. Keiner erhob sich, und Moeller sah zu Sören hin, der noch immer mit elendem Gesichtsausdruck am Waschbecken lehnte: »Scheint ganz so, Herr Karrer, als hätten Sie nicht mehr viele Freunde hier.«

Sarah hielt es nun doch nicht mehr auf ihrem Platz. Sie stand auf, aber eine Hand drückte sie wieder auf ihren Stuhl: Hendrik hatte sich ebenfalls erhoben, um seinen Sitznachbarn nicht noch länger hängenzulassen, und schlurfte zu Sören hin.

»Ich mach das«, sagte er zu Moeller, der mit seinen hochgezogenen Augenbrauen erkennen ließ, dass es ihm lieber gewesen wäre, wenn sich niemand als Begleitung gefunden hätte.

»Komm, Alter«, sagte Hendrik zu Sören, hakte ihn unter, zupfte noch ein paar Papiertücher aus der Box und führte seinen Klassenkameraden zur Tür.

»Aber beeilen Sie sich bitte, Herr Probst«, sagte Moeller noch zu Hendrik. »Sie haben schon so Ihre Schwierigkeiten mit dem Stoff, da sollten Sie nicht mehr Unterricht verpassen als unbedingt nötig.«

Hendrik drehte sich noch einmal um, so gut es eben ging mit Sören im Arm: »Soll ich ihm denn nicht helfen? Er sollte dringend nach Hause oder, noch besser, gleich zum Arzt.«

»Da haben Sie recht, lieber Hendrik, wobei er hier nun wirklich …« Er maß Sören noch einmal mit einem herablassenden Blick. »Na, lassen wir das. Kommen Sie einfach möglichst schnell wieder zurück.«

Rosemarie Moeller war Sörens Abzug nicht entgangen. Sie hatte den Schüler während ihrer Freistunde aus dem Schulhaus gehen sehen, begleitet von einem gleichaltrigen Jungen, der offenbar tröstend auf ihn einredete. Sören sah ziemlich mitgenommen aus. Sie saß im Lehrerzimmer an ihrem Fensterplatz und hatte einen guten Blick über einen Großteil des Schulhofs und die Straße entlang. Deshalb bemerkte sie auch schon frühzeitig die beiden Siebtklässler, die aus einer Seitenstraße kamen und über die Straße und auf den Schulhof eilten, wobei sie sich immer wieder nach allen Seiten umsahen. Als der eine der beiden prüfend zum Lehrerzimmer hinaufschaute, duckte sich Rosemarie Moeller zur Seite, um von unten nicht gesehen zu werden.

Tobias und Marc jedenfalls waren sich ganz sicher, dass sie bisher niemand entdeckt hatte, und sie huschten schnell unter dem großen Baum hindurch zur Schulhauswand hin – hier hatten sie auf jeden Fall Deckung vor Blicken aus dem Lehrerzimmer.

Sie schoben langsam die Eingangstür auf und schauten

kurz in den Flur: Es war niemand zu sehen. Die beiden Jungs schlüpften ins Gebäude und spuckten im Vorübergehen ihre Kaugummis in den Abfalleimer an der Wand – für die nächsten Schulstunden hatten sie sich im Kiosk um die Ecke mit weiteren Süßigkeiten eingedeckt.

»Wenigstens habt ihr den Eimer getroffen«, sagte eine Stimme von der Tür her. Tobias und Marc fuhren herum und entdeckten Rosemarie Moeller. So streng, wie sie die beiden Jungs fixierte, wirkte sie noch größer und hagerer als ohnehin schon – und Tobias und Marc hatten das Gefühl, vor der Lehrerin immer weiter zu schrumpfen.

»Wir ... ich ... äh ...«, begann Marc, aber Rosemarie Moeller brachte ihn mit einer knappen Geste gleich wieder zum Schweigen.

»Habt ihr keinen Unterricht?«

Marc schluckte, seine Hände wurden feucht.

»Doch, wir ... wir haben jetzt gerade Geschichte bei Herrn Zimmermann«, fasste sich Tobias schließlich ein Herz.

»Und was tut ihr dann hier auf dem Flur und davor draußen vor der Schule?«

Tobias lief knallrot an, hilfesuchend sah er zu Marc, doch der schaute sehr konzentriert auf seine Schuhe hinunter.

»Na?«

»Herr Zimmermann hat uns rausgelassen«, murmelte Tobias nach einer kurzen Pause und linste vorsichtig zur Lehrerin hinüber. Ob sie sich damit zufrieden geben würde?

»Und warum?«

»Mir war schlecht«, sagte Tobias. »Und Marc durfte mich begleiten.«

»Kein Wunder, dass es dir nicht gut geht«, sagte Rosemarie Moeller. »Du hast die Taschen voller Süßigkeiten, und gerade hast du einen Kaugummi ausgespuckt. Da wäre mir auch schlecht. Könnten dir deine Eltern nicht mal einen Apfel mitgeben?«

»Äh ... ja«, stammelte Tobias, der sich einfach keinen Reim darauf machen konnte, woher die Lehrerin wusste, was er und Marc in ihren Taschen hatten.

»Und nun fragst du dich, woher ich weiß, dass ihr die Taschen voller Süßigkeiten habt, stimmt's?«

Tobias sah sie mit offenem Mund an und konnte nicht anders, als zu nicken. Marc sah nun ebenfalls auf und musterte die Lehrerin. Rosemarie Moellers Lippen kräuselten sich zu einem mitleidigen Lächeln.

»Na ja, ihr schwänzt unter einem Vorwand Geschichte und sucht euch einen Lehrer dafür aus, der mit seinem normalen Unterricht schon so sehr gefordert ist, dass er garantiert nicht auch noch ein Auge darauf haben kann, wie lange ihr beiden vom Klassenzimmer zur Toilette und wieder zurück braucht. Dann kommt ihr genau aus der Richtung des Kiosks dort um die Ecke und schleicht euch ins Schulgebäude zurück. Und damit euch nicht einmal Zimmermann auf die Schliche kommt, spuckt ihr den Kaugummi, den ihr euch gleich am Kiosk in den Mund gestopft habt, noch schnell in den Abfalleimer. Wenn ihr nicht noch Reserven einstecken hättet, wäre der wohl dringeblieben, oder?«

Tobias und Marc nickten wieder. Rosemarie Moeller streckte ihre rechte Hand aus.

»Dann gebt die Sachen mal her. Ihr könnt sie euch nach der Schule im Sekretariat wieder abholen.«

Langsam legten die Jungs ihre Süßigkeiten in die Hand der Lehrerin, sahen wehmütig zu, wie ihr schöner Vorrat in einer Manteltasche verschwand, und machten sich auf eine ordentliche Standpauke gefasst.

Doch was Rosemarie Moeller schließlich zu sagen hatte, war ganz anderer Natur. Noch Stunden später sollten sie immer wieder verwirrt an das seltsame Gespräch zurückdenken. Erst daheim fiel ihnen ein, dass sie ganz vergessen hatten, nach der Schule ihre Süßigkeiten abzuholen.

»Musst du nicht wieder zurück in die Schule?«

»Ach, die können mich mal, vor allem der Moeller«, schnaubte Hendrik und grinste Sören an. »Und du willst wirklich nicht zum Arzt?«

»Nein, mir fehlt nichts – ich hab wahrscheinlich nur was Falsches gegessen, was weiß ich.«

»Für mich sah es eher so aus, als hättest du was Falsches gesehen oder gehört…«

»Hä?«

»Na, so wie dich der Moeller in letzter Zeit immer anmacht … Also mich würde das fertigmachen, ganz ehrlich.«

»Ach, ich halt das schon aus«, brummte Sören und wischte sich die Nase mit dem Ärmel. »Und wir sind ja auch schon da.« Er nickte zur Eingangstür des Mehrfamilienhauses hin, in dem die Familie Karrer wohnte.

»Okay, aber morgen gehen wir zusammen ins Lehrerzimmer.«

Sören sah ihn erschrocken an: »Wozu das denn?«

»Die Sache muss aus der Welt, egal was es ist.«

»Welche Sache?«

»Woher soll ich das wissen? Du erzählst mir ja nichts. Aber so ganz ohne Grund wird sich der Moeller ja wohl kaum auf dich eingeschossen haben. Und darüber müssen wir mit dem Hässler reden.«

»Nein, Hendrik, das lassen wir bleiben!«

Sören war stehen geblieben und sah seinen Freund fast flehend an.

»Mensch, Sören: Du kannst dir das nicht einfach gefallen lassen! Und der Hässler ist in Ordnung, sonst wäre er doch nicht zum Vertrauenslehrer gewählt worden.«

Sören wand sich.

»Hast du was gegen ihn?«, hakte Hendrik nach.

»Nein, der Hässler ist schon in Ordnung, aber ...«

»Was aber?«

»Wenn ... wenn wir zum Hässler gehen, redet der mit Moeller.«

»Klar, das ist ja Sinn der Sache.«

»Und Moeller wird alles abstreiten, wird Hässler irgendeine Story vom Pferd erzählen – und hinterher hat mich Moeller noch mehr auf dem Kieker. Darauf kann ich gerne verzichten.«

Hendrik dachte nach. Sörens Einwand hatte etwas für sich, aber er wollte die Sache nicht einfach so auf sich beruhen lassen.

»Dann mach ich dir einen Vorschlag: Wir gehen morgen zu Hässler, nehmen ihm aber das Versprechen ab, dass er kein Wort zu Moeller sagt. Und du fragst ihn, was du selbst tun kannst – vielleicht hat er einen guten Tipp für dich. Der kennt den Moeller ja, und allzu beliebt sind der Typ und seine Frau, glaube ich, auch unter den Lehrern nicht. Und auf jeden Fall hast du dein Problem mal jemandem von den Lehrern erzählt – wer weiß, wozu das irgendwann noch mal gut ist.«

»Aber ich ...«

»Na, komm: Sei kein Feigling. Das ziehen wir morgen durch, okay?«

Sören sah seinen Freund resigniert an.

»Okay?«, fragte der noch einmal, schließlich nickte Sören und wandte sich zum Gehen.

»Und ich soll wirklich nicht mit hoch? Mit deiner Mutter reden oder so?«

»Nein, lass mal. Die weiß ja, dass ich gestern krank war.«

Hendrik sah Sören noch nach, wie er die Haustür aufschloss und hineinging. Dann drehte er sich um und ging gemächlich den ganzen Weg zur Schule zurück. Mit etwas Glück würde er erst während der letzten Unterrichtsstunde wieder im Klassenzimmer sein, und eine Entschuldigung für seine Abwesenheit hatte er ja.

Sören stand eine Weile im Hausflur und lehnte die Stirn an die kalte Mauer. Hendrik würde keine Ruhe geben, bis sie beide endlich mit dem Vertrauenslehrer gesprochen hätten – dafür kannte er seinen Klassenkameraden gut genug. Aber er hatte wenig Hoffnung, die Konfrontation mit dem autoritären Lehrer durchzustehen.

Tränen liefen ihm über die Wangen, seine Augen und die Kehle brannten, und schließlich ging er in den Keller hinunter. Die Lagerräume der einzelnen Wohnungen waren nur durch Holzgitter voneinander abgetrennt, und einer der Nachbarn hatte in der Nähe der kleinen Tür und damit vom Gang aus durch die Holzstäbe hindurch in Reichweite alles, was er heute Nacht brauchen würde.

Annette Pietsch hatte gleich kein gutes Gefühl dabei, aber nun hatte sie schon so lange gewartet, also kam es auf die paar Minuten auch nicht mehr an.

Der Abend war gut gelaufen, das Catering war von allen gelobt worden, und auch der Auftraggeber, ein Rechtsanwalt namens Jonas Kray, war offensichtlich sehr zufrieden mit dem Essen.

»Bleiben Sie bitte noch einen Moment?«, sagte Kray. »Ich gebe Ihnen das Geld gleich in bar.«

Damit war er wieder zur Ausgangstür verschwunden, um einige Gäste zu verabschieden.

Schicke Anzüge, teure Abendkleider und Gespräche über Golfwochenenden und Urlaubsdomizile in Apulien: Krays Publikum war eine Klasse für sich und immer wieder hatte sich Annette Pietsch beherrschen müssen, hinter ihren Töpfen und Schüsseln nicht zu grinsen, wenn sich Krays Gäste für einen Nachschlag anstellten und dabei über Yachtmotoren oder Kaviarsorten fachsimpelten.

Schließlich war das Buffet abgeräumt, die Schüsseln verstaut und die Reste verpackt. Annette Pietsch sah sich im Besprechungsraum von Krays Kanzlei um, ob sie noch irgendetwas vergessen hatte.

Kray steckte den Kopf zur Tür herein. »Kommen Sie?«, fragte er freundlich und war schon wieder verschwunden.

Sie ging hinaus auf den Flur und sah, wie er sich an der nächsten Ecke noch einmal zu ihr umdrehte und ihr zu verstehen gab, dass sie ihm folgen solle. Sie ging hinter Kray her den kurzen Flur entlang, an dessen Ende er ihr die Tür aufhielt und sie galant in ein Zimmer wies.

Es war ein geräumiges Büro, das auf der einen Seite von einer großen Polstergruppe und auf der anderen von einem riesigen Schreibtisch mit angebauter Besprechungsecke dominiert wurde. Eine ganze Wandfläche war aus Glas, dahinter standen teuer aussehende Gartenmöbel auf einem Balkon und der Blick legte ihr die halbe Stadt zu Füßen.

Sie musterte gerade die Lichter und versuchte, einige besonders markante Objekte zuzuordnen, als sie Krays Hände auf ihren Hüften spürte. Sie erstarrte.

Die Hände streiften über ihr dünnes Kleid langsam nach

vorn auf ihren flachen Bauch. Im Nacken spürte sie Krays heißen Atem und roch seine Weinfahne. Am Hintern spürte sie etwas anderes. Sie wollte schreien, sich losreißen – egal was, aber sie war völlig starr, verkrampft und absolut unfähig, auch nur einen Finger zu bewegen.

Kray drückte sich noch etwas fester an sie, ließ seine Hände nach unten wandern. Er stupste sie mit der Nase in den Nacken und flüsterte ihr heiser ins Ohr: »Wusst ich doch, dass dir das gefallen wird ...«

Es war, als hätten die Worte des Anwalts ihre Blockade auf einen Schlag gelöst: Annette Pietsch trat einen Schritt nach vorn, drehte sich um und klatschte dem völlig verdutzten Mann ihre rechte Hand auf die Wange.

Kray, völlig überrumpelt und wegen des Weins nicht mehr ganz standfest, taumelte zur Seite, dann starrte er Annette Pietsch mit offenem Mund an. Sie stand mitten im Raum, die Hände zu Fäusten geballt und den Blick wütend auf ihn gerichtet.

Einige Sekunden lang standen sich die beiden gegenüber, starrten sich an und atmeten schwer. Dann schüttelte sich Jonas Kray, ging ein paar unsichere Schritte zu seinem Schreibtisch hin, zog eine Schublade auf und nahm einen Briefumschlag heraus. Den hielt er der Frau aus sicherer Entfernung hin.

»Hier bitte«, sagte er mit krächzender Stimme und räusperte sich. »Ihr Geld.«

Sie zögerte kurz, dann griff sie nach dem Umschlag, riss ihn Kray geradezu aus der Hand. Sie nickte Kray noch kurz zu und ging durch den Raum zum Ausgang. Als sie gerade die Klinke heruntergedrückt und die Tür aufgezogen hatte, begann Kray hinter ihr: »Bitte, ich ... Frau Pietsch, es ...«

Ohne sich umzudrehen, hob Annette Pietsch die linke

Hand in einer abwehrenden Geste. Kray verstummte sofort. Im nächsten Augenblick ging sie weiter, versuchte für den schweren Gang aus der Kanzlei hinaus ein unverbindliches Lächeln aufzulegen. Und es kostete sie ihre ganze Kraft, nicht kopflos loszurennen.

Endlich in ihrem Wagen angekommen, fuhr sie mit quietschenden Reifen davon, rumpelte die engen Kurven der Ausfahrtsrampe hinauf, nahm oben an der Hauptstraße einem schrill lackierten Kleinwagen die Vorfahrt und bog unter dessen plärrendem Hupen in Richtung Stadtmitte ein. Allmählich ließ sie das Zittern in ihren Händen zu, sie fröstelte und spürte im Nacken und an den Oberschenkeln einen schmerzhaften Krampf aufkommen – und erst im letzten Moment fiel ihr auf, dass die Ampel vor ihr auf Rot gesprungen war. Sie bremste heftig ab. Erneutes Hupen hinter ihr.

Der Pizzabote im Kleinwagen drückte seine Tür auf, sprang auf die Straße und marschierte schimpfend und gestikulierend zur Fahrertür des Wagens vor ihm. Dann wurde ihm klar, dass er sich seine Tirade sparen konnte: Die Fahrerin war über ihrem Lenkrad zusammengesunken, und ein Weinkrampf nach dem anderen durchschüttelte ihren Oberkörper.

Sören Karrer war die halbe Nacht kreuz und quer durch die Stadt gelaufen, und allmählich drückte ihm der alte Rucksack unangenehm auf die Schultern und den Rücken. Es war nun Zeit, er sollte es zu Ende bringen. Hendrik würde keine Ruhe mehr lassen. Und Moeller auch nicht. Zum Neckar war es etwa eine halbe Stunde Fußweg, dort müsste es klappen.

Als die Fußgängerampel auf Grün sprang, wollte er gerade auf die Fahrbahn treten, als ein Van ziemlich flott auf den Überweg zufuhr und erst im letzten Augenblick bremste.

Sören wartete noch kurz ab, beobachtete, wie der Zweisitzer hinter dem Van ebenfalls eine Vollbremsung machte und fast auf das vordere Auto aufgefahren wäre. Dann sprang der Fahrer wütend heraus, ging zur Fahrertür des ersten Autos – und hörte abrupt auf zu zetern.

Sören sah sich kurz nach beiden Seiten um, bis ihm klar wurde, dass das eigentlich Blödsinn war – angesichts dessen, was er heute noch vorhatte. Dann ging er mit einem bitteren Grinsen über die Straße, riskierte noch einen kurzen Blick auf die weinende Frau am Steuer des Wagens und auf den Pizzaboten mit seinem bunten Käppi, der sich jetzt hilfesuchend umsah und zu einer Gruppe junger Leute hinüberrief, die auf dem Gehweg standen und Döner kauend zu ihm hinübersahen.

Auf dem Weg hinunter zum Fluss kamen ihm seine Eltern in den Sinn: sein Vater, der die Woche über wieder auf Montage war, seine Mutter, die für drei Tage zur Oma gefahren war, um einen Kurzurlaub der Pflegekraft zu überbrücken – schließlich war er, Sören, ja alt genug, um auf sich selbst aufzupassen. Probleme in der Schule hatte er auch noch nie gehabt. Zumindest keine, von denen seine Mutter wusste.

Der auffrischende Wind ließ die Tränen auf seinem Gesicht unangenehm kalt werden.

Als Annette Pietsch schließlich nach Hause kam, schliefen schon alle. Gut so, dachte sie, vor allem ihrem Mann wäre sie heute Abend nicht mehr gern begegnet – was eigentlich widersinnig war: Schließlich hatte sie nichts Unrechtes getan, sondern ihr war übel mitgespielt worden. Trotzdem fühlte sie fast so etwas wie ein schlechtes Gewissen, und tatsächlich hätte sie sich gerne ausgiebig geduscht, wie das in Filmen die Opfer von Vergewaltigungen immer taten. Aber das rauschende Wasser hätte ihren Mann auf jeden Fall geweckt und vermutlich auch misstrauisch gemacht – zumal sie heute wirklich viel später als sonst dran war. Den Wagen konnte sie auch morgen früh ausladen. Also schenkte sie sich ein Glas italienischen Rotwein ein, schloss die Küchentür hinter sich und setzte sich ins Halbdunkel der heruntergedimmten Lampe.

Nach einer Weile fiel ihr der Umschlag mit dem Geld wieder ein. Sie ging in den Flur, holte ihre Umhängetasche in die Küche und zog den Umschlag heraus. Fahrig riss sie ihn auf und wollte eben den Packen Scheine herausziehen, da überfiel sie ein Gefühl des Ekels. Nein, das Geld konnte sie jetzt nicht zählen, nicht in dieser Nacht – nicht diese Scheine, die ihr dieser Typ zugesteckt hatte.

Sie nahm einen Schluck Wein, legte den aufgerissenen Umschlag neben das Telefon, ging zurück in die Küche und schenkte sich noch einmal nach.

Als Sören den Fluss endlich erreichte, hatte der Verkehr auf der mehrspurigen Straße hinunter zur Neckarbrücke bereits merklich nachgelassen. Er schlug sich seitlich in die Büsche und zwängte sich zwischen Ästen und Blattwerk hindurch bis zur letzten Böschung, die neben der Brücke in den hier eher träge dahinfließenden Neckar führte.

Auf dem Wasser spiegelten sich einige Lichter und vereinzelt waren oben auf der Brücke vorbeifahrende Autos zu hören. Unter der Brücke lagen der Fluss und auch der Platz, den sich Sören ausgesucht hatte, in fast völliger Dunkelheit. Ein Stück weit entfernt war ein älterer Kleinwagen geparkt, aber auch dieses Auto stand im Schatten, und Sören konnte nicht sehen, ob jemand drin saß.

Sören stellte den Rucksack ab und schnürte ihn auf. Dann

zog er einen Schlachthaken heraus, wie man ihn zum Aufhängen von Schweinen benutzte. An dem Haken war ein Seil befestigt, und Sören schwang das Seil ein paar Mal, bevor er es nach oben zu dem Brückengeländer hinwarf. Scheppernd prallte der metallene Haken vom Geländer ab und fiel kurz darauf mit einem lauten Platschen in den Fluss.

Sören holte das Seil ein, rollte es auf und unternahm den nächsten Versuch. Wieder klappte es nicht, und wieder machte der Haken am Geländer einen Höllenlärm. Egal, dachte Sören, das hört hier unten ohnehin keiner.

Beim dritten Anlauf blieb der Haken oben am Geländer hängen, und Sören zog das Seil straff. Dann nahm er die Schlinge, die er am unteren Seilende vorbereitet hatte und legte sie sich um den Hals. Ein paar Minuten stand er so am Ufer, blickte still auf das dunkle, fließende Wasser, dann ging er zwei, drei Schritte zurück, atmete tief durch, rief sich, um sich in seinem Entschluss zu bekräftigen, noch einmal die Erlebnisse mit Moeller in Erinnerung – dann lief er los und sprang ins Leere.

Als sich das Seil endlich straffte und ihm den Atem raubte, steckte er bereits bis zur Hüfte im Wasser, und seine Füße fanden kurz Halt auf dem glitschigen Boden. Er rutschte aus, rappelte sich in einem Panikanfall wieder auf, versuchte mit beiden Händen die Schlinge zu lockern und schrie, als es ihm nur teilweise gelang und er wieder ausrutschte, um sein Leben.

Eine der Türen des alten Kleinwagens öffnete sich, ohne dass im Innenraum die Beleuchtung anging.

»Hast du das jetzt auch nicht gehört?«, fragte das Mädchen, und sie klang ziemlich genervt – denn schon vorher war ihr ein Klappern wie von Metall auf Metall aufgefallen, dann mehrere Platscher und nun die Schreie.

Der Junge, der am liebsten gar nichts gehört hätte, hievte sich unwillig aus dem Auto, sah zur Brücke hinüber und sprang plötzlich los: »Mensch, komm!«, rief er zu dem Mädchen, das noch im Auto saß, »da hängt einer!«

Lukas schreckte gegen vier Uhr hoch und spürte unmittelbar danach den nassen Fleck. Er nahm einen Slip und eine Pyjamahose aus dem Schrank und schlich auf Zehenspitzen ins Bad. Schnell zog er alles Nasse aus und steckte es nach unten in die Wäschetonne, dann schlüpfte er in die trockenen Hosen und ging die Treppe hinunter, um noch ein Glas Sprudel zu trinken, bevor er sich wieder schlafen legte.

Auf dem Weg in die Küche fiel ihm der Briefumschlag auf, aus dem die Ecken einiger Geldscheine ragten.

Der Anblick ließ ihn nicht los, als er das Glas vollschenkte und austrank, er ließ ihn nicht los, als er wieder die Treppe hinaufschlich, und er ließ ihn nicht los, als er schon wieder unter seiner Bettdecke lag.

Schließlich ging er wieder hinunter zum Telefonschränkchen.

Franz Moeller erwachte wie üblich eine Stunde vor dem Klingeln des Weckers. Leise rollte er sich aus dem Bett und tappte hinüber ins Wohnzimmer. Aus reiner Gewohnheit ging er im dunklen Zimmer ans Fenster und sah hinaus auf die Straße.

Der Betonkasten auf der gegenüberliegenden Seite stand grau im trüben Licht der Straßenlaternen. Kurz fragte sich Franz Moeller, warum ihm gerade jetzt Sören Karrer in den Sinn kam, dann wandte er sich wieder ab, rollte eine Isomatte aus, atmete mehrmals tief ein und aus, setzte sich auf die Matte und nahm die Grundposition ein.

»Dieser Dreckskerl!«

Rainer Pietsch kam gerade aus dem Badezimmer, als er seine Frau in der Küche schimpfen hörte. Alle Kinder waren schon zum Bus gegangen, und auch er selbst musste sich nun allmählich auf den Weg machen.

»Was ist denn los?«, fragte er.

Erschrocken sah Annette Pietsch auf.

»Hast du gedacht, ich sei schon los – und jetzt erwartest du deinen Hausfreund?«

Rainer Pietsch zwinkerte seiner Frau verschwörerisch zu, aber es dauerte einen Moment, bis sie zurücklächelte.

»Na, über wen hast du dich denn gerade so aufgeregt?«

»Über Kray, den Anwalt.«

»Für den du gestern Abend das Catering gemacht hast?«

»Ja, genau über den. Hier!« Sie hielt ihm den Umschlag mit den Geldscheinen hin. »Das hat er mir gestern gleich in die Hand gedrückt.«

»Oh, gleich bar bezahlt – das ist doch okay, oder? Dann musst du deinem Geld nicht wieder ewig hinterherrennen.«

Annette Pietsch rollte genervt die Augen.

»Was ist denn? Stimmt der Betrag nicht?«

Annette Pietsch nickte.

»Toller Anwalt«, seufzte ihr Mann und setzte sich neben sie.

»Ich hab's gestern nicht gleich nachgezählt.«

»Na ja, das wäre wahrscheinlich auch unhöflich gewesen. Fehlt denn viel?«

»Nein, aber er hat meine Rechnung einfach abgerundet – üblicherweise legt man ein paar Euro drauf!«

»Und jetzt?«

»Hm.« Annette Pietsch zuckte die Schultern und versuchte, sich unauffällig die feuchten Handflächen an der

Hose trockenzureiben. »Wegen der vierunddreißig Euro mache ich keinen Aufstand.«

»Na, hör mal! Soll ich ihn anrufen? Mach ich für dich, kein Problem.«

»Nein, lass mal – lieber verzichte ich auf die paar Euro, und dafür bleibt mir ein Streit erspart. So etwas geht doch immer irgendwie auf Kosten des Geschäfts.«

Rainer Pietsch sah seine Frau aufmerksam an: Irgendetwas anderes machte ihr noch zu schaffen, aber er kam nicht drauf, in welche Richtung er fragen sollte.

Annette Pietsch spürte seinen forschenden Blick mehr, als sie ihn sah. Und sie hoffte, dass dieses Gespräch hiermit zu Ende war und sie den Namen Kray nie wieder hören oder aussprechen musste.

Ronnie war etwas früher in der Schule als seine Freunde, und wie üblich hockte er gegenüber dem Wasserspender, vor dem er sich jeden Morgen mit Petar und meistens auch mit Michael traf, auf dem Boden und las einen Comic.

Tobias und Marc kamen zum Schulgebäude herein, entdeckten Ronnie und besprachen sich kurz.

»Sollen wir's Ronnie geben?«, schlug Tobias vor.

»Und Michael?«, fragte Marc.

»Für den kann ich morgen dasselbe noch einmal mitbringen, kein Problem.«

Dann schlenderten sie grinsend auf Ronnie zu.

»Na, du Gerippe?«

Tobias hatte sich breitbeinig vor dem hageren Ronnie aufgebaut, Marc stand feixend daneben.

»Nur kein falscher Neid«, brummte Ronnie, blätterte die nächste Seite auf und kümmerte sich nicht weiter um die beiden.

»Ach, hast ja recht, Langer«, sagte Marc nach einer kurzen Pause. »Warum sollen wir so früh am Morgen schon Streit anfangen?«

»Eben«, sagte Ronnie und las weiter.

»Komm, Tobi, wir lassen ihn«, sagte Marc und ging zum Wasserspender.

Tobias schien noch kurz nachzudenken, dann setzte er sich ebenfalls in Bewegung, blieb aber mit seinem linken Bein in einem von Ronnies Ranzengurten hängen – der Ranzen fiel um, und die Wasserflasche rutschte aus ihrer Halterung auf den Boden.

Ronnie sah hoch, entdeckte die Flasche und fixierte Tobias missmutig.

»Okay, okay«, sagte der sofort und bückte sich nach der Flasche. »War keine Absicht, Mann!«

»Wer's glaubt«, brummte Ronnie und vertiefte sich wieder in seinen Comic.

Tobias hob die Flasche auf, ging mit ihr hinüber zum Wasserspender und füllte sie. Marc stellte sich so hinter Tobias, dass Ronnie, der aber ohnehin nicht aufsah, nicht bemerken konnte, wie Tobias mit einer schnellen Bewegung Pulver aus einem Tütchen in die Flasche gab.

Dann schüttelte er die Flasche, wartete, bis kein Schaum mehr zu sehen war, und brachte sie zu Ronnie zurück.

»Da«, sagte er, »ich hab sie für dich gefüllt. Friedensangebot.«

Ronnie sah verblüfft auf, zuckte dann aber mit den Schultern.

»Okay, danke, stell sie einfach wieder hin, ja?«

Tobias stellte die Flasche neben Ronnie auf den Boden und richtete auch seinen Ranzen wieder auf.

»So, und jetzt schwirrt mal ab, ihr beiden! Ich will endlich wissen, wie die Daltons diesmal wieder geschnappt werden.«

Diesmal ging Lukas deutlich beruhigter in die große Pause. Auf dem Weg nach draußen musste er zwei Sanitätern Platz machen, die zwischen sich einen Jungen untergehakt hatten, den Lukas wegen der Sanitäter allerdings nicht erkennen konnte. Sie führten ihn über den Hof und zum Gehweg, wo der Krankenwagen stand.

Lukas sah ihnen nach, doch dann bemerkte er, dass Marius, Hype, Benjamin und Claas schon am üblichen Platz auf ihn warteten. Er ging zu ihnen hinüber und steckte den Jungs verstohlen drei Zwanziger zu.

»Mehr habe ich im Moment nicht«, murmelte er noch.

»Na, meinetwegen«, zischte Marius, »für heute soll es damit mal gut sein. Aber nächste Woche treibst du noch ein paar Euro auf, sonst knallt's! Verstanden?«

Lukas nickte und trottete quer über den Schulhof zu Kevin, der dort allein stand, sein Wurstbrot mampfte und die ganze Zeit verstohlen zu Lukas und seinen »Freunden« herübergeschaut hatte.

Und in der nächsten Woche, grinste Lukas, sehr zufrieden mit sich, würde er ihnen die beiden restlichen Zwanziger geben, die er aus dem Umschlag am Telefon genommen hatte.

»Wir haben wieder einen Elternstammtisch«, sagte Annette Pietsch und setzte sich zu den anderen an den Esstisch.

»Schon wieder?«, fragte Rainer Pietsch. »Was ist denn diesmal?«

»Zwei Verletzte«, sagte Annette Pietsch knapp und nahm sich eine Scheibe Brot.

Rainer Pietsch legte das Messer weg und starrte seine Frau verblüfft an. Auch Michael, Sarah und Lukas sahen zu ihr hin.

»Karin Knaup-Clement war wieder dran, wir treffen uns diesmal im La Piazza im Nebenzimmer.«

»Ja, meinetwegen – aber wieso Verletzte?«

»Heute hat es einen Freund von Michael erwischt: Ronnie.«

Rainer Pietsch sah zu seinem Sohn hin.

»Warum hast du davon denn noch nichts erzählt?«

»Du bist ja noch nicht lange da, Mama weiß es schon – und verletzt ... na ja: Ihm ist halt schlecht geworden.«

»Na, einfach schlecht ist ihm wohl doch nicht geworden«, warf Annette Pietsch ein. »Er musste ins Krankenhaus, dort wurde ihm der Magen ausgepumpt – und seine Mutter hat mir vorhin am Telefon auch schon erzählt, dass es Ronnie wieder besser geht. Aber laut Karin Knaup-Clement deutet im Moment wohl einiges darauf hin, dass ihm jemand etwas Giftiges in die Wasserflasche gemischt hat.«

Michael starrte seine Mutter mit offenem Mund an.

»Hast du eine Ahnung, wer das gemacht haben könnte?«, fragte sie ihn.

Michael fielen Tobias und Marc ein, mit denen sie sich zuletzt ab und zu gekabbelt hatten – aber Gift in der Wasserflasche: Das war für diese beiden Pappnasen doch wohl eine Nummer zu groß. Also schüttelte er langsam den Kopf.

»Und der zweite Verletzte?«, hakte Rainer Pietsch nach.

»Den müsste Sarah kennen.«

Sarah fuhr hoch: Sören war heute wieder nicht im Unterricht gewesen, sonst hatte niemand gefehlt.

»Ein gewisser Sören Karrer hat ...«

Annette Pietsch war aufgefallen, dass ihre Tochter sie mit ängstlichem Blick fixierte – vielleicht sollte sie mit der Nachricht nicht einfach so herausplatzen.

»War Sören nicht der Junge, den euer Lehrer Moeller so runtergemacht hat?«, fragte sie stattdessen.

Sarah nickte und wurde blass.

»Ist da noch mehr vorgefallen?«

»Ja, schon«, sagte Sarah, ihre Stimme klang etwas unsicher. »Der Moeller hat Sören so richtig auf dem Kieker und gibt ihm eine mit, wo er nur kann.«

Annette Pietsch nickte langsam und sah ihren Mann traurig an.

»Was ist denn mit Sören?«, fragte Sarah, sah zwischen ihren Eltern hin und her, und allmählich stieg Panik in ihrer Stimme auf.

»Er ...«

»Bitte, Mama, spann mich doch nicht so auf die Folter!«

»Du magst ihn, oder?«

»Das ist doch jetzt egal! Was ist mit Sören?«

»Er hat gestern Nacht versucht, sich umzubringen.«

Sarah sank in ihrem Stuhl nach hinten, alle Farbe war aus ihrem Gesicht gewichen.

»Er wurde aber rechtzeitig gefunden und liegt jetzt im Krankenhaus. Bis in ein paar Tagen müsste er wieder auf dem Damm sein.«

Es dauerte Stunden, bis die völlig aufgelöste Sarah sich wieder beruhigt hatte. Gegen elf, als endlich auch im Zimmer des Mädchens nur noch tiefes, ruhiges Atmen zu hören war, setzten sich Annette und Rainer Pietsch an den Küchentisch und machten sich Notizen für den anstehenden Elternstammtisch.

Als zwei Abende später im La Piazza der letzte Espresso geleert wurde, war auch die gemeinsame Erklärung formuliert. Karin Knaup-Clement las den Text noch einmal den Anwesenden vor, dann verabschiedeten sich alle voneinander.

Zunächst sollten weitere Erklärungen mit diesem oder einem ähnlichen Text auch von anderen Klassen des Gymnasiums bei der Schulleitung eingehen, die Elterntreffen dazu fanden am selben Abend und an den beiden folgenden statt. Das Gespräch mit dem Rektor sollte gesucht, der Vertrauenslehrer und die Schülervertretung sollten eingebunden werden und schließlich sollten im Idealfall die beiden neuen Lehrer Rosemarie und Franz Moeller die Schule wieder verlassen.

Karin Knaup-Clement hatte die Vorfälle zu Beginn des Abends für alle noch einmal zusammengefasst. Die Empörung war spürbar und wurde reihum lautstark geäußert, auch der Zuspruch war gut gewesen: Fast drei Viertel aller Familien waren vertreten – das konnte sich sehen lassen.

Wie die anderen Eltern fuhren auch Annette und Rainer Pietsch guter Dinge nach Hause. Bei einem Glas Wein im Wohnzimmer redeten sie noch optimistisch über den weiteren Fortgang der Angelegenheit. Und ins Bett gingen sie mit der Gewissheit, dass die Eltern, wenn sie alle an einem Strang zogen, das Nötige bewegen und dem Lehrerpaar Moeller über kurz oder lang das Handwerk legen konnten.

Die faltige rechte Hand lenkte den Rollstuhl geschickt in den großen Konferenzraum. Die linke Hand ruhte auf einem Papierstapel, der auf der weichen Wolldecke auf seinem Schoß lag. Als ihn die Ersten bemerkten, erhoben sie sich von ihren Stühlen und begannen zu applaudieren. Immer mehr standen auf, der Beifall schwoll an und wollte nicht enden. Als der Rollstuhl schließlich neben dem hohen Pult aus dunklem Holz zum Stehen kam, hob der Mann kurz die rechte Hand, und fast augenblicklich erstarb jedes Geräusch im Raum. Er nickte dankend in die Runde, und alle setzten sich wieder.

»Liebe Freunde«, begann der alte Mann, und seine überraschend volle, wenn auch mit den Jahren rauer gewordene Stimme füllte den Raum scheinbar mühelos aus. Der Mann lächelte ein wenig: Der Tontechniker hatte ganze Arbeit geleistet – das Knopfmikrofon an seinem Revers war nicht einmal aus der ersten Sitzreihe zu sehen, und die Lautsprecherboxen waren gerade so laut eingestellt, dass die Stimme überall klar und deutlich zu vernehmen war, sie aber doch noch nicht wie verstärkt wirkte.

»Es ist immer wieder ein Genuss, euch alle hier vor mir zu sehen, engagiert und flammend wie seit Jahren. Wir werden auch diesmal wieder von einigen unter uns erfahren, wo unsere Überzeugung besonders nachhaltig gewirkt oder welche neuen Methoden sich für unsere Ziele als besonders geeignet erwiesen haben. Würde ich euch eine Power-Point-Präsentation zumuten, würde auf der passenden Folie vermutlich ›Best Practice‹ stehen.«

Er sah schmunzelnd in die Runde, wohlmeinendes Gelächter kam aus den Reihen vor ihm. Sein Publikum und er waren eingespielt, seit Jahren. Und das war auch nötig, denn sie hatten sich viel vorgenommen.

»Noch«, fuhr er fort, »noch müssen wir uns bedeckt halten, müssen uns in Hotels wie diesem treffen, während all die Weicheier, deren Fehler wir zu beseitigen versuchen, sich auf der Didacta wichtig machen dürfen.«

Allgemeines Gelächter brandete auf, die führende deutsche Bildungsmesse, auf der alljährlich mehrere hundert Aussteller pädagogische Themen und Materialien vom Kindergarten bis zur Hochschule präsentierten, stand bei den hier Anwesenden nicht sehr hoch im Kurs.

»Aber unsere Arbeit trägt inzwischen immer mehr Früchte, wir haben eine Entwicklung angestoßen, die nicht mehr aufzuhalten ist – und irgendwann werden auch die letzten Zweifler einsehen, dass wir tatsächlich die Lösung für viele Probleme unserer Gesellschaft anzubieten haben!«

Der hagere Körper richtete sich mal im Rollstuhl auf, mal sank er zurück auf die Lehne, die Hände malten eindrucksvoll Gesten in die Luft, und der alte Mann fesselte seine Zuhörer zudem mit seiner klug inszenierten Rede. Zwischendurch fixierte er immer wieder einzelne Männer und Frauen im Publikum, und als er ein Paar in der zweiten Reihe ansah, huschte ein Schatten über sein Gesicht. Er machte eine kurze Pause, die außer den beiden niemandem auffiel – und nickte ihnen kaum merklich mit ernster Miene zu.

Die beiden hatten verstanden und folgten ihm nach der Rede unauffällig nach draußen.

Kapitel drei

Im Rektorat war es eng. Johannes Wehling hatte zusätzliche Stühle herbeischaffen lassen, nun saßen sie um seinen Schreibtisch herum dicht an dicht: einige Elternsprecher, Vertrauenslehrer Hässler, zwei der drei Schülersprecher sowie Wehling selbst und seine langjährige Sekretärin.

Schnell war klar gewesen, dass in diesem Raum niemand Partei für die beiden Lehrer ergreifen wollte, die hier zur Debatte standen. Rosemarie und Franz Moeller waren in all ihren Klassen schnell mit ungewöhnlichen Methoden und einem außerordentlich strengen Bewertungsmaßstab aufgefallen, und vor allem zu Beginn hatte sich damit niemand anfreunden können.

Einige der Klassen schienen sich mittlerweile auf die beiden Lehrer eingestellt zu haben, jedenfalls berichteten die beiden Schülersprecher auch von positiven Rückmeldungen – aber nach dem Selbstmordversuch des Schülers Sören Karrer, den Franz Moeller offenbar mehrfach im Unterricht gedemütigt hatte, überwog natürlich die Kritik.

Ob auch der Fall des mit Vergiftungserscheinungen ins Krankenhaus gebrachten Ronnie mit den beiden Lehrern und der Atmosphäre, die sie in ihren Klassen verbreiteten, zu tun hatte, vermochte niemand zu sagen – es hatte sich noch kein Schüler gefunden, der dem Siebtklässler etwas ins Trinkwasser getan haben könnte.

»Und was schlagen Sie nun konkret vor?«, fragte Johannes Wehling, als sich die Diskussion immer mehr im Kreis zu drehen begann, und sah die Elternvertreter nacheinander an.

Karin Knaup-Clement vergewisserte sich mit kurzen Seitenblicken, dass sie für die anderen sprechen konnte, dann meinte sie: »Unserer Meinung nach sind Rosemarie und Franz Moeller als Lehrer an dieser Schule nicht länger haltbar.«

Wehling musterte noch einmal die Elternvertreter und erntete zustimmendes Nicken.

»Sie wissen vermutlich selbst, dass eine solche Entscheidung nicht mal so nebenbei getroffen werden kann.« Er hob beide Hände, als ihm Karin Knaup-Clement ins Wort fallen wollte. »Zumal ich auch die andere Seite dieser ... Angelegenheit sehe.«

»Angelegenheit?«, empörte sich Friederike Reichert, die Elternsprecherin der 9c, die Sören Karrer besuchte. Ihre Tochter Carina war Klassensprecherin und hatte sie über alles Nötige auf dem Laufenden gehalten.

Wieder hob Wehling beschwichtigend die Hände.

»Ich verstehe Ihre Aufregung, glauben Sie mir. Aber bitte versetzen Sie sich mal in meine Lage. Unser Lehrerkollegium ist personell auf Kante genäht, wir haben alle Mühe, den Unterrichtsbetrieb ohne größere Ausfälle aufrechtzuerhalten – und bisher ist noch niemand für längere Zeit krank geworden. Im kommenden Frühjahr stehen dann wieder die Abiturprüfungen an, von Schüleraustausch und Schullandheimaufenthalten ganz zu schweigen – da kann ich nicht einfach zwei Lehrkräfte, die ein sehr umfangreiches Pensum übernommen haben, an die Luft setzen.«

Die Elternvertreter schüttelten entrüstet den Kopf, die Schüler und der Vertrauenslehrer waren nachdenklich geworden, weil sie die Zwangslage der Schule aus eigenem Erleben natürlich nur zu genau kannten.

»Außerdem«, fuhr Wehling fort, »bin ich der Überzeugung, dass wir die beiden Kollegen auf jeden Fall noch anhören sollten, bevor wir irgendwelche Konsequenzen ziehen. Sogar für Lehrer ...« – er sah die Elternvertreter stirnrunzelnd an – »... sollte zunächst einmal die Unschuldsvermutung gelten, nicht wahr?«

Karin Knaup-Clement presste wütend die Lippen aufeinander, auch die anderen Eltern sagten nichts.

»Ich gehe davon aus, dass Sie da meiner Meinung sind. Ich wollte zuerst von Ihnen erfahren, was Sie so sehr gegen die beiden Kollegen aufgebracht hat. Das weiß ich nun, und als Nächstes suche ich das Gespräch mit den beiden. Ich werde mir ihre Sicht der Dinge anhören, danach – frühestens danach – können wir über Konsequenzen welcher Art auch immer nachdenken.«

Hässler musterte die Eltern: Sie fixierten Wehling mit wütenden Blicken, platzten offensichtlich fast vor Tatendrang – während der Rektor längst dabei war, ihnen den Wind aus den Segeln zu nehmen. In den Jahren, seit er hier unterrichtete, hatte er das alles schon mehrfach erlebt: Ein Problem kam auf, der Rektor wich aus, lavierte herum und schließlich endete alles mit einem Gespräch, das keine Lösung brachte. Und irgendwann verdrängte ein neues Thema das Problem, oder die Kinder machten ihr Abitur und die Eltern waren nicht länger mit dieser Schule befasst. Gut möglich, dass Wehling auch diese Krise einfach aussitzen wollte.

»Gut, reden Sie mit den beiden«, sagte Karin Knaup-Clement schließlich. »Reden Sie mit ihnen! Sprechen Sie sie auf den Selbstmordversuch an und auf den vergifteten Schüler! Konfrontieren Sie sie mit der Atmosphäre, die sie in ihrem Unterricht geschaffen haben, mit diesem Klima von

Angst und Druck – und mit unserem Verdacht, dass sie genau damit die beiden tragischen Zwischenfälle verursacht oder zumindest begünstigt haben. Aber glauben Sie nicht, dass wir locker lassen! Wir alle wollen, dass unsere Kinder an dieser Schule eine gute Ausbildung bekommen, dass sie mit guten Chancen ins Berufsleben starten, dass sie einen guten Abschluss machen können – aber wir wollen das nicht um jeden Preis erreichen! Bitte machen Sie dem Ehepaar Moeller deutlich, dass wir größte Bedenken wegen der Unterrichtsmethoden haben – und dass wir das in den nächsten Tagen und Wochen sehr genau im Blick behalten werden!«

»Natürlich, das werde ich den Kollegen alles so sagen.« Wehling wirkte äußerlich unbeeindruckt, aber hinter der freundlichen und entspannten Fassade suchte er fieberhaft nach einem Weg, der eine Konfrontation mit den Moellers vermeiden konnte. »Mir ist ja selbst am meisten daran gelegen, dass wir hier an der Schule auch weiterhin das harmonische Miteinander zwischen Eltern, Schülern und Lehrern haben, mit dem wir seit vielen Jahren so gut fahren.«

Hässler verdrehte die Augen, weil er Wehlings Appell an das »harmonische Miteinander« keineswegs zum ersten Mal hörte – aber allein mit Aussitzen würde es diesmal nicht getan sein, das hatten die Elternvertreter klargemacht.

Am nächsten Morgen flitzte Lukas, der erst in der zweiten Stunde Unterricht hatte und deshalb in einem ziemlich spärlich gefüllten Bus angekommen war, quer über den Schulhof, noch bevor der am alten Baum schon auf ihn wartende Marius reagieren konnte. Lukas sah noch kurz zu ihm, Hype und Benjamin – da stolperte er auch schon über ein Bein und fiel direkt vor der Eingangstür der Länge nach hin.

Claas kam zu ihm und grinste hämisch auf ihn hinunter. Gerade wollte er mit dem rechten Fuß ausholen, da fuhr Hannes Strobel mit seinem knallroten Flitzer auf den Lehrerparkplatz.

»Glück gehabt, du Loser!«, zischte Claas noch und ging zu seinen Freunden hinüber.

Lukas rappelte sich auf, klopfte sich den Staub von der Hose und beeilte sich, ins Gebäude zu kommen. Als er die Treppe erreicht hatte, ging hinter ihm die Tür. Erschrocken drehte er sich um, aber es war nur Strobel, der mit federnden Schritten den Flur entlangeilte.

Rosemarie Moeller betrat das Büro des Rektors, dicht gefolgt von ihrem Mann.

Rektor Wehling erhob sich aus seinem Sessel, wies beflissen auf zwei freie Stühle vor seinem Schreibtisch und setzte sich erst wieder, als seine beiden Gäste Platz genommen hatten.

»Frau Moeller, Herr Moeller«, er nickte beiden zu und hoffte, mit seinem betont höflichen Auftritt seine Unsicherheit überspielen zu können, »ich habe Sie heute zu mir gebeten, weil ... nun ja: Eltern haben sich beschwert.«

Rosemarie Moeller sah kurz zu ihrem Mann hinüber und lehnte sich dann in ihrem Stuhl zurück – offensichtlich wollte sie ihm das Reden überlassen.

»Und einige Eltern bringen den Selbstmordversuch eines Ihrer Schüler, Herr Moeller, damit in Verbindung, dass Sie den Schüler mehrfach vor seiner ganzen Klasse ... ungewöhnlich stark kritisiert haben sollen.«

»Herr Wehling«, begann Franz Moeller nach einer kurzen Pause, »niemandem geht der Selbstmordversuch von Sören Karrer näher als uns beiden, das müssen Sie uns glauben.

Mir macht das besonders zu schaffen, da Sören mit mir als seinem Lehrer ... sagen wir mal: nicht besonders gut zurechtkam.«

»Sie haben ihn vor der Klasse demontiert«, sagte Wehling schnell. Er hatte das Gefühl, unerwartet Oberwasser zu bekommen, und wollte die Chance nicht ungenutzt verstreichen lassen.

»Also bitte ...«, begehrte Franz Moeller auf, blieb aber versöhnlich in seinem Ton. »Wir, also meine Frau und ich, sind der Überzeugung, dass es ohne ein Mindestmaß an Disziplin und Engagement auch von Seiten der Schüler nicht geht – und daran hat es Herr Karrer leider allzu deutlich fehlen lassen. Sind Sie der Meinung, dass ich das einfach tolerieren sollte?«

Wehling sah sich zwei fragenden Gesichtern gegenüber, die Augenbrauen erhoben, die Stirne gerunzelt – das Gespräch würde wohl doch so schwierig werden, wie er befürchtet hatte.

»Natürlich nicht, aber ...«

»Sehen Sie! Es wird immer Schüler geben, die den einen Lehrer mehr und dann eben auch den anderen Lehrer weniger mögen – und in unserer heutigen Gesellschaft ist es leider üblich, dass sich die Eltern dann sofort einschalten und glauben, sich zum Schutz ihrer Kinder als Gegner der Schule positionieren zu müssen.«

Wehling ertappte sich dabei, wie er zustimmend nickte – diese Erfahrung hatte er zur Genüge gemacht.

»Wissen Sie, Herr Wehling, wir Lehrer sind doch nicht für alles verantwortlich zu machen! Die Eltern schicken uns ihre Sprösslinge, erwarten von uns, dass wir sie fit machen für den Weg zu den besten Unis und dass wir sie nebenbei auch noch erziehen – aber wenn wir dazu den für manche Kinder und Jugendliche nötigen Druck aufbauen, ist es auch wieder nicht recht.«

»Sören Karrer wäre unter diesem Druck fast zerbrochen«, brachte Wehling das Gespräch wieder zum Kernpunkt zurück. »Und das darf natürlich nicht passieren, da werden Sie mir kaum widersprechen wollen.«

Moeller schüttelte langsam und, wie es aussah, tieftraurig den Kopf. Er schien tatsächlich ernsthaft betrübt wegen des Selbstmordversuchs seines Schülers.

»Natürlich ist mir schon aufgefallen, dass Ihre Unterrichtsmethode und« – er nickte Rosemarie Moeller zu – »die Ihrer Frau schon viel Positives bewirkt hat. Mancher Kollege genießt es sehr, die von Ihnen unterrichteten Klassen inzwischen ruhiger, engagierter und disziplinierter vorzufinden. Das hat Ihnen viel Respekt im Kollegium eingebracht – das erwähne ich nur für den Fall, dass es Ihnen die betreffenden Kollegen noch nicht persönlich gesagt haben.«

»Haben sie natürlich nicht«, lächelte Moeller süffisant. »Wir sind nicht von der allzu geselligen Art – das legen uns manche Kollegen leider als Unnahbarkeit aus. Aber gut: Was soll man machen?«

Nicht allzu gesellig? Wehling grinste: Das war wohl die Untertreibung des Jahres ...

»Aber ich nehme an, Sie wissen trotzdem von der Wertschätzung, die Sie an unserer Schule genießen.«

Rosemarie und Franz Moeller nickten.

»Trotz der jüngsten Vorfälle.«

Die Mienen der beiden wurden wieder ernst.

»Die Ihnen aber im Kollegium natürlich niemand direkt anlastet, verstehen Sie mich da bitte nicht falsch!«

Rosemarie Moeller fixierte Wehling mit unverändert stechendem Blick, ihr Mann gab sich dagegen besänftigt.

»Ich verstehe Sie ja, Herr Wehling«, brummte er. »Ihnen sitzen natürlich die Eltern im Nacken – wobei es schon enttäuschend ist, dass sie mit ihren Klagen zu Ihnen kamen und nicht das direkte Gespräch mit uns beiden suchten.«

Das wiederum konnte Wehling nur zu gut verstehen. »Gut, dann sind wir wohl durch«, sagte er und erhob sich. »Versprechen Sie mir bitte, dass Sie mit Ihren Schülern künftig ein wenig ... nun ja ... sanfter umgehen, wenn Sie den Eindruck haben, dass es der eine oder die andere nötig hätte, ja?«

Rosemarie Moeller erhob sich, drückte dem Rektor wortlos die hingestreckte Hand und ging mit schnellen Schritten zur Tür. Wehling sah ihr mit einem unguten Gefühl nach, dann kam er um seinen Schreibtisch herum, drückte auch Franz Moeller die Hand und raunte ihm dabei ins Ohr: »Vielleicht können Sie noch einmal mit Ihrer Frau reden. Ich habe den Eindruck, sie hat das hier etwas zu persönlich genommen. Könnten Sie ...?«

Franz Moeller sah dem Rektor kurz in die Augen, dann gestattete er sich die Andeutung eines Lächelns und nickte. »Ich werde mit ihr reden, aber sie hat Sie schon richtig verstanden, keine Sorge.«

Damit ging auch er hinaus und Wehling stand noch einige Minuten gedankenschwer mitten im Raum, bevor er sich aufraffte und sich einen Espresso brühte.

Ronnie sah noch immer etwas mitgenommen aus, aber auch wenn er sich selbst lieber noch an Zwieback und Salzstangen hielt, begleitete er seine Freunde doch zum Schulbäcker. Petar stellte sich an, um für sich und Michael je einen Amerikaner zu kaufen, die beiden anderen warteten etwas abseits der langen Schlange.

Tobias und Marc, die sich schon zwei Brezeln gekauft hatten, schlenderten an Ronnie und Michael vorbei und sahen feixend zu ihnen hin, sagten aber nichts. Michael wurde daraus nicht ganz schlau – als ihm aber auffiel, dass Ronnie den beiden mit zornigem Blick nachsah, kam ihm ein böser Verdacht.

Auch Marius und seine Kumpels hatten ihr Ziel im Visier. Sie ließen nicht locker. Und irgendwann mochte Kevin nicht mehr tatenlos zusehen. Als die anderen auf dem Schulhof warteten und sich Lukas wieder unter einem Vorwand zurück ins Schulgebäude schleichen wollte, drückte Kevin ihm wortlos einen Zwanzig-Euro-Schein in die Hand und nickte zu Marius hinüber. Erst sah ihn Lukas verständnislos an, dann dämmerte ihm, dass Kevin von seinem speziellen Problem wusste.

»Das musst du nicht«, protestierte er zwar lahm, wusste im Moment aber wirklich nicht, woher er noch Geld nehmen sollte, um sich Marius vom Hals zu halten. Die Scheine, die er aus dem Umschlag daheim auf dem Telefontischchen genommen hatte, waren inzwischen aufgebraucht – er wunderte sich, dass das seinen Eltern bisher noch gar nicht aufgefallen war,

»D-du nimmst jetzt das G...eld«, sagte Kevin, und sein zunehmendes Stottern zeigte Lukas, dass die Sache auch ihn nicht kalt ließ, »D-du g...ibst es d-diesen Typen, und heute N-nachmittag überlegen w...ir uns, was wir unternehmen, ja? So k-kann es ja nicht w...eitergehen.«

»Aber ich ...«

»Ruhe jetzt«, sagte Kevin und grinste breit. »W...weißt du: Ich habe n-nicht so viele Freunde, dass ich mir eben mal einen k-kaputtmachen lasse.«

Das schlechte Gewissen durchzuckte Lukas kurz, denn

eigentlich hatte er die Freundschaft zu Kevin anfangs ja nur gespielt, um Marius und seinen Jungs zu entkommen – aber inzwischen konnte er den pummeligen Außenseiter mit seinem Sprachproblem wirklich gut leiden. Und umgekehrt war es wohl ähnlich, jedenfalls stotterte Kevin im Gespräch mit ihm normalerweise viel weniger als sonst in der Schule.

Also trottete er hinüber zu Marius, Hype, Claas und Benjamin. Er steckte Marius wie die bisherigen Male den Geldschein unter der Hand zu und kehrte dann wieder zu Kevin zurück.

»Ob er sich damals auch so ein Gewäsch hat anhören müssen?«, fragte Rosemarie Moeller mit bebender Stimme, und sie schwang eines der Bücher von John Locke wie eine Fackel über ihrem Kopf. Dann stellte sie den Band zurück ins Regal und ließ sich müde neben ihrem Mann auf das Sofa sinken.

Leise klassische Musik erfüllte den Raum, von draußen drangen Straßengeräusche durch die schlecht gedämmten Fenster herein. Franz Moeller reichte ihr ein halb gefülltes Glas, die beiden stießen miteinander an und nippten am dunklen Rotwein.

»Nimm dieses Intermezzo doch nicht so ernst«, sagte er und stellte sein Glas wieder ab. »Es ist doch alles auf dem richtigen Gleis.«

»Meinst du, es reicht schon?«

»Aber sicher reicht es. Viele der Kinder sind mit Feuereifer bei der Sache, und wenn wir uns nun etwas mehr zurückhalten, machen wir nicht nur genau das, was Wehling und die Eltern von uns wollen – sondern wir lassen auch die Schüler selbst von der Leine.«

»Und du bist sicher, dass sie schon so weit sind?«

»Ja, bin ich. Das hat er mir am Wochenende doch auch geglaubt, du hast es selbst miterlebt.«

Sie nickte, wirkte aber noch immer skeptisch.

»Und er«, fuhr Franz Moeller fort, »hat nun wirklich Erfahrung mit unseren Methoden, einige hat er ja selbst entwickelt.«

»Aber unser Gespräch nach seinem Vortrag hat mir mehr zugesetzt als heute diese lächerliche Unterredung mit diesem windelweichen Rektor.«

»Da bleibt aber nichts hängen. Der Vorsitzende weiß, was er an uns hat – er kennt unsere bisherigen Erfolge.«

»Das schon, aber er weiß eben auch alles andere. Und da scheint ihm nicht alles zu gefallen ...«

»Du darfst nicht vergessen, dass er ein alter Mann ist – er wird, wie es scheint, milder mit den Jahren.«

»Zu mild für meinen Geschmack«, sagte Rosemarie Moeller und nahm noch einen Schluck. »Und diese Milde fand ich schon immer gefährlich für unsere Ziele. Da fehlt manchmal nicht mehr viel und wir begeben uns in dasselbe Fahrwasser, das wir den anderen vorwerfen.«

»Wir müssen nicht alles eins zu eins so umsetzen, wie er das gerne hätte. Wenn wir die Schrauben noch ein wenig anziehen, braucht er es ja nicht unbedingt zu erfahren.«

»Bevor wir unseren heutigen Unterricht beginnen, würde ich gerne noch etwas in eigener Sache loswerden.«

Rosemarie Moeller sah in die Runde, alle Gesichter waren auf sie gerichtet, vom dicken Kevin bis hin zum obercoolen Marius.

»Es gab Beschwerden von Eltern, die nicht mit unserem Unterricht einverstanden sind. Mit uns direkt hat zwar niemand gesprochen, aber dem Rektor wurde die Kritik vorgetragen – und der hat danach mit uns geredet.« Sie machte eine kurze Pause.

In der zweiten Reihe ging eine Mädchenhand nach oben.

»Ja, bitte?«, erteilte Rosemarie Moeller der aufgeschossenen Soraya das Wort. Das Mädchen war zu Beginn des Schuljahres eher desinteressiert und sehr schüchtern gewesen – das höhere Lerntempo hatte sie angestachelt und Erfolge, die sich bald eingestellt hatten, hatten ihr Selbstbewusstsein gestärkt.

»Warum hat denn niemand direkt mit Ihnen geredet? Sie haben uns doch in der Klassenlehrerstunde erklärt, dass man Konflikte immer direkt austragen sollte.«

Rosemarie Moeller nickte und ließ ihren Blick über die Stuhlreihen schweifen.

»Hat jemand die Antwort auf Sorayas Frage?«

Niemand meldete sich.

»Seht ihr, Kinder, so geht es mir auch. Aber das zeigt ja nur, dass es kein Fehler ist, wenn wir euch manches hier in der Schule beibringen – nicht jeder hat das Glück, solche grundlegenden Bestandteile einer guten Erziehung schon zu Hause vorgelebt zu bekommen.«

Ein bitterer Zug spielte um den Mund der Lehrerin.

Ein weiteres Mädchen meldete sich, Rosemarie Moeller nickte Tabea Clement ermunternd zu.

»Welche Eltern haben sich denn über Sie beschwert?«

Rosemarie Moeller sah das Mädchen nachdenklich an, ehe sie langsam den Kopf schüttelte und an die ganze Klasse gerichtet antwortete: »Ich will keine Namen nennen, weil wir hier in der Schule keine Zwietracht zwischen euch und euren Eltern säen wollen.« Sie sah wieder zu Tabea hin: »Gerade bei dir nicht.«

Tabea Clement wurde blass, einige andere Kinder sahen unfreundlich zu ihr hin.

Auch in der 7c erzählte Rosemarie Moeller von den Beschwerden einiger Eltern, ohne Namen zu nennen, und sie erklärte den Kindern, dass sie künftig alle Schüler gleich behandeln würde, um sich nicht vorwerfen lassen zu müssen, sie würde manche bevorzugen, die von ihren Fähigkeiten her mehr Förderung brauchten.

Das klang alles recht theoretisch für die Zwölf- und Dreizehnjährigen hinter ihren Tischen, aber Michael bekam schon in dieser Unterrichtsstunde sehr praktisch mit, was sich durch die Elternproteste für ihn ändern würde – was sich heute bereits geändert hatte: Wie immer hatte er häufig den Arm nach oben gestreckt, aber anders als sonst war er nicht mehrfach drangenommen worden. Und als er endlich kurz vor Ende des Unterrichts doch noch an der Reihe war, fiel seine Antwort nicht zur vollen Zufriedenheit der Lehrerin aus – und Rosemarie Moeller, die ihn sonst immer ermuntert und auch für nur teilweise richtige Antworten gelobt hatte, kritisierte ihn knapp und kalt.

Michael war völlig überrumpelt, lief rot an – und konnte sich nur zu gut vorstellen, wie Marc und Tobias hinter ihm feixten.

Sarah sah den Papierflieger gerade noch aus dem Augenwinkel auf sich zuflitzen. Sie duckte sich, der Flieger verfehlte sie knapp und trudelte ein, zwei Meter weiter vor ihr auf dem Boden aus.

Sie sah sich um, konnte aber nicht entdecken, wer den Flieger geworfen haben könnte – vielleicht war es nur Zufall gewesen. Sie ging zu dem Flieger hin, hob ihn auf und faltete ihn langsam auseinander. Als sie das Blatt glattstrich, fiel ihr auf, dass sie die Rückseite sah – und als sie das Blatt umdrehte, konnte sie es lesen: »Siehst echt ... süß aus!«

Noch einmal sah sie sich um, aber Rico, der richtig stolz war, wie gut er Sarah mit dem Papierflieger anvisiert hatte, versteckte sich gerade noch rechzeitig hinter einer Mauer.

Rosemarie und Franz Moeller trafen sich vor der großen Pause auf dem Weg zum Lehrerzimmer.

»Und?«, fragte er knapp.

Um sie herum rannten die jüngeren Schüler mit großem Getöse zum Ausgang, während die älteren gemächlich durch den Flur schlenderten. Inmitten des Getümmels konnte man sich erstaunlich gut ohne Ohrenzeugen unterhalten.

»Sie sind informiert«, sagte sie. »Nun schauen wir mal, was sie daraus machen.«

Sie sah besorgt aus, er rieb ihr mit der Hand leicht über den Oberarm.

»Du wirst sehen, das hat schon gereicht«, versicherte er ihr. »Die Saat geht auf, und wir können das in aller Ruhe beobachten. Und wenn wir trotzdem noch etwas nachsteuern müssen, wird nichts nötig sein, was uns irgendwie auffällig macht – glaub mir!«

»Wenn du meinst ...« Rosemarie Moeller wirkte nicht recht überzeugt.

»Das wird schon, verlass dich drauf«, beruhigte er sie noch einmal. »Und wir wissen, dass wir das Richtige tun – also wird es auch diesmal klappen.«

»Ja, du hast sicher recht.«

Sie hatten die Tür zum Lehrerzimmer erreicht. Franz Moeller warf seiner Frau noch einen aufmunternden Blick zu, sie lächelte schwach zurück, dann drückte er die Klinke und ließ die Tür aufschwingen.

Kevin und Lukas hatten es fast um die Straßenecke geschafft, da entdeckte Hype sie doch noch.

»Da sind sie!«, rief er zu seinen Freunden, und schon rannten alle vier den beiden anderen hinterher.

Zwei Straßen weiter hatten sie sie eingeholt. Lukas war ohnehin nicht der geborene Sprinter, aber er hatte es obendrein nicht übers Herz gebracht, den furchtbar langsamen Kevin zurückzulassen.

In der Einfahrt zu einer Tiefgarage wurden Kevin und Lukas schließlich gestellt, und die vier anderen bildeten einen engen Kreis um sie.

»So«, höhnte Marius, »da haben wir ja beide Chefloser beieinander!«

Claas sah sich nervös um, aber Hype zischte ihn nur an: »Hast du vorhin nicht aufgepasst?«

»Hä? Aufgepasst? Wieso?«

»Der Loserschutz ist aufgehoben!«

»Äh ... wie?«

Hype verdrehte genervt die Augen.

»Du hast die Moeller doch gehört, oder?«

»Ja, da haben sich wohl ein paar Eltern beschwert – Tabeas Alte wohl auch, das hat die Moeller ja mehr als nur angedeutet.«

»Das hast du also schon mal mitgekriegt«, grinste Hype. »Und dann hat sie noch gesagt, dass sie künftig etwas stärker darauf achten wird, nicht mehr wie bisher jeden Schüler seinen Veranlagungen gemäß zu behandeln – sondern dass von nun an alle gleich behandelt werden sollen, damit sich niemand mehr beschweren kann.«

»Ja, klar hab ich das mitbekommen. Und was hat das jetzt hier mit unseren beiden Losern zu tun? Ich schau mich halt um – nicht, dass uns die Moeller noch mit dem Dicken erwischt und uns die Hölle heiß macht deswegen!«

»Na, überleg doch mal«, schaltete sich nun Benjamin ein. »Wenn alle gleich behandelt werden, wird sie unseren Dicken hier künftig auch nicht mehr in Watte packen, oder?«

Ein Lächeln hellte das Gesicht von Claas auf.

»Ah, du meinst, wir dürfen ...?«

»Genau.«

Kevin sah Lukas an und schluckte. Es sah ganz danach aus, als würde genau jetzt sein Albtraum von vor ein paar Tagen wahr werden.

Rosemarie Moeller hatte das Ganze von der gegenüberliegenden Straßenseite aus beobachtet. Sie war gleich nach Schulschluss aus dem Gebäude, über den Hof und die ersten Meter ihres Heimwegs gegangen – und hatte dann, vor Blicken aus dem Schulhof weitgehend geschützt, hinter einer Mauer mit aufgesetztem schmiedeeisernem Zaun gewartet.

Sie wusste, dass Kevin auf dem Nachhauseweg in Sichtweite vorbeikam. Und sie wusste, dass Lukas seinen Klassenkameraden Kevin inzwischen begleitete, weil er aus irgendeinem Grund Angst vor Marius, Hype und noch zwei anderen Jungs aus der Klasse hatte. Nun wollte sie sehen, ob die Schüler ihre Botschaft von heute Morgen auch in vollem Umfang begriffen hatten.

Als Kevin zu Boden ging, gönnte sie sich ein zufriedenes Lächeln und wandte sich zum Gehen. Ihr Mann schien doch recht zu haben.

Sarah traf auf halbem Weg zur Bushaltestelle ihren Bruder Michael. Er wirkte schlecht gelaunt.

»Ist was mit dir, Michael?«

Statt einer Antwort brummte er etwas Unverständliches und schlurfte weiter auf die Haltestelle zu.

»Ich hab zwar nichts verstanden, aber ich nehme mal an, du bist mies drauf – richtig?«

Michael nickte und trottete weiter.

»Hattest du die Moeller heute?«, versuchte sie einen Schuss ins Blaue.

Michael nickte und presste die Lippen fest aufeinander.

»Und warum nimmt dich das so mit, wenn die beiden eins auf den Deckel bekommen?«

Sie hatten den gläsernen Unterstand erreicht, vor dem in ein paar Minuten der Bus halten würde. Michael setzte seinen Schulranzen ruppig in einer Ecke ab und lümmelte sich auf die Holzbank. Das Wetter war sonnig, also standen die anderen, die schon da waren, in Grüppchen verteilt um den Unterstand herum.

Michael sah mürrisch zu seiner Schwester auf, die abwartend vor ihm stand, sagte aber kein Wort.

»Wenn du mitbekommen hättest, wie die in unserer Klasse den Sören fertiggemacht hat ... Der wollte sich aufhängen, stell dir das doch mal vor!«

»Pfff...«, machte Michael und sah trotzig drein.

»Spinnst du, Kleiner?«, brauste Sarah auf. »Wenn Sören nicht rechtzeitig von jemandem geholfen worden wäre, dann ... dann ... wäre der jetzt ... tot!«

Sarah stand mit geballten Fäusten vor ihm, und offensichtlich kämpfte sie mit den Tränen. Michael musterte sie: Hatte seine große Schwester womöglich etwas mit diesem Sören?

»Komm, setz dich her«, sagte er.

Erst zögerte sie, doch dann ließ sie sich neben ihrem Bruder auf die Bank sinken. Sie kratzte sich an der Nase und wandte den Kopf nach oben, um die Tränen zu verdrängen, während Michael in seinem Ranzen herumgrub und ihr schließlich ein Papiertaschentuch hinhielt.

Sarah nahm es, tupfte sich hastig die Augenwinkel und sah Michael dann mit einem traurigen Lächeln an. »Bist schon ganz in Ordnung, Kleiner!«

»Kleiner?«, echote Michael mit gespielter Empörung. »Du bist wohl lebensmüde!«

Kevin kam heulend vor dem Haus an, wischte sich aber vor dem Hineingehen noch die Augen und die Nase mit dem Ärmel trocken. Er atmete ein paar Mal tief durch, dann ging er hinein. An der zerrissenen Jacke konnte er ohnehin nichts ändern.

Seine Mutter war noch nicht von der Arbeit da, aber die Jacke würde sie auch heute Abend sehen – und Kevin hatte auch keine Lust, ihr wegen der Keilerei Theater vorzuspielen. Er hatte im Fallen immerhin noch einen Ärmel von Hypes Lieblingsjacke abgerissen – dafür hatte er die Fußtritte, mit denen sich Hype an ihm revanchiert hatte, gerne eingesteckt.

Tobias und Marc hatten den Nachmittag miteinander verbracht, aber es war ihnen nicht gelungen, noch einmal unbemerkt an den prall gefüllten Arzneischrank von Marcs Mutter zu kommen.

»Egal«, sagte Tobias schließlich und klopfte seinem Freund tröstend auf die Schulter. »Dann lassen wir uns eben etwas anderes einfallen. Noch ein Schüler mit Vergiftungserscheinungen wäre sowieso zu auffällig gewesen, nachdem sie wegen Ronnie so einen Aufstand gemacht haben.«

Das Abendbrot nahm Familie Pietsch ohne Lukas ein, der angerufen hatte, dass er länger bei seinem Freund Kevin bleiben wolle. Es war ruhig am Tisch. Sarah und Michael waren nicht in der Stimmung, von ihrem Tag zu erzählen – und den Eltern fiel es kaum auf, weil sie ganz in Gedanken versunken waren.

Als Lukas später nach Hause kam, schaffte er es zu seiner eigenen Überraschung, an seinen Eltern vorbei ins Zimmer zu kommen, ohne dass ihnen das Loch in seiner Jeans und die verkrusteten Schrammen an seinen Armen aufgefallen wäre. Seine Mutter dachte sich die Zutaten für ein Buffet aus, der Vater brütete über einem Schreiben seines Arbeitgebers, und Michael und Sarah waren bereits auf ihre Zimmer gegangen, um noch ein wenig zu lernen. Lukas schnappte sich in der Küche ein Brötchen und ein Stück Fleischwurst, füllte sich ein Glas mit Leitungswasser und huschte in sein Zimmer, wo er schnell in den Schlafanzug schlüpfte, nebenbei aß und trank und schließlich mit dem Deutschbuch im Bett verschwand.

Nachdem er die für den kommenden Tag angekündigten Lektionen überflogen und sich ein paar Gedanken über den Aufbau einer Sachbeschreibung gemacht hatte, packte er seinen Ranzen für den morgigen Schultag und kroch zurück ins Bett.

Im dunklen Zimmer spürte er seine blauen Flecke deutlicher als zuvor, und vor seinem geistigen Auge spielte sich immer wieder die Szene in der Tiefgaragen-Einfahrt ab. Der zu Boden gehende Kevin, sein eigenes Blut, und die vier anderen, die völlig hemmungslos auf sie einschlugen und eintraten. Als er es nicht mehr aushielt, nahm er sich ein Buch und begann zu lesen. Später kam sein Vater ins Zimmer, um ihm eine gute Nacht zu wünschen – doch Lukas schlief schon, und Rainer Pietsch zog seinem Sohn das Buch aus den verkrampften Händen und zog ihm die Decke bis unters Kinn.

Nachdem Christine Werkmann an diesem Abend erneut völlig erschöpft aus dem Kinderzimmer ging, stand ihr Entschluss fest: Sie würde die Elternsprecherin der 6d anrufen und ihr den neuesten Vorfall melden.

Nach dem zweiten Elternstammtisch genoss Christine Werkmann inzwischen das seltene Gefühl, dass alle Eltern an einem Strang zogen – und dass nun auch Kevins Schicksal endlich alle interessierte. Dass auch hinter den Schlägen, die Kevin heute hatte einstecken müssen, letztlich das von den Moellers geschaffene Klima in der Klasse steckte, stand für sie außer Frage. Und Karin Knaup-Clement, die Elternvertreterin, würde den neuen Vorfall gern zum Anlass nehmen, dem Rektor noch weiter einzuheizen.

Sie sah auf die Uhr: kurz vor zehn. Nein, heute Abend sollte sie besser niemanden mehr ans Telefon holen. Und morgen würde sie erst spät von der Arbeit kommen. Aber übermorgen würde sie anrufen, und dann würden sich die Eltern der 6d endlich gemeinsam daranmachen, diesen seltsamen Lehrern das Handwerk zu legen.

Franz und Rosemarie Moeller gingen in ihrem Arbeitszimmer noch einmal die Listen durch. Schülernamen waren nach Klassen sortiert. Hinter einigen Namen waren Häkchen eingezeichnet, andere waren unterstrichen.

»Dieser Ronnie«, sagte Rosemarie Moeller nach einer

Weile und malte einen Haken hinter den Namen, »passt eigentlich gar nicht ins Raster.«

»Das war der Junge mit dem Gift im Wasser?«

»Ja, aber der ist weder Außenseiter noch Klassenliebling – eher so mittendrin, und damit ganz sicher nicht das typische Opfer.«

»Und weiß man inzwischen, wer ihm das Gift ins Wasser getan hat?«

»Nein, aber über zwei Ecken könnte es eine Verbindung geben.« Sie unterstrich zwei Jungennamen und deutete dann auf den Namen eines dritten. »Tobias und Marc können Michael nicht leiden, und mit dem ist Ronnie befreundet.«

»Würde Michael denn passen?«

»Jedenfalls habe ich mir Mühe gegeben, ihn passend zu machen, weil die Klasse eigentlich keine Zielscheibe hergibt.«

»Dann lass uns doch diese 7c im Auge behalten – notfalls helfen wir ein bisschen nach.«

Am Morgen prüfte Lukas vor dem Badezimmerspiegel, ob ihm von der gestrigen Schlägerei noch etwas anzusehen war, aber bis auf eine kleine Schramme an der Schläfe war nichts zu entdecken – und für die hatte er sich schon eine Erklärung zurechtgelegt.

Michael rüttelte an der verschlossenen Tür. »Bist du da drin, Sarah?«, rief er.

»Nein, ich bin's«, sagte Lukas und schloss schnell auf.

»Gott sei Dank, ich dachte schon, Sarah hätte heute früher mit ihrer Prozedur angefangen. Dann könnte ich auch gleich runter zum Frühstück gehen ...«

Michael lachte und schnappte sich seine Zahnbürste.

Lukas lachte halbherzig mit und schob sich aus dem Badezimmer.

Beim Frühstück fragte ihn seine Mutter wie erwartet nach der Schramme an der Stirn, und wie erhofft gab sie sich mit seiner Erklärung zufrieden, er sei gestern in der Stadt gestolpert und habe sich dabei gestoßen.

Nach der Geschichtsstunde bat Rosemarie Moeller einen der Schüler, ihr noch kurz etwas ins Lehrerzimmer tragen zu helfen. Michael half gern, vielleicht würde sie ihn dann auch wieder so nett behandeln wie vor den Beschwerden der Eltern.

Rosemarie Moeller lud ihm zwei dicke Bände auf, ging ihm voraus zum Flur und registrierte aus den Augenwinkeln zufrieden die feindseligen Blicke von Tobias und Marc.

»Deine Zwei ist wirklich eine Leistung«, sagte sie draußen auf dem Flur zu ihm, und der Junge bemühte sich, mit ihr Schritt zu halten. »Ich habe mich ehrlich gefreut, auch wenn ich dir das in der Stunde nicht so zeigen konnte – du weißt ja: Mein Mann und ich dürfen uns nichts mehr leisten, was man gegen uns auslegen könnte.«

»Ja, ich weiß«, sagte Michael, »und es tut mir auch wirklich leid für Sie und Ihren Mann.«

»Das ist nett von dir, aber ich will euch Schülern nichts vorwerfen, was allein eure Eltern losgetreten haben. Und vielleicht haben sie ja auch recht und wir haben zu viel von euch verlangt.«

Nachdenklich schüttelte sie den Kopf und ging weiter mit großen Schritten auf das Lehrerzimmer zu.

»Aber weißt du, Michael, mein Mann und ich glauben an euch. Wir glauben ganz fest daran, dass ihr mehr aus euch herausholen könnt, als ihr das bisher getan habt – und dass wir damit nicht ganz falsch liegen, zeigt mir auch deine Note.«

Michael strahlte, und es wurde ihm ganz warm.

»Lass dich einfach nicht unterkriegen«, sagte sie zu dem Jungen und blieb vor der Tür zum Lehrerzimmer stehen. »Dafür brauchst du meine persönliche Ermunterung im Unterricht gar nicht, du wirst sehen. Und auch wenn ich es mir in der Stunde nicht mehr anmerken lassen darf: Ich weiß deine Leistungen noch immer zu würdigen.«

Sie sah den Jungen an, lächelte dünn, dann nahm sie ihm die beiden Bücher aus der Hand und schlüpfte durch die Tür.

Michael blieb noch kurz stehen, dann machte er sich auf den Rückweg und massierte sich die Druckstellen, die die beiden schweren Bücher auf seinem Arm hinterlassen hatten.

Frido Hässler sah auf die Uhr: Gleich hatte er in seiner Funktion als Vertrauenslehrer den ersten von drei Gesprächsterminen mit besorgten Eltern, und in allen drei Fällen würde es um Rosemarie oder Franz Moeller und ihren Umgang mit dem jeweiligen Kind gehen. Bisher waren oft die Kinder selbst zu ihm gekommen, meist Jugendliche aus den oberen Klassen – doch viele Schüler der Moellers wirkten inzwischen gehemmt, irgendwie eingeschüchtert. Und auch wenn Hässler nie selbst erlebt hatte, wie die Kollegen ihren Unterricht gestalteten: Er hatte oft genug von verschiedenen Seiten gehört, dass da viel Druck, viel Strenge, oft auch Kleinlichkeit und Prinzipienreiterei im Spiel war.

Er hatte in seiner Kindheit auch solche Lehrer gehabt und zumindest indirekt war seine damalige Wut darüber, dass manche Lehrer ihre Schüler regelrecht wie kleine Nutztiere zu dressieren versucht hatten, auch dafür verantwortlich, dass er selbst Lehrer geworden war. Oft waren in dieser Hinsicht diejenigen Lehrer am schlimmsten gewesen, die in ihrem Fach nicht besonders sattelfest waren – heute gingen unsichere Kollegen dagegen oft schlicht unter und mussten mehr oder weniger hilflos dabei zusehen, wie ihnen die Schüler auf der Nase herumtanzten. Rosemarie und Franz Moeller dagegen waren noch vom alten Schlag, davon war Hässler überzeugt. Allerdings schwang bei den beiden noch irgendetwas anderes mit, das er nicht richtig fassen konnte.

In diesem Augenblick schwang die Tür zum Lehrerzimmer auf und Rosemarie Moeller kam schwer beladen herein. Ohne einen Blick nach links oder rechts strebte sie zu ihrem Fensterplatz. Hässler beobachtete sie kurz, dann raffte er seine Notizen, einen Block und einen Stift zusammen und eilte zum ersten Gesprächstermin.

Rosemarie Moeller sah ihm mit gerunzelter Stirn nach.

Nach der letzten Stunde flitzte Lukas schneller als je zuvor aus dem Schulgebäude hinaus. Zum einen war Kevin heute früh nicht zum Unterricht erschienen; Marius und die anderen hatten die Tatsache mit breitem Grinsen quittiert, dass Lukas heute keinen Begleiter für den Heimweg hatte. Und zum anderen war heute die Deutscharbeit zurückgegeben worden – und er freute sich über die seltene Gelegenheit, seinen Eltern eine gute Nachricht zu überbringen.

Als Lukas mit pochendem Herzen an der Haltestelle wartete und immer wieder aufmerksam in Richtung der Schule zurücksah, kam Michael mit einem breiten Grinsen auf dem Gesicht auf ihn zu.

»Na, Brüderchen, gut drauf heute?«

»Allerdings«, sagte Michael. »Wir haben heute Geschichte zurückbekommen.«

»Ach, auch eine gute Note?«

Rainer Pietsch hatte den Eintopf gekocht, den er am besten konnte, und nun löffelten alle Bohnen, Hackfleisch und Kartoffeln. Die Kinder halfen ihrem Vater hinterher, das Geschirr in die Spülmaschine zu räumen, und Annette Pietsch trug ein silbernes Tablett zum Tisch, auf dem einige Pralinen lagen, an denen sie sich den Nachmittag über versucht hatte.

»Gute Idee«, sagte Rainer Pietsch, »feiern wir die guten Noten unserer Kinder mit deinen selbstgemachten Pralinen!«

Er lachte, die Stimmung am Esstisch war gelöst – und die guten Nachrichten aus der Schule waren umso angenehmer, da er sich wegen der Moellers doch mehr Sorgen gemacht hatte, als er offen zugeben wollte.

Rainer Pietsch hörte zu, wie die anderen von ihrem Tag erzählten. Seine Frau war nicht allzu gesprächig und beschränkte sich auf ein paar Infos zu den Pralinen und deren Zutaten. Die Kinder schienen das Gefühl zu genießen, dass sich die konzentriertere Arbeit für die Schule schon auszuzahlen begann. Selbst Lukas, der zuletzt immer wieder etwas melancholisch gewirkt hatte und geradezu wortkarg geworden war, alberte mit den anderen und schien sich sehr wohl zu fühlen.

Der Vater selbst hielt sich eher bedeckt, aber das fiel den anderen nicht auf. Er musste erst noch über alles nachdenken, was sich derzeit im Büro für die nähere Zukunft abzeichnete.

Tabea Clement hatte sich sehr über die unerwartete gute Deutschnote gefreut, und sie hatte ihre Mutter deswegen noch auf dem Heimweg vom Handy aus angerufen. Aber über die neue Spielekonsole, die ihr die Mutter bereits am selben Abend als Belohnung für die gute Note mitbrachte, freute sie sich noch mehr.

Sie schlang hastig ein Butterbrot hinunter, dann huschte Tabea auch schon mit der Konsole in ihr Zimmer, schloss sie an den kleinen Fernseher neben dem Schreibtisch an und startete eines der beiden Spiele, die mit zum Paket gehört hatten.

Als Martin Clement kurz darauf nach Hause kam, erklärte ihm seine Frau, was es mit dem Lärm aus Tabeas Zimmer auf sich hatte – und womit sie sich das Geschenk verdient hatte. Martin Clement fiel ein Stein vom Herzen: ein Problem weniger. Er dekantierte eine Flasche Bordeaux und schenkte seiner Frau und sich zwei bauchige Kristallgläser voll.

Frido Hässler klappte das Handy zu und strich den letzten für heute vereinbarten Gesprächstermin aus seinem Kalender. Seit ein, zwei Tagen verebbten die Beschwerden über die Moellers auffällig schnell, und immer wieder wurden bereits verabredete Gespräche abgesagt. Wenn das bedeutete, dass sich Rosemarie und Franz Moeller seit dem Gespräch mit Rektor Wehling nun wirklich im Unterricht zurückhielten, dass sie den Kindern weniger zu schaffen machten und damit den Eltern weniger Grund zur Klage boten, konnte es Hässler nur recht sein.

Aber Rektor Wehling hatte unangenehme Gespräche bisher selten so wirkungsvoll durchgeführt, wie das diesmal anscheinend der Fall war. Und die Moellers machten auf ihn eigentlich nicht den Eindruck, als ob man sie mit einer einfachen Ermahnung von etwas abbringen konnte, von dem sie überzeugt waren.

Eine Weile dachte Hässler noch darüber nach, trank seinen Tee und sah aus dem Fenster. Dann wandte er sich wieder den Unterlagen für die morgigen Biologiestunden zu. Vor ihm lag ein Stapel Blätter, handgeschriebene Notizen, alte Prüfungsvordrucke. Obenauf lag der vierfarbig ausgedruckte Steckbrief eines Raubvogels: Habicht, accipiter gentilis.

»Ja?«, fragte Karin Knaup-Clement kurz angebunden ins Telefon. Gerade hatte sie Tabea und sich Nudeln und Soße aufgetan – ihr Mann war bereits wieder zu einer dienstlichen Abendverabredung aufgebrochen – und nun wollte sie mit ihrer Tochter in Ruhe essen.

»Werkmann hier«, sagte die Stimme am anderen Ende der Leitung. »Haben Sie einen Moment oder störe ich gerade?«

»Worum geht es denn?«

Christine Werkmann stutzte: Ihr Gegenüber klang nicht so freundlich, wie sie es erwartet hatte – vielleicht störte sie tatsächlich gerade. Aber egal: Das musste sie jetzt loswerden. Und so erzählte sie von Kevins Erlebnis, von seinen Wunden und der zerrissenen Jacke und davon, wieviel Mühe es sie gekostet hatte, ihren Jungen vor zwei Tagen wieder halbwegs zu beruhigen.

Karin Knaup-Clement hörte sich alles an, dann fragte sie: »Und wie kann ich Ihnen da helfen?«

Erst begriff Christine Werkmann nicht ganz, denn sie hatte natürlich erwartet, dass die Elternsprecherin froh war über jede Munition im Kampf gegen die Moellers – und nun?

»Ja, wollen Sie denn nichts unternehmen?«

»Unternehmen?«

»Na ja, das passt doch haargenau zum Thema unseres

Elterntreffens. Sie hatten erzählt, dass Rektor Wehling die beiden Lehrer ermahnen wolle – und nun deutet doch Kevins Erlebnis daraufhin, dass sich gar nichts geändert hat. Dass es einfach so weitergeht wie bisher. Dagegen müssen wir doch etwas unternehmen!«

Karin Knaup-Clement zwinkerte ihrer Tochter kurz zu und rollte mit den Augen. Tabea grinste und stopfte sich den ersten großen Bissen in den Mund.

»Hören Sie, Frau Werkmann, wir können jetzt nicht wegen jeder Kleinigkeit ein neues Fass aufmachen.«

Die Frau am anderen Ende der Leitung zog zischend die Luft ein, es klang fast wie das Fauchen einer Katze.

»Kleinigkeit?«, brachte sie noch hervor, dann nahm ihr die aufsteigende Wut den Atem.

»Nehmen Sie das bitte nicht persönlich, aber ...«

»Natürlich nehme ich das persönlich!«

Christine Werkmann war laut geworden, und Karin Knaup-Clement nahm kurz den Hörer vom Ohr.

»Frau Werkmann, wir anderen Eltern haben zuletzt den Eindruck gewonnen, dass die Situation etwas besser geworden ist.«

»Besser? Mein Kevin kam gestern blutüberströmt nach Hause. Blutüberströmt!«

»Aber die Moellers haben ihn ja nicht verprügelt, sondern einige Jungs aus der Klasse.«

Schweigen am anderen Ende.

»Frau Werkmann?«

Schweres Atmen.

»Frau Werkmann, solche Reibereien gibt es nun halt mal. Das sind Jungs, da sollten Sie jetzt nicht überreagieren.«

»Nicht überreagieren, ja? Und es geht ja auch nur um meinen Kevin, richtig?«

»Also bitte, Frau Werkmann!«

»Ach, ich weiß schon, was besser geworden ist: die Noten Ihrer Tochter Tabea, stimmt's?«

»Also das wird mir jetzt zu bunt, Frau Werkmann. Beruhigen Sie sich bitte, und dann können wir gerne noch einmal sachlich über alles reden, ja?«

In der Leitung herrschte Stille.

»Frau Werkmann?«

Christine Werkmann hatte aufgelegt und schleuderte das Mobilteil wütend in das offene Regal neben der Wohnungstür.

»Probst.«

»Hallo, Hanna, ich bin's, Karin.«

»Grüß dich. Gibt's wieder etwas Neues von den Moellers?«

»Nein, nicht direkt. Ich hatte gerade ein ziemlich blödes Gespräch mit der Werkmann. Ihr Kevin ist mit Tabea und deinem Heiko in der 6d, du weißt ja.«

»Kevin ist der gemobbte Dicke, oder?«

»Genau der. Er wurde wohl vor zwei, drei Tagen von Klassenkameraden verdroschen, und die Werkmann schiebt das den Moellers in die Schuhe.«

»Das ist wohl etwas übertrieben, würde ich sagen. Schließlich hast du ja gerade erzählt, dass Kevin nicht von den Moellers, sondern von Mitschülern verprügelt wurde.«

»Eben, das habe ich der Werkmann auch gesagt. Aber die war nicht zu beruhigen.«

»Und jetzt?«

»Na, ich frage mich, was ich da als Elternsprecherin unternehmen soll? Das ist doch eher eine Sache zwischen Kevins Mutter und den Eltern dieser anderen Jungs.«

»Sehe ich genauso. Hast du übrigens etwas Neues vom Rektor gehört?«

»Nein, aber die Moellers scheinen sich seit unserem Gespräch mit Wehling wirklich zurückzuhalten.«

»Dann hat das ja etwas gebracht, freut mich. Heiko kam übrigens mit einer überraschend guten Note heim, und auch Hendrik scheint sich in einigen Fächern zu verbessern.«

»Tabea hatte auch eine bessere Note als früher – vielleicht tut manchen Kindern der autoritäre Stil dieser Moellers doch gut.«

»Und wenn sie sich sonst mit schrägen Aktionen zurückhalten und keine Kinder mehr vor der Klasse bloßstellen, habe ich fürs Erste nichts mehr gegen sie einzuwenden.«

»Geht mir nicht anders. Aber diese Werkmann ...«

»Ach, die beruhigt sich wieder, glaub mir.«

Annette Pietsch kam an den Tisch zurück. »Frau Werkmann war dran«, erzählte sie ihrem Mann, der über einen Stapel Papiere aus dem Büro gebeugt saß. »Klang nicht gut.«

»Was wollte Sie denn?«

»Kevin ist verhauen worden – jedenfalls habe ich das so verstanden. Ihr Telefon ist wohl nicht mehr ganz in Ordnung, es knackte ständig zwischendurch.«

»Und da ruft sie bei uns an? Die Knaup-Clement ist doch unsere Elternsprecherin, nicht?«

»Ja, schon, aber die hat sie am Telefon abgewimmelt und wollte nichts unternehmen, sagte Frau Werkmann.«

»Komisch. Ich hätte vermutet, dass sie einen solchen Zwischenfall dankbar aufnimmt, um ihren Feldzug gegen die Moellers fortzusetzen.«

»Frau Werkmann war entsprechend sauer, sie hatte nämlich dasselbe erwartet wie du.«

»Hm ... Kevin, verhauen ... Ich dachte, das hätte inzwischen aufgehört.«

»Ja, dachte ich auch, aber nun haben ihn diese anderen Jungs wohl wieder im Visier.«

»Und welche Jungs sind das?«

Annette Pietsch sah ihn fragend an, dann wurde ihr klar, warum er fragte.

»Stimmt ja, die könnten es dann auch auf Lukas abgesehen haben ...«

»Eben. Und: Wer ist es?«

»Frau Werkmann hat Kevin danach gefragt, aber er wollte wohl keine Petze sein. Sie weiß es jedenfalls nicht.«

»Dann fragen wir mal Lukas, vielleicht weiß der es ja.« Rainer Pietsch sah auf die Uhr. »Aber das müssen wir auf morgen früh verschieben.«

Er las weiter, sie ging im Zimmer auf und ab, bis er wieder aufsah.

»Was ist denn?«

Annette Pietsch blieb stehen.

»Hat es Kevin sehr schlimm erwischt?«

Sie schüttelte den Kopf, sah aber nachdenklich aus.

»Weißt du, Rainer, ich glaube, die haben sich auch Lukas schon vorgenommen.«

Rainer Pietsch sah fragend drein, seine Frau fuhr sich mit dem Finger über die Stirn.

»Da hat Lukas eine Schramme, er ist angeblich in der Stadt gestolpert.«

»Können wir Lukas morgen etwas früher wecken? Ich muss pünktlich ins Büro, bei uns steppt gerade der Bär – und dann hätten wir trotzdem noch genug Zeit, mit ihm mal über diese anderen Burschen zu reden.«

Dann dachte er kurz nach.

»Nein, das mach ich allein. Du weißt schon: ein Gespräch von Mann zu Mann – mir allein erzählt er vielleicht etwas mehr als uns beiden. Ein Versuch wäre es wert.«

Sören Karrer schreckte mitten in der Nacht hoch. Benommen sah er sich um, dann ließ er sich schwer atmend wieder in die Kissen fallen.

Inzwischen schlief er mit heruntergelassenen Jalousien und ließ im abgedunkelten Zimmer die Leselampe brennen. Er schlief schlecht ein, schlief selten durch und morgens erwachte er wie gerädert.

Zur Schule musste er noch nicht wieder, aber ewig würde er die Rückkehr in seine Klasse nicht hinausschieben können. Oder vielleicht ja doch: Er hatte abends, als er noch einmal ins Bad schlich, um etwas Wasser zu trinken, mitbekommen, dass sich seine Eltern darüber unterhalten hatten, ihn an einer anderen Schule anzumelden. In der Kreisstadt mit knapp hunderttausend Einwohnern boten sich drei andere staatliche Gymnasien an – auch Privatschulen wären finanziell wohl zu schaffen, wie Sörens Mutter in einigen Gesprächen mit Bekannten erfahren hatte.

Das alles ging ihm wieder und wieder durch den Kopf. Einerseits wollte er sich nie mehr Franz Moeller oder seiner Frau stellen müssen – andererseits versetzte es ihm jedesmal einen Stich, wenn er daran dachte, dass das für seinen Peiniger einen Sieg bedeuten würde.

Sören wälzte sich in seinem Bett hin und her, immer schneller schossen ihm Bilder durch den Kopf. Die nächtliche Brücke, das Wasser, der glitschige Untergrund, dann nichts mehr – und schließlich das Krankenhaus, all die Apparate, Schläuche und besorgten Gesichter.

Nach einer Weile gab Sören auf. An Schlafen war nicht

mehr zu denken, also startete er seinen PC, streifte das Headset über, klickte auf das Spielesymbol auf der unteren Leiste und ließ sich in ein völlig zerstörtes New York versetzen, wo der Junge zu einem Supersoldaten im Nanoanzug wurde und sich auf die Jagd nach blutrünstigen Aliens machte.

Lukas spürte das sanfte Rütteln und hörte die Stimme seines Vaters. Hatte er verschlafen? War sein Wecker kaputt? Schläfrig blinzelte er zu seiner Uhr hinüber: Er hatte eigentlich noch eine halbe Stunde.

»Was ist denn, Papa? Ich muss noch nicht raus.«

»Wir müssen was besprechen, komm, steh auf.«

Lukas kroch noch ein Stück tiefer unter die Decke, aber seinem Vater schien es ernst zu sein: Er zog ihm die Decke weg, schob den Arm unter seinen Rücken und setzte ihn auf. Dann nahm er beide Hände seines Sohnes und zog ihn hoch.

»Ist ja gut, Papa, ich komm schon«, maulte Lukas und tappte mit halb geschlossenen Augen zum Schrank, zog Socken aus der Schublade und schlurfte hinter seinem Vater her nach unten.

Unten stand schon ein warmer Kakao, und sein Vater ließ sich gerade einen Kaffee aus der Maschine.

»Was ist denn los?«, fragte Lukas noch einmal.

»Trink erst mal deinen Kakao, dann muss ich dich etwas fragen.«

Rainer Pietsch setzte sich zu seinem Sohn an den Tisch, trank einen Schluck Kaffee und wartete, bis Lukas seine Tasse geleert hatte.

»Und jetzt?«, fragte Lukas.

»Kevins Mutter hat uns gestern Abend angerufen, die war ganz aufgeregt.«

Lukas wand sich auf seinem Platz, nun hatten seine Eltern also doch von der Prügelei erfahren.

»Ich sehe schon: Du weißt, worauf ich hinauswill«, setzte sein Vater nach. »Also: was war da los?«

Lukas presste die Lippen aufeinander, seine Kiefer mahlten, er schien mit sich zu kämpfen. Rainer Pietsch wartete ab und beobachtete den Jungen. So stark unter Druck hatte er seinen Jüngsten kaum je erlebt.

»Ich …«, begann er schließlich, »ich war mit Kevin auf dem Weg zu ihm nach Hause, wir wollten Hausaufgaben machen und dann noch ein bisschen spielen. Mama wusste Bescheid. Na ja, und dann …«

Er unterbrach sich, kaute auf seiner Unterlippe herum, dann sah er seinen Vater mit flehendem Blick an: »Aber du darfst das niemandem verraten, ja?«

»Wir werden sehen.«

»Wenn die rausbekommen, dass ich sie verpfiffen habe, bin ich tot, ehrlich!«

»Jetzt übertreib mal nicht. Wenn das Klassenkameraden von dir waren, sind die elf oder zwölf – etwas jung für Killer, meinst du nicht auch?«

»Du weißt, was ich meine, Papa!«

»Ich werd's Mama erzählen, und wenn wir der Meinung sind, das müssen andere Erwachsene auch noch erfahren, dann werden wir es denen auch sagen.«

Lukas setzte sich zurück, kreuzte die Arme vor der Brust und setzte seinen trotzigsten Gesichtsausdruck auf.

»Aber wir können das vorher mit dir absprechen«, schlug Rainer Pietsch als Kompromiss vor. »Okay?«

Lukas dachte nach.

»Wir erfahren es ohnehin – dann sagt es uns halt Kevins Mutter.«

Schließlich brummte Lukas: »Meinetwegen ...«
Und dann begann er zu erzählen.

Michael trat in den Sonnenschein hinaus. Es ging ein kühler Wind, aber wenn man sich für die große Pause eine geschützte Ecke suchte, wärmte die Sonne noch ordentlich.

Rundum spielten Kinder auf dem Schulhof, einzelne Gruppen pflügten schwatzend und kauend kreuz und quer durch die Menge, und unter der großen Ulme standen einige Mädchen aus der neunten Klasse, sahen sich ab und zu nach Jungs um, kicherten und tuschelten sich Geheimnisse zu.

Ein Stück abseits stand Rosemarie Moeller und ließ ihren Blick über die lärmenden Schüler streifen. Sie verzog keine Miene, schien manchmal geradezu ins Leere zu starren, dann schien sich ihr Blick mit dem von Michael zu kreuzen, aber sie sah knapp an ihm vorbei.

Michael drehte sich um: Tobias und Marc schlenderten auf ihn zu, und sie sahen ganz so aus, als würden sie wieder Streit mit ihm suchen.

Beide grinsten breit, bissen von ihren Wurstbroten ab und gingen gemächlich auf Michael zu – Marc würde auf diesem Weg etwa einen halben Meter an Michael vorbeigehen, Tobias allerdings würde ihm ausweichen müssen.

Michael nahm noch einen Biss von seinem Brot und spülte ihn mit einem Schluck aus der Wasserflasche hinunter.

Nun hatten ihn die beiden erreicht, aber Tobias machte keine Anstalten, zur Seite zu treten oder langsamer zu werden. Marc hielt ebenfalls Kurs, und einen Moment später wurde Michael heftig von Tobias angerempelt, der geradezu in ihn hineinlief. Michael taumelte einen halben Schritt zurück, fing sich aber schnell wieder und schimpfte Tobias und Marc hinterher.

Die beiden reagierten nicht und schlenderten einfach weiter. Weiter hinten sah Michael immer noch Rosemarie Moeller stehen. Sie hatte sich abgewandt und sah sehr aufmerksam zu der Ulme hinüber.

Frido Hässler kam ins Lehrerzimmer. Rektor Wehling stand schwatzend mit Hannes Strobel und einem der Referendare an der Kaffeemaschine. Jörg Zimmermann saß breitbeinig auf seinem Stuhl, lehnte sich schwer nach hinten und sah sehr entspannt und sehr zufrieden aus.

»Na, Jörg, alles klar?«, fragte Hässler und ließ sich neben dem Kollegen auf den Stuhl sinken.

»Jo«, brummelte Zimmermann und legte ein breites Lächeln auf.

Es roch nach Shampoo, nach Rasierwasser und wieder einmal nach Leberwurst mit sauren Gürkchen – immerhin nicht nach Schweiß.

»Das sieht man«, meinte Frido Hässler und packte sein Vesperbrot aus.

»Ach, unser Job kann so schön sein«, schwärmte Zimmermann, und Hässler konnte sich ein Grinsen nicht verkneifen.

»Freut mich, das mal von dir zu hören.«

»Ja, jetzt läuft's halt, weißt du?«

»Auch in der Neunten?«

»Klar, vor allem in der Neunten«, sagte Zimmermann, setzte sich aufrechter hin und wandte sich dem Kollegen zu. »Der Moeller hat die richtig zahm gemacht, das kann ich dir sagen. Die hören zu, wenn ich was erzähle. Die kapieren es, wenn ich was erkläre. Kein Stress mehr mit den Hausaufgaben. Und wenn ich einen Test schreibe, muss ich mich nicht mehr verrenken, um die Klasse irgendwie auf einen Durchschnitt oberhalb der Vier zu hieven.«

»Klingt gut«, nickte Hässler. »Klingt aber fast zu gut, um wahr zu sein.«

»Na, hör mal: Ich denk mir das doch nicht aus! Ich erlebe das wirklich jeden Tag so, und es wird eher noch besser, als dass der Effekt nachließe. Ich hab keine Ahnung, wie der Moeller das hinbekommen hat – aber ich genieße es einfach.«

»Das gönn ich dir natürlich, Jörg.«

»Eben. Ich mir auch.«

Die Tür ging auf, Franz Moeller kam herein. Jörg Zimmermann stand auf und verwickelte den Kollegen auf halbem Weg zu dessen Platz in ein angeregtes Gespräch. Wobei: Auf Hässler wirkte das Ganze eher, als würde ein Jünger dem Meister seine Ergebenheit erweisen wollen.

Kopfschüttelnd ging Hässler zur Kaffeemaschine hin, verfolgt von Moellers skeptischem Blick.

Rico hatte in seiner üblichen Rolle geglänzt: Magen-Darm war so etwas wie seine Spezialität. Mit geschickter Atemtechnik hatte er eine sehr blasse Gesichtsfarbe hinbekommen, und als ihm dann wirklich flau wurde, glaubte ihm sein Lehrer sofort.

»Muss jemand mit?«, fragte Bodo Schmitz noch, aber Rico schüttelte nur leicht den Kopf, hielt sich die eine Hand vor den Mund, schnappte sich mit der anderen den Rucksack und flitzte hinaus.

Schmitz ging gemächlich zur Tür und schloss sie wieder. Er würde Rico nicht vermissen, so wenig wie an den bemerkenswert häufigen anderen Tagen, an denen Rico an seinen mysteriösen Übelkeiten litt. Ein leichtes Grinsen huschte über das Gesicht des Lehrers: Endlich war wieder eine ruhige Unterrichtsstunde möglich – dafür konnte Rico sich gerne mit seinen Kumpels draußen am Güterbahnhof treffen. Schmitz hatte sie dort oft genug herumlungern sehen, mit ihren albern aufgepeppten Mopeds und ihren coolen Sprüchen. Anfangs hatte er noch das Gespräch gesucht, wenn er sich abends mit einem ausgedehnten Spaziergang für den nächsten Tag an der Werkrealschule wappnen wollte. Aber seit einiger Zeit hatte er keine Lust mehr, sich von Jugendlichen blöd anmachen zu lassen, denen er eigentlich nur helfen wollte.

Franz Moeller dozierte in einem solchen Tempo, dass sich selbst die besseren Schüler der 9c sehr konzentrieren mussten, um ihm folgen zu können. Er hantierte mit Formeln und reihte Zahlen und Symbole an der Tafel so schnell aneinander, dass kaum jemand mit dem Abschreiben nachkam.

Nach der Doppelstunde waren alle Schüler geschafft – und froh, dass nun die Mittagspause und danach nur noch Sportunterricht auf dem Stundenplan standen.

Hendrik ging als einer der Letzten aus dem Klassenzimmer, dicht gefolgt von Franz Moeller, der von seinem Stuhl vorne am Lehrerpult aus noch in Ruhe beobachtet hatte, wie seine Schüler die letzten Zahlen abschrieben und dann müde und ausgelaugt aus dem Zimmer schlichen.

Am oberen Ende der Treppe, die hinunter ins Erdgeschoss führte, standen drei Jungs aus der 9c zusammen. Hendrick gesellte sich zu ihnen, aber die Gespräche der drei verebbten fast augenblicklich, und gleich darauf wandten sich die drei ab und gingen – nun wieder miteinander plaudernd – nebeneinander her die Treppe hinunter.

Hendrik stand da wie vom Blitz getroffen. Er war nicht wie Sören der Klassenliebling gewesen, aber geschnitten hatte ihn bisher noch niemand.

»Tja, Herr Probst«, sagte Franz Moeller im Vorübergehen, und er klang sehr zufrieden, »Sie haben Sören geholfen, als es ihm schlecht ging. Das ist lobenswert – aber ich fürchte, damit haben Sie sich entschieden.«

»Entschieden?«, brauste Hendrik auf. Er hatte zwar Angst vor diesem Lehrer, aber jetzt war er nicht in der Stimmung, sich blöde Sprüche anzuhören – von wem auch immer.

Franz Moeller beachtete den aggressiven Ton seines Schülers gar nicht. Er blieb stehen und drehte sich auf der Treppe zu Hendrik um, der noch immer baff und mit hängenden Schultern oben vor der ersten Stufe stand.

»Sie haben sich für eine Seite entschieden, Herr Probst. Für Sörens Seite. Und die anderen wollen keine Schafe sein wie Sören, sondern Wölfe. Zumindest ist das meine Hoffnung.«

Moeller sah den Jungen an. In Hendrik keimte Hass auf, auf diesen herablassenden Blick. Zufrieden nickte Moeller und ging mit leicht federndem Schritt die Treppe hinunter.

Die Tage wurden nun merklich kürzer, und als Lukas an diesem Nachmittag recht spät von Kevin aufbrach, war es draußen schon duster. Er schlenderte den Gehweg entlang und traf an der Bushaltestelle vier Erwachsene mit Einkaufstaschen und zwei Jugendliche in Lederjacke an. Kurz sah er sich nach allen Seiten um, aber aus seiner Klasse war niemand zu sehen. Erleichtert ging er in die Mitte der Haltebucht, wo er sich eingerahmt von den anderen Wartenden sicher fühlte.

Der Bus kam ein paar Minuten zu spät, und als er wieder ausstieg, war es höchste Zeit fürs Abendbrot. Er beeilte sich, doch zu Hause brannte kein Licht. Er schloss die Tür auf, rief nach seinen Eltern, seinen Geschwistern – aber es antwortete niemand.

Auf dem Telefonschränkchen lag ein Zettel seiner Mutter: »Bin schon los, Essen für euch ist im Kühlschrank – nur noch aufwärmen! Kuss, Mama!«

Von den anderen war nirgendwo eine Notiz zu sehen. Der Anrufbeantworter blinkte, es wurden zwei neue Anrufe angezeigt. Lukas drückte den blinkenden Startknopf und hörte zwei Nachrichten: Michaels Kumpel Ronnie fragte nach den Hausaufgaben in Mathe, und Kevin bat darum, dass ihn Lukas doch bitte anrufen möge, wenn er gut daheim angekommen sei.

Lukas verzog das Gesicht – manchmal war Kevin echt ein solches Mädchen ... Er tippte Kevins Nummer ein, gab kurz Bescheid und legte das Telefon wieder in die Ladeschale zurück. Auf dem Display sah er »3 Nachrichten« – also war noch ein dritter Anruf gespeichert, der aber offenbar schon abgehört worden war.

Er tippte sich durch das Menü und ließ sich die erste der drei Nachrichten ansagen, sie war noch keine halbe Stunde alt und sehr kurz: »Michael hier, könnt ihr mich bitte von der Schule abholen?«

Tobias und Marc hatten sich gleich verdrückt. Sie waren schneller aus dem Flur verschwunden, als dass Hannes Strobel sie hätte aufhalten können. Aber er gab sich auch keine Mühe, sie noch einzuholen – er hatte ja aus dem Klassenzimmer heraus alles selbst beobachtet: Michael und die beiden anderen hatten Streit gehabt, Michael war gestolpert und Tobias war ihm ein paar Treppenstufen hinterhergerannt.

Den Anfang des Aufeinandertreffens hatte er zwar nicht genau gesehen, aber Michael hatte einen der beiden anderen vor ein paar Tagen auf dem Flur »stolpern« lassen, und so ergab sich schnell ein stimmiges Bild: Michael musste den Streit begonnen haben – was Tobias und Marc auf seine Nachfrage hin auch bestätigten. Und da Michael kein Wort dazu sagte, stimmte es wohl.

Der Rest hatte sich, nachdem er sofort aus dem Klassenzimmer gestürmt war, direkt vor seinen Augen abgespielt: Michael strauchelt, stürzt ein paar Treppenstufen hinunter, bleibt blutend liegen, rappelt sich mühsam auf, schüttelt Tobias, der ihm offensichtlich aufhelfen will, wütend ab und bedenkt ihn und Marc mit finsteren Blicken.

Inzwischen hatte Michael seinen Eltern auf den Anrufbeantworter gesprochen und Strobel wartete nun mit ihm zusammen auf deren Eintreffen. Die Verletzungen sahen nicht besonders schwer aus, und weil Michael weder ins Lehrerzimmer noch zum Arzt wollte, hockten die beiden auf der obersten Stufe jener Treppe, die er vorhin hinuntergestürzt war. Immer wieder sah Strobel zu dem neben ihm sitzenden Schüler hin, aber Michael starrte weiterhin finster vor sich hin. Einmal hob er kurz den Blick, schien etwas zu entdecken, schluckte und sah sofort wieder hinunter zum Erdgeschoss.

Rosemarie Moeller, die alles beobachtet hatte und die ganze Zeit über regungslos im düsteren Eingang zum Kopiererraum stand, hatte sich nach dem Blickkontakt mit Michael einen Schritt weiter in die Türöffnung hinein zurückgezogen und war nun von der Treppe aus nicht mehr zu sehen.

Michael sah elend aus. Er stützte sich auf seinen Vater, und die beiden schoben sich umständlich durch die Eingangstür. Sarah hielt ihnen die Türen auf und rannte besorgt hin und her. Schließlich ließ sich Michael am Küchentisch auf einen Stuhl sinken – Lukas, der in der Zwischenzeit ein paar Hausaufgaben erledigt hatte, sah ihn gespannt an.

Sarah flitzte ins Bad und holte Verbandszeug, Rainer Pietsch nahm ein Glas aus dem Schrank, schenkte es randvoll mit Sprudel und stellte es vor Michael hin.

»Aua!«, schrie Michael auf. Sarah hatte ein Wattestäbchen in Jod getunkt und machte sich nun daran, die Wunden in Michaels Gesicht abzutupfen.

»Das muss sein, Michael, da musst du jetzt durch.«

Rainer Pietsch sah den beiden eine Weile zu, dann vergrub er sein Gesicht in beiden Händen und blieb ein paar Minuten lang einfach nur still sitzen.

»Will mir nicht endlich mal jemand von euch verraten, was hier eigentlich los ist?«, fragte Lukas schließlich.

Rainer Pietsch hob den Kopf und sah Lukas an, als habe er ihn bisher noch gar nicht bemerkt.

»Was ist Michael denn passiert?«, hakte Lukas nach.

»Er ...« Rainer Pietsch schüttelte sich und setzte sich gerade hin. »Er ist ... gestolpert.«

»Gestolpert? Wie: die Treppe runter, oder was?«

»Michael hat uns angerufen und hat auf Band gesprochen, ob wir ihn von der Schule abholen könnten.«

»Ich weiß, ich hab die Nachricht gehört.«

»Er hat gleich wieder aufgelegt, ich kam ein paar Sekunden zu spät zum Telefon. Da habe ich Sarah geschnappt und wir sind gleich losgefahren – Michael klang für mich so, als sei etwas nicht in Ordnung.«

»Und dann?«

»Vor der Schule wartete ein Lehrer, ein gewisser Strobel, der hat das Ganze wohl beobachtet.«

Rainer Pietsch sah besorgt zu Michael hin, dann schüttelte er den Kopf und versank wieder in Gedanken.

»Jetzt erzähl doch mal fertig, Papa«, drängte Lukas. »Was hat Strobel beobachtet?«

»Er hat beobachtet, wie ...« Rainer Pietsch atmete schwer, als falle es ihm nicht leicht, das alles zu glauben. »... wie Michael ohne besonderen Grund einen Streit vom Zaun gebrochen hat.«

»Michael?« Lukas staunte.

»Ja, Michael. Ich konnte es auch nicht glauben, ich kann es noch immer nicht – aber Michael sagt keinen Ton, und dieser Strobel schilderte alles recht plausibel.«

»Ach, Strobel ist ein Depp«, sagte Lukas.

»Na, hör mal!«

Lukas winkte ab.

»Diesem Strobel zufolge traf Michael auf dem Flur im ersten Stock zwei seiner Klassenkameraden.«

»Und wo waren seine Kumpels Petar und Ronnie?«, fragte Lukas.

»Wohl schon zu Hause. Michael hatte im Aufenthaltsraum noch Hausaufgaben erledigt und machte sich deshalb erst später als sonst auf den Heimweg. Ich weiß nicht warum, Michael redet ja nicht mit mir. Auf jeden Fall müssen er und diese beiden anderen, Tobias und Marc, im Flur aneinandergeraten sein.«

»Und warum?«

Rainer Pietsch zuckte mit den Schultern.

»Strobel weiß es nicht, und Michael sagt nichts.«

»Und was ist dann passiert?«

»Laut Strobel hat Michael die beiden angerempelt, dann

hat er sich mit ihnen geprügelt, und schließlich haben sich die beiden gewehrt – und Michael ist dabei ein paar Stufen die Treppe hinuntergefallen. Tobias muss ihm wohl noch nachgerannt sein, um seinen Sturz zu stoppen, aber er durfte ihm nicht einmal aufhelfen, weil ihn Michael sofort abgeschüttelt hat.«

»Sagt Strobel?«

»Ja, sagt Strobel. Und Strobel hat ihm dann auch sein Handy gegeben, damit er uns anrufen kann – Michaels eigenes Handy ist bei dem Sturz kaputtgegangen.«

Sarah war inzwischen fertig, und überall auf Michaels Gesicht schimmerte es feucht.

»Was war denn wirklich los?«, wandte sich Lukas nun an seinen Bruder.

Der sagte nichts, sondern presste nur seine Lippen aufeinander.

»Jetzt red doch endlich!«, beschwor ihn sein Vater. »Ich will Strobels Version nicht glauben, aber du musst mir schon sagen, was wirklich passiert ist!«

»Mit dir red ich gar nicht mehr!«, zischte Michael plötzlich. »Du und Mama, ihr seid doch überhaupt schuld daran, dass es mir in der Schule jetzt so dreckig geht!« Damit riss er sich los, rannte die Treppe hinauf und ließ die anderen verblüfft zurück.

Lukas ging die letzten Meter bis zur Schule mit einem etwas flauen Gefühl. War es richtig gewesen, seinen Vater einzuweihen? Heute Abend wollten sich die Eltern wieder zu einem Stammtisch treffen, Thema waren natürlich die Moellers – und Lukas hatte nun Bedenken, dass sein Vater anderen Eltern schon von Lukas und Kevin und der Prügelei erzählt hatte. Wenn er die Namen von Marius und den anderen weitergegeben hatte, dürften deren Eltern ihre Kinder inzwischen zur Rede gestellt haben. Dann müssten sie nicht besonders helle sein, um daraus zu schließen, dass Kevin oder er sie verpfiffen hatten – und dann würde es noch unangenehmer werden, als es ohnehin schon war.

Sein Bruder Michael trottete ein Stück vor ihm her. Lukas wäre gerne neben ihm gelaufen, aber das hatte ihm Michael mit einem kurzen, eindeutigen Blick verboten. Seit dem Zwischenfall in der Schule war Michael wortkarg und gereizt, kaum wechselte er ein Wort mit jemandem in der Familie; er aß schweigend und rastete regelrecht aus, wenn ihn seine Eltern etwas fragten.

Michael ging schnurstracks ins Schulgebäude. Lukas folgte ihm so dicht wie möglich. Gegenüber standen wieder Marius und seine Freunde zusammen. Benjamin sah zu ihm herüber und machte die anderen auf ihn aufmerksam. Marius drehte sich um und rieb wie immer Daumen, Zeigefinger und Mittelfinger aneinander. Er wollte Geld, natürlich, aber im Moment machte er noch keinen Druck: Erst gestern hatte er ihm einen Zehner zugesteckt. Doch die Hauptsache war: davon, dass Lukas gepetzt hatte, wusste Marius offensichtlich nichts.

Lukas atmete auf und beeilte sich, ins Gebäude zu kommen. Morgen oder übermorgen würde er schon irgendwo in einem Geldbeutel der Eltern etwas finden, das niemand sofort vermissen würde – denn davon, dass Marius Geld von ihm forderte, hatte Lukas seinem Vater nichts gesagt.

Da hätte er ihm ja auch gleich verraten können, dass er seine Eltern inzwischen regelmäßig bestahl.

Der dritte Elternstammtisch in diesem Halbjahr war weniger gut besucht als die beiden vorherigen. Man hatte sich wieder im Nebenraum der Pizzeria getroffen, und Karin Knaup-Clement hielt wie üblich eine kleine Eröffnungsrede.

»Dass wir uns heute Abend schon wieder treffen, hat mit einer Beschwerde von Kevins Mutter Christine Werkmann zu tun.« Sie nickte der ihr schräg gegenüber sitzenden Frau zu. »Ich bin nicht der Ansicht, dass es sich bei unserem Thema heute zwingend um etwas handelt, das uns alle betrifft – aber ich will mir nicht vorwerfen lassen, dass ich mich nicht für alle Eltern und alle Kinder gleichermaßen engagiere.«

Damit hatte sie ihre eigene Haltung deutlich gemacht, bevor das Thema überhaupt zur Sprache kam. Sie hatte sich abgesichert und hatte sich als Elternvertreterin in ein gutes Licht gerückt. Was sie nicht erwähnte, war die Tatsache, dass es zahlreiche hartnäckige Anrufe von Christine Werkmann gebraucht hatte, um sie zu diesem Schritt zu bewegen.

»Kevin ist von Mitschülern verhauen worden«, sagte Karin Knaup-Clement, »und Frau Werkmann glaubt, dass das mit den Moellers und ihren Lehrmethoden zu tun hat.«

Rundum waren teils entrüstete, teils höhnische Kommentare zu hören, und Christine Werkmann saß mit zunehmend verbissener Miene am Tisch.

»Finden Sie das alles so in Ordnung?«, fragte Kevins Mutter schließlich in die Runde, als es wieder etwas ruhiger geworden war. »Finden Sie es völlig in Ordnung, dass mein Sohn schon wieder gemobbt und nun auch geschlagen wird?«

»Nein, das ist nicht in Ordnung«, meinte eine Mutter.

»Sie vergessen, dass Ihr Kevin auch nicht gerade ein Engelchen ist«, sagte eine andere. »Ich erinnere mich da durchaus noch an ein paar Vorkommnisse aus dem vergangenen Schuljahr.«

Christine Werkmann war puterrot geworden.

»Das ist ungeheuerlich!«, platzte sie dann heraus. »Es ist unglaublich, wie Sie hier versuchen, meinen Sohn vom Opfer zum Täter zu machen. Wer hat denn eine zerrissene Jacke? Wer ist denn blutend und mit blauen Flecken nach Hause gekommen?«

»Und wer soll das gewesen sein?«, fragte Karin Knaup-Clement, nachdem sie sich mit einem Blick in die Runde vergewissert hatte, dass sich Christine Werkmann spätestens mit diesem Ausbruch die meisten Sympathien hier am Tisch verspielt hatte.

»Das weiß ich nicht. Kevin will seine Klassenkameraden nicht verpetzen, hat er gesagt.«

Gemurmel, vereinzeltes Grinsen.

»Lukas wollte zuerst auch nichts sagen«, meldete sich schließlich Rainer Pietsch zu Wort.

Alle wandten sich ihm zu.

»Ja, auch Lukas ist verprügelt worden – die anderen Jungs haben sich Kevin und ihn wohl gemeinsam vorgenommen. In einem Abwasch, sozusagen.«

Rainer Pietsch sprach ruhig, er wirkte sachlich – aber es war klar, dass er nicht viel hielt vom Verhalten der meisten am Tisch. Karin Knaup-Clement, die für diesen Abend nur mit der kritischen Wortmeldung von Christine Werkmann gerechnet hatte, fühlte sich plötzlich sehr unbehaglich.

»Inzwischen hat mir Lukas die Namen der vier Jungs anvertraut. Sie gehen alle mit Kevin und Lukas in die Klasse, aber ich finde, dass die Namen hier in dieser Runde nichts verloren haben. Das werde ich mit den betreffenden Eltern direkt klären.«

Einige am Tisch wollten etwas erwidern, aber Rainer Pietsch hob abwehrend die Hand.

»Was heute Abend aber sehr wohl hierher gehört, ist die Frage, inwiefern Rosemarie und Franz Moeller mit dem Vorfall zu tun haben. Und ich finde es auch nicht so abwegig wie offenbar die meisten hier, dass Frau Werkmann zwischen beidem eine Verbindung sieht.«

»Also, ich weiß nicht ...«, begehrte Karin Knaup-Clement auf. »Die Moellers halten sich, nach allem, was ich so höre, seit unserem Gespräch mit dem Rektor doch sehr stark zurück. Und inzwischen stellt sich außerdem heraus, dass zumindest einer ihrer Ansätze so falsch nicht gewesen ist: Die Disziplin, die sie von den Schülern einfordern, tut unseren Kindern gut – das kann man schon jetzt an den paar Noten sehen, die bisher vergeben wurden.«

Christine Werkmann lächelte traurig und schüttelte den Kopf.

»Auch die Noten meiner Kinder haben sich verbessert«, stimmte Rainer Pietsch zu. »Und ich finde es auch angenehm, dass sie ihre Schulranzen nicht mehr überall herumliegen lassen, dass sie sich jetzt unaufgefordert an die Hausaufgaben setzen und rechtzeitig vor Klassenarbeiten den Stoff noch einmal durchgehen. Das ist alles schön und gut, aber wenn ich mir ansehe, was an unserer Schule alles vorgefallen ist, seit die Moellers dort unterrichten – das machen die besseren Noten nicht wett, finde ich. Und was bisher aus dem Unterricht der Moeller bekannt wurde, was wir bisher über ihre Methoden erfahren haben: Die beiden scheinen doch sehr stark mit einer Atmosphäre des Drucks, der Angst zu arbeiten. Meiner Meinung nach schüren sie auch den Konkurrenzkampf unter den Schülern.«

»Ja, und?«, empörte sich Karin Knaup-Clement. »Ist das

denn so falsch? Müssen die Kinder denn nicht schon in der Schule auf den Konkurrenzdruck vorbereitet werden, der sie später im Beruf erwartet? Oder erleben Sie das in Ihrem Job anders, Herr Pietsch?«

»Ich finde, dass sie in der sechsten, siebten oder neunten Klasse, in die meine Kinder gehen, noch ein bisschen Zeit hätten, bis sie den knallharten Konkurrenzdruck kennenlernen müssen. Es sind doch noch Kinder!«

Karin Knaup-Clement lächelte mitleidig und zog das Gespräch mit ein paar launigen Bemerkungen wieder an sich. Eine halbe Stunde später war das Treffen beendet, Rainer Pietsch verabschiedete sich als einer der Letzten, im Hinausgehen drückte Christine Werkmann ihm die Hand.

»Danke«, sagte sie mit Tränen in den Augen. »Auch wenn es nichts gebracht hat.«

Rainer Pietsch nickte frustriert und ging nach draußen.

Lukas wartete, bis es im Haus ganz still geworden war.

Seine Mutter hatte eine Party mit Essen und Trinken zu versorgen und war schon früh gegangen, sein Vater besuchte den Elternstammtisch, und Michael hatte sich ohnehin gleich nach dem Abendbrot in sein Zimmer verzogen. Sarah aber saß noch eine Weile vor dem Fernseher und zappte zwischen diversen Soaps und Comedy-Serien hin und her. Irgendwann war es aber dann auch ihr spät genug. Lukas hörte noch Geklapper in der Küche, Schritte auf der Treppe und schließlich wurde eine Tür geschlossen. Endlich kehrte Ruhe ein.

Leise stand Lukas auf, horchte an der Tür und huschte kurz darauf aus dem Zimmer und hinunter in den Flur im Erdgeschoss. Viel Zeit würde ihm nicht bleiben, bis sein Vater nach Hause kam, aber es sollte reichen.

Inzwischen hatte er schon einen guten Überblick über die verschiedenen Briefumschläge, Geldbeutel und kleinen Kassendöschen, die seine Eltern für die unterschiedlichsten Zwecke im Haus verteilt aufbewahrten. Heute war das Urlaubsgeld an der Reihe: eine Plastiktüte, in die nach dem Einkauf Wechselgeld in Münzen und manchmal auch der eine oder andere kleinere Geldschein gesteckt wurde.

Die Tüte steckte hinter den Gästehandtüchern im Schlafzimmerschrank, und Lukas musste sich strecken, um die Tüte herauszuziehen und sie hinterher möglichst an denselben Platz zurückzuschieben.

Als Lukas wieder die Treppe hinaufschlich, war draußen plötzlich ein Auto zu hören. Der Junge fuhr herum und sah gespannt zu dem kleinen Fenster neben der Eingangstür hin. Doch der Wagen fuhr vorbei, der Lichtkegel der Scheinwerfer streifte über die Treppe hinweg und ließ den Raum dann wieder im Halbdunkel zurück. Lukas ging weiter die Treppe hinauf. Für einen Moment war es ihm, als hätte sich Michaels Tür gerade leise geschlossen – aber wahrscheinlich sah er aus lauter Angst, als Dieb entlarvt zu werden, schon Gespenster. Er blickte noch einmal auf seine Hand hinunter, die drei Fünf-Euro-Scheine umklammert hielt, dann ging er in sein Zimmer zurück und stopfte das Geld in ein verstecktes Fach seines Mäppchens.

Rainer Pietsch war noch aufgehalten worden. Auf dem Weg zum Parkplatz hatte er Ursel Weber getroffen, deren Sohn Benjamin hatte Lukas ihm als einen der Jungen genannt, die ihn und Kevin verdroschen hatten.

»Frau Weber?«

Sie hörte ihn nicht gleich, sondern stöckelte eilig auf ihren Wagen zu. Dort holte er sie schließlich ein.

»Frau Weber?«

Sie sah überrascht hoch.

»Herr Pietsch? Was ist denn?«

Während Rainer Pietsch noch überlegte, wie er dieses etwas heikle Gespräch wohl am besten beginnen sollte, fiel Ursel Weber ein, was der Vater von Lukas laut seiner Ansprache von vorhin unter vier Augen mit einzelnen Eltern bereden wollte.

»Frau Weber, ich …«, begann Rainer Pietsch, aber die Frau schnitt ihm gleich das Wort ab.

»Nein, Herr Pietsch«, sagte sie bestimmt und sah ihn mit abweisender Miene an, »mein Benjamin steht Ihnen für Ihre Räuberpistolen nicht zur Verfügung!«

Rainer Pietsch war völlig überrumpelt.

»Räuberpistolen? Wie …?«

»Sie haben vorhin angekündigt, dass Sie mit den Eltern jener Jungs reden wollen, die angeblich Ihren Sohn und Kevin verhauen haben.«

»Ja, und Benjamin …«

»Sehen Sie! Und damit lassen Sie mich bitte in Ruhe. Mein Benjamin tut so etwas nicht! Ihr Lukas soll gefälligst damit aufhören, unschuldige Kinder anzuschwärzen! Und Sie, Herr Pietsch, sollten sich vielleicht etwas mehr um die eigenen Kinder kümmern und weniger um die anderer Familien!« Damit riss sie die Fahrertür auf, sah ihn herausfordernd an und stieg in ihren Kleinwagen.

Rainer Pietsch sah ihr verblüfft hinterher. »Mann, die muss ja unter Druck stehen«, murmelte er im Weggehen, »wenn sie auf den kleinsten Verdacht hin sofort an die Decke geht …«

»Hier, das ist Rico«, sagte Rosemarie Moeller und zeigte ihrem Mann auf dem Bildschirm ein Foto des Jugendlichen, der immer wieder vergeblich mit Sarah anbandeln wollte. Franz Moeller machte einen Eintrag in seiner Schülerdatei und verknüpfte Ricos Bild mit Sarah Pietschs Datensatz.

»Wen haben wir noch?«, fragte er nach dem Zwischenspeichern.

»Die vier hier«, sagte Rosemarie Moeller und deutete auf einige andere Bilder auf dem Monitor. »Aber mit wem du die verknüpfen sollst, weiß ich nicht so recht: mit Kevin oder mit Lukas?«

Franz Moeller sah kurz seine Übersichtsliste durch, klickte sich dann etwas tiefer in den Datenbestand und sagte schließlich: »Das müssen wir vorerst wohl noch offen lassen.«

Der Morgen war kalt und es war noch dunkel, als die Kinder aus allen Richtungen auf die Schule zuströmten. Es nieselte, und der feine Regen bildete leichte Schleier vor den Straßenlaternen. Lukas schlug den Kragen seiner Jacke hoch und stopfte seine Hände noch etwas tiefer in die Taschen. Er linste kurz nach links und rechts, und ließ sich, als er weder Marius noch dessen Freunde sehen konnte, in einem Pulk auf den Schulhof treiben.

Ein Bus fuhr gerade wieder an und scherte in den dichten Verkehr ein. Immer wieder hielten Wagen am Gehweg, ließen Kinder aussteigen. Einer hupte dröhnend, als ein Van aus einer Parklücke schoss. Für eine Schrecksekunde verstummten die plaudernden und kichernden Kinder, aber wenig später wurden die Gespräche wieder fortgesetzt.

Auf der anderen Straßenseite sah Lukas, wie sich sein Freund Kevin einer Gruppe Schüler näherte. Kevin ging zügig auf die Straße zu.

In dem Moment wurde eine teure Limousine gestartet,

der Fahrer sah sich kurz um, ob die Fahrbahn frei war, dann gab er Gas. Das dumpfe Rumpeln kurz darauf konnte er erst nicht zuordnen, aber er bremste sofort. Schon begannen die ersten Kinder panisch zu kreischen.

Er wurde blass und stieg mit zittrigen Beinen aus dem Wagen.

Mertes schreckte hoch, und zunächst wusste er gar nicht, was ihn geweckt hatte. Er sah zum Mobilteil seines Telefons hin, das er seit einigen Tagen abends vor dem Einschlafen auf seinen Nachttisch legte, aber es war kein Blinken zu sehen, also hatte wohl niemand versucht, ihn anzurufen. Er sah zum Fenster hinaus: Draußen war es dunkel, nicht einmal der manchmal nervös zuckende Lichtkegel über der Diskothek draußen im Gewerbegebiet war zu sehen. Der Bewegungsmelder an der Eingangstür hatte ebenfalls nichts registriert, die Lampe über dem Hauseingang war aus – also hatte auch niemand an der Tür geklingelt. Er horchte, aber auch von der Straße war kein lautes Geräusch zu hören, keine entfernte Sirene und kein davonfahrender Wagen.

Er rieb sich die Augen, drehte sich zu seinem Radiowecker um: 1 Uhr 37. Fast eine halbe Stunde lang versuchte er wieder einzuschlafen, zwischendurch ging er zur Toilette, trank danach ein Glas Wasser, aber dann lag er doch wieder mit pochendem Herzen und wirbelnden Gedanken im Bett und starrte an die Decke.

Schließlich gab er auf, und keine zwanzig Minuten später saß er im Auto und fuhr die Strecke, die ihm aus zahlreichen schlaflosen Nächten der vergangenen Wochen so bekannt war.

Nach einiger Zeit führten Serpentinen und sich lang hinziehende sanfte Kurven den Berg hinauf, fahles Mondlicht brach ab und zu durch die Bäume. Am üblichen Platz ließ er seinen Wagen ausrollen, schloss ab, zog den Reißverschluss der Jacke zu und stapfte den schmalen Fußweg hinauf.

Zwischen den dicht stehenden Bäumen war es dunkel, ab und zu war ein leises Geräusch zu hören, als streife ein Tier zwischen Blättern hindurch. Aber bald hörte Mertes nur noch seinen eigenen keuchenden Atem und die schweren Schritte seiner Stiefel auf dem federnden Untergrund.

Das letzte Stück des Weges war das engste. Zweige streiften ihm über das Gesicht, zweimal brachten ihn dornige Ranken fast zum Stolpern, dann war er da: hinter ihm der dunkle, dichte Wald, vor ihm ein atemberaubender Blick über die Vulkaneifel, links die mächtige Silhouette des Internats im Mondlicht.

Allmählich kam Mertes wieder zu Atem, er stemmte beide Fäuste in die Hüften und bog sich etwas nach hinten, um den schmerzenden Rücken zu dehnen. Dann ging er die letzten Schritte, setzte sich auf den verwitterten Felsblock, der einen guten Meter von der Hangkante entfernt eine natürliche Bank bildete.

Mertes setzte sich auf den Stein und sah hinüber zum Internat. Warum setzten ihm die Ereignisse dort so sehr zu? Noch immer. Nachdem der Fall längst abgeschlossen war. Hatte es damit zu tun, dass Kinder und Jugendliche die Opfer gewesen waren? Oder damit, dass die Ermittlungen, anders als in vielen anderen Fällen, kein eindeutiges, befriedigendes Ende genommen hatten? War er die ständige Beschäftigung mit Mord und Totschlag, mit körperlicher und psychischer Gewalt nach all den Jahren einfach leid? Oder hatte sich das Gefühl der Machtlosigkeit, das er bei den betroffenen Eltern so deutlich gespürt hatte, inzwischen auf ihn übertragen? Er hatte verstanden, dass die Eltern über dieser Machtlosigkeit fast verrückt wurden – aber durfte das reichen, ihn selbst aus dem Tritt zu bringen?

Als das Handy klingelte, war Mertes eingeschlafen, vom Felsblock auf die Waldwiese gerutscht, den schmerzenden Rücken krumm gegen den Stein gelehnt. Er musste sich erst räuspern, bevor er sich melden konnte: Es gab wieder Arbeit, ein Fall von gemeinschaftlichem Selbstmord musste untersucht werden – ein Ehepaar war vor wenigen Minuten tot vor einem Kindergrab gefunden worden.

Mertes befürchtete sofort, dass er die Namen der beiden Toten kennen würde. Doch als er sie dann tatsächlich hörte, vom Kollegen in der Telefonzentrale ahnungslos ausgesprochen, traf es ihn wie ein Keulenhieb. Mechanisch kündigte er sein Kommen an, erwähnte sogar noch, dass er wohl ein paar Minuten länger brauchen würde, als ihm einfiel, dass er zum Auto noch ein gutes Stück Fußweg hatte.

Dann ließ er das Handy wieder in die Jackentasche gleiten, wuchtete sich hoch und sah zum Internat hinauf. Durch einige Fenster drang inzwischen warmes gelbliches Licht in die beginnende Morgendämmerung nach draußen.

Kapitel vier

Niemand sagte ein Wort.

Christine Werkmann rührte mit einem kleinen Plastikstäbchen schweigend in ihrem Kaffee, Annette Pietsch nippte an ihrer Tasse und sah immer wieder zu der gläsernen Schiebetür hin, die zur Intensivstation führte. Rainer Pietsch ging grübelnd im Flur auf und ab.

Von Zeit zu Zeit huschte eine Schwester oder ein Arzt an ihnen vorbei und verschwand hinter der Schiebetür oder schob einen Patienten den Gang entlang, aber den kleinen Wartebereich zwischen Glastür und Kaffeeautomat hatten sie für sich allein.

Hinter der Tür waren gedämpfte Gespräche zu hören, dann wieder einige Minuten lang nichts, dann wieder das Klingeln eines Telefons, eilige Schritte, knappe Kommandos.

Die Glastür glitt auf, Rainer Pietsch blieb stehen und sah hinüber, Christine Werkmann und Annette Pietsch fuhren herum – aber als sie einen älteren Mann erkannten, der sich mit einem Arm auf eine Krücke und mit dem anderen auf eine junge Pflegerin stützte, drehten sie sich wieder um und tranken von ihrem Kaffee.

Rainer Pietsch sah dem Mann kurz nach, dann blickte er wieder zur Glastür hin, die sich noch nicht wieder geschlossen hatte. Vor ihm, aber noch im Rücken der beiden Frauen, stand die Ärztin, die den schwer verletzten Jungen vorhin auf dem Weg in die Intensivstation betreut hatte.

Sie erwiderte seinen fragenden Blick, sie schluckte, sah

unendlich traurig aus – dann schüttelte sie ganz langsam den Kopf.

Über der Schule lag bleierne Betroffenheit. Der Unterricht hatte nach einer kurzen Besprechung im Lehrerzimmer wie üblich begonnen, nur die 6d hatte ein geändertes Programm: Rosemarie Moeller war zusammen mit dem Schulpsychologen und dem Vertrauenslehrer in die Klasse gegangen und informierte die Schüler von dem morgendlichen Unfall. Die meisten hatten es ohnehin bereits mitbekommen, nun galt es, die Kinder in ihrem Schock und ihrer Traurigkeit aufzufangen.

Am Vertretungsplan wurde der Ausfall aller Nachmittagsstunden vermerkt, und in der großen Pause kreisten die Gespräche auf dem Schulhof natürlich um den schweren Unfall vor dem Schultor.

Die 6d blieb auch während der Pause im Klassenzimmer. Ab und zu verließ ein Kind zusammen mit dem Psychologen den Raum, um im benachbarten Kartenraum ein Gespräch ohne Zeugen zu führen.

Claas saß die ganze Zeit über zusammengekauert auf seinem Stuhl und nagte an seinen Fingernägeln. Hype hockte neben ihm und sah immer wieder prüfend zu Claas hin, aber der schien wie abgetaucht in seine eigene Welt. Benjamin musste zwischendurch zweimal auf die Toilette, Vertrauenslehrer Hässler begleitete ihn und sorgte dafür, dass außer ihm selbst niemand die würgenden Geräusche aus der Kabine zu hören bekam. Wenn es dem Jungen schon so schlecht ging, sollte er wenigstens in Ruhe gelassen werden. Benjamin kam leichenblass von der Toilette zurück, und Hässler war etwas irritiert, weil ihm der irrlichternde Blick des Jungen fast schuldbewusst vorkam – was angesichts des

Unfallhergangs gar keinen Sinn ergab. Er tröstete ihn, klopfte ihm ermunternd auf die Schulter und war schon froh, als Benjamin nach dem nächsten Erbrechen eher deprimiert und traurig als schuldbeladen wirkte.

Marius saß den ganzen Vormittag stocksteif auf seinem Stuhl, kaute auf seiner Unterlippe und starrte finster vor sich auf die Tischplatte. Manchmal sah er sich nach Claas und Hype um, dann wieder musterte er Benjamin so forschend, als wolle er dessen Gedanken lesen.

Unterdessen hatte Johannes Wehling mehrere Gespräche im Lehrerzimmer geführt und sich dann in sein Büro zurückgezogen. Er startete die Kaffeemaschine und stellte sich ans Fenster. Das Mahlen und Brummen des Geräts beruhigte ihn weniger als sonst, und als er sich endlich von dem Blick auf die Absperrung drunten im Nieselregen am Straßenrand und auf die Polizisten, die sich Notizen machten und immer wieder die Markierungen auf der Fahrbahn fotografierten, losreißen konnte, war sein Kaffee längst kalt geworden.

Er ging zur Maschine, leerte die Tasse in den Ausguss neben der kleinen Anrichte, stellte eine neue Tasse unter die schwarze Plastiktülle, drückte erneut den Espresso-Knopf und sah zu, wie sich kurz danach die schaumige Brühe in die Tasse ergoss. Die Crema bedeckte wenig später den Espresso, und anfangs kräuselte sich etwas Dampf über der Tasse – doch Rektor Wehling, der stumm und starr auf seine Tasse stierte, war ganz woanders mit seinen Gedanken, und auch dieser Kaffee wurde ungetrunken kalt.

Die Nachricht der Ärztin vom Tod ihres Sohnes Kevin nahm sie zunächst wortlos auf, dann erhob sich Christine Werkmann ruckartig, wollte unbedingt zu Kevin gehen, wandte sich aber wieder um, ehe sie die Glastür erreichte, sah sich panisch um, als suche sie Halt – und sackte in sich zusammen, noch bevor die Ärztin oder Rainer Pietsch sie zu fassen bekamen.

Pflegerinnen eilten herbei, die Ärztin griff routiniert ein, und nach ein paar Minuten kam Christine Werkmann wieder zu sich. Sie sah sich kurz um, als wisse sie nicht so recht, wo sie sich befinde. Dann traten ihr Tränen in die Augen, sie riss sich los, rappelte sich auf, holte tief Luft und schrie – schrie, so laut sie konnte, länger und herzzerreißender, als es Annette Pietsch zu ertragen vermochte. Sie begann hemmungslos zu weinen und ihr Mann strich ihr immer wieder mit den Händen über die Schultern.

Die Ärztin setzte Christine Werkmann eine Spritze, geschickt und schnell, und bevor der verzweifelten Mutter noch richtig klar geworden war, dass sie eine Injektion bekam, brach ihr Schreien auch schon ab. Schluchzend ließ sie sich widerstandslos zur Notaufnahme hinüberführen, wo sie auf ein eilends herbeigeschafftes Bett bugsiert wurde.

Eine Zeit lang lag sie dort, apathisch, nur noch ab und zu von einem Weinkrampf geschüttelt. Schließlich traten Annette und Rainer Pietsch zu ihr ans Bett, sahen auf die Frau hinunter, berührten sie mit den Fingerspitzen an der Schulter.

Christine Werkmann, die bis dahin die Augen fest geschlossen hatte, sah zu den beiden auf und lächelte ihnen matt und melancholisch zu. Dann schlief sie ein.

Als sie etwa eine Stunde später wieder aufwachte, setzte sie sich auf, sah Rainer und Annette Pietsch im Wartebereich sitzen und sich unterhalten.

Sie fühlte Dankbarkeit den beiden gegenüber. Dankbarkeit dafür, dass sie mit ins Krankenhaus gekommen waren.

Dankbarkeit dafür, dass sie noch immer hier bei ihr in der Nähe saßen und sich um sie sorgten.

Doch mehr noch als Dankbarkeit spürte sie Wut, die in ihr keimte. Wut und Hass. Ihr Sohn war tot, direkt vor der Schule überfahren. Und nur die Eltern eines Einzigen von Kevins Klassenkameraden saßen hier bei ihr und zeigten Anteilnahme an ihrem Leid.

Wenn sich Kevin ebenso gefühlt hatte, ging es ihm nun vermutlich besser als seiner Mutter.

Nach der letzten Unterrichtsstunde schlurfte Hype wortlos durch den Schulflur. Vor dem Vertretungsplan drängelten sich einige Schüler und lasen vom Ausfall des heutigen Nachmittagsunterrichts – sie freuten sich zwar, aber es herrschte trotzdem noch immer dieselbe gedämpfte Stimmung wie am Morgen. Dass Kevin Werkmann der Schüler war, der am Morgen überfahren worden war, hatte sich herumgesprochen wie ein Lauffeuer.

Für die Unterrichtsstunden von Rosemarie Moeller und Frido Hässler waren kurzfristig Vertretungen organisiert worden, oder die Schüler hatten Aufgaben bekommen, die sie selbstständig bearbeiten sollten. In manchen Klassen wurde ein, zwei Schulstunden lang über den Unfall und die Überlebenschancen des schwer verletzten Sechstklässlers gesprochen. Doch bald stellte sich wieder die übliche Unterrichtsroutine ein, wenn die Atmosphäre insgesamt auch bedrückt blieb.

Kevins bester Freund Lukas und zwei Mädchen, die den Unfall aus nächster Nähe miterlebt hatten, wurden psychologisch betreut. Die beiden Mädchen wurden nach einer Stunde von der Mutter des einen abgeholt, Lukas blieb bis zum Ende der fünften Stunde mit der Psychologin der benachbarten

Realschule im Sanitätsraum – zum Reden hatte er bald keine Lust mehr, und so saß er stumm auf der Liege und sah starr auf die gegenüberliegende Wand. Zum Fenster traute er sich nicht hinauszuschauen. Hinter dem Zaun, der den Schulhof begrenzte, war die Stelle gut zu sehen, an der Kevin an diesem Morgen überfahren worden war.

Lukas musste immerzu an seinen Freund denken und begann zu weinen. Er dachte an Marius, Hype, Benjamin und Claas, sein Blick verdüsterte sich und er wischte sich die Augen trocken.

Schließlich kam Sarah zur Tür herein, stellte sich der Psychologin vor und überredete sie, ihren kleinen Bruder mit nach Hause nehmen zu dürfen.

»Nein«, sagte Sarah, »meine Eltern können Lukas nicht abholen. Sie sind mit Frau Werkmann, der Mutter des verletzten Jungen, im Krankenhaus.«

»Okay«, sagte die Psychologin und steckte Sarah ihre Visitenkarte zu. »Jederzeit, ja?«

Sarah nickte, hakte ihren abwesend wirkenden Bruder unter und führte ihn aus dem Sanitätsraum. Lukas bekam das alles nur vage mit. Ihn trieb eine einzige Frage um: Wenn er erzählte, was er gesehen hatte – würde ihm wohl jemand glauben?

Ungefähr zur selben Zeit, nach der letzten Vormittagsstunde, kam Frido Hässler völlig geschafft zurück ins Lehrerzimmer. Zwar hatten die meisten Kinder auf den Unfall ihres Klassenkameraden erstaunlich gefasst reagiert, aber weil er zusammen mit dem Schulpsychologen ständig in allen Gesichtern nach Regungen fahndete, auf die er hätte reagieren müssen, stand er selbst ununterbrochen unter Anspannung.

Der gelegentliche Gang mit Benjamin zur Toilette war da fast schon eine Erholung gewesen, doch diese kurzen Atempausen waren sofort vorüber, wenn sich die Tür zum Klassenzimmer wieder vor ihm und dem Jungen öffnete und er als Erstes die forschenden Blicke von Marius, Benjamins Banknachbar, bemerkte. Auch dessen Miene konnte er nicht recht einordnen, aber vermutlich spielten ihm einfach seine Nerven einen Streich.

Ein schwerer Unfall, obendrein noch direkt vor der Schule, war nun mal auch für einen Lehrer wie ihn nicht leicht zu verkraften.

»He, wart doch mal!«, rief Hype, doch Claas blieb nicht stehen. Auf halbem Weg durch den Schulhof erreichte er ihn schließlich und packte ihn am Schulranzen.

»Lass mich«, wehrte sich Claas, sah sich ängstlich um und drängte weiter durch die Menge der nach Hause eilenden Schüler.

Hype überholte ihn und stellte sich ihm in den Weg. Claas blieb stehen, sah aber trotzig zu Boden.

»Was ist los mit dir, Mann?«

»Lass mich!«, wiederholte Claas.

»Geht dir das mit dem Dicken wirklich so an die Nieren?«

Claas sah auf, starrte Hype an und kniff die Augen zusammen.

»Dir nicht?«

Hype zuckte mit den Schultern.

»Red mal mit Marius«, sagte Claas schließlich. »Oder am besten gleich mit Benjamin.«

»Warum das denn?«

»Das sollen die dir mal schön selbst erzählen! Damit will ich nichts zu tun haben.«

Claas riss sich los und eilte weiter durch den Schulhof auf das Tor zur Straße hin zu. Hype sah ihm fragend nach, und vom Eingang des Schulgebäudes aus verfolgte ihn auch der Blick Franz Moellers, bis er um die nächste Straßenecke verschwunden war.

Rosemarie Moeller hatte währenddessen dem Kollegen etwas Vorsprung gelassen, weil sie nach dem anstrengenden Vormittag nicht riskieren wollte, von Hässler in ein Gespräch verwickelt zu werden. Sie wusste, dass er sie nicht mochte – ihr ging es umgekehrt nicht anders. Frido Hässler verkörperte in vielem genau das, was sie an den meisten Lehrern in Deutschland verabscheute. Mit ihrem weichlichen Drang, ständig den Schülerversteher zu geben und dafür von ihren Klassen gemocht zu werden, waren sie nicht die Lösung, sondern der zentrale Grund für viele Probleme im Bildungssystem – davon war Rosemarie Moeller zutiefst überzeugt.

Nachdem Hässler auf den Flur hinausgeeilt war, packte sie ihre letzten Unterlagen zusammen und schlenderte langsam ebenfalls zum Lehrerzimmer. Die meisten Schüler waren zu diesem Zeitpunkt schon nicht mehr zu sehen, nur Marius und Benjamin standen noch ein paar Meter von der Tür zum Klassenzimmer entfernt zusammen, und Marius redete eindringlich auf seinen Klassenkameraden ein. Als die beiden ihre Klassenlehrerin bemerkten, gingen sie schnell weiter und waren kurz darauf aus dem Schulgebäude verschwunden.

Als Annette und Rainer Pietsch am Nachmittag nach Hause kamen, saßen Sarah und Lukas am Esstisch und redeten.
»Ist Michael nicht da?«, fragte Annette Pietsch.

»Sitzt oben in seinem Zimmer«, sagte Sarah. »Vielleicht macht er Hausaufgaben.«

Annette Pietsch setzte sich neben Lukas, drückte ihm die Hand, lächelte ihn ermunternd an, dann nahm sie ihn in den Arm. Erst sträubte sich der Junge ein wenig, dann ließ er sich gegen seine Mutter sinken. Sein schmaler Körper bebte, von Zeit zu Zeit war leises Schluchzen zu hören, und allmählich fühlte Annette Pietsch, wie die Seite, an der sein Gesicht lehnte, feucht wurde.

Sarah schenkte für sich und Lukas Apfelschorle nach, Rainer Pietsch ließ die Espressomaschine laufen – zuckte aber zusammen, als die Maschine laut wie immer ihren Dienst verrichtete.

»Geht's, Lukas?«, fragte Annette Pietsch nach einer Weile.

»Hm«, machte der Junge und setzte sich wieder aufrecht hin.

Sarah schob sein Glas ein Stück näher zu ihm und nickte ihm ermunternd zu. Lukas trank einen kleinen Schluck, schniefte und wischte sich die Nase am Ärmel trocken.

Rainer Pietsch setzte sich neben Sarah, trank den Espresso und musterte seinen Sohn.

»Und?«, fragte er dann. »Kannst du uns erzählen, wie das passiert ist?«

Lukas schreckte auf und sah seinen Vater an.

»Ich meine: das mit Kevin, den Unfall.«

Lukas schluckte, räusperte sich, öffnete den Mund – und schloss ihn dann wieder, ohne etwas zu sagen.

»Schlimm, oder?«

Lukas nickte, seine Augen füllten sich erneut mit Tränen.

»Wir lassen dich mal lieber in Ruhe, Lukas, okay?«

Lukas nickte und sah seinen Vater lange an. Dann wischte er sich die Tränen ab, die ihm die Wangen hinunterliefen.

Rainer Pietsch sah seine Frau an, die ebenfalls mit den Tränen kämpfte. Dann musterte er wieder Lukas, der mittlerweile den Kopf gesenkt hatte.

Was außer Traurigkeit und Schock hatte er vor wenigen Sekunden noch in der Miene seines Sohnes sehen können? Das Gefühl, etwas erkannt zu haben, das er nicht in Worte fassen konnte und das ihm wie Sand zwischen den Fingern zerrann, bohrte in ihm.

Christine Werkmann hatte jedes Klingeln gehört, aber das Telefon den ganzen Nachmittag und Abend hindurch kein einziges Mal abgehoben.

Rektor Wehling hinterließ ihr als Erster eine Nachricht auf dem Anrufbeantworter: Im Namen der Schule bot er an, sich für sie um die traurigen Pflichten rund um die Bestattung ihres Sohnes zu kümmern – und natürlich sei es auch kein Problem, für sie nötigenfalls Kostenerstattung oder Beihilfen zu organisieren. Sie solle sich doch deswegen bitte am nächsten Tag kurz in der Schule melden, gerne auch telefonisch, wenn sie es anders nicht einrichten könne. Wehling klang etwas unbeholfen, der Anruf schien ihm nicht leicht zu fallen – und es wirkte sehr unpersönlich, dass er die Informationen auf dem Anrufbeantworter hinterließ.

Vertrauenslehrer Hässler fragte, ob er irgendwie helfen könne, und so, wie er gegen Ende seiner Nachricht kurz wartete, bevor er auflegte, wirkte es fast, als wisse er, dass Kevins Mutter ihm in diesem Moment zuhörte. Der Schulpsychologe gab seine Handynummer durch und bot ein Beratungsgespräch an, gerne auch abends und kurzfristig.

Annette Pietsch fragte, ob sie noch irgendwie helfen könne. Stockend sprach sie auf den Anrufbeantworter, und als sie schließlich Grüße von Lukas ausrichtete, brach ihre

Stimme ab und sie schien ein Schluchzen zu unterdrücken. Dann legte sie auf.

Irgendein evangelischer Pfarrer, dessen Name ihr nichts sagte, hinterließ eine Nachricht. Das Krankenhaus fragte an, ob man den Kontakt zu einem Bestatter vermitteln solle, und nannte den Firmennamen und die Telefonnummer des örtlichen Bestatters, den man als sehr seriös und einfühlsam empfahl.

Gegen fünf rief Rosemarie Moeller an und sprach ihr auch im Namen ihres Mannes ihr »herzliches Beileid« aus, wie sie sagte – aber die Nachricht klang mit der wie immer eher scharf klingenden Stimme der Lehrerin alles andere als herzlich. Christine Werkmann begann hemmungslos zu weinen und brauchte fast eine halbe Stunde, bis sie sich nach Rosemarie Moellers Anruf wieder einigermaßen im Griff hatte.

In dieser Zeit waren vier Anrufe eingegangen, ohne dass jemand auf Band gesprochen hätte. Sie quälte sich aus dem Sofa, ließ sich im Menü die verpassten Anrufe anzeigen: Es war einmal die Nummer von Familie Pietsch und – dreimal! – die Telefonnummer des Bestatters, den das Krankenhaus vorhin empfohlen hatte.

Von einem neuen Weinkrampf geschüttelt kehrte Christine Werkmann ins Wohnzimmer zurück. Nach einer Weile schaltete sie den Fernseher ein und zappte sich wahllos durch die Programme, bis sie an irgendeiner Vorabendserie hängenblieb.

Als Karin Knaup-Clement kurz vor acht auf Band sprach und im Namen der Eltern der Klasse 6d kondolierte, sprang Christine Werkmann kurz auf und ging zum Telefon – aber dann schreckte sie doch davor zurück, den Hörer abzunehmen, und sie trottete in die Küche, um sich nachzuschenken.

Irgendwann schlief sie im Sitzen ein, rappelte sich nach ein, zwei Stunden vom Küchentisch hoch, streckte die schmerzenden Glieder und schlurfte ins Schlafzimmer. Nach einer Stunde wälzte sie sich noch immer im Bett hin und her. Dann stand sie auf, trank Wasser aus dem Hahn und ging zu Kevins Zimmer hinüber. Eine Weile stand sie unschlüssig vor dem Bett ihres toten Jungen und weinte, dann kauerte sie sich vor dem Bett auf dem Boden zusammen und schlief ein.

Am nächsten Tag kam Rainer Pietsch überraschend spät nach Hause. Er hatte durch den Unfall vor der Schule ganz vergessen, dass für diesen Vormittag ein Jour fixe angesetzt war – und als es ihm am späten Nachmittag wieder einfiel, war es zu spät, deswegen noch Bescheid zu geben.

Dass sein Gruppenleiter ihn aus diesem Grund ins Büro bestellte und ihm mit pathetischen Worten die Leviten las, zeigte zweierlei: wie blank die Nerven in der Firma angesichts der wirtschaftlichen Entwicklung lagen – und wie verzweifelt jeder einzelne Gruppenleiter offenbar nach Mitarbeitern fahndete, die man im Ernstfall zum Abschuss freigeben konnte.

Das Gespräch verlief unangenehm, und am Ende war klar, dass auf Rainer Pietschs Personalakte nun ein dickes Minus prangte – obwohl bei dem Jour fixe an sich nichts Bedeutendes behandelt worden war.

Rainer Pietsch blieb länger im Büro, um sich nicht noch angreifbarer zu machen, und als er sich abends mit einem Packen Unterlagen auf den Heimweg machte, sorgte er noch dafür, dass sein Gruppenleiter das auch mitbekam.

Zu Hause herrschte dicke Luft. Michael hatte gerade einen seiner Ausraster gehabt, mit denen er derzeit seine Eltern regelmäßig bedachte – Rainer Pietsch hörte noch die stampfenden Schritte die Treppe hinauf und oben dann das laute Schlagen der Tür.

»Wir sind schuld«, sagte Annette Pietsch und räumte seufzend den Esstisch ab.

»Aha. Und woran?«

»Egal, wir sind schuld.«

»Na, prima«, schnaubte Rainer Pietsch und klopfte mit der freien Hand auf den Papierstapel, den er unter dem linken Arm trug. »Nicht nur daran bin ich schuld. Hab gestern eine Besprechung verpasst, und dafür hat mir Mayer heute den Kopf gewaschen. Sicherheitshalber hab ich daher ein bisschen Gas gegeben im Büro, und nachher schau ich auch noch diesen Stapel durch.«

»War die Besprechung wichtig?«

»Quatsch, das übliche Gelaber, und jede Woche wieder von vorn – aber da ging's wohl eher ums Prinzip. Und ich hab vergessen abzusagen, weil ich mit dir und Frau Werkmann im Krankenhaus saß.«

»Na ja, da wächst schnell Gras drüber, du wirst sehen.«

»Ja, ja«, sagte er und ging ins Wohnzimmer.

Hoffentlich, dachte er, war sich aber alles andere als sicher.

Als Michael das erste Mal nach dem Zwischenfall im Treppenhaus der Schule wieder zum Unterricht kam, sahen ihn Tobias und Marc schon von Weitem und gingen grinsend auf ihren Klassenkameraden zu.

Ronnie und Petar schlenderten gerade über den Schulhof auf die Eingangstür zu und blieben stehen, als sie sahen, dass die drei anderen gleich aufeinandertreffen würden. Ronnie machte Anstalten, Michael zu Hilfe zu eilen, aber

Petar hielt ihn auf: Die anderen waren zu weit weg, um rechtzeitig eingreifen zu können – und Tobias und Marc würden sich kaum trauen, Michael vor den Augen der anderen Schüler, die jetzt in Scharen zum Gebäude strömten, etwas zu tun.

Etwa drei Meter vor Michael blieben Tobias und Marc stehen und grinsten ihn breit an. Michael ging einfach weiter, kniff die Augen zusammen und sah die beiden böse an. Als er sie erreicht hatte, marschierte er einfach zwischen ihnen hindurch und rempelte dabei beide so heftig an, dass Tobias rückwärts stolperte und beinahe hingefallen wäre. Michael stapfte weiter und ging zusammen mit Petar und Ronnie die Treppe zum Eingang hinauf. Tobias und Marc sahen ihm verblüfft hinterher, Marc rieb sich die Schulter.

»Coole Aktion«, lachte Petar und klopfte seinem Freund auf die Schulter. »So kenn ich dich gar nicht.«

»Stimmt, so kennst du mich nicht«, brummte Michael und stapfte einfach weiter.

Ronnie zog eine Augenbraue hoch und sah den Freund fragend an.

Sarah war mit den Hausaufgaben schneller fertig, als sie gedacht hatte. Es waren viele Aufgaben gewesen, durchaus auch schwere, aber seit einiger Zeit ging sie solche Aufgaben konzentrierter an – und ihr fiel alles leichter, was mit der Schule zu tun hatte.

Na ja, fast alles: Damit, dass Sören seit seinem Selbstmordversuch nicht mehr zum Unterricht gekommen war, kam sie nicht besonders gut klar. Sörens Banknachbar Hendrik war ihr keine große Hilfe und er schien selbst auch keinen Kontakt mehr zu seinem Freund zu haben.

Sarah sah auf die Uhr: Wenn sie jetzt gleich losgehen

würde, könnte sie nach Sören sehen und trotzdem rechtzeitig zum Abendessen wieder daheim sein. Sie dachte einen Moment nach, dann schnappte sie sich ihre Jacke und flitzte aus dem Haus.

Rainer Pietsch hatte Schnupfen und Kopfweh, und weil für den Tag nichts Dringendes mehr anstand – Mayer war zudem zwei Tage auf Dienstreise –, meldete er sich gegen 15 Uhr ab. Als er von der Schnellstraße abbog, sah er auf die Uhr – in zehn Minuten war Michaels Nachmittagsunterricht zu Ende, er konnte ihn noch bequem an der Schule abholen und nach Hause fahren. Vielleicht würde sich die Gelegenheit ergeben, mal in Ruhe mit seinem Sohn zu reden.

Als Rainer Pietsch den Wagen am Straßenrand ausrollen ließ, kamen schon die ersten Schüler aus dem Gebäude. Mit den Letzten kam Michael auf den Hof heraus. Er verabschiedete sich von seinen Freunden Ronnie und Petar und machte sich auf den Weg zur Bushaltestelle.

Als er seinen Vater bemerkte, blieb er kurz stehen, dann ging er weiter, am Wagen vorbei. Rainer Pietsch stieg aus, rief ihm hinterher, aber Michael machte keinerlei Anstalten, stehen zu bleiben.

Rainer Pietsch knallte die Wagentür zu und rannte die paar Schritte, überholte seinen Sohn und stellte sich ihm in den Weg. Michael sah seinen Vater wütend an, wie fast immer in letzter Zeit, und versuchte an ihm vorbeizukommen.

»Mensch, Michael, jetzt hör doch mit diesem pubertären Blödsinn auf!«, brach es aus Rainer Pietsch hervor. Er packte seinen Jungen mit beiden Händen fest an den Oberarmen und schaute ihm in die Augen. Michael sträubte sich, wand sich, seine Augen schimmerten ein wenig.

»Michael, wir haben dich lieb, wirklich, aber du musst uns helfen, dich zu verstehen.«

Rainer Pietsch ließ Michael los und trat einen Schritt zurück. Der Junge stand still vor ihm, mit hängenden Schultern und gesenktem Blick sah er aus wie ein Häuflein Elend.

»Komm her, mein Junge«, sagte Rainer Pietsch schließlich, trat an ihn heran und nahm ihn fest in die Arme. Erst standen sie beide so beieinander, dann streichelte Rainer Pietsch seinem Sohn sachte über den Rücken, wie er es früher immer so gemocht hatte.

Doch jetzt versteifte sich Michael sofort, riss sich los, starrte seinen Vater wütend an und stapfte an ihm vorbei in Richtung Bushaltestelle.

Völlig frustriert stand Rainer Pietsch noch einen Moment auf dem Gehweg, dann ging er langsam zum Wagen zurück und fuhr nach Hause.

Am Fenster stand Rektor Wehling und dachte darüber nach, was er da gerade beobachtet hatte.

Als der Bus weiterfuhr, gab er den Blick auf das Haus frei, in dem Sören wohnte. Ein Haus weiter links hockte Hendrik auf einem Waschbetonverschlag, wie er häufig in der Gegend als Stellplatz für Mülleimer verwendet wurde.

Erst wollte sich Sarah gleich wieder auf den Heimweg machen, doch das Geräusch des anfahrenden Busses hatte Hendrik wohl aus seinen Gedanken aufgeschreckt. Er sah hinüber zur Bushaltestelle, bemerkte seine Klassenkameradin, stutzte kurz, dann winkte er Sarah zu. Sie überquerte die Straße und ging das letzte Stück zu Sörens Haus.

»Macht nicht auf!«, rief Hendrik zu ihr hinüber.

Sarah zuckte mit den Schultern und ging trotzdem zur Haustür. Sie klingelte mehrmals, oben reagierte niemand.

Schließlich trat sie ein paar Schritte zurück und sah an dem Haus hoch.

»Dritter Stock, ganz links«, rief Hendrik ihr zu.

An dem Fenster, das er beschrieben hatte, waren die Gardinen zugezogen.

»Der macht nicht auf, hab ich dir doch gesagt.«

Sarah sah noch kurz zu dem Fenster hoch, dann ging sie zu Hendrik hinüber.

»Wie lange bist du schon da?«

Hendrik sah auf die Uhr.

»Eine Stunde, heute.«

»Versuchst du das öfter und wartest, dass er doch noch aufkreuzt?«

Hendrik nickte, sah zu dem Fenster hinauf. »Aber Sören macht einfach nicht auf. Und er kommt auch nicht runter.«

Sarah musterte Hendrik und wartete. Er schien noch etwas loswerden zu wollen.

»Ich glaube sowieso, dass ich das eher für mich mache als für ihn«, sagte er nach einer Weile und verstummte dann wieder.

»Hast du ein schlechtes Gewissen?«, fragte Sarah schließlich. »Musst du nicht haben.«

»Und warum bist du hier?«

»Na ja ...« Sarah grinste ihn an. »Wahrscheinlich auch eher meinetwegen.«

»Musst du ein schlechtes Gewissen haben?«

»Nein, eigentlich nicht. Aber ...«

Beide blieben eine Weile stumm.

»Fühlt sich scheiße an, oder?«, fragte Hendrik schließlich.

»Ja, ziemlich. Und ich weiß nicht mal, warum.«

Hendrik sah sie eine Zeit lang an, dann sagte er: »Bei mir

ist es so, dass ich mir vorwerfe, ich hätte mehr für ihn tun können. Ich hab ... Er hat mir erzählt, dass ihn der Moeller fertigmacht – und ich hab ihm vorgeschlagen, dass wir am nächsten Tag zusammen zu Hässler gehen könnten und den fragen, was am besten zu machen wäre.«

»Das war doch eine gute Idee.«

»Sören hat das wohl anders gesehen: In der folgenden Nacht ist er mit seinem Strick runter zum Fluss ...«

»Oh«, machte Sarah und sah wieder zum Fenster hinauf.

Sie warteten noch fünf, sechs Minuten, dann rutschte Hendrik von dem Waschbetonverschlag herunter.

»Also, ich will jetzt ein Eis oder eine Limo.«

»Es ist saukalt!«

»Ja, und?« Hendrik musterte Sarah kurz. »Kommst du mit?«

Sie zögerte, dann nickte sie und schlurfte neben Hendrik her in Richtung Eisdiele.

Oben am Fenster beobachtete Sören die beiden, bis sie aus seinem Blickfeld verschwunden waren. Dann ließ er sich auf sein Bett fallen, starrte zur Decke und dachte verbittert: Jetzt gehen die beiden und lassen mich allein, wie all die anderen auch.

Der Nachmittagsunterricht war kaum vorüber, da kam kalter Nieselregen auf. Michael plauderte noch ein wenig mit Ronnie, Petar musste schnell nach Hause. Schließlich machte sich auch Ronnie auf den Weg und Michael ging gemächlich zur Bushaltestelle. Auf halbem Weg sah er, wie sich Tobias und Marc gerade verabschiedeten – Michael überlegte kurz, dann folgte er Tobias in einigem Abstand.

Zwei Kreuzungen weiter hatte Michael den Abstand etwas verringert, und als Tobias vom Marktplatz aus in eine enge Seitengasse einbog, holte Michael auf. Er erreichte den anderen in Höhe einer etwas verdeckt liegenden Hofeinfahrt, über der die Leuchtreklame für eine Autowerkstatt flackerte. Michael streifte sich im Laufen die Sporttasche von der Schulter und schleuderte sie Tobias von hinten so gegen die Füße, dass der ins Stolpern kam. Tobias drehte sich um, aber da hatte ihn Michael schon gepackt und schob ihn in die Hofeinfahrt und gegen die Hauswand.

»He, spinnst du?«, rief Tobias, aber als er den wütenden Blick seines Gegenüber sah, bekam er es doch mit der Angst zu tun.

»Halt die Klappe, du Arsch!«, fauchte ihn Michael an und drückte mit dem angewinkelten linken Unterarm noch etwas fester gegen seinen Brustkorb. Von Michaels Haaren tropfte das Regenwasser, aber er schien es nicht zu bemerken.

Kurz standen sie so an der Wand, und Tobias überlegte sich fieberhaft, was er am besten tun könnte, um der Tracht Prügel zu entgehen, die ihm nun offenbar blühte. Von Marc war keine Hilfe zu erwarten – und Michael schien echt sauer zu sein.

»Was willst du von mir, Michael?«, versuchte er es noch einmal. »Dir geht's doch schon wieder besser, und dafür, dass du die Treppe runtergefallen bist, kann ich doch wirklich nichts!«

Michael schwieg, starrte den anderen an, dann wurden seine Augen feucht und er schluckte.

»Kannst Strobel fragen«, sagte Tobias, und er gab seiner Stimme einen höhnischen Klang. Er hatte das Gefühl, wieder Oberwasser zu bekommen: Ein heulender Michael war nun wirklich keine besonders große Bedrohung.

Der Schlag kam völlig unerwartet. Tobias hatte den anderen genau gemustert, hatte versucht, in seinem Gesichtsausdruck zu lesen – doch das Zucken in Michaels Blick und der stechende Schmerz in seinem Unterleib kamen zu schnell nacheinander, als dass er noch irgendwie hätte reagieren oder ausweichen können.

Tobias blieb kurz die Luft weg, dann gaben seine Beine nach. Michael trat einen Schritt zurück und sah dem anderen stumm zu, wie er an der Wand entlang zu Boden rutschte.

»Mann«, keuchte Tobias und hielt sich die Stelle, an der ihn die Faust getroffen hatte.

»Na, also«, sagte Michael und klang zufrieden mit sich, »geht doch!« Er sah auf Tobias hinunter, der sich die schmerzende Stelle rieb und allmählich wieder Luft bekam. »Und sag deinem Kumpel, dass ihr mich von jetzt an am besten in Ruhe lasst!«

Tobias sagte nichts, Michael kickte ihn mit der Schuhspitze an.

»He, hast du gehört?«

Tobias sah auf und nickte langsam.

»Ihr lasst mich in Ruhe, ihr lasst Ronnie in Ruhe, und ihr lasst Petar in Ruhe, verstanden?«

Tobias nickte wieder.

»Und wenn ihr mir noch einmal dumm kommt, könnt ihr was erleben. Ist das klar?«

»Ja, ist klar.«

»Gut. Ich habe nämlich keine Lust mehr, mich von euch blöd anmachen zu lassen. Mir hilft eh keiner. Und mir glaubt keiner, wenn ich von euren Schweinereien erzähle. Also muss ich mir selbst helfen.«

Tobias musterte den anderen, versuchte abzuschätzen, ob er ihn gleich noch einmal schlagen oder ihn treten würde. Aber Michael sah nur mit einer seltsamen Miene auf ihn herunter: eine Mischung aus Wut und Zufriedenheit. Dann wandte er sich ab, ging auf den Gehweg hinaus, drehte sich um, kam zurück – und musste grinsen, als er sah, wie sich Tobias vor dem näher kommenden Klassenkameraden wegduckte.

»Okay«, sagte Michael schließlich, »du scheinst es kapiert zu haben.« Damit ging er ohne ein weiteres Wort.

Die erste Klassenarbeit nach Kevin Werkmanns Tod schrieb die 9c in Geschichte. Es ging vor allem um die Weimarer Republik und die damalige Wirtschaftskrise – in Sarahs Augen ein fades, aber kompliziertes Thema, und sie war heilfroh, als die Doppelstunde endlich vorüber war. In der Pause fragte sie Hendrik nach Sören, aber Hendrik wusste nichts Neues. Er hatte wohl mehrere Male versucht, seinen Klassenkameraden zu besuchen, aber Sören hatte sich entweder totgestellt oder ihn von seinen Eltern abwimmeln lassen.

»Hoffentlich fängt er sich wieder«, murmelte Sarah.

»Ja, hoffentlich«, sagte Hendrik und sah sie an. »Du magst ihn, oder?«

»Ach, ich ...«, antwortete Sarah schnell und wich seinem Blick aus, »ich fand das nur schlimm, was er sich fast angetan hätte – und mir macht es zu schaffen, dass daran möglicherweise der Moeller schuld ist.«

»Könnte durchaus sein.«

»Eben: Der hat Sören ja regelrecht geschlachtet vor der Klasse ... Widerwärtig war das.«

Hendrik sah zu Moeller hinüber, der gerade mit der Tasche unter dem Arm das Klassenzimmer verließ.

»Aber das finden wohl nicht alle hier in der Klasse.«

Sarah sah sich um, die meisten anderen hatten sich in Gruppen zusammengefunden und diskutierten die gerade geschriebene Geschichtsarbeit. Alle schienen mit Eifer bei der Sache, und nicht wenige rechneten sich gute Chancen auf gute Noten aus.

»Ja, und das macht es irgendwie noch schlimmer.«

Die Karte kam in einem schlichten weißen Umschlag mit schwarzem Trauerrand.

»Übermorgen, halb drei«, sagte Annette Pietsch zu ihrem Mann, als sie die Einladung zu Kevin Werkmanns Begräbnis auf den Tisch legte.

»Wir gehen hin, oder?«

Annette Pietsch nickte.

»Die Kinder auch?«

Annette Pietsch zuckte mit den Schultern und setzte sich. »Sarah und Michael kannten Kevin kaum«, sagte sie nach einer Weile. »Da müssen sie nicht unbedingt mit am Grab stehen – es kann allerdings sein, dass die Schule etwas organisiert und dass manche Klassen gemeinsam auf den Friedhof kommen. Vielleicht sollten die beiden dann lieber mit ihren Klassen hingehen.«

»Und Lukas?«

»Tja ... Hält er das aus? Ich meine: Da wird sein bester Freund vor seinen Augen überfahren, und dann steht er an seinem offenen Grab ...«

Rainer Pietsch seufzte.

Ganz oben auf der Treppe saß Lukas und versuchte möglichst lautlos aufzustehen. Kevins Beerdigung ... Sein Freund, der vor seinen Augen überfahren wurde ... Vor seinen Augen ... die mehr gesehen hatten, als er irgendjemandem anvertrauen konnte ...

Tabea Clement hatte keine Lust, aber ihre Mutter gab keine Ruhe.

»Na, komm, erzähl schon!«

»Da ist nichts, da redet keiner drüber, und der Dicke ist eh kein Thema mehr in der Klasse. Der ist tot, es ist vorbei.«

»Also Tabea, du kannst Kevin doch nicht einfach den ›Dicken‹ nennen! Dein Klassenkamerad ist tödlich verunglückt, erst vor ein paar Tagen.«

Tabea zuckte mit den Schultern.

»Berührt dich das denn gar nicht?«

»Berührt es dich denn, Mama? Ich meine: Keiner von uns mochte diesen Kevin und Lukas, der sich mit ihm angefreundet hat, war zuletzt irgendwie auch komisch.«

»Klar, ein Junge eben«, sagte Karin Knaup-Clement und zwinkerte ihrer Tochter zu.

»Quatsch ... der Dicke war doch kein Junge ... das war ein Weichei. Ein Opfer.«

»Tabea, jetzt hört das aber auf! ›Opfer‹, ›Weichei‹ – so etwas will ich von dir nicht hören.«

»Stimmt aber.«

»Weißt du, Tabea, manchmal klingst du so hart, beinahe abgebrüht....«

»Das solltest du eigentlich gut finden. Hast du nicht gesagt, dass man tough und zielstrebig sein soll, wenn man es später mal im Leben zu etwas bringen will?«

»Ja, schon, aber ...«

»Siehst du: Und dieses windelweiche ›Ja, aber‹ ist genau der Grund, warum es die meisten dann schließlich doch nicht schaffen.«

Tabeas Mutter sah ihre Tochter verblüfft an.

»Sagt auch Frau Moeller.«

»So, so, sagt Frau Moeller.«

»Ja, genau.« Tabea stand auf, holte einige Blätter aus ihrem Schulranzen und legte sie vor ihrer Mutter auf den

Tisch. »Das musst du noch unterschreiben. Tut mir leid, ist nicht besonders gut geworden. Das krieg ich nächstes Mal besser hin, versprochen.«

Karin Knaup-Clement blätterte die Englischarbeit durch, sah die Note am unteren Rand der letzten Seite, sah kurz überrascht zu ihrer Tochter auf, dann unterschrieb sie kopfschüttelnd.

Tabea nahm die Blätter wieder, steckte sie vorsichtig zurück in den Schulranzen und war wenig später auch schon mit den Schulsachen in ihrem Zimmer verschwunden.

Ihre Mutter sah ihr nach und wunderte sich. Unter der Arbeit hatte eine »1,5« gestanden.

Petar und Ronnie warteten vor dem Wasserspender, als Michael lässig heranschlenderte.

»Na, alles klar?«, sagte er, als er sie erreicht hatte und sich neben ihnen auf den Boden hockte.

Petar nickte, Ronnie wurde abgelenkt durch Tobias und Marc, die gerade ebenfalls auf sie zuhielten, dann aber zu zögern schienen. Michael bemerkte Ronnies Blick und sah ebenfalls zu den beiden anderen hin, die daraufhin abdrehten und sich um die Ecke vor den Vertretungsplan stellten, um sich über die Unterrichtsausfälle zu informieren.

»Vor denen musst du keine Angst mehr haben«, sagte Michael und schob sich einen Kaugummi in den Mund.

»Hab ich Angst vor denen?«, fragte Ronnie und musterte Michael.

»Ich glaub schon, so wie ich bisher auch. Und ich glaub außerdem, dass diese beiden Knalltüten dir etwas ins Trinkwasser getan haben, als es dir so dreckig ging.«

Ronnie sah seinen Freund forschend an.

»Wovon redet ihr da eigentlich?«, schaltete sich Petar ein.

»Meinst du, die beiden waren schuld, als Ronnie ins Krankenhaus musste?«

Michael sah ihn ernst an und nickte.

»Die kauf ich mir!« Petar machte Anstalten aufzustehen, aber Michael schüttelte stumm den Kopf.

»Setz dich ruhig wieder.«

Petar sah ihn fragend an, dann streckte er seine Beine wieder aus und lehnte sich zurück an die Wand.

»Ich hab mir das mal überlegt«, fuhr Michael nach einer Weile fort. »Von uns dreien bist du, Ronnie, der Coole, und du, Petar, der Starke. Deshalb traut sich an dich keiner mit Worten ran – und an dich keiner mit den Fäusten. Und ich ... Tja, ich bin das schwächste Glied in unserer Kette, und deshalb drangsalieren diese beiden Deppen immer mich.« Er machte eine Pause, kaute eine Zeit lang stumm und sah zu Boden. »Das haben die ganz gut hinbekommen, in dieser Hinsicht scheinen sie nicht ganz so beschränkt zu sein, wie man glauben könnte. Die haben es geschafft, dass mich Strobel für einen potenziellen Schläger hält – weil sie mich mal halb vor seinen Augen so angerempelt haben, dass man es durchaus auch so sehen konnte, als würde ich Streit suchen mit Tobias und Marc. Tja, und als die beiden mich dann blöd angemacht haben und ich die Treppe hinuntergeschubst wurde, bekam Strobel vor allem mit, dass mir Tobias wieder aufhelfen wollte und dass ich ihn wütend zum Teufel gejagt habe. Nun ist Strobel nicht unbedingt der Hellste, aber dass er sich aus dem, was er gesehen hat, zusammenreimte, dass ich der Böse und Tobias und Marc die Engelchen sind, kann ich ihm nicht einmal übel nehmen.«

»Sag's doch deinen Eltern«, schlug Ronnie vor. »Die sind doch echt in Ordnung – vielleicht fällt denen was dazu ein.«

»Meine Eltern?« Wut blitzte in Michaels Augen auf. »Die kannst du vergessen! Die haben doch den Protest gegen die Moellers mit angezettelt, und ich darf das ausbaden ...«

»Na ja, übertreibst du da nicht ein bisschen?«

»Nein!« Michaels Kiefer mahlten, und er funkelte Ronnie streitlustig an. »Auf wessen Seite bist du eigentlich?«

»He, komm, jetzt krieg dich wieder ein: Du musst hier nicht gleich ausrasten, weil ich deine Eltern ganz okay finde. Was ist eigentlich los mit dir?«

»Mit mir ist los, dass ich es jetzt endlich kapiert habe: Von den Erwachsenen hilft mir niemand, und wenn ich mich immer von Petar verteidigen lasse, müssen mich die anderen nur abpassen, wenn ich gerade alleine bin.« Michael starrte finster zu Boden. »Hat ja auch schon prima geklappt.«

»Und was hast du jetzt kapiert?«

Michael schaute auf, musterte erst Ronnie, dann Petar.

»Ich hab kapiert, dass ich mir selbst helfen muss. Und ich hab den beiden Deppen dort drüben« – er deutete mit dem Daumen hinter sich zu Tobias und Marc – »gezeigt, wie unangenehm das schwächste Glied in unserer Kette werden kann.«

Petar und Ronnie sahen sich fragend an, dann musterten sie Michael. Doch der sagte nichts mehr und brütete wortlos vor sich hin.

Der Bestatter saß vor Christine Werkmann an seinem wuchtigen, altmodischen Schreibtisch und redete geduldig auf seine Kundin ein. Das Licht fiel gedämpft durch beigefarbene Vorhänge, und der Bestatter blätterte durch einen Katalog mit Särgen und erläuterte der Frau vor ihm die Vorzüge jedes einzelnen Modells.

Von Zeit zu Zeit, wenn sich ihr Blick von dem Katalog

löste und sie zu den Vorhängen hinsah, verstummte der Bestatter und wartete, bis Christine Werkmann ihm wieder zuhören mochte. Dann erzählte er von Blumengebinden, von Totenkleidung in Kindergrößen, von passenden Chorälen und davon, dass sie noch dem Pfarrer für die Trauerrede einige Details aus Kevins Leben schildern sollte.

Christine Werkmann hörte kurz zu, dann schluchzte sie und ihr Blick wurde leer. Der Bestatter reichte ihr ein Taschentuch und wartete geduldig ab.

Rektor Johannes Wehling lehnte sich weit zurück in seinem Sessel. Der Espresso hatte gut geschmeckt, die Pause war bisher ohne Störung verlaufen – und auch Proteste der Eltern waren ausgeblieben.

Das wunderte ihn besonders, denn noch vor gar nicht langer Zeit war die Stimmung um Franz und Rosemarie Moeller sehr aufgeheizt gewesen, und er hatte eigentlich erwartet, dass nach dem tragischen Unfalltod des kleinen Kevin von irgendeiner Seite wieder Unruhe in die Schule gebracht worden wäre.

Aber nichts war bisher geschehen. Keine Elternvertreter hatten ihn um ein Gespräch gebeten, und auch die Schüler steckten das dramatische Ereignis allem Anschein nach erstaunlich gut weg.

Natürlich wäre es absurd gewesen, die beiden Lehrer mit dem Unfalltod des Jungen in Verbindung zu bringen, aber hysterische Eltern, das wusste er aus eigener Erfahrung, hatten durchaus die Neigung, seltsame Schlüsse zu ziehen.

Karin Knaup-Clement nahm ihre Jacke vom Haken, sah gewohnheitsmäßig durch das Fenster neben der Garderobe hinaus zur Straße – und zuckte zurück. Auf der gegenüberliegenden Straßenseite stand Christine Werkmann und sah zu ihr herüber.

Noch am Tag von Kevins Tod hatte sie in ihrer Eigenschaft als Elternvertreterin bei Christine Werkmann angerufen, aber als Kevins Mutter nicht ans Telefon ging und sie ihr Beileid auf den Anrufbeantworter sprechen konnte, war sie erleichtert gewesen. In den Tagen seither hatte Christine Werkmann allerdings mehrfach versucht sie telefonisch zu erreichen. Sie kannte inzwischen die Nummer der Frau, und jedesmal, wenn sie sie im Display sah, ließ sie es klingeln. Schon zu Kevins Lebzeiten hatte dessen Mutter von ihr gefordert, sich weiterhin gegen die Moellers einzusetzen – da konnte sie sich gut vorstellen, dass der Tod des Jungen ihre Einstellung sicher nicht positiv verändert hatte. Und nun stand die Frau vor ihrer Tür.

Karin Knaup-Clement ging zurück in die Küche, ließ sich noch einen Espresso aus der Maschine, trank ihn und wartete ein wenig. Nach zehn Minuten stand sie wieder auf: Wenn sie ihren Termin nicht verpassen wollte, musste sie nun wirklich los.

Christine Werkmann stand noch immer am selben Platz. Karin Knaup-Clement atmete tief durch, riss dann die Haustür auf und nahm den Weg zur Garage, als hätte sie die Frau gegenüber in der Eile gar nicht bemerkt.

»Frau Knaup!«

Es hatte nicht funktioniert. Karin Knaup-Clement blieb stehen, drehte sich langsam um und tat überrascht. »Ach, Frau Werkmann!« Sie wartete, bis Kevins Mutter vor ihr stand und hielt ihr die Hand hin.

»Frau Knaup-Clement, ich muss unbedingt mit Ihnen reden«, sagte Christine Werkmann, ohne die ausgestreckte Hand zu beachten.

»Haben Sie meine Nachricht abgehört? Es tut mir so leid, was Kevin ... äh ... zugestoßen ist.«

»Ja, danke, ich hab's aber an dem Tag einfach nicht geschafft, ans Telefon zu gehen.«

»Kann ich gut verstehen.«

»Seither habe ich es mehrmals bei Ihnen versucht, aber Sie waren wohl viel unterwegs.«

»Ja, ja, und ich muss auch jetzt gleich wieder. Ein Kundentermin, ich bin schon spät dran.«

Christine Werkmann kam noch einen Schritt näher. »Ich brauche Ihre Hilfe!«

»Aha? Und wobei?«

»Kevins Tod war kein Unfall!«

»Wie meinen Sie das?«

»Zumindest passierte dieser Autounfall, bei dem er starb, nicht einfach so, nicht zufällig.«

Karin Knaup-Clement musterte den Gesichtsausdruck der Frau, aber alles deutete darauf hin, dass sie tatsächlich meinte, was sie sagte. »Sie meinen: Dieser Mann hat Ihren Jungen mit Absicht überfahren?« Sie schüttelte den Kopf. »Das ist absurd, Frau Werkmann! Völlig absurd!«

»Nein, so meine ich das nicht. Der Mann hat Kevin übersehen, dann hat er ihn überfahren – ihn trifft weniger Schuld als diese Moellers.«

Für einen Moment war Karin Knaup-Clement so verblüfft, dass ihr keine passende Antwort einfiel. Dann erst brachte sie ungläubig hervor: »Die Moellers?«

»Ja, die Moellers. Sie ist Klassenlehrerin von Kevins 6d und er macht mit ihr gemeinsame Sache – Sie wissen doch noch, was mit diesem Sören in der Neunten passiert ist und dass der sich das Leben nehmen wollte?«

»Frau Werkmann, so geht das nicht! Sie können nicht

herumlaufen und irgendwelche Lehrer beschuldigen, dass sie Ihren Sohn auf dem Gewissen haben. Sie können froh sein, wenn die Moellers Sie nicht wegen übler Nachrede anzeigen!«

Christine Werkmann stand mit offenem Mund vor der Elternvertreterin, ihre Augen schimmerten feucht.

»Ich weiß, was Sie mitgemacht haben, Frau Werkmann. Und das ist alles sicher furchtbar schwer für Sie, aber ...«

»Sie wissen gar nichts!«

Kevins Mutter schrie den Satz geradezu heraus. Kurz zuckte Karin Knaup-Clement zusammen, doch dann fing sie sich wieder, drehte sich um und ging in die Garage. Als sie ihren Wagen langsam die Einfahrt hinunterrollen ließ, stand dort noch immer Christine Werkmann und funkelte sie wütend an.

»Sie haben doch keine Ahnung!«, rief sie so laut, dass es noch durch die geschlossenen Wagenfenster zu hören war.

»Wenn Ihre Tabea mal an der Reihe ist, werden Sie mich verstehen – aber dann ist es zu spät.«

Karin Knaup-Clement stieg hart auf die Bremse und war kurz davor auszusteigen. Dann überlegte sie es sich doch anders, gab wieder Gas und bog auf die Straße ein. Sie fuhr zunächst langsam und beobachtete Christine Werkmann im Rückspiegel, bis sich das automatische Garagentor ganz geschlossen hatte, dann schaltete sie hoch und beeilte sich, noch halbwegs rechtzeitig zu ihrem Kunden zu kommen.

Als Lukas nach der letzten Schulstunde aus dem Gebäude trat, sah er sich schon aus Gewohnheit nach Marius und den anderen um. Er war etwas länger auf seinem Platz sitzen geblieben und hatte noch ein paar Blätter sortiert, die sich unter seinem Tisch angesammelt hatten. Drei der vier Jungs hockten unter der großen Ulme und unterhielten sich leise, ihre Ranzen standen neben dem Baum wie in Reih und Glied. Lukas sah sich nach Claas um, der fehlte und nirgendwo auf dem Schulgelände zu sehen war. Langsam ging er in einem Bogen um die Ulme herum und auf den Ausgang des Schulhofs zu, der ihn zur Bushaltestelle führte.

Die drei anderen sahen kurz zu ihm auf, Marius wirkte fast erschrocken, und keiner der drei sagte ein Wort zu Lukas oder machte ein Zeichen. Schließlich schienen sie das Interesse an ihm zu verlieren und steckten wieder die Köpfe zusammen.

Frido Hässler kam mit gemischten Gefühlen aus dem Lehrerzimmer. Er wusste, dass draußen im Flur Christine Werkmann wartete – und er konnte sich denken, dass sie sich erneut über Rosemarie Moeller beschweren wollte. Mehrfach hatte sie ihn angerufen, hatte die Kollegin bezichtigt, Mitschuld an Kevins Tod zu tragen – und so wenig er Rosemarie Moeller mochte, so konnte er es doch nicht unwidersprochen lassen, dass sie hier mit so offensichtlich abstrusen Beschuldigungen überzogen wurde. Es hatte einige Mühe gekostet, sie zu einem persönlichen Gespräch mit ihm an der Schule zu überreden. Und er hoffte, Christine Werkmann unter vier Augen wieder einigermaßen zur Vernunft bringen zu können – aber je näher der verabredete Termin rückte, desto weniger glaubte er an seinen Erfolg.

Als er die Tür zum Flur öffnete, sah er Christine Werkmanns Rücken. Sie sah zum Fenster auf den Schulhof hinunter und wirkte müde mit ihren hängenden Schultern und den strähnigen Haaren.

Das Geräusch der zufallenden Tür reichte aus, um Kevins Mutter aus ihren Gedanken aufzuschrecken. Die Frau drehte sich um – und verharrte mitten in der Bewegung: Von der Seite kam Rosemarie Moeller mit eiligen Schritten heran. Christine Werkmann erschrak, sah dann Frido Hässler fragend an, doch der schüttelte verneinend den Kopf.

Rosemarie Moeller hob eine Augenbraue, wurde aber nicht langsamer, nickte Christine Werkmann knapp zu und strebte an Hässler vorbei ins Lehrerzimmer. Als die Tür hinter ihr ins Schloss gefallen war, schien sich Christine Werkmann ein wenig zu entspannen.

»Wollen wir?«, fragte Frido Hässler, reichte ihr die rechte Hand und wies mit der anderen auf die Tür zum Besprechungszimmer.

Christine Werkmann nickte, hielt seine Hand einen Moment zu lang fest und ging dann dem Lehrer, der ihr die Tür aufhielt, ins Besprechungszimmer voraus.

Rico schob sein Moped bis zur Kreuzung, dann setzte er sich auf den Sattel, gab mit beiden Beinen ein paarmal Schwung und ließ das Moped im Leerlauf den Berg hinunterrollen.

Das war ein Scheißtag gewesen. Erst war ihm kurz vor dem Güterbahnhof die Karre abgestorben, und weder er noch einer seiner Kumpels konnten sie danach wieder zum Laufen bringen. Nick meinte noch irgendetwas von »Könnte teuer werden, Alter!«, aber die meiste Zeit hatten sie sich über ihn lustig gemacht.

Wegen des Mopeds zwar auch, vor allem aber wegen Sarah. Irgendwann hatte er sich mal dazu hinreißen lassen, die hübsche Sarah als seine Freundin zu bezeichnen – doch dann hatte einer aus der Clique zufällig beobachtet, wie sie ihn an der Bushaltestelle hatte abblitzen lassen. Das musste er regeln, wenn er nicht noch weitere Scheißtage wie diesen erleben wollte.

Frido Hässler sah Christine Werkmann noch nach, dann ging er zurück ins Lehrerzimmer, füllte sich an der Kaffeemaschine eine Tasse und ließ sich schwer in seinen Stuhl fallen. Jörg Zimmermann, der neben ihm saß und sehr zufrieden mit sich und der Welt wirkte, schaute kurz fragend zu dem Kollegen, aber der stierte nur wortlos vor sich auf die Tischplatte und trank einen Schluck Kaffee nach dem anderen.

Strobel saß gegenüber, las in einem Sportmagazin und hatte eher belustigt beobachtet, wie Hässler seinen Sitznachbarn völlig unbeachtet ließ. Hässler schaute erst hoch, als er aus den Augenwinkeln Rosemarie Moeller bemerkte, die sich dem Tisch näherte und vor Strobel einige zusammengetackerte Blätter hinlegte.

»Hier, Herr Strobel«, sagte Rosemarie Moeller und streifte Hässler wie zufällig mit einem forschenden Blick. »Das sind die Texte, von denen ich Ihnen erzählt hatte.«

Strobel sah von seiner Zeitschrift auf und beäugte die Blätter aus der Ferne. Es waren eng beschriebene Computerausdrucke, ungefähr fünfzehn bis zwanzig Seiten, und oben auf der ersten Seite stand als Überschrift »Paedaea« – soweit Hässler das entziffern konnte, ohne allzu auffällig hinzusehen.

»Das wird Ihnen gefallen«, sagte Rosemarie Moeller und tat so, als habe sie Hässlers Blick nicht bemerkt. »Disziplin ist für Sie doch auch noch ein Wert, der in der Pädagogik einen wichtigen Beitrag leisten kann, nicht wahr, Herr Strobel?«

»Ja, sicher«, murmelte Strobel. Sogar der etwas stiernackige und kraftstrotzende Kollege schien sich in Rosemarie Moellers Nähe unbehaglich und unsicher zu fühlen.

»Und Sie, Herr Hässler?«

Der spöttische Unterton entging ihm keineswegs, und als er aufsah, trafen sich ihre Blicke. Die Augen der Kollegin blitzten kalt und amüsiert zugleich. Er fühlte, wie sich in seinem Nacken erste Härchen aufstellten.

»Wäre etwas mehr Disziplin nicht auch für Ihren Unterricht eine gute Handhabe?«

»Ach, wissen Sie, Frau Moeller«, versuchte Hässler sich an einem möglichst entspannten Tonfall, der ihm nur halb gelang, »ich komme mit meinen Schülern auch ganz gut zurecht, ohne sie an der kurzen Leine durch den Stoff zu führen.« Er war stolz darauf, dass ihm dieser Satz eingefallen war – aber der höhnische Zug um Rosemarie Moellers Mund machte seinen Triumph sofort zunichte.

»Sieht das Frau Werkmann auch so, Herr Hässler?«

Er schluckte und starrte ihr in die Augen. Sie wich seinem Blick nicht aus, sondern wartete ruhig ab.

»Das darf ich Ihnen als Vertrauenslehrer natürlich nicht sagen.«

»Ja, ich weiß.« Sie nickte und ging lächelnd zu ihrem Platz zurück.

Lukas hörte seine Mutter telefonieren, dann ging sie aus dem Haus. Er sah zur Uhr: Vater war noch im Büro, Michael hockte mal wieder allein in seinem Zimmer und Sarah hatte sich für heute Nachmittag abgemeldet – irgendeinen Hendrik wollte sie treffen. Womöglich Hypes großen Bruder, der mit ihr in die Klasse ging. Lukas horchte noch kurz, dann ging er leise die Treppe hinunter und sah systematisch in allen Zimmern im Erdgeschoss nach, ob dort nicht doch noch jemand war. Aber er war allein hier unten.

Kurz sah er die Treppe hinauf, aber es war nichts zu hören von Michael. Dann ging er ins Esszimmer, holte die hässliche Suppenschüssel hervor, die sie noch nie benutzt hatten, und nahm zwei Geldscheine heraus. Dieses Depot war für Geburtstagsgeschenke gedacht, also stand ihm davon ja irgendwie ohnehin ein Teil zu.

Seit Kevins Tod hatte Marius zwar nichts mehr von ihm gefordert, aber die seltsamen Blicke, die ihm Marius und seine Kumpel immer wieder zuwarfen, konnte er nicht recht deuten – wahrscheinlich dauerte es nicht mehr lange, bis er dieses Geld dringend brauchen würde.

Das Klingeln holte Christine Werkmann aus dem Bad. Sie fuhr sich noch einmal mit der Bürste durchs Haar und hob den Hörer ab.

»Hallo?«

Kurz war Stille am anderen Ende.

»Moeller«, sagte dann eine Frauenstimme, und Christine Werkmanns erster Reflex brachte sie beinahe dazu, das Gespräch wegzudrücken. Doch stattdessen stand sie starr und horchte stumm, wartete, was nun folgen würde.

»Frau Werkmann? Sind Sie noch dran?«

»Ja.«

»Ich … Wir … also mein Mann und ich …«

Langsam schlich sich ein böses Lächeln auf Christine Werkmanns Gesicht: Kevins Tod brachte offensichtlich auch diese fürchterliche Lehrerin an ihre Grenzen – Rosemarie stammelte!

»Ja?«

Christine Werkmann versuchte, besonders kühl und abgeklärt zu klingen. Es fühlte sich gut an, Rosemarie Moeller überlegen zu sein.

»Ich dachte, wir sollten mal miteinander reden.«

»Sollten wir? Warum?«

»Ich kann Sie ja verstehen, wenn Sie nicht mit allem einverstanden sind, was wir in unserem Unterricht machen – und wie wir mit den Schülern arbeiten. Ich würde Ihnen unser pädagogisches Prinzip gerne näher erklären, wenn Sie einmal Zeit haben.«

»Ich ...«

»Oder gleich hier am Telefon, wenn es nicht anders geht. Wissen Sie: Von außen mag auf Sie manches einen falschen Eindruck gemacht haben. Aber die Schüler profitieren letztlich davon.«

»Kevin nicht, er ist tot.«

Es entstand eine kurze Pause, Wut begann wieder in Christine Werkmann aufzusteigen.

»Ich habe ihn nicht überfahren«, sagte Rosemarie Moeller schließlich. »Auch wenn Sie Herrn Hässler gegenüber davon gesprochen haben, dass ich letztendlich die Schuld am Tod Ihres Sohnes trage.«

»Woher wissen Sie, worüber ich mit Herrn Hässler gesprochen habe?«

»Weil er es mir im Lehrerzimmer erzählt hat, gleich nach Ihrem Gespräch mit ihm.«

Christine Werkmann wurde blass, sie hatte das Gefühl, ihre Knie würden jeden Augenblick nachgeben.

»Das hat er Ihnen erzählt?«

»Ja, natürlich.«

»Natürlich? Er ist Vertrauenslehrer, und ich habe vertraulich mit ihm gesprochen. Da kann er doch nicht einfach ...«

»Wir sind Kollegen, Frau Werkmann, da unterhält man sich schon mal ganz zwanglos miteinander, wissen Sie?«

»Aber ...«

»Na, ich merke schon: Sie sind im Moment vielleicht doch nicht in der richtigen Stimmung, um sich von mir unsere Unterrichtsmethoden erklären zu lassen. Ich rufe besser ein anderes Mal an, ja?«

Christine Werkmann blieb stumm, ihre Gedanken schlugen Purzelbäume. Hatte Hässler seiner Kollegin tatsächlich alles brühwarm erzählt, was sie ihm unter vier Augen anvertraut hatte?

»Frau Werkmann?«

Rosemarie Moeller wartete noch kurz, horchte, aber als sie nichts mehr hörte als ein leises Schluchzen, legte sie langsam den Hörer auf. Ihr Mann stand ihr gegenüber und sah sie gespannt an. Rosemarie Moeller nickte und lächelte.

»Das sollte reichen.«

Annette und Rainer Pietsch hatten Christine Werkmann ihre Hilfe für diesen schwierigen Tag angeboten, und sie waren fast ein wenig überrascht, dass die Frau sie sofort beim Wort genommen hatte. Und so hatte Rainer Pietsch den Vormittag freigenommen, Annette Pietsch hatte zwei Besprechungen mit Neukunden verschoben – und dann hatten sie Kevins Mutter bei den letzten Vorbereitungen geholfen.

»Tut mir leid, dass ich das Catering nicht bei Ihnen bestellt habe«, sagte Christine Werkmann auf dem Weg vom Bestatter nach Hause, wo sie sich noch einmal frisch machen wollte. »Ich hab das meiner Cousine überlassen, und die hat bei ihrem Metzger um die Ecke Schnittchen bestellt.«

»Das ist kein Problem, ehrlich«, beruhigte Annette Pietsch sie. »Außerdem bin ich die Annette – wir haben, glaube ich, nun schon genug miteinander erlebt, dass wir uns ruhig endlich duzen können.« Sie sah die Frau an, deren Augen sich mit Tränen füllten. »Meinst du nicht auch?«, fragte sie und drückte ihr die Hand.

Claas hatte auf dem Weg zum Treffpunkt gesehen, wie Benjamin etwa fünfzig Meter vor ihm immer langsamer wurde, wie er dann ein paar Mal stehen blieb, sich unschlüssig nach links und rechts umsah.

Dann, vor der letzten Ecke auf dem Weg zu den anderen, bog er nach rechts in eine Seitenstraße ab, wurde wieder schneller und trabte schließlich an der nächsten Abzweigung wieder nach rechts.

Claas joggte ihm noch ein Stück weit hinterher, doch dann verlor er ihn an der nächsten Ecke aus den Augen. Er sah auf die Uhr: Noch hatte er zehn Minuten bis zur verabredeten Zeit. Er sah noch einmal in die Richtung, in die Benjamin gerade davongerannt war – dann drehte er um und trottete gemächlich nach Hause.

Wenn schon Benjamin kniff, warum sollte er dann zu der Beerdigung gehen?

Der Friedhof war schon eine gute halbe Stunde vor Beginn der Beerdigung voller dunkel gekleideter Menschen. Klassenweise standen zahlreiche Schüler überall zwischen den Grabsteinen, auf den Wegen und neben der kleinen modernen Kapelle.

Sarah und Michael Pietsch standen bei ihren jeweiligen Schulklassen, Lukas ging an der Hand seiner Mutter auf einen Platz in der Nähe der offenen Grabstelle. Nur einige Meter weiter entfernt stand die 6d. Rosemarie Moeller hatte sich im Hintergrund der Schüler aufgestellt, überragte sie aber mit ihrer großen, hageren Gestalt deutlich. Auch Marius und Hype standen in der Gruppe der Schüler, Lukas blitzte sie auf dem Weg zu seinem Platz am Grab wütend an, als er sie in der dritten Reihe entdeckte. Benjamin und Claas hatte er nicht gesehen.

Schließlich setzte sich vor der Kapelle ein kleiner Zug in Bewegung. Vorneweg wurde der Kindersarg auf einem Wagen über den knirschenden Kies geschoben, direkt dahinter ging Kevins Mutter, ganz in Schwarz und mit gefalteten Händen, neben sich den Pfarrer. Den beiden folgte ein einzelner Mann etwa Anfang fünfzig in einer Kombination aus dunkler Jacke und schwarzer Jeans, danach Zweier- und Dreierreihen mit Menschen ganz unterschiedlichen Alters, vermutlich Verwandtschaft.

Der Zug folgte langsam dem Weg und bog schließlich zum offenen Grab hin ab. Nur vereinzelt war Gemurmel zu hören, der böige Wind verfing sich ab und zu in den Ästen der alten Bäume, sonst herrschte gespenstische Stille. Schließlich kam der Wagen vor dem offenen Grab zum Stehen, die vier Männer, die ihn geschoben hatten, nahmen den Sarg auf, trugen ihn zum Grab und ließen ihn dann langsam hinunter. Kurz blieben sie stehen, schlossen die Augen und senkten die Köpfe, dann traten sie wieder an den Wagen und schoben ihn außer Sichtweite.

Der Pfarrer geleitete Christine Werkmann zu ihrem Platz am Grab, einige Verwandte scharten sich um sie. Der Mann, der hinter ihr gegangen war, stellte sich ein paar Schritte abseits, dann begann der Pfarrer seine Rede. Er sprach mit kräftiger, tiefer Stimme, skizzierte Kevins kurzes Leben in rührenden Sätzen und schloss mit einem Gebet. Vereinzelt war Schluchzen zu hören, Christine Werkmann stand stocksteif am Grab und hielt den Blick vor sich auf den Boden gesenkt. Ihre Hände waren nach wie vor gefaltet, aber immer wieder machten ihre Finger knetende Bewegungen, und die weißen Knöchel deuteten darauf hin, dass sie ihre Hände sehr fest umklammert hielt.

Der Pfarrer verstummte, stellte sich an den Rand des Grabes, sah hinein, wartete, dann griff er in eine kleine Kiste mit Erde, warf eine Handvoll auf den Sarg hinunter, trat einige Schritte zurück und nickte Christine Werkmann kurz zu. Kevins Mutter näherte sich langsam dem Sarg, begleitet von einer älteren Frau, die sich eng an ihrer Seite hielt, als befürchte sie jeden Moment, die Trauernde stützen zu müssen. Die beiden blieben ebenfalls am Grab stehen, streuten nacheinander etwas Erde auf den Sarg und gingen wieder zu ihrem Platz zurück. Nacheinander warfen nun auch die anderen Verwandten Erde ins Grab, das Geräusch der kleinen Klumpen verwandelte sich mit der Zeit von einem hölzernen Klopfen zu einem immer dumpfer werdenden Aufprall, der Sargdeckel schien nun weitgehend mit Erde bedeckt zu sein.

Schließlich bewegte sich der Mann in Jeans und dunkler Jacke auf das Grab zu. Er ging langsam, stockend, schien zu zögern und sah, als er endlich am Grabrand stand, fragend zu Christine Werkmann hin. Sie schüttelte nur kurz den Kopf und stierte dann wieder auf den Boden vor sich. Der Mann blieb kurz am Grab stehen, warf aber keine Erde hinunter und ging mit hängenden Schultern wieder zurück zu seinem Platz.

Nun kamen auch die anderen Trauergäste in einer langen Reihe ans Grab, streuten Erde und gingen zu ihren Plätzen zurück. Christine Werkmann musterte von Zeit zu Zeit die Herankommenden, senkte dann aber wieder den Blick. Nur vereinzelt gingen Besucher zu Kevins Mutter – trotz der ausdrücklichen Bitte in der Todesanzeige, von Beileidsbezeugungen am Grab abzusehen. Doch sie alle mussten unverrichteter Dinge wieder abziehen, weil Christine Werkmann keinem von ihnen die Hand gab, auch niemanden ansah, wenn sie angesprochen wurde.

Die Schulklassen blieben an ihrem Platz stehen, nur vereinzelt kamen Schüler ans Grab und streuten etwas Erde hinunter. Rosemarie Moeller machte schon Anstalten, ebenfalls nach vorne zu kommen, da traf sie der hasserfüllte Blick von Christine Werkmann, und sie blieb stehen, wo sie war. Schließlich kamen die offiziellen Vertreter der Schule an die Reihe: Rektor Wehling, Vertrauenslehrer Hässler, eine Schulpsychologin, ein Beamter des Schulamts und als Letzte in der Reihe Karin Knaup-Clement als Elternvertreterin.

Christine Werkmann sah sie an mit einer Mischung aus Trauer und Wut. Verletzt wirkte sie, und fast schien es, als würden ihr nun die Kräfte ausgehen. Rainer Pietsch, der gesehen hatte, wie sie etwas schwankte, machte seine Frau darauf aufmerksam – und Annette Pietsch schlüpfte schnell und unauffällig an ihre freie Seite und hakte sie unter. Kevins Mutter sah überrascht zu ihr hin, nickte dankbar, wandte sich dann aber wieder dem Grab zu.

Dann trat die Elternvertreterin ans Grab, sah kaum eine Sekunde lang auf den mit Erde bedeckten Kindersarg hinunter und griff in die Kiste mit der Erde. Plötzlich kam Bewegung in Christine Werkmann. Annette Pietsch und die ältere Frau auf ihrer anderen Seite konnten gar nicht so schnell nach dem Arm der Mutter greifen, da war sie schon neben Karin Knaup-Clement, schlug ihr die Erde aus der Hand und schickte sie mit ausgestrecktem Arm vom Grab weg. Die Elternvertreterin war völlig überrumpelt, sah sich ratlos und hilfesuchend um, doch keiner machte Anstalten, ihr beizustehen. Alle starrten nur verblüfft auf die trauernde Mutter, die stocksteif am Rand des Grabes stand und den nun bereits leicht zitternden Arm ausgestreckt hielt.

Annette Pietsch stellte sich neben Christine Werkmann und machte Anstalten, sie zu stützen – sie hatte sich so nah am Rand der Grube postiert, dass unter ihrem rechten Schuh schon einzelne Erdklumpen hinab ins Grab rutschten. Karin Knaup-Clement stand noch immer direkt vor Christine Werkmann und wusste offensichtlich nicht, wie sie sich verhalten sollte. Dann trat sie, ganz langsam, den Rückzug an, ging einige Schritte vom Grab weg, drehte sich um und ging kerzengerade zurück zu ihrem Platz, wo sie mit mahlenden Kiefern stehen blieb und mit flackerndem Blick einen Punkt weit oberhalb der anderen Anwesenden fixierte.

Christine Werkmann hatte ihr die ganze Zeit über nachgesehen, nun ging sie selbst ein paar Schritte auf die andere Frau zu und blieb mitten auf dem Weg stehen. Alles sah gebannt zu ihr hin.

»Hauen Sie endlich ab!« Kevins Mutter schrie den kurzen Satz so laut und so ansatzlos heraus, dass alle Anwesenden zusammenzuckten. »Weiden Sie sich hier noch an meiner Trauer?«

Karin Knaup-Clement schluckte, vermied es aber, Christine Werkmann anzusehen.

»Hauen Sie endlich ab, Frau Knaup-Clement!«

Nun musste sie doch zu Christine Werkmann hinsehen, und die Blicke der anderen Trauergäste gingen zwischen den beiden Frauen hin und her, manche verbargen ihre Hoffnung, Zeugen einer sensationellen Entwicklung zu werden, mehr schlecht als recht.

»Sie tragen Mitschuld am Tod meines Sohnes! Sie wollten nichts unternehmen, als die dort« – sie deutete auf Rosemarie Moeller, die stumm und unbewegt hinter ihren Schülern stand – »Kevin zum Abschuss freigegeben hat!«

Betretenes Schweigen ringsum. Karin Knaup-Clement sah sich um, fing einige Blicke auf, die verrieten, dass sich die Stimmung zu ihren Gunsten wandelte.

»Sie müssen den Tod dieses unschuldigen Jungen mit Ihrem Gewissen vereinbaren. Sie haben ihn gewissermaßen da hinuntergestoßen – und deshalb will ich nicht, dass Sie seinem Leichnam nun auch noch Erde hinterherwerfen!«

Immer mehr Trauergäste sahen nun mitfühlend zu Karin Knaup-Clement hinüber, immer mehr schüttelten den Kopf angesichts dieses Auftritts. Auch der Mann in Jeans und dunkler Jacke, der Christine Werkmann hinter dem Sarg gefolgt war, schüttelte traurig den Kopf und wandte sich zum Gehen.

»Sehen Sie?«, rief Christine Werkmann, und ihre Stimme klang beinahe hysterisch. »Jetzt wendet sich auch Kevins Vater von ihm ab!«

Kurz hielt der Mann mit dem Rücken zum Grab mitten im Schritt inne, dann straffte er die Schultern und ging weiter, immer weiter, bis er den Friedhof verlassen hatte.

»Da geht er, so wie er schon einmal gegangen ist!«, schrie Christine Werkmann ihm hinterher, dann drehte sie sich zu Rektor Wehling um: »Warum haben Sie nichts unternommen, warum haben Sie diese Wahnsinnige und ihren Mann nicht gestoppt, bevor es für meinen Jungen zu spät war?«

Wehling wich dem Blick der Frau aus, sah zu Hässler hin und dann zur Schulpsychologin. Die zuckte nur mit den Schultern.

»Aber Sie«, schrie Christine Werkmann zu Rosemarie Moeller hinüber, »vor allem Sie ... Sie sind der Teufel!« Der Pfarrer ging entrüstet einen Schritt auf Christine Werkmann zu, aber Annette Pietsch hielt ihn mit einer warnenden Geste zurück. »Sie sind der Teufel, und alle sind Ihnen auf den Leim gegangen! Alle, außer meinem Jungen und mir – und er liegt nun dort drunten, und mich wollen Sie auch noch so weit bringen, das weiß ich!« Christine Werkmann schnappte nach Luft, fasste sich an die Brust, dann sackte sie in sich zusammen und blieb mitten auf dem Kiesweg hocken.

Kopfschüttelnd strebten die Trauergäste dem Ausgang zu, Karin Knaup-Clement machte einen kleinen Umweg, um nicht direkt an der zusammengebrochenen Frau vorbeigehen zu müssen, und auch die Lehrer beeilten sich, ihre Klassen vom Friedhof zu scheuchen. Als letzte Klasse machte sich die 6d auf den Weg und Rosemarie Moeller, die den Kindern ein Zeichen gab, den Friedhof möglichst leise zu verlassen, gönnte sich vor dem Hinausgehen einen letzten Blick auf die am Boden kauernde und immer wieder von heftigem Schluchzen geschüttelte Mutter. Ein leichtes Lächeln huschte über ihr hageres Gesicht, dann folgte sie ihren Schülern nach draußen.

Das metallische Schleifen in dem ruckelnd und rüttelnd nach unten gleitenden Aufzug klang bedrohlich und laut. Am unteren Ende des Schachts angekommen, stoppte die Fahrt abrupt, und der Stahlkäfig wippte noch ein paar Mal nach.

Schließlich hob sich die faltige linke Hand von der Lehne des Rollstuhls und zog einmal kräftig an dem rostigen Griff. Die Tür wurde mit einem scheppernden Klacken entriegelt. Der alte Mann steuerte seinen Rollstuhl nach vorn, boxte zwei-, dreimal mit den Fußauflagen gegen die Tür, bis sie sich endlich mit einem hässlichen Kreischen in den Angeln bewegte und langsam aufschwang.

Es öffnete sich der Blick in einen langen Gang, dessen kahle Wände von trüben Deckenlampen nur unzureichend beleuchtet wurden. In gleichmäßigem Abstand und immer neben einer der Deckenlampen gingen zur rechten Seite hin Türen von dem Gang ab, nach links führte erst weit hinten eine einzelne Tür. Langsam rollte der Rollstuhl den Gang entlang, holperte ab und zu über kleine Putzbrocken, die aus der Decke oder einer Wand gebrochen waren. An jeder Tür hielt der alte Mann kurz an, wendete den Rollstuhl und sah in den jeweiligen Raum hinein, so weit es der Schein der Deckenlampe zuließ.

Es waren Zellen wie in einem alten Kloster oder einem aufgegebenen Gefängnis. Ein Brett, hinten an der Rückwand auf Steine gelegt, sollte wohl eine Art Bett darstellen. In einer Ecke war eine Vertiefung im Boden zu sehen, die noch schmutziger wirkte als der Rest des Raums und deren Abfluss sich im Schatten verlor. Neben diesem Loch und an der Wand gegenüber waren abgewetzte Haken und Ringe aus rostigem Metall in den Mauern befestigt, davor wies der Boden kleine, ebene Vertiefungen auf.

Alle Zellen, die der alte Mann besichtigte, sahen so aus. In der einen war das Brett zerbrochen, in der anderen lag ein zersprungener Metallring auf dem Boden – sonst war alles identisch.

Vor dem letzten Raum blieb der alte Mann besonders lange stehen. Hier war alles noch relativ gut erhalten: Das Brett auf den Steinen wirkte neuer als in den anderen Zellen, auch die Metallhaken und -ringe waren weniger verrostet. Und die dunklen Flecken in der Vertiefung hoben sich noch deutlicher als sonst vom etwas weniger schmutzigen Boden ab.

Der alte Mann räusperte sich nach einer Weile, wendete seinen Rollstuhl und fuhr das letzte Stück des Gangs entlang, bevor er schließlich nach links drehte und durch die letzte Tür rollte. Hier war ein enges Büro eingerichtet. Ein altmodischer Schreibtisch stand in der Mitte, dahinter ein kleiner Bürostuhl aus hellem Holz. Die hintere Wand war von grauen Stahlschränken beherrscht, wie sie sich auch gegenüber an der Wand aufreihten. Der Vorsitzende kurvte um den Schreibtisch, schob den Holzstuhl beiseite und postierte sich hinter dem Schreibtisch, als wolle er gleich mit Büroarbeit beginnen. Dann wischte er etwas Staub von der Schreibtischunterlage, legte seine dünnen Unterarme darauf und sah sich um.

Der Wandkalender war veraltet, die Neonröhre an der Decke flackerte unruhig, und am Rand der Tischplatte waren altertümliche Büroutensilien aufgereiht. Wehmütig nahm der alte Mann ein Stempelkissen in die Hand und klappte es auf. Ein vertrauter Geruch von Tinte und etwas Staub stiegen ihm in die Nase. Er schüttelte ein Fläschchen Korrekturfarbe, mit der man Tippfehler übermalen konnte – ein leises Schwappen verriet ihm, dass das Fläschchen noch nicht ganz leer war.

Es waren gute Zeiten gewesen, und sie hatten brauchbare Erfolge erzielt hier unten. Doch nach und nach war es immer schwieriger geworden, neues »Material« zu bekommen, wie sie das damals genannt hatten. In den ersten Jahren, ja Jahrzehnten, hatte es genug Vermisste und genügend Lücken in den Einwohnerstatistiken gegeben, doch später wurden sie nur noch aus der Psychiatrie mit Nachschub versorgt – entsprechend dürftig waren dadurch leider auch die Ergebnisse ihrer

Studien geworden. Und sogar dort wurde das Material schließlich knapp, und sie hatten ihre Arbeit hier unten aufgeben müssen.

Ein Jammer, dachte der Vorsitzende und sah sich noch einmal um in dem kleinen Büro. Dann riss er sich von seinen Gedanken los und zog eine der Schreibtischschubladen auf. Er hatte hier noch zu tun.

Kapitel fünf

Der zweite Elternabend der Klasse 6d verlief zunächst recht harmonisch. Karin Knaup-Clement führte zügig durchs Programm, die meisten Punkte waren schnell abgehakt, und als Rosemarie Moeller schließlich damit begann, die bisherigen Lernerfolge und die restlichen Ziele für dieses Schuljahr zu benennen, hörten fast alle gespannt und aufmerksam zu.

Rainer Pietsch sah sich unauffällig um. Rosemarie Moeller hatte an diesem Abend allem Anschein nach nichts von den Eltern der 6d zu befürchten.

»Hat jemand noch eine Frage dazu?«

Rosemarie Moeller ließ ihren Blick durch die Reihen gleiten, blieb kurz an Rainer Pietsch hängen, als erwarte sie von ihm eine Wortmeldung – aber auch er hatte keine Fragen zum Schulstoff der sechsten Klasse. Er musterte die Lehrerin: Sie schien ganz entspannt, soweit das ihre dominante und stets extrem kontrollierte Art überhaupt zuließ, und mit einem kleinen Nicken gab sie Karin Knaup-Clement zu verstehen, dass sie fertig war.

»Gut, dann wären wir für heute Abend durch. Hat denn jemand noch etwas anderes auf dem Herzen?«

Ein paar Hände gingen hoch, es wurden Fragen zum Schullandheim gestellt, das zu Beginn der siebten Klasse auf dem Programm stand; es wurde angeregt, in den Getränkeautomaten künftig auch Eistee anzubieten; es ging um einige beschädigte Räder im Fahrradkeller der Schule. Schließlich hob auch Rainer Pietsch die Hand.

»Ja, bitte, Herr Pietsch?«

»Ich wollte vorschlagen, dass von Seiten der Schule einmal Kontakt mit Frau Werkmann aufgenommen wird. Ich nehme an, die wenigsten von Ihnen haben sie seit der Beerdigung gesehen.«

»Nun ja ...« Karin Knaup-Clement räusperte sich und wirkte etwas pikiert. Rosemarie Moeller sah zu Rainer Pietsch hin und musterte ihn mit einem undefinierbaren Gesichtsausdruck. »Ich will's mal so ausdrücken«, fuhr die Elternsprecherin nach einer kurzen Pause ziemlich gespreizt fort: »Frau Werkmann hat uns allen ja recht deutlich zu verstehen gegeben, wieviel ihr daran liegt, mit der Schule oder den anderen Eltern Kontakt zu haben.« Sie sah einige Eltern zustimmend nicken und wandte sich mit einem entsprechend zufriedenen Blick wieder an Rainer Pietsch. »Meinen Sie nicht auch?«

»Immerhin ist ihr Sohn auf tragische Weise ums Leben gekommen, da sollten wir sie nicht einfach so mit sich alleine lassen. Und wir sollten ihr auch nicht länger diese ... Szene auf dem Friedhof nachtragen.«

»Szene? Das war wohl etwas mehr als eine Szene, würde ich sagen.«

»Mir ist schon klar, dass sie Ihnen wehgetan hat, und ich will diesen ganzen Auftritt auch nicht schönreden – aber hat denn niemand auch nur ein bisschen Verständnis dafür, dass diese Frau durch den Tod ihres einzigen Kindes in dieser Ausnahmesituation am offenen Grab völlig neben sich stand? Dass man da schon mal die Nerven und jedes Maß verlieren kann?«

Niemand sagte etwas, Rosemarie Moeller blickte Rainer Pietsch stumm an, die Elternsprecherin hüstelte und malte mit dem Kugelschreiber kleine Kreise auf ihren Notizblock.

»Ich meine, die Frau ist traumatisiert und meiner Ansicht nach hochgradig gefährdet, sich etwas anzutun. Kümmert das denn keinen hier?«

Er war lauter geworden, und die meisten anderen hatten sich inzwischen zu ihm umgedreht.

»Traumatisiert, sagen Sie?«, meldete sich schließlich Ursel Weber zu Wort. »Da ist sie nicht die Einzige, das kann ich Ihnen sagen! Mein Sohn Benjamin zum Beispiel schläft seit Kevins Tod kaum mehr eine Nacht durch. Eine Zeit lang hat er nachts sogar wieder in die Hose gemacht – mein Mann und ich wussten uns kaum mehr zu helfen.«

»Und mein Claas hat sich wegen des Unfalls sogar mit seinen Freunden zerstritten«, warf Lotte Harms ein. »Er war immer ganz dick mit Benjamin, Marius und Heiko, aber seit Kevins Unfall ... Der geht denen richtig aus dem Weg.«

»Der Grund dafür ist ganz offensichtlich, dass unsere Jungs von dem Unfall direkt vor der Schule ebenso geschockt sind wie Frau Werkmann«, rief Hanna Probst dazwischen. Rosemarie Moeller streifte sie kurz mit einem tadelnden Blick, Hanna Probst hob halb den Arm, Rosemarie Moeller nickte ihr kurz zu. »Mein Heiko hat gesagt, es sei eigentlich nichts zwischen den dreien vorgefallen – und dann hat er gleich wieder losgeheult. Nicht nur Ihre Frau Werkmann ist traumatisiert, auch unsere Kinder haben unter diesem Ereignis zu leiden.«

»Aber das können Sie doch nicht vergleichen: Ein Junge macht ein paar Mal ins Bett, und eine Mutter wird fast wahnsinnig vor Trauer um ihren Sohn.«

»Es ist mir schon klar, dass Sie die Probleme unserer Kinder nicht ernst nehmen«, sagte Lotte Harms. »Und mir ist auch klar, dass Sie im Grunde genommen auf ebenso ... irrationale Art Vorbehalte gegen Frau Moeller und ihren

Mann haben wie Frau Werkmann. Das ist uns allen hier klar, glaube ich.« Sie sah sich um, erntete Zustimmung.

Rainer Pietsch konnte kaum glauben, was er da sah und hörte. »Ich habe kein Wort gegen Frau Moeller gesagt. Ich habe nur vorgeschlagen, dass die Schule gegenüber Frau Werkmann eine ... eine Geste macht, ihr gewissermaßen durch die Trauerzeit hilft. Nichts Großes, irgendetwas, das ihr zeigt, dass sie nicht vergessen ist.«

Rosemarie Moeller sah Rainer Pietsch an, und fast schien es ihm, als spiele ein spöttisches Lächeln um ihre Mundwinkel. Doch als sie sich nach einer kurzen Pause an ihn wandte, klang ihre Stimme freundlich und überraschend versöhnlich: »Haben Sie denn noch Kontakt zu Frau Werkmann, Herr Pietsch?«

»Natürlich. Meine Frau und ich rufen sie regelmäßig an, wir haben sie auch schon besucht, sind mit ihr zu Kevins Grab gefahren, und vergangene Woche war sie mal einen Abend lang bei uns zu Besuch.«

»Gut«, nickte Rosemarie Moeller. »Dann ist sie ja nicht ganz allein. Behalten Sie das doch am besten bei, Herr Pietsch, das wird sicher hilfreich sein.«

Rainer Pietsch musterte die Lehrerin. Sie klang aufrichtig, teilnahmsvoll, fast besorgt – aber ihre Miene passte nicht zu den Worten und dem Tonfall, in dem sie sie aussprach. Noch auf dem Heimweg grübelte Rainer Pietsch, was der Gesichtsausdruck von Rosemarie Moeller in diesem Moment wohl bedeutet haben mochte.

Sören begann wieder nachts durch die Stadt zu streifen. Manchmal lungerte er dann vor einem Club herum, bis der Türsteher misstrauisch wurde und über die Straße kam, um ihn wegzuscheuchen. Manchmal tigerte er durch ruhige

Wohngebiete, und ein Spätheimkehrer sah ihm aufmerksam nach, ob er nicht irgendwo in einem Hauseingang verschwand und sich am Türschloss zu schaffen machte.

Manchmal stand er einfach am Neckarufer, hörte ab und zu ein Auto über sich auf der Brücke vorüberfahren. Dann sah er eine halbe oder auch eine ganze Stunde nur hinaus aufs Wasser, sah kleinen Wellen hinterher, in denen sich das Licht der Straßenlaternen am gegenüberliegenden Ufer spiegelte, und erinnerte sich an die Nacht, als er hier versucht hatte, sein Leben zu beenden. Manchmal, wenn er zwischen den Büschen ein Auto stehen sah, überlegte er, ob es dasselbe wie damals sein könnte. Aber weder hatte er sich die Marke des Wagens gemerkt, noch nahm er an, dass sein Auftritt den beiden damals Lust darauf gemacht hatte, sich ausgerechnet hier noch einmal zu treffen.

Anders als damals hatte er nun auf seinen Wanderungen durch die Nacht nichts dabei. Kein Seil, keinen Karabiner, keinen Rucksack. Einmal war er vom Ufer aus zwei, drei vorsichtige Schritte ins Wasser hineingegangen, aber auf dem ganzen Weg nach Hause war er in seinen Schuhen hin und her gerutscht mit seinen pitschnassen Socken, und am nächsten Tag hatte er zwei große und schmerzhafte Blasen an seinen Füßen – also blieb er von da an lieber im Trockenen.

Benjamins Schrei gellte kurz vor vier durchs Haus. Ursel Weber war im Nu aus dem Bett und hetzte hinüber ins Kinderzimmer, ihr Mann folgte ihr etwas langsamer, aber nicht weniger besorgt. Als sie beide an Benjamins Bett standen und mit wirren Haaren und feuchten Augen auf ihn hinuntersahen, blinzelte der Junge und sah seine Eltern verwundert an.

»Schon wieder?«, fragte er schließlich, als ihm klar wurde, dass er wohl wieder im Schlaf geschrien hatte.

»Ja, schon wieder«, sagte Ursel Weber und setzte sich auf die Bettkante. Achim Weber stand noch kurz unschlüssig im Zimmer, dann nickte er Benjamin aufmunternd zu und trollte sich zurück ins Bett.

»Hast du schlecht geträumt?«, fragte Ursel Weber und drückte Benjamins Hände.

Der Junge nickte.

»Und immer dasselbe?«

Benjamin nickte noch einmal.

»Der Unfall, oder?«

»Ja, Mama.«

Stumm saßen sie eine Weile beisammen, Benjamin mit dem Rücken gegen sein Kissen gelehnt, seine Mutter zu ihm hingebeugt, ihre Finger fest um seine Hände geschlossen.

»Magst du mir nicht doch erzählen, was du gesehen hast?«

Benjamin sah sie an, ein Schuss Panik schimmerte in seinem Blick auf. Dann presste er die Lippen aufeinander und schüttelte heftig den Kopf.

»Warst du denn so nah dran?«

Benjamin schluckte, wich dem Blick seiner Mutter aus und starrte zum Fenster hinaus.

»Irgendwann wirst du es uns erzählen müssen«, sagte Ursel Weber schließlich beruhigend, »sonst wird die ganze Sache dich immer weiter quälen.«

Benjamin drehte ihr wieder das Gesicht zu, sah sie lange nachdenklich an, dann begann sein kleiner Körper zu beben. Er riss seine schweißnassen Hände los, warf sich herum und blieb mit dem Rücken zu seiner Mutter zitternd liegen. Ursel Weber blieb lange sitzen, dann stand sie auf, sah noch einmal zu ihrem Sohn hinüber und ging schließlich leise zurück ins Schlafzimmer, wo ihr Mann ruhig ein- und ausatmete und dabei leise schnarchte. Sie wickelte sich in ihre Decke, legte sich auf die Seite und versuchte wieder einzuschlafen.

Dieser Pietsch hat Nerven, ging es ihr immer und immer wieder durch den Kopf. Wir sollen der Werkmann helfen – und wer hilft uns? Seit diesem verdammten Unfall geht hier im Schlafzimmer gar nichts mehr. Und können wir vielleicht etwas für Kevins Tod?

Wütend zog sie sich die Decke bis unters Kinn, aber sie war noch immer wach, als sich kurz vor sechs der Radiowecker einschaltete.

Dass Rico die beiden kennenlernte, war purer Zufall. Er hatte wieder einmal in der Nähe der Schule darauf gewartet, dass sich Sarah nach dem Unterricht auf den Weg zur Bushaltestelle machte. Da schlenderten Tobias und Marc auf den Ausgang zu, neben dem er stand. Ganz in seiner Nähe wurden sie von einem anderen Jungen überholt, der sie im Vorbeigehen nur böse anfunkelte und offensichtlich vor allem Tobias damit einen gehörigen Schrecken einjagte.

Den anderen kannte er: Das war Sarahs jüngerer Bruder Michael, den er ab und zu mal mit Sarah zusammen auf den Bus hatte warten sehen. So mürrisch und feindselig wie heute hatte er diesen Michael allerdings bisher noch nicht erlebt – und auf den bloßen Verdacht hin, vielleicht zwei Verbündete für seine Pläne mit Sarah zu finden, sprach er Tobias an.

»Na, Angst vor dem kleinen Michael?«

»Angst? Wir? Quatsch!«, sagte Marc, musterte den Jugendlichen aber misstrauisch. »Woher kennst du Michael überhaupt? Du bist nicht hier an der Schule, oder?«

»Hey, du solltest Talkmaster werden oder so was – du kannst ja kaum laufen vor lauter Neugier.«

»Ha ha, sehr witzig. Und jetzt erzähl: Woher kennst du Michael?«

»Meine Sache. Und was habt ihr für Probleme mit ihm?«

»Unsere Sache.«

Rico musste grinsen.

»Du gefällst mir, Kleiner.«

Er zog zwei Kaugummis aus der Tasche und hielt sie ihnen hin. Noch misstrauischer schaute Marc auf Ricos Hand.

»He, kannste ruhig nehmen«, lachte Rico. »Da ist nix Verbotenes drin. Jedenfalls war Pfefferminz gestern noch erlaubt.«

Zögernd griffen Tobias und Marc zu, packten die Streifen aus und schoben sie sich in den Mund.

»Wie heißt du eigentlich?«, schmatzte Tobias.

»Rico. Und ihr?«

Die beiden stellten sich ihm vor.

»Und: welche Probleme habt ihr nun mit diesem Michael?«

Auf dem Heimweg sprachen Annette und Rainer Pietsch nicht viel. Sie hatten Christine Werkmann besucht, hatten miteinander gegessen und getrunken, und am Ende war Kevins Mutter ziemlich betrunken am Tisch eingeschlafen. Sie hatten sie nach einer Weile geweckt und machten Anstalten, ihr ins Bett zu helfen – aber Christine Werkmann hatte empört jede Hilfe abgelehnt und ihre beiden Besucher mehr oder weniger höflich hinausgebeten.

»Mir geht das jedes Mal an die Nieren«, sagte Rainer Pietsch schließlich, als sie noch bei einem Glas Rotwein auf dem Balkon saßen, eingemummelt in dicke Jacken und mit dem Blick auf die zwei Blocks entfernt vorbeiführende Hauptstraße.

»Na ja, sie ist ja nicht jedes Mal betrunken.«

»Das meine ich auch nicht. Mir tut das fast schon körperlich weh, wenn ich sehe, wie sie leidet.«

»Ja, das macht mir auch zu schaffen. Aber solange sie die Moellers für mitschuldig an Kevins Tod hält, solange sie sich an diese ... Verschwörungstheorie klammert, wird es ihr auf keinen Fall besser gehen.«

»Irgendwie kommt mir das immer weniger verrückt vor.«

»Dass die Moellers schuldig oder mitschuldig an Kevins Tod sind? Also ich bitte dich: Überfahren hat ihn ja wohl ein anderer – der Vater eines Jungen aus der Elften. Und er hat seinen Sohn nur zur Schule gefahren, weil der sich die Kreuzbänder gerissen hatte. Hab ich jedenfalls gehört.«

»Nein, nicht so direkt, aber ...«

»Ach, Rainer, es bringt doch nichts, wenn du dich da jetzt auch noch verrennst!«

»Denk doch nur mal an Lukas«, sagte Rainer Pietsch nach einer Weile. »Der war mit Kevin befreundet, und die beiden wurden von diesen vier Möchtegern-Rambos verprügelt. Deren Eltern wollen nichts von der Sache hören und natürlich betonen sie alle, dass ihre Engelchen so etwas nie machen würden ...«

»Überrascht dich das?«

»Nein. Ich kann ja selbst kaum glauben, dass Michael sich mit seinen beiden Klassenkameraden angelegt haben soll.«

»Ich auch nicht.«

»Und trotzdem hat uns vor ein paar Tagen Frau Rominger angerufen und sich beschwert, dass Michael angeblich ihren Sohn Tobias getreten habe ...«

»Aber Michael ... Ich weiß nicht.«

»Er redet nicht mit uns, streitet die Vorwürfe nicht ab, und in letzter Zeit kommt er mir schon ziemlich auf Krawall gebürstet vor.«

»Aber trotzdem ...«

»Siehst du? So geht es den Eltern von Marius und den drei anderen vermutlich auch: Sie sind natürlich auf der Seite ihrer Jungs, und entweder sie halten es wirklich nicht für möglich, dass ihre Söhne so einen Mist bauen – oder sie streiten alles ab, um sich drohenden Ärger vom Hals zu halten.«

»Klappt ja meistens.«

»Ja, leider. Aber worauf ich hinauswill: Stell dir doch nur mal vor, welchen Druck die Moellers in ihrem Unterricht aufbauen. Was, wenn nun einzelne Kinder den ganzen Druck auf diese Art ablassen? Das würde vielleicht auch Michaels aggressives Verhalten erklären. Nehmen wir mal an, die vier Jungs hatten Lukas und Kevin wirklich auf dem Kieker, und nun ist Kevin tot – da komme ich schon ins Grübeln.«

»Du glaubst doch nicht etwa ...?«

Annette Pietsch starrte ihn an, und er wusste nicht recht, ob sie entsetzt von der möglichen Schlussfolgerung war – oder ob sie ihn im Moment schlicht für durchgeknallt hielt.

»Wir sollten die Moellers im Auge behalten«, sagte er vorsichtig.

Sie legte ihm die Hand auf den Unterarm und sagte: »Das können wir gerne machen, Rainer, aber verrenn dich da bloß in nichts!« Sie sah ihn lange eindringlich an. »Bitte!«, fügte sie dann hinzu und küsste ihn.

Lukas hatte seine Eltern bis spät in die Nacht miteinander reden hören. Nach einer Weile schlich er sich ins Wohnzimmer und duckte sich dort in den Schatten neben der Balkontür. Offenbar ging es um Kevin und ihn, um Marius und dessen Freunde und die Rolle, die Rosemarie Moeller für das Verhalten einiger seiner Klassenkameraden spielte.

Ganz schlau wurde er nicht aus dem, was er hörte, aber als er bald darauf wieder nach oben huschte, schlief er etwas schneller ein als sonst. Immerhin schien es nun möglich, dass er seinen Eltern irgendwann die ganze Wahrheit über Kevins Unfall verraten konnte, ohne dass sie ihn für verrückt halten würden.

Hendrik saß auf dem Klettergerüst auf der untersten Stufe und sah Sarah schon von Weitem herankommen. Er mochte das Mädchen, und dafür, dass sie sich näher kennengelernt hatten, weil sie sich beide Sorgen um Sören machten, war er seinem Freund – oder ehemaligem Freund? – dankbar.

»Hi, Hendrik!«

Sarah kam schnell näher, und sie schien gute Laune zu haben. Hendrik stand auf und ging ihr ein paar Schritte entgegen.

»Na, guter Tag heute?«, fragte er und strahlte das Mädchen an.

»Bisher schon – wollen wir mal hoffen, dass es so bleibt.«

»An mir soll's nicht scheitern«, grinste Hendrik und begleitete sie zur Schaukel. Sie setzte sich auf das schmale Brettchen, sah ihn lächelnd an und er gab ihr ein paar Mal Schwung, indem er sich vor sie stellte, sie an den Oberarmen nach hinten schubste und dann schnell zur Seite sprang. Einmal sprang er zu spät weg und Sarah stieß im Vorwärtsschwung gegen ihn, woraufhin er nach rückwärts stolperte und lachend auf dem Rasen sitzen blieb. Sarah sprang geschickt aus der Schaukel, landete direkt vor ihm auf dem Gras und hielt ihm beide Hände hin, um ihm hochzuhelfen. Er nahm ihre Hände, ließ sich von ihr hochziehen und kam direkt vor ihr zum Stehen. Kurz waren ihre Gesichter nur eine Handbreit voneinander entfernt, und sie sahen sich tief in die Augen, dann räusperte sich Sarah und rannte lachend zum Klettergerüst hinüber, dicht gefolgt von Hendrik.

Als Rico sich langsam rückwärts aus dem dichten Busch am Rand des Spielplatzes herauszwängte, hatte er einen dicken Kloß im Hals. Also war es doch richtig gewesen, der offensichtlich so aufgekratzten Sarah bis hierher zu folgen.

Mit der Internetseite der Telefonauskunft kam sie nicht besonders gut zurecht. Teils, weil Christine Werkmann am Computer ohnehin nicht die Geschickteste war, teils, weil sie noch immer den Wein vom Vorabend spürte und mit den Fingern nicht jedes Mal die richtige Taste traf. Dann aber hatte sie die Adresse auf dem Bildschirm und druckte sie aus. Die Straße kannte sie, mit dem Auto waren es keine fünf Minuten. Sie hauchte kurz in die hohle Hand, erschnüffelte den Geruch von etwas altem Wein – und beschloss, lieber zu Fuß zu gehen.

Im Dunkeln ging sie los, und als sie quer durch den Park und einige Blocks weiter gegangen war, schlug eine Kirchturmuhr in der Nähe sechs. Sie sah noch einmal auf den Ausdruck. Auf dem zerknitterten Papier war die Druckertinte inzwischen etwas verwischt, aber die Hausnummer war noch leidlich lesbar. Christine Werkmann suchte an den Gebäuden neben sich nach der Nummer, zählte in Gedanken bis zur gesuchten Hausnummer weiter und marschierte los.

Die kühle Luft tat ihr gut, die trüben Gedanken konnte sie aber nicht verscheuchen. Und eigentlich wusste sie gar nicht, was sie hier wollte. Was sie sich davon versprach, sich vor dem Haus aufzustellen und zu warten, bis einer der beiden auf die Straße trat.

Sie war auf dem Gehweg an der gegenüberliegenden Straßenseite unterwegs, und als sie auf Höhe des gesuchten Gebäudes angekommen war, stand sie neben einem Betonkasten. Sie sah sich um, stellte sich dann hinter den Betonkasten, der ihr etwas Sicherheit gab – notfalls konnte sie sich hinter diesen Kasten ducken, wenn sie der Mut verließ.

Dann stand sie da, einfach nur da, stumm, und versuchte, ihre wild durcheinanderwirbelnden Gedanken zu ordnen. Was machte sie eigentlich hier? Und falls sie der Mut verließ – der Mut wozu sollte das überhaupt sein?

Von Zeit zu Zeit waren die Glocken der Turmuhr wieder zu hören, ab und zu kam jemand aus dem Gebäude oder einem der Häuser rundum. Ein Mann in den Fünfzigern sah kurz irritiert zu ihr hin, die anderen eilten zu ihren Autos oder den Gehweg entlang, ohne nach links oder rechts zu blicken. Dann, plötzlich, stand Rosemarie Moeller in der Tür. Der Anblick der hageren Gestalt im langen Mantel lähmte Christine Werkmann bis in die Fußspitzen. Völlig unbeweglich stand sie da, stocksteif, den Blick wie gebannt auf die gegenüberliegende Haustür gerichtet.

Rosemarie Moeller sah die Straße hinauf und hinunter, schlug den Mantelkragen hoch und blickte zum bleischwer bewölkten Morgenhimmel hinauf. Als ihr Blick wieder nach unten ging, bemerkte sie Christine Werkmann.

Erst wirkte sie verblüfft, dann entspannten sich ihre Gesichtszüge wieder und Rosemarie Moeller stand einfach nur da und sah zu Christine Werkmann herüber. Nach zwei, drei Minuten ging die Tür wieder auf und Franz Moeller trat neben seine Frau. Er folgte ihrem Blick, sah ebenfalls eine Zeit lang zu der Frau hinter dem Betonkasten. Erkannt hatte er sie sofort, seine Frau hatte ihm das Bild auf den Rechner überspielt.

Der Betonkasten … Genau dort hatte Sören Karrer gehockt, und kurz darauf hatte er versucht, sich das Leben zu nehmen. Franz Moeller gönnte sich ein leichtes Lächeln. Er beugte sich leicht zu seiner Frau hin und murmelte ihr etwas ins Ohr, ohne Christine Werkmann aus dem Blick zu lassen. Nun lächelte auch Rosemarie Moeller leicht, sie nickte Christine Werkmann kurz zu, grinste noch breiter – und dann gingen die beiden aufrecht und mit gleichmäßigen Schritten davon.

Christine Werkmann dagegen stand noch am Betonkasten, als die Moellers fast schon in der Schule angekommen waren. Irgendwann fiel ihr auf, dass ein Mann im Regenmantel vor ihr stand und ihr ein Papiertaschentuch anbot. Sie blinzelte ihn kurz irritiert an, dann nahm sie das Taschentuch und wischte sich das Gesicht ab. Mit der Zunge leckte sie sich schniefend den letzten salzigen Rest ihrer Tränen von den Lippen, dann murmelte sie eine Entschuldigung, wandte sich um und stapfte wieder nach Hause.

Lukas fing Hypes Blick auf, als der sich suchend im Schulhof umsah. Kurz wirkte Hype irritiert, dann trat Marius zu ihm. Die beiden redeten kurz miteinander, und schließlich kamen sie zu Lukas herüber.

»Na, du Loser?«, sagte Marius, aber er wirkte angespannt und längst nicht so cool wie sonst immer.

»Was ist?«, fragte Lukas. Er hatte beide Hände in den

Taschen, die linke umklammerte schon das Geld, das er seit Tagen für Marius bereithielt.

»Keine Angst, so ganz ohne deinen dicken Freund?«

Hype zuckte kurz zusammen, als er Marius so reden hörte, und er sah erschrocken zu seinem Freund hin.

»Spar dir deine Sprüche«, brummte Lukas und sah Marius finster an. »Und komm mir nicht blöd, sonst ...«

»Sonst?«

Marius baute sich vor Lukas auf, als wolle er ihm gleich an den Kragen, aber Lukas blieb stehen, sah Marius weiterhin finster an und hoffte, dass ihm seine Angst nicht anzusehen war.

Nach ein, zwei Minuten trat Marius einen Schritt zurück, versuchte ein hämisches Grinsen, das ihm aber völlig misslang.

»Mach bloß keinen Scheiß, du Opfer!«, zischte er Lukas noch zu, dann wandte er sich ab und Hype trottete ihm hinterher.

Warum sie vor dem Zubettgehen noch einmal aus dem Fenster gesehen hatte, konnte sie sich hinterher nicht mehr erklären, aber sie bereute es sofort. Gegenüber stand die hagere Gestalt von Rosemarie Moeller und sah starr zu ihrem Schlafzimmerfenster herauf. Christine Werkmann zuckte sofort zurück und verbarg sich im Schatten des Vorhangs, aber sie war nicht sicher, ob die Frau unten auf dem gegenüberliegenden Gehweg sie nicht doch entdeckt hatte.

Vorsichtig lugte sie noch einmal hinunter: Rosemarie Moeller stand unbeweglich wie vorhin und sah unverwandt herauf zu ihr. Ein paar Minuten lang sah sie hinunter und versuchte zu erkennen, ob in Rosemarie Moellers Augen tatsächlich ein feuriges Licht glomm. Oder ob sich in ihren

Pupillen nur das Licht einer Straßenlaterne spiegelte. Oder ob sie sich alles nur einbildete, weil sie diese Frau so sehr hasste.

Schließlich ging Christine Werkmann zurück in die Küche, holte sich ein Wasserglas aus dem Schrank und schenkte sich noch einen Schluck aus der angebrochenen Weinflasche ein.

Sören kam auf seinen nächtlichen Gängen durch die Stadt immer wieder am Haus der Moellers vorbei, aber er machte einen großen Bogen um den Betonkasten, auf dem er damals gesessen hatte, und war stets bedacht, dort schnell wieder wegzukommen.

Diesmal hatte er sich irgendwann in einen der Strandkörbe gesetzt, die das Bistro bei der alten Kaserne auf der Terrasse angekettet hatte. Er war eingenickt, und als er wieder aufwachte, war es schon bald Zeit, nach Hause zu gehen. Er machte sich auf den Weg. Da trat Franz Moeller aus seiner Haustür. Kurz drückte sich Sören in eine Hofeinfahrt, und wie er vorsichtig um die Ecke lugte, sah er Moeller zügig davongehen. Für die Schule war es noch zu früh, auch Bäcker oder Metzger hatten noch nicht geöffnet. Sören dachte kurz nach, dann machte er sich daran, Franz Moeller zu verfolgen.

Der Regen klatschte laut gegen ihr Schlafzimmerfenster. Nach einer Weile setzte sich Christine Werkmann auf, schaltete den Radiowecker aus und schlurfte zum Bad hinüber. Sie trank Wasser direkt aus dem Hahn, brach sich in der Küche ein Stück Knäckebrot ab und ging dann kauend zurück ins Schlafzimmer, um sich neue Kleider aus dem Schrank zu nehmen.

Beiläufig warf sie einen Blick zum Fenster hinaus – und erstarrte mitten in der Bewegung: Unten auf der anderen Straßenseite stand Franz Moeller und starrte zu ihrem Fenster hinauf. Ein Zittern ging durch ihren Körper, ihre Augen brannten, die Leuchtanzeige des Radioweckers verschwamm, aber sie wusste auch so, dass es erst kurz vor sechs war.

»Dort unten?«

Rainer Pietsch sah kurz zum Fenster hinaus, auf der anderen Straßenseite ging eine ältere Dame mit einem kleinen Hund vorüber, sonst lag der Gehweg im fahlen Licht des späten Nachmittags leer vor ihm.

»Ja, dort unten.«

Er kam zurück zum Tisch, ließ sich von Christine Werkmann Kaffee nachschenken und sah möglichst unauffällig zu seiner Frau hinüber. Sie schüttelte ganz leicht den Kopf, als wolle sie ihm zu verstehen geben, Kevins Mutter nur ja nicht zu widersprechen.

»Und jeden Morgen?«

»Nein«, sagte Christine Werkmann und schob sich noch eine Gabel Kuchen in den Mund. »Nicht jeden Morgen, zumindest fällt es mir nicht jeden Morgen auf. Aber auch nicht nur morgens, sondern auch spätabends stehen die da unten. Mal er, mal sie. Und immer stehen sie nur da und starren herauf.«

Annette Pietsch überlegte fieberhaft, was sie dazu nun am besten sagen konnte.

»Die machen mich fertig«, fügte Christine Werkmann noch hinzu, legte die Gabel weg und sah mit flackerndem Blick über ihre beiden Gäste hinweg an die Wand.

»Und warum sollten die Moellers so etwas tun?«, fragte

Rainer Pietsch nach einer Weile, und er versuchte, ganz ruhig und ernsthaft zu klingen, obwohl diese ganze Geschichte eigentlich nur albern war. Ganz offensichtlich trank Christine Werkmann seit dem Tod ihres Sohnes mehr, als ihr guttat.

Aber warum sollte sie etwas so Seltsames erfinden? Rainer Pietsch stand noch einmal auf und sah durchs Fenster nach unten. Sich vorzustellen, dass dort drunten in der Dunkelheit einer der beiden Lehrer stand und stumm nach oben schaute …

Er bekam eine Gänsehaut.

Lukas wartete seit geraumer Zeit. Heute wollten seine Eltern wohl gar nicht mehr ins Bett. Irgendwann huschte er aus seinem Zimmer, obwohl er ihre Stimmen unten noch hörte. Er lauschte. Die beiden unterhielten sich. Worüber, konnte er nicht verstehen, aber das Thema schien sie aufzuwühlen. Oben war alles ruhig, Sarah und Michael schliefen vermutlich schon.

Langsam schlich er sich hinüber ins Elternschlafzimmer, öffnete den Schrank, streckte sich und zog die Plastiktüte mit dem aufgesparten Wechselgeld hervor. Er hielt zwei Fünf-Euro-Scheine mit der linken Hand umklammert, leise steckte er das Geld in die Tüte und schob selbige wieder an ihren alten Platz. Marius und seine Kumpels wollten offensichtlich kein Geld mehr von ihm, und es war ihnen ja auch wirklich nicht zu empfehlen, sich weiter mit ihm anzulegen – nach allem, was er von ihnen wusste. Nun musste er nur noch die beiden Geldscheine unten in die Suppenschüssel mit den Geburtstagsgeschenken zurücklegen, dann war alles vorbei.

Es fühlte sich gut an.

Lukas lächelte und drehte sich um. Vor ihm in der geöffneten Tür stand Sarah.

»Was machst du denn hier?«

Christine Werkmann wusste genau, dass die Pietschs ihr nicht glaubten. Sie nahm ihr Weinglas und ging wieder ins Schlafzimmer, um hinunterzusehen auf die Straße und den gegenüberliegenden Gehweg. Weit und breit niemand. Sie sah auf die Uhr: schon nach elf. Sie öffnete das Fenster, stellte das Glas auf dem Fensterbrett ab und beugte sich ein wenig hinaus. Die Luft war kalt, und die Stadt schien allmählich zur Ruhe zu kommen.

Nach einer Weile torkelten zwei junge Männer vorbei, die sich gegenseitig stützten, gelegentlich ins Stolpern gerieten und dann lachend weitertorkelten. Kurz darauf waren sie um die nächste Ecke verschwunden.

Christine Werkmann hob ihr Glas, als würde sie der leeren Stelle unten auf dem Gehweg zuprosten, und nahm einen tiefen Schluck. Sie schloss die Augen und versuchte für eine Weile an gar nichts zu denken. Nicht an den Wein, nicht an ihren Exmann, nicht an ihren toten Sohn. Nicht an die Moellers.

Dann öffnete sie die Augen wieder und erschrak: Unten stand Franz Moeller und sah zu ihr nach oben.

Und wenn sie sich das alles nur einbildete? Wenn ihr nur ihre Nerven einen Streich spielten? Wenn dort unten gar niemand ... Sie schloss wieder die Augen, zählte in Gedanken bis zwanzig, dann öffnete sie sie wieder. Franz Moeller stand immer noch an derselben Stelle. Wut kam in ihr auf, und plötzlich schleuderte sie das noch halb gefüllte Weinglas auf ihn – doch das Glas flog nicht weit genug und zerschellte auf der Mitte der Straße, wo es eine kleine rote Pfütze hinterließ.

Gegenüber ging ein Licht an, ein Fenster schwang auf. Christine Werkmann sank weinend zu Boden und blieb lange zwischen ihrem Bett und dem geöffneten Fenster hocken.

Rainer Pietsch konnte es nicht fassen. Nach dem heutigen Arbeitstag hatte er seiner Frau erzählt, er habe noch eine Besprechung – er war aber in Wirklichkeit das erste Mal seit Jahren in eine Sportbar gegangen, um sich bei ein, zwei Gläsern Bier irgendein Spiel anzusehen. Es wurde Baseball gezeigt, und wie früher schon verstand er nicht ganz, worum es letztlich ging. Aber das Bier war frisch gezapft, der Fernseher schön laut gestellt, und in der Bar war niemand, der ihn kannte und der ihn nach Job oder Familie fragen konnte.

Er trank langsam und stieg nach dem zweiten Bier auf Cola um, schaute noch ein wenig Baseball, verlor dann aber die Lust und fuhr gegen elf nach Hause. Als er unterwegs an einer Ampel warten musste, fiel sein Blick auf das Straßenschild rechts oberhalb von ihm – es war die Straße, in der Christine Werkmann wohnte.

Kurz dachte er nach, dann entschloss er sich, auf gut Glück bei ihrer Wohnung vorbeizufahren. Sie hatte so überzeugend davon erzählt, wie die Moellers sich regelmäßig mit Blick auf ihr Fenster postierten, dass er sich nicht sicher war, ob sie sich das alles wirklich nur einbildete. Und wenn doch, konnte er ihr mit gezielten Fragen zum heutigen Abend vielleicht eine Falle stellen – und sich die Bestätigung holen, dass alles nur ihrer überreizten Phantasie entsprang.

Doch als Rainer Pietsch langsam auf das Haus von Christine Werkmann zufuhr, sah er auf dem gegenüberliegenden Gehweg tatsächlich einen Mann stehen, den er nur zu gut kannte: groß, hager, langer Mantel. Unwillkürlich ließ sich Rainer Pietsch tiefer in den Fahrersitz sinken, aber Franz Moeller sah unverwandt nach oben zu Christine Werkmanns Wohnung und erkannte den Fahrer des langsam vorübergleitenden Wagens nicht.

Sarah wollte gerade den Weg zum Bus einschlagen, als sie Michael unter dem großen Baum im Schulhof stehen sah. Er stand dort mit den beiden Jungs aus seiner Klasse, mit denen es zuletzt Ärger gegeben hatte: Tobias und Marc. Michael wirkte, als würde er gleich auf die beiden losgehen, aber Marc redet auf ihn ein, und er grinste dabei. Michael wurde wütender und schubste Marc ein wenig. Tobias wandte sich ab und stellte sich seitlich hinter Michael. Dann schubste Marc zurück, Michael taumelte leicht, ging zwei Schritte zurück, stolperte über ein Bein von Tobias und schlug der Länge nach hin.
　Sarah war inzwischen ein Stück auf die drei zugegangen, und als Marc sie bemerkte, begann er sich plötzlich zu winden und hielt sich den Magen.
　»Verdammt!«, jammerte er und beugte sich vornüber. »Du hast mich voll erwischt, du Idiot!«
　Michael rappelte sich wieder auf, Tobias hatte dessen ältere Schwester nun auch kommen sehen.
　»Gut, dass du kommst«, sagte er zu Sarah. »Dein Bruder tickt schon wieder total aus – kannst du den nicht mal an die Leine nehmen?«
　»Für mich sah das anders aus«, sagte Sarah, und sie bedachte Michaels Mitschüler mit einem warnenden Blick. »Übertreibt eure Spielchen nicht, ihr Zwerge!«

»Sag mal, Lukas«, begann Rainer Pietsch und beobachtete

seinen Sohn aufmerksam, »kommst du mit Frau Moeller inzwischen zurecht?«

Lukas dachte kurz nach, dann nickte er und stopfte sich noch ein Stück Croissant in den Mund.

»Und die anderen in deiner Klasse?«

Lukas kaute und überlegte, dann zuckte er die Schultern und trank einen Schluck Kakao. Rainer Pietsch wartete und sah seinen Sohn an.

»Ja, schon, nehme ich an«, sagte Lukas schließlich, als er bemerkte, dass sein Vater sich auf langes Warten eingerichtet hatte.

»Was heißt ›nehme ich an‹?«

»Na, ich kann den anderen ja nicht in den Kopf reinschauen.«

»Das ist wahr«, grinste Rainer Pietsch und zwinkerte seinem Sohn zu. Lukas schien sich ein wenig zu entspannen.

»Und ... Marius, zum Beispiel?«

Lukas versteifte sich sofort wieder und musterte seinen Vater angespannt.

»Na?«

»Marius ist mir scheißegal, Papa!«

»Echt? Das wäre gut. Aber immerhin hat er dich verdroschen, dich und Kevin, du erinnerst dich?«

»Klar erinnere ich mich«, maulte Lukas und zupfte an seinem Croissant herum.

»Deshalb nehm ich es dir nicht so ganz ab, wenn du sagst, dass Marius dir egal ist. So schnell geht das nicht.«

»Woher willst du das wissen?«

»Vielleicht weil ich selbst mal ein Kind war?«

Lukas sah seinen Vater lange an, dann lächelte er verschmitzt. »Echt?«

»He, junger Mann«, spielte Rainer Pietsch den Empörten,

»nicht frech werden, ja?« Lukas grinste, wurde aber schnell wieder ernst. »Marius ist ein Idiot, und seine Kumpels auch«, fuhr Rainer Pietsch nach einer Pause fort. »Und ich frage mich die ganze Zeit, warum das so ist.«

»Die sind halt doof, dafür brauchen die keinen bestimmten Grund.«

»Mag sein, aber du hattest mir erzählt, dass sie seit Anfang dieses Schuljahrs Kevin in Ruhe gelassen hatten, richtig?«

Lukas wand sich, nickte aber.

»Und du hast dich mit Kevin angefreundet, und dich haben sie ebenfalls in Ruhe gelassen, oder?«

Lukas sah seinen Vater an: Wusste er Bescheid wegen des Geldes?

»Oder?«, hakte Rainer Pietsch nach.

Er schien Lukas nicht böse zu sein – also wusste er auch nichts von dem Geld, das Lukas für Marius und die anderen im Haus zusammensuchte.

»Ja, schon«, sagte Lukas schließlich.

»Und wann genau haben sie wieder damit angefangen, Kevin und dann auch dich zu mobben oder zu treten oder was weiß ich alles?«

Lukas dachte nach. »Das hat angefangen, nachdem ihr Eltern euch über die Moellers beschwert habt.«

Rainer Pietsch dachte kurz über die Antwort seines Jüngsten nach, dann nickte er langsam, stand auf und ging zu seiner Frau hinüber.

Lukas saß ganz still am Tisch, kaute nicht und trank nicht, er horchte, aber er konnte nicht verstehen, was seine Eltern nebenan in gedämpftem Ton miteinander besprachen. Seine Gedanken gingen zurück zu Marius, Benjamin und Hype. Zu Claas, der sich nach Kevins Unfall mit den drei anderen zerstritten hatte. Zu dem Geld, das er längst bereitgelegt hatte, nach dem Marius aber nicht mehr fragte. Und zu dem, was er am Tag von Kevins Tod vor der Schule beobachtet und seither niemandem erzählt hatte.

Rosemarie Moeller legte das Telefon wieder weg und kam zurück an den Tisch.
»Wehling war dran«, sagte sie.
»Aha, und was will er?«
»Wir sollen uns nachher mit den Pietschs treffen, uns aussprechen, und er will den Vermittler machen.«
»Na, wenn er sich da mal nicht übernimmt«, sagte Franz Moeller und lächelte dünn.

Wenige Stunden später saß Rektor Johannes Wehling bereits im Besprechungsraum und ließ die anderen Teilnehmer der Gesprächsrunde von einer der Schulsekretärinnen zu sich bringen. Das Ehepaar Pietsch kam fünf Minuten zu früh, das Ehepaar Moeller war auf die Sekunde genau pünktlich. Die Sekretärin brachte zwei Tabletts mit Kaffee und italienischen Keksen, dann ging sie hinaus und zog die Tür leise hinter sich zu.
»Bedienen Sie sich, bitte«, bot Wehling den beiden Paaren betont leutselig an und schob ihnen Tassen hin, aber Rosemarie und Franz Moeller saßen stocksteif und reagierten nicht weiter auf Wehlings Lockerungsübung. Rainer Pietsch nahm zwei Tassen vom Tablett und schenkte sich und seiner Frau ein.
»Gut, dass Sie sich alle die Zeit genommen haben für dieses Gespräch, und ich hoffe, wir kommen heute auch zu einer Einigung – damit die Arbeit hier an der Schule wieder so ungestört weitergehen kann, wie das für eine gute pädagogische Arbeit notwendig ist.«

Wehling begann sehr gespreizt, und er versuchte damit zu überspielen, dass er nicht recht wusste, wie er das Thema anpacken sollte.

»Wie Sie, Frau Pietsch, Herr Pietsch«, er nickte den beiden jeweils zu, »ja schon mehrfach deutlich gemacht haben, sind Sie mit dieser pädagogischen Arbeit nicht zufrieden oder nicht einverstanden – zumindest, soweit es Herrn und Frau Moeller betrifft. Habe ich das richtig zusammengefasst?«

»Ja«, sagte Rainer Pietsch.

Die Moellers zeigten keine Regung. Fast bewunderte Rainer Pietsch ihre stoische Art angesichts der heiklen Situation.

»Wie Sie ebenfalls aus Gesprächen mit den anderen Eltern wissen, stehen Sie mit dieser Kritik alleine da.«

»Nicht ganz«, wandte Rainer Pietsch ein. »Wir haben uns mit Frau Werkmann abgestimmt, sie ist derselben Meinung. Wir sprechen heute hier auch in ihrem Namen.«

»Frau Werkmann, nun gut ...« Wehling sah kurz zu Franz Moeller, wie es Kollegen gerne tun, wenn sie sich am liebsten zuzwinkern würden.

Rainer Pietsch bemerkte den Blick und war etwas irritiert. Der Rektor hatte die Aussprache angeregt und wollte dabei selbst als Moderator agieren, um »einen gangbaren gemeinsamen Weg zu finden«. So schwülstig hatte er sich am Telefon ausgedrückt. »Dass Frau Werkmann nicht in der Lage ist, selbst an diesem Gespräch teilzunehmen, verstehen Sie sicher«, legte Rainer Pietsch nach.

»Ja, das verstehe ich. Und es ist vielleicht für uns alle auch besser, wenn sie hier nicht mit in der Runde sitzt. Frau Werkmann ist ... wie soll ich sagen ... in letzter Zeit etwas überspannt.«

»Überspannt? Ihr Kind wurde totgefahren!«

Annette Pietsch legte ihrem Mann eine Hand auf den Arm. Wehling sah Rainer Pietsch nachsichtig an.

»Wir sind alle etwas angespannt, Herr Pietsch. Seien Sie versichert, dass uns Kevins Tod auch sehr nahegeht – aber selbst ein so tragisches Unglück rechtfertigt nicht jedes Benehmen. Und da ist Frau Werkmann, fürchte ich, deutlich zu weit gegangen.«

Rainer Pietsch wollte wieder aufbrausen, aber er fing gerade noch den warnenden Blick seiner Frau auf.

»Gut«, sagte Wehling nach einer kleinen Pause. »Versuchen wir das Thema möglichst emotionslos anzugehen, ja?«

Er sah in die Runde.

»Sie haben die Kollegen Moeller sehr hart kritisiert, Herr Pietsch. Auf die einzelnen Vorwürfe will ich nun gar nicht im Detail eingehen ...«

»Warum nicht?«, unterbrach ihn Pietsch. »Deshalb sind wir doch hier, oder? Wir wollen doch über die pädagogischen Ansätze von Herrn und Frau Moeller reden – und darüber, was sie anders machen könnten, um unsere Bedenken gegen sie auszuräumen. Zum Beispiel.«

»Nein, deshalb sind wir nicht hier. Es kann in einer Schule mit tausend Kindern und all den Eltern dieser Kinder nicht darum gehen, sich nach den Wünschen von zwei, meinetwegen drei Personen zu richten.«

Rainer Pietsch sah ihn mit offenem Mund an. Was war hier los?

»Im Gegenteil sind praktisch alle Eltern mit den Erfolgen von Herrn und Frau Moeller sehr zufrieden, das wurde mir auch in den vorbereitenden Gesprächen für diese Runde noch einmal ausdrücklich versichert.«

»In welchen vorbereitenden Gesprächen?«, fragte Annette

Pietsch, während ihr Mann immer noch damit beschäftigt war, die unerwartete Wendung des Gesprächs zu verdauen.

»Ich habe vor unserem heutigen Treffen natürlich mit den Elternbeiräten jener Klassen gesprochen, in denen das Ehepaar Moeller unterrichtet – und der Eindruck ist eindeutig: Alle sind sehr zufrieden, gerade auch mit der positiven Leistungsentwicklung der Schüler.« Wehling beugte sich etwas vor und legte seine Fingerspitzen aneinander. »Außer Ihnen und Frau Werkmann. Und wenn wir Kevins Mutter die mildernden Umstände zugestehen, die Sie ja auch heute schon für sie eingefordert haben, bleiben nur noch Sie beide übrig.« Wehling machte wieder eine Pause, Annette und Rainer Pietsch sahen sich an. »Und deshalb schlage ich im Interesse der Schule und auch im Interesse Ihrer Kinder vor, dass Sie ... nun ja ...« Er stockte, ganz so unverblümt traute er es sich dann doch nicht auszusprechen. »Es gibt allein in dieser Stadt noch weitere staatliche Gymnasien«, brachte er schließlich hervor. »Und auch Privatschulen könnten sich eignen.«

»Sie wollen, dass wir ...?«

»Sehen Sie, Herr Pietsch: Sie bringen mit Ihren anhaltenden Vorwürfen und mit Ihren Unterstellungen den Frieden an dieser Schule in Gefahr, und Sie haben ja selbst oft genug gesagt, dass Sie nicht damit einverstanden sind, wie Herr und Frau Moeller Ihre Kinder unterrichten. Wäre es da nicht am besten, wenn Ihre Kinder andere Lehrer bekämen – eine Chance auf einen Neustart, gewissermaßen? Gänzlich unbelastet von Ihrer ... inzwischen schon ziemlich aufgeheizten Fehde mit meinen beiden Kollegen.«

Rainer Pietsch war fassungslos. Am liebsten hätte er laut herausgeschrien, dass er Franz Moeller morgens dabei ertappt hatte, wie er vor dem Haus von Christine Werkmann stand und finster zu ihrer Wohnung hinaufgeschaut hatte – und dass Christine Werkmann deshalb vermutlich längst am Ende ihrer Nerven angekommen war. Aber er und Annette hatten verabredet, dass sie davon zunächst einmal nicht reden wollten, denn Moeller hätte sicher alles abgestritten – und es war im Übrigen nicht strafbar, an der Straße zu stehen und zu einer Wohnung hinaufzusehen.

»Nun will ich das mal zusammenfassen, Herr Wehling«, zischte Annette Pietsch, und ihre Stimme bebte. »Sie sind nicht in der Lage, Ihre Kollegen auf ein übliches Maß an pädagogischer Methodik festzulegen – und nun sollen unsere Kinder die Schule wechseln, weil wir den Finger in die Wunde legen und damit für Sie unbequem geworden sind?«

»Also, ich muss doch sehr bitten!«, protestierte Wehling und es kam ihm gar nicht ungelegen, dass die Pietschs nun so aggressiv auftraten: Das war Wasser auf seine Mühlen, wenn er sie wirklich zu einem Schulwechsel bewegen wollte.

Der Rektor und die Mutter sahen sich eine Weile starr an, dann stand Annette Pietsch abrupt auf und sah zu ihrem Mann hinunter.

»Komm, Rainer, wir gehen. Das hat hier doch keinen Sinn.«

Rainer Pietsch stand ebenfalls auf, sah noch kurz kopfschüttelnd zu Rektor Wehling, dann wandte er sich ab.

»Setzen Sie sich bitte wieder.«

Das knappe Kommando kam eher leise, aber doch eindringlich. Franz Moeller hatte das erste Mal überhaupt das Wort ergriffen, und Annette Pietsch war regelrecht zusammengezuckt.

Rainer und Annette Pietsch blieben stehen und sahen fragend zu den beiden Lehrern hinüber.

»Bitte«, sagte Franz Moeller noch einmal und sah die Eltern an.

»Ich weiß zwar nicht, was das jetzt noch soll – aber meinetwegen«, sagte Annette Pietsch und setzte sich. Ihr Mann tat es ihr nach.

»Herr Wehling«, begann Franz Moeller, »ich bin Ihnen dankbar, dass Sie uns hier verteidigen. Auch meine Frau weiß zu schätzen, wie sehr Sie sich für die Atmosphäre an dieser Schule engagieren.«

Rosemarie Moeller nickte kaum merklich.

»Und natürlich ist es für uns nicht leicht, mit derartigen Vorwürfen, ja gar Anfeindungen konfrontiert zu werden.« Aus dem Augenwinkel bemerkte er, dass Annette Pietsch aufbegehren wollte, und hob kurz die Hand. »Bitte, Frau Pietsch, einen Moment noch.«

Annette Pietsch klappte den Mund wieder zu und wartete.

»Aber es ist immer auch eine Belastung für Familien, vor allem für die Kinder, während eines Schuljahres aus so unerfreulichen Gründen die Schule wechseln zu müssen. Deshalb ...«

Er machte eine kurze Pause, Wehling sah ihn fragend an.

»Deshalb möchten meine Frau und ich gerne mit dem Ehepaar Pietsch reden, nur wir vier. Ich würde gerne erreichen, dass wir alle miteinander das Schuljahr anständig zu Ende bringen – gerade im Interesse der Kinder. Und vielleicht haben sich ja bis zu den Sommerferien die Wogen soweit geglättet, dass ein Schulwechsel ganz vom Tisch ist.«

Wehling wirkte verblüfft. Franz Moeller sah Annette und Rainer Pietsch an, und sein Blick wirkte sehr versöhnlich, fast bittend.

»Nun, ich weiß nicht ...«, begann Wehling, brach dann aber wieder ab und sah ebenfalls die Eltern an.

»Gut«, sagte Annette Pietsch nach kurzem Zögern. »Reden wir.«

Wehling sah noch kurz zwischen den Paaren hin und her, dann stand er auf. »Wenn Sie das für sinnvoll halten, Herr Moeller ... Meinen Segen haben Sie – und meinen Respekt ohnehin, das müssten Sie in der jetzigen Situation nun wirklich nicht auf sich nehmen.«

»Ich weiß, Herr Wehling, aber wir wollen doch alle das Beste für unsere Schüler, nicht wahr.«

»Ja, das wollen wir«, sagte Wehling, bedachte die Pietschs noch mit einem mahnenden Blick, diese letzte Chance nur ja nicht ungenutzt verstreichen zu lassen. Dann ging er hinaus und zog leise die Tür hinter sich zu.

Franz Moeller wartete noch einen Augenblick, dann sah er kurz zu seiner Frau und wandte sich schließlich im Sitzen den beiden anderen zu.

»So«, sagte er, verstummte dann aber wieder für einen Moment und musterte seine Gegenüber.

»Was also haben Sie uns vorzuschlagen?«, sagte Rainer Pietsch, als ihm die Pause zu lang wurde.

»Wir? Ihnen?«

Franz Moeller grinste hämisch. »Ganz ehrlich: Meinetwegen könnten Ihre Kinder gleich heute die Schule wechseln, aber ich fühle mich wohler, wenn wir sie noch ein Weilchen hier haben. Unter Beobachtung, sozusagen, und etwas mehr unter Kontrolle.« Moeller lehnte sich zurück und grinste noch breiter.

»Was soll das jetzt wieder?« Rainer Pietsch hatte keine Lust auf Spielchen, und schon zum zweiten Mal schien dieses Gespräch nicht so zu laufen, wie er es erwartet hatte.

»Schauen Sie«, sagte Franz Moeller und beugte sich ein wenig zu ihnen hin.

Annette Pietsch sah kurz zur Tür – sie war noch immer zu und Moeller redete sicher nicht zufällig so leise, dass man ihn selbst direkt hinter der Tür nicht würde verstehen können.

»Ich erklär's Ihnen: Ihre Kinder sind mir herzlich gleichgültig. Wir haben hier Schüler auf Vordermann zu bringen, wir haben einen Leistungsgedanken zu pflegen und wir wollen aus diesem trüben Haufen Gymnasiasten diejenigen herausheben, fördern und fordern, die später einmal zur Elite taugen.«

Rainer Pietsch traute seinen Ohren kaum.

»Ihre Kinder«, fuhr Moeller fort, »sind da eher als Kanonenfutter vorgesehen – entschuldigen Sie bitte, wenn ich das so deutlich sage. Sarah ist nicht dumm, Lukas hat Pech gehabt, mit Michael hätte es klappen können – wenn Sie ihm mit Ihrem Protest nicht den Weg nach oben verbaut hätten.«

»Spinnen Sie eigentlich?«, brauste Annette Pietsch auf.

Franz Moeller hob die Hand. »Ruhe, bitte. Ich rede jetzt.«

»Mit Ihren Psychospielchen kommen Sie nicht durch, Sie Schrat!« Annette Pietsch war aufgesprungen.

»Oh doch, denn sie funktionieren, wie Sie selbst gerade erleben. Nehmen wir mal an, Herr Wehling steht draußen im Flur ganz zufällig in der Nähe der Tür. Dann hört er Sie hier herumkeifen, mich hört er allenfalls, wie ich in ruhigem Ton versuche, Sie wieder zur Vernunft zu bringen. Und außerdem habe ich ja vorhin, als er noch im Raum war, angekündigt, dass wir mit Ihnen einen Kompromiss suchen wollen, um Ihren Kindern den Schulwechsel zu ersparen.« Moeller grinste. »Welchen Eindruck wird Herr Wehling deshalb wohl vom Verlauf dieses Gesprächs mit in sein Büro nehmen, was meinen Sie?«

Annette Pietsch traute ihren Ohren nicht.

»Aber wir wollten ja offen mit Ihnen reden. Also ... Mit Ihren Protesten haben Sie uns einen großen Gefallen getan, vor allem, nachdem Sie und die armselige Frau Werkmann inzwischen völlig isoliert sind. Wir haben den Kindern mitgeteilt, dass wir wegen der Elternproteste bei unseren bisherigen Methoden leider nicht bleiben können – falls Sie sich fragen, wann genau wir das gemacht haben: Ich nehme an, Ihre Kinder haben von diesem Tag an etwas gereizt auf Sie reagiert. Vor allem Michael, vermute ich, der bis dahin von meiner Frau sehr freundlich und unterstützend behandelt worden war. Lukas wiederum hatte einfach Pech, dass er sich ausgerechnet mit Kevin angefreundet hat – und als wir unsere schützende Hand über dem armen Kevin zurückgezogen haben, bekam er ebenfalls Schwierigkeiten. Es tut Gruppen gut, wenn sich eine klare Hierarchie herausbildet – dabei haben wir den Kindern geholfen. In manchen Klassen, wie der 9c, gestaltet sich das etwas schwieriger, aber ein Junge wie Kevin drängt sich für eine Opferrolle geradezu auf. Wenn solche Kinder anfangs noch unter unserem Schutz stehen, irgendwann aber nicht mehr, kommt oft zusätzliche Dynamik in die Entwicklung.«

Rainer Pietsch war inzwischen aufgestanden und zupfte seine Frau am Ärmel. »Komm, Annette, wir gehen.«

»Wissen Sie: Kevin hätte das Tempo in der Klasse ohnehin nicht durchhalten können. Und ich habe den Eindruck, sein Tod hat die anderen nicht nur aufgewühlt – sondern ... nun ja: vielleicht sogar angestachelt? Jeder hat in einer Gruppe nun mal seine Rolle zu spielen, und Kevins Rolle ...«
Franz Moeller brach ab und zuckte mit den Schultern.

Annette Pietsch sah fassungslos zwischen den beiden Lehrern hin und her. Rosemarie Moeller sah an ihr vorbei an die Wand, ihr Gesicht war ganz entspannt und auf ihrem Mund schien sich der Anflug eines Lächelns abzuzeichnen. Franz Moeller saß ruhig auf seinem Stuhl und wirkte sehr zufrieden mit sich und der Situation.

»Sie sind krank!«, zischte sie dann noch und wandte sich ab.

Als sie fast an der Tür waren, stand Franz Moeller plötzlich ganz dicht hinter Rainer Pietsch.

»Und mit Kevins Unfall«, raunte er ihm ins Ohr, »hatten Sie vollkommen recht. Wir haben ihn nicht überfahren, das ist klar – aber falls jemand dabei nachgeholfen haben sollte, dass er vor das Auto stolperte, passt das durchaus in unsere Strategie, durch soziale Reibung weitere Leistungssteigerungen bei den verbleibenden Schülern zu provozieren.«

Rainer Pietsch erstarrte. Dann riss er sich zusammen und folgte seiner Frau aus dem Raum.

Nicht weit von der Tür entfernt stand Rektor Wehling und sah die beiden Eltern missbilligend an, Franz Moeller stand in der Tür, seine Frau direkt hinter ihm.

»Aber Frau Pietsch, Herr Pietsch«, rief Moeller Ihnen in fast flehendem Ton hinterher, »denken Sie doch bitte an Ihre Kinder – sie sollen doch nicht darunter leiden, dass Sie sich in etwas verrannt haben.«

Johannes Wehling sah Franz Moeller fragend an, der zuckte nur mit den Schultern.

»Kein Kompromiss?«, fragte er schließlich.

»Ach, das kriegen wir schon hin«, sagte Moeller und nickte dem Rektor aufmunternd zu. »Wir sind hart im Nehmen, meine Frau und ich.«

»Gut«, sagte Wehling, und ihm fiel ein Stein vom Herzen: Hier würde er in naher Zukunft nichts Unangenehmes anpacken müssen.

Rainer Pietsch dagegen hallten die Worte Franz Moellers noch in den Ohren. Offenkundig hatte er damit Rektor Wehling vorspielen wollen, wie sehr er sich um einen Kompromiss mit ihnen bemühte – aber die Warnung, die in Moellers Ruf versteckt war, hatte er sehr wohl herausgehört.

Der Wind pfiff schneidend kalt durch die Ritzen. Die Hütte bestand ohnehin nur aus wenig mehr als einigen gegen- und übereinandergelegten Holz- und Blechplatten, aber nun war auch noch der alte Bollerofen aus, der sonst im Winter verhinderte, dass der Schlafsack und das Kopfkissen einfroren. Er saß auf einem Berg trockener Blätter, die sein Bett bildeten, rieb die Hände aneinander und zog sich dabei noch weitere Laufmaschen in die fingerlosen Wollhandschuhe. Dabei sah er immer wieder durch den Spalt vor sich hinaus in den Wald, der dicht verwachsen und zum Glück auch sehr einsam war.

Seit vier Jahren war das hier sein Versteck, davor war er immer wieder anderswo untergeschlüpft. Er hatte eine Weile als Obdachloser in verschiedenen Städten gelebt, aber dann hatte er die ständige Angst nicht mehr ausgehalten, einer seiner Peiniger könnte plötzlich wieder vor ihm stehen.

Also hatte er sich von anderen Menschen zurückgezogen. Mal hatte er ein verwahrlostes Gartengrundstück gefunden, das vermutlich schon lange von niemandem mehr betreten worden war – den Geräteschuppen zwischen dichten Hecken hatte er aufgebrochen, dort kam er einige Monate lang unter. Danach richtete er sich in einer alten Industriebrache einen Verschlag ein – überall in dem verlassenen Komplex hatte er Holzreste und Putzlappen gesammelt, zwischen denen er vor Wind und neugierigen Blicken geschützt schlafen konnte. Mal lebte er eine Zeit lang in einer alten Scheune ganz hinten in einem Tal, zu dem nur eine schmale, mit Schlaglöchern übersäte Straße führte.

Und jedes Mal war er weitergezogen, wenn er Gefahr lief entdeckt zu werden.

Ob es außer ihm noch jemand geschafft hatte, ihnen zu entkommen, wusste er nicht. Er wusste auch nicht, ob sie ihn noch jagten. Vermutlich nicht mehr, nach all den Jahren mussten sie davon ausgehen, dass er tot war. Dass er irgendwo erfroren, verhungert oder sonstwie krepiert war und als namenlose Leiche keine weiteren Spuren hinterlassen hatte. Aber er konnte sich nicht sicher sein – und so versteckte er sich weiter, beobachtete aufmerksam seine Umgebung, registrierte argwöhnisch jede noch so kleine Änderung um ihn herum.

Diesmal konnte er länger bleiben. Die Hütte, die er sich provisorisch gebaut hatte, lag tief in einem Bannwald und weit entfernt von jedem Weg. Kein Spaziergänger würde sich hierher verirren und vor den Förstern, die ab und zu in diesem Gebiet nach dem Rechten sahen, hatte er seine Bleibe bislang mit einer gründlichen Tarnung durch Zweige, Moos und Steine verbergen können. Auch sonst war der Platz für ihn günstig gelegen. Das Waldgebiet, zu dem der Bannwald gehörte, grenzte an einer Seite an eine Autobahnraststätte, an der anderen an den Umschlagplatz einer Spedition, beides war zu Fuß an guten Tagen für ihn in zwei, drei Stunden zu erreichen. In den Abfallkörben des Rastplatzes und mehr noch auf dem Gelände der Spedition war immer etwas Essbares zu finden.

Doch die guten Tage wurden seltener. Sein Fuß hatte sich entzündet, nachdem er sich durch die zerfetzten Schuhsohlen hindurch an einem spitzen Ast verletzt hatte. Nun schmerzte jeder Schritt, und sogar nachts wurde er gelegentlich von dem Pochen im Bein wach. Heute hatte er es nicht einmal mehr geschafft, sich Brennstoff zu beschaffen. Rund um seine Hütte lag alles so anhaltend im Schatten, dass trockenes Holz oder Moos nur etwas weiter entfernt zu finden war – und dafür fühlte er sich heute zu schwach. Außerdem spürte er überall am Körper Schmerzen, als sei nicht nur sein Fuß entzündet.

Das leise Knacken im Dickicht fiel ihm zunächst gar nicht auf. Erst, als der Mann durch die Zweige brach und vor ihm stand, wurde ihm bewusst, dass er nun, nach all den Jahren, doch noch entdeckt worden war. Der Mann zog das Brett, das als Tür diente, zur Seite und warf es auf den Boden.

»Suchen Sie mich?«, fragte er, und seine eigene Stimme, heiser und knorrig, kam ihm fremd vor, weil er sie lange nicht gehört hatte.

»Ja«, sagte der Fremde, duckte sich und setzte sich ihm gegenüber auf den blanken Boden. Der Fremde trug einen dicken Mantel, und die Taschen waren auf beiden Seiten ausgebeult – vermutlich war er bewaffnet.

»Das können Sie sich vielleicht sogar sparen«, sagte er und nickte zu den ausgebeulten Taschen hin.

Der Fremde zog aus einer der Taschen eine Pistole hervor.

»Das hier?«

»Ja. Schauen Sie mal hier.«

Er zog seinen Fuß unter den Blättern hervor, den kaputten Schuh hatte er ausgezogen, und hielt dem Fremden die pochende Wunde an der Sohle hin.

»Sieht übel aus«, sagte der Fremde knapp und steckte seine Waffe wieder weg.

Er schob den Fuß wieder unter die Blätter und hielt den Atem an, bis der Schmerz ein wenig nachgelassen hatte. »Wie haben Sie mich gefunden?«

»Nicht ich, der Chef. Er weiß schon seit zwei Jahren, wo Sie sich verkrochen haben. Aber inzwischen gab es Komplikationen – da ist er wohl noch einmal runter ins alte Büro und hat Ihre Unterlagen rausgesucht. Sie sind der Letzte, der uns mit einer Aussage noch gefährlich werden könnte.«

Er nickte.

»Wobei ...«, fuhr der Fremde fort und deutete zu dem Fuß, der unter den Blättern verborgen lag.

»Außerdem würde mir eh keiner glauben«, sagte er.

»Stimmt.«

»Und jetzt?«

»So, wie Ihr Fuß aussieht, werde ich wohl einfach warten. Sie haben es bald hinter sich«, sagte der Fremde. »Allerdings wird es schmerzhaft werden, sehr schmerzhaft – das sollten Sie wissen.«

»Ist es schon.«

Der Fremde nickte. Dann griff er in seinen Mantel und holte einen Flachmann aus der Innentasche.

»Da, nehmen Sie.«

»Gift?«

»Irgendwie schon – Schnaps soll ja nicht so gesund sein.«

Er lachte leise, was einen Hustenanfall auslöste. Als er wieder zu Atem kam, setzte er die Flasche an und trank einen kleinen Schluck. Der Fusel schmeckte nicht gut, aber er brannte wie Feuer, und das lenkte ihn ein wenig ab von seinen anderen Schmerzen.

»Das wärmt«, sagte er und hielt dem Fremden den Flachmann wieder hin.

»Den können Sie behalten.« Dann sah der Fremde an ihm vorbei zu dem Bollerofen in der Ecke. »Warum befeuern Sie ihn nicht? Es ist doch saukalt heute.«

»Kein Material mehr, und trockenes Holz sammeln ist heute nicht drin.« Er deutete auf seinen Fuß. Der Fremde sah ihn eine Weile an, und er wurde aus dem Blick des Mannes nicht recht schlau. Dann rieb sich der Fremde beiläufig über die kleine Warze neben seiner Nase, stand auf und ging hinaus.

Etwa eine Viertelstunde später kam er zurück, die Arme voller trockener Zweige.

»Haben Sie ein Streichholz oder so was?«, fragte der Fremde, schlüpfte an ihm vorbei und legte das Geäst vor dem Ofen ab.

»Ja, dort hinten.« Er zeigte auf ein Brett in der anderen Ecke, auf dem Kerzenreste, Streichholzpackungen und Stofflappen lagen. Der Fremde zerbrach einige der Äste und steckte sie in die Öffnung des Ofens. Dann brauchte er ein paar Versuche, bis er mit einem der Zündhölzer ein kleines Feuer entfacht hatte.

Durch die offene Tür des Ofens strömte schnell die Wärme heraus, und nach wenigen Minuten hörte das beständige Zittern in seinem Körper auf. Der Fremde hockte noch immer hinter ihm, steckte ab und zu ein neues Stück Holz durch die Ofentür.

»Besser?«, fragte der Fremde schließlich.

»Viel besser«, sagte er und entspannte sich etwas.

Der Fremde nahm ein Messer aus der Tasche, kroch lautlos hinter ihn und durchtrennte ihm die Kehle mit einem einzigen, kraftvollen und sauberen Schnitt. Kurz röchelte er noch, Blut schoss ihm über den Oberkörper, dann sackte er nach hinten und lehnte tot auf den Oberschenkeln des Mannes hinter ihm.

Der Fremde verharrte noch ein paar Minuten in seiner Position und bewegte dabei lautlos die Lippen, als würde er ein Gebet sprechen. Dann erhob er sich auf die Knie, putzte die Messerklinge am Hemd des Toten ab, steckte den Flachmann und das Messer wieder in seinen Mantel, wuchtete den Toten hoch und legte ihn quer über den Bollerofen. Danach steckte er einige trockene Zweige unter Arme, Beine und Bauch des Toten, bedeckte ihn mit dem übrigen Brennholz und ging hinaus vor die kleine Hütte.

Dort sah er sich kurz nach allen Seiten um, und schließlich setzte er sich so auf den Boden, dass er den Weg, den er gekommen war, ebenso überblicken konnte wie alles, was sich in der Hütte tat. Reglos blieb er sitzen, bis der Körper des Toten zu einem schwarzen Klumpen aus Asche und verkohltem Fleisch geworden war.

Kapitel sechs

Annette Pietsch ging noch eine Weile in der Wohnung auf und ab, dann war sie sicher, dass ihr Mann vergessen hatte, dass sie an diesem Abend zusammen ausgehen wollten. Den Kopf frei bekommen, mal wieder nur über sich reden – und mit Blick auf den Marktplatz richtig schön italienisch essen gehen.

Aber nun war Rainer schon eineinhalb Stunden zu spät. An den Kindern jedenfalls wäre es heute nicht gescheitert: Die waren in ihren Zimmern, lasen, lernten und hatten sich die Kopfhörer übergestreift. Enttäuscht klappte sie das Bügelbrett auf, schaltete den Fernseher ein und machte sich an die Arbeit.

Als Rainer Pietsch eine weitere Stunde später tatsächlich nach Hause kam, war sie längst fertig mit Bügeln und nippte an ihrem kalt gewordenen Milchkaffee, während sie sich lustlos durch die Programme zappte. Sie hörte die Haustür zuschlagen und stand auf, um ihren Mann zur Rede zu stellen.

Doch als er blass und abgekämpft vor ihr stand, sagte sie gar nichts und nahm ihn einfach nur in den Arm.

Es nieselte leicht, aber Rico und seine Jungs hatten einen geschützten Platz auf dem Güterbahnhof, an den sie sich zurückziehen konnten.

»Und warum sollten wir das machen?«, fragte Hacki, der mit seinen beiden Narben unter dem rechten Auge von ihnen allen am verwegensten aussah.

»Die haben Zoff mit dem Kleinen«, sagte Rico. »Der bedroht die wohl, und für uns wäre es keine große Sache, das für die beiden zu regeln, oder?«

»Das nicht, aber warum sollten wir?«

Rico wand sich ein wenig.

»Und? Raus damit!«

»Unser Süßer ist doch verliebt, wie ihr wisst«, lachte Silas und klopfte Rico ein paar Mal auf die Schulter. »Rico fallen wegen dieser Sarah fast die Augen aus dem Kopf. Hübsches Ding, würde ich auch nicht wegschicken – und dieser Michael, den wir uns vornehmen sollen, ist ihr kleiner Bruder.«

»Ach«, machte Hacki und grinste anzüglich. »Kommst wohl noch immer nicht zum Schuss, Rico, was?«

»Halt's Maul, Idiot!«, zischte Rico.

Hacki lachte.

»Und wenn wir den kleinen Bruder verdreschen, mag sie dich plötzlich? Mensch, deine Logik möcht ich haben ...«

Rico schwieg und starrte vor sich auf den Boden.

»Rache?«, fragte Hacki nach einer Weile. »Soll das Rache werden?«

Rico zuckte mit den Schultern.

»Na, meinetwegen«, sagte Hacki und rutschte von dem Stapel Eisenbahnschwellen herunter, der in dem windschiefen Schuppen aufgestapelt war. »Warum nicht mal wieder Zwerge klatschen?«

Er nahm Rico in den Arm, lachte und schüttelte ihn ein wenig.

»Na, komm, Alter, Kopf hoch – das wird schon noch mit deinem Mädel!«

Er ließ ihn wieder los.

»Und wenn nicht ... dann helfen wir dir dabei halt auch noch, was, Jungs?«

Rico sah ihn an, Hackis Grinsen wirkte noch fieser als sonst.

Mit etwas Butter, Salz und Salbei war aus der Portion Spaghetti im Handumdrehen ein leckeres Abendessen geworden, und die Flasche Primitivo machte das italienische Flair komplett. Ihr Esszimmer war zwar nicht die Trattoria am Marktplatz, aber reden konnten sie hier ebenso gut.

»Ist es wirklich so schlimm?«, fragte Annette Pietsch.

»Vielleicht sogar noch schlimmer«, antwortete Rainer Pietsch mit vollem Mund und wickelte sich erneut Spaghetti um die Gabel. »Die rotieren total, und da ist bisher selten etwas Gutes dabei herausgekommen.«

»Musst du dir um deinen Job Sorgen machen?«

Er zuckte mit den Schultern.

»Zumindest sollte ich so schnell keine Besprechung mehr verpassen. Noch einen Anpfiff von meinem Chef möchte ich im Moment lieber nicht riskieren.«

Er schob sich die neue Ladung in den Mund.

»Tut mir leid, dass wir heute Abend nicht ausgehen konnten«, brachte er schließlich hervor. »Ich hab's nicht vergessen, aber das Meeting nahm und nahm kein Ende – und die Stimmung war einfach nicht danach, dass ich zwischendurch mal kurz zum Handy hätte greifen können, um dir Bescheid zu geben.«

Jörg Zimmermann saß in der Küche und dachte nach. Vom Wohnzimmer aus klimperten Folksongs durch die Wohnung, aber er hörte nicht zu.

Bisher hatte er es einfach nur genossen, dass ihm seine Schüler den Lehrerjob inzwischen leichter machten – und er wusste, wem er dafür zu danken hatte. Seit einigen Tagen allerdings schien Franz Moeller geradezu seine Nähe zu suchen, und das gab ihm dann doch zu denken. Moeller und seine Frau jagten ihm immer noch einen Heidenrespekt ein, ihre kühle und stets kontrollierte Art hatte manchmal geradezu etwas Gruseliges. Zu ihm allerdings waren die Moellers recht freundlich, und es kam ihm auch so vor, als gebe Franz Moeller ihm lieber Tipps als den anderen Kollegen.

Gut, Hässler machte nach wie vor keinen Hehl aus seiner Abneigung den beiden gegenüber, aber Rektor Wehling schien völlig überzeugt von der Qualität ihrer pädagogischen Arbeit, Strobel hätte gerne näheren Kontakt zu den beiden – und die meisten Eltern fraßen ihnen wegen der beständig besser werdenden Schulnoten geradezu aus der Hand.

Aber mit keinem anderen Lehrer sprach Franz Moeller vertraulicher als mit Jörg Zimmermann.

Nun lag vor ihm auf dem Tisch ein Zettel, den ihm Moeller heute Vormittag in die Hand gedrückt hatte. Es war eine elfenbeinfarbene Visitenkarte. Vorne stand »Paedaea e. V.« und darunter der Name des Vorsitzenden, auf der Rückseite war die Internetadresse des Vereins aufgedruckt, darüber hatte Moeller mit Kugelschreiber eine Telefonnummer gekritzelt.

»Rufen Sie da mal an«, hatte Moeller ihm geraten. »Das wird Sie voranbringen – als Lehrer und als Mensch, glauben Sie mir.«

Das Klingeln zerriss die Stille, in die der Abend nach langen Gesprächen doch noch gemündet war.

»Ich geh schon«, sagte Annette Pietsch.

Kurz darauf kam sie wieder. Sie war blass geworden und sah ihren Mann aus schreckgeweiteten Augen an.

»O Gott, was ist denn jetzt schon wieder?«, fragte er, sprang auf und hielt sie an den Schultern.

»Das Krankenhaus war dran«, sagte sie tonlos. »Frau Werkmann ...«

Sarah lag noch wach und hatte das Klingeln gehört. Fast hoffte sie, dass ihre Mutter gleich die Treppe heraufkommen und ihr das Telefon geben würde. Aber so spät würde er sich dann wohl doch nicht bei ihr daheim melden.

Lächelnd drehte sie sich zur Seite und dachte mit geschlossenen Augen an Hendrik. Halb glaubte sie noch zu hören, wie die Haustür leise zugezogen wurde, dann schlief sie ein.

»Sind Sie verwandt mit Frau Werkmann?«, fragte die Stationsschwester.

»Nein, aber Frau Werkmann hatte offenbar irgendwo unsere Nummer für den Notfall notiert, sonst hätten Sie uns ja vorhin wohl nicht angerufen.«

»Pietsch?«

Die Schwester sah noch einmal ihre Notizen durch.

»Ah ja, hier.«

Sie stand auf.

»Kommen Sie bitte mit.«

Statt in ein Krankenzimmer führte sie die beiden in einen Raum, in dem ein junger Arzt etwas in den Computer tippte.

»Das Ehepaar Pietsch«, sagte die Schwester.

Der Arzt stand auf, kam auf sie zu und begrüßte sie per Handschlag. Er bat sie zu einem kleinen Tisch mit vier unbequem aussehenden Stühlen, und sie setzten sich.

»Sie sind mit Frau Werkmann befreundet?«, fragte er.

»Ja. Was ist denn mit ihr?«

»Sie wird es überleben, sie hatte Glück. Oder ... na ja: Ich glaube, dass sie es darauf angelegt hat, Glück zu haben.«

Annette und Rainer Pietsch sahen ihn fragend an.

»Man hat sie in der Badewanne gefunden. Sie hat sich die Pulsadern aufgeschnitten.«

Annette Pietsch schlug sich die Hand vor den Mund.

»Sie müssen sich, wie gesagt, keine Sorgen machen – und wie ich den Bericht der Sanitäter verstanden habe, wollte sie auch nicht wirklich sterben. Sie muss wohl schon eine Weile in der Wanne gelegen haben, und der Wasserhahn war die ganze Zeit aufgedreht. Das Wasser lief über den Rand und sickerte durch den Boden, und irgendwann alarmierte der Nachbar in der Wohnung darunter die Feuerwehr. Als die dann da waren, bemerkten sie, dass sich Frau Werkmann nur quer in die Unterarme geschnitten hatte – wenn man wirklich sterben will, setzt man das Messer der Länge nach an.«

Er fuhr mit einer Fingerspitze den Verlauf der Pulsader nach.

»Wer weiß das schon, als medizinischer Laie«, sagte Rainer Pietsch und sah den Arzt tadelnd an.

»Es kommt noch etwas hinzu«, sagte der Arzt und lächelte nachsichtig. »Sie muss sich die Arme erst ziemlich kurz vor dem Eintreffen der Feuerwehr aufgeschnitten haben – möglicherweise sogar erst, als sie das Martinshorn vor ihrem Haus hörte.«

Rainer Pietsch legte die Stirn in Falten.

»Und an der Tür zum Badezimmer, die nur angelehnt war, klebte der Zettel mit Ihrer Telefonnummer und dem handschriftlichen Vermerk: ›Im Notfall unbedingt verständigen!‹ Das ist für mich nicht gerade ein typischer Abschiedsbrief.«

Annette und Rainer Pietsch schwiegen. Der Arzt betrachtete sie aufmerksam.

»Natürlich ist jeder Selbstmord oder Selbstmordversuch ein Hilferuf«, sagte der Arzt nach einer längeren Pause. »Aber hier wollte jemand wohl sehr sichergehen, dass es wirklich beim Versuch bleibt.«

»Sieht ganz so aus«, sagte Rainer Pietsch schließlich.

»Und wenn Sie mit Frau Werkmann befreundet sind, wissen Sie vermutlich auch, warum sie um Hilfe rief.«

»Ja, das wissen wir.«

»Und? Können Sie ihr helfen?«

»Das wird schwierig«, sagte Rainer Pietsch und sah den Arzt traurig an. »Ihr Sohn Kevin ist vor Kurzem ums Leben gekommen.«

»Oh«, machte der Arzt und dachte kurz nach. »Ist sie alleinerziehend?«

Rainer Pietsch nickte.

»Hm. Dann hatte sie sicherlich das Gefühl, dass sich das Weiterleben für sie nicht mehr lohnt … Aber wie gesagt: Sie wollte meiner Meinung nach nicht sterben. Kann sie also noch etwas anderes von Ihnen gewollt haben? Ihren Jungen können Sie ihr ja nicht wiedergeben.«

Rainer und Annette Pietsch sahen sich an.

»Gibt es da irgendetwas?«, fragte der Arzt noch einmal.

»Ja«, sagte Rainer Pietsch, hatte aber keine Ahnung, was sie da nun noch ausrichten sollten.

Franz und Rosemarie Moeller saßen über ihren Notizen und überlegten, was als Nächstes zu tun sei. Die nächtlichen Termine vor Frau Werkmanns Haus hatten sich jetzt bis auf Weiteres erledigt. Franz Moeller hatte aus einem nahe gelegenen Gebüsch heraus beobachten können, wie Christine

Werkmann von einem Notarztwagen abgeholt wurde. Es war somit alles nach Plan gelaufen. Nun mussten sie die nächsten Schritte planen, und sie mussten sich entscheiden, wen sie dafür am besten einspannen konnten. Und wie sie das am besten anstellten.

Kurz vor sechs drehte sich Annette Pietsch im Bett zu ihrem Mann um. Er war wach, und beide sahen fürchterlich aus.

»Wir müssen etwas unternehmen, Rainer.«

»Schon klar.«

Er setzte sich mühsam auf und sah durchs Fenster in den dunklen Morgen hinaus.

»Aber ich habe keine Ahnung, was wir noch tun könnten. Nach unserem Gespräch mit Wehling und den Moellers habe ich das Gefühl, dass wir draußen sind. Nicht nur isoliert, sondern gründlich erledigt. Wir haben nichts Konkretes in der Hand – und selbst wenn, würde uns niemand glauben wollen.«

Beide schwiegen eine Weile, dann kam ihr eine Idee.

»Die Moellers sind ja nicht mehr die Jüngsten.«

»Schon – aber sie haben durchaus noch ein paar Jahre bis zur Pension, falls du das meinst.«

»Nein, mir geht es eher darum, dass sie ja nicht einfach so vom Himmel gefallen sein können. Und ich glaube auch nicht, dass sie ihre Methoden an unserer Schule zum ersten Mal eingesetzt haben.«

»Gut. Und?«

»Wenn die mit diesen Methoden schon anderswo gearbeitet haben, müssten sie doch auch dort damit angeeckt sein.«

»Du meinst …?«

»Ja, ich meine: Jetzt sitzen wir hier im Bett und haben keine Ahnung, was wir gegen die Moellers unternehmen können – und vielleicht sitzen irgendwo in Deutschland noch weitere Pietschs, die sich dasselbe fragen.«

Rainer Pietsch dachte nach, dann grinste er breit und gab seiner Frau einen Kuss.

»Genial! Du bist genial!«

Damit sprang er aus dem Bett. Jetzt würde er frühstücken, dann im Büro das Nötigste erledigen – und dann würde er versuchen, etwas über die Vorgeschichte von Franz und Rosemarie Moeller zu erfahren.

Lukas ging nun wieder lieber zur Schule. Marius und die anderen ließen ihn inzwischen in Ruhe, er musste seinen Eltern kein Geld mehr stehlen, und er musste ihnen gegenüber nicht ständig sein schlechtes Gewissen deswegen verbergen. Irgendwann würde er reinen Tisch machen, und er hoffte, dass die Strafe, die er dafür akzeptieren musste, nicht allzu unangenehm ausfallen würde.

Und dann musste er sich noch darüber klar werden, ob er ihnen bei dieser Gelegenheit auch gleich das anvertrauen konnte, was er am Morgen von Kevins Tod gesehen hatte.

Annette Pietsch wurde schneller fündig als ihr Mann. Über eine Suchmaschine im Internet fand sie heraus, dass die Moellers eine Zeit lang in einem Internat in der Vulkaneifel unterrichtet hatten. Sie gab sofort Rainer Bescheid, der aber am Telefon etwas kurz angebunden war – offenbar steckte er wieder in einem dieser Meetings, die sich in seiner Firma nahtlos aneinanderzureihen schienen.

Sie sah auf die Uhr: Bis die Kinder von der Schule kamen, hatte sie noch Zeit, ein wenig mehr zu recherchieren – aber das ging auch gemütlicher, also nahm sie den Laptop und ging nach oben ins Schlafzimmer.

Lukas kam mittags als Erster nach Hause, und als auf sein Rufen niemand antwortete, huschte er schnell ins Wohnzimmer und legte die beiden Geldscheine zurück in die Suppenschüssel. Dann atmete er erleichtert auf, schnappte sich seinen Ranzen und ging in sein Zimmer, um Hausaufgaben zu machen.

Einen Stock darüber saß Annette Pietsch auf ihrem Bett und starrte auf den Monitor. Sie konnte nicht glauben, was sie da las.

Der Rollstuhl war in einer Ecke abgestellt, und der alte Mann darin schien zu schlafen. Ihm gegenüber stand ein Mann im Mantel, die Hände in den ausgebeulten Taschen, und wartete. Er war das Warten gewohnt, es gehörte zu seinem Job. Und es wäre ihm nie in den Sinn gekommen, sich deswegen zu beschweren oder sich ungeduldig zu zeigen.

Eine halbe Stunde später regte sich der Mann im Rollstuhl. Er blinzelte, sah zu dem anderen Mann hinüber, und ein Erkennen huschte über sein faltiges Gesicht. Dann hob der Vorsitzende seine rechte Hand und winkte den anderen heran.

Sarah kam zusammen mit Michael nach Hause, und der Junge ging wie üblich ohne ein Wort auf sein Zimmer. Annette Pietsch, die seine stampfenden Schritte die Treppe herauf gehört hatte, kam ihm entgegen. Er würdigte sie auch diesmal keines Blickes, schlüpfte an ihr vorbei in sein Zimmer und schlug die Tür hinter sich zu. Seufzend griff sich Annette Pietsch den Laptop und ging ins Erdgeschoss hinunter.

»Na, Mama?«

Ihre Tochter wirkte bester Laune – an Michaels Verhalten konnte es nicht liegen.

»Dir geht's gut, was?«, fragte Annette.

»Ja«, sagte Sarah und strahlte.

»Freut mich, und wenn du irgendwann soweit bist, darfst du mir natürlich gern seinen Namen verraten.«

Die beiden grinsten sich an und deckten dann gemeinsam den Mittagstisch.

Rico war Sarah an diesem Tag bis nach Hause gefolgt. Sie hatte fröhlich ausgesehen und war von ihrem Bruder begleitet worden. Die beiden sprachen kein Wort miteinander, aber wenn sie nicht gerade besorgt zu ihm hinschaute, sah sie verträumt zum Seitenfenster des Busses hinaus – dass sich Rico ganz hinten im Bus zwischen andere Schüler gezwängt hatte und sie bemüht unauffällig beobachtete, bemerkte sie nicht.

Knapp fünfzig Meter von ihrem Haus entfernt blieb Rico neben einigen dichten Büschen stehen. Sie konnte ihn hier vom Haus aus unmöglich sehen, und er lugte zwischen einigen Ästen zu ihr hinüber, bis sie mit ihrem Bruder im Haus verschwunden war.

Dann schlenderte er langsam und gemächlich wieder zurück in die Stadt.

»Hier, lies am besten selbst«, sagte Annette Pietsch und drehte den Laptop zu ihrem Mann hin. Es war die Online-Ausgabe einer Lokalzeitung, und in dem Artikel vom April vor zwei Jahren ging es um Todesfälle an einem Internat in der Vulkaneifel:

GEROLSTEIN. Nach dem Tod des 14-jährigen Kai W. aus Pelm ermittelt nun die Kriminalpolizei. »Wir stehen am Anfang unserer Arbeit«, sagt Klaus Wagner, Leiter der Kriminalinspektion Wittlich. »Und ich betone: Wir gehen zunächst nicht von einem Tötungsdelikt aus, wollen aber nichts unversucht lassen, den Tod des Jungen restlos aufzuklären – gerade im Hinblick auf die Vorgeschichte dieses tragischen Ereignisses.«

Kai W. war am vergangenen Dienstag Abend vom Ziegenhorn, einem malerisch gelegenen Felsen oberhalb von Gerolstein, gestürzt und am folgenden Morgen von Wanderern tot in einem Gebüsch entdeckt worden. »Bisher sieht alles danach aus, dass der Junge den Abgrund in der Dunkelheit nicht rechtzeitig bemerkte und dann über die Felskante nach unten stürzte«, erklärte Kriminalhauptkommissar Stefan Mertes, der die Ermittlungen zum Tod des Schülers leitet.

Der 14-jährige Junge war gegen 18 Uhr noch in seiner Schule, dem Internat Cäcilienberg, gesehen worden und hatte sich danach auf den Weg hinauf zum Ziegenhorn gemacht. Gegen 21 Uhr, so ergab die Obduktion des Jungen, sei er durch den Sturz ums Leben gekommen – »wir wissen aber nicht, warum er an diesem Abend aufs Ziegenhorn ging, was er dort machte und ob er allein auf dem Felsen war«, sagte Kommissar Mertes auf Nachfrage.

Das Internat Cäcilienberg liegt auf dem gleichnamigen Hügel nahe Gerolstein, in Sichtweite des Ziegenhorns. Die private Einrichtung gilt als Eliteschule, auf die Eltern aus ganz Deutschland ihre Kinder schicken. Positive Schlagzeilen macht das Internat seit Jahren dadurch, dass es für Familien im Landkreis Daun Stipendien vergibt, die Kindern aus einkommensschwachen Familien ermöglichen, im Internat unterrichtet zu werden. Voraussetzungen für solche Stipendien sind ein bestimmter Notendurchschnitt der

Kinder und die Vorgabe, dass auch Schüler aus der direkten Nachbarschaft unter der Woche im Internat wohnen. »Damit haben wir bisher gute Erfahrungen gemacht«, betont Schulleiter Robert Muhr, »denn viele unserer Angebote lassen sich nicht in das enge Korsett einer üblichen Halbtagsschule pressen. Wir wollen Lernen und Leben zum Wohl der Kinder verbinden.«

Auf manche Eltern wirkte dieses Motto zuletzt zynisch: Sechs Cäcilienberg-Schüler kamen in den vergangenen Jahren ums Leben, Kai W. war der vierte Tote im laufenden Schuljahr. »Leistungsdruck und soziale Auslese«, so der schwere Vorwurf der ehemaligen Elternbeirätin Klara Schulze, seien letztlich für den Tod der Kinder verantwortlich. Rektor Muhr, im Interview mit dieser Anschuldigung konfrontiert, sagte hörbar betroffen: »Das ist ungeheuerlich, und die Vorwürfe sind weder haltbar noch zu entschuldigen. Und es sollte auch niemand aus eigener Frustration heraus den tragischen Tod eines Jungen instrumentalisieren.«

»Das ist ja gruselig!« Rainer Pietsch schüttelte sich. »Hältst du es für möglich, dass es an unserer Schule ähnlich schlimm kommt? Einen Toten haben wir ja schon ...« Er sah seine Frau an. »Aber was hat das mit unserer Schule und mit den Moellers zu tun?«

»Tja«, sagte Annette und räusperte sich. »Ich hab mich mal ein wenig durch die Homepage dieses Internats geklickt. Das hier ist die Namensliste der Lehrer, die in dem Schuljahr unterrichteten, in dem dieser Kai zu Tode kam.«

Sie hielt ihm einen Ausdruck hin.

»Ist alphabetisch sortiert, du kannst also gleich direkt nach den beiden suchen.«

In der Mitte der Liste standen die Namen, die sie meinte: Moeller, Franz; Moeller, Rosemarie.

»Mertes?«

Es war halb neun, und eigentlich hatte er sich auf einen ruhigen Abend gefreut. Immerhin war im Display nicht die Nummer der Dienststelle zu lesen – es schien sich also nicht um einen neuen Fall zu handeln.

»Mein Name ist Rainer Pietsch, wir kennen uns nicht«, begann der Mann am anderen Ende der Leitung etwas unbeholfen. »Haben Sie einen Moment? Ich ... meine Frau und ich würden Sie gerne ein paar Dinge fragen.«

»Worum geht's denn?«

Immmerhin, dachte Mertes, war es wohl keiner dieser nervtötenden Werbeanrufe. Dafür verhielt sich der Mann mit dem schwäbischen Akzent viel zu ungeschickt, er wirkte zu hölzern.

»Wir haben drei Kinder, die alle hier in unserer Stadt eines der Gymnasien besuchen. Seit diesem Schuljahr haben wir zwei neue Lehrer, mit deren Methoden wir nicht einverstanden sind und ...«

»Entschuldigen Sie bitte, wenn ich Sie unterbreche: Aber da kann ich Ihnen wohl nicht weiterhelfen. Ich bin nicht beim Schulamt oder so, und wenn, dann wäre ich hier auch kaum für Ihre Schule zuständig. Die ist in Baden-Württemberg, richtig?«

»Ja«, sagte Rainer Pietsch. »Ich weiß, dass Sie bei der Kripo arbeiten, Herr Mertes. Und wir sind durch einen Ihrer Fälle auf Ihren Namen gestoßen.«

»So?«, fragte Mertes, aber in ihm stieg schon eine dunkle Ahnung auf.

»Der tote Junge. Dieser Kai, der im April vor zwei Jahren von einem Felsen stürzte. Sie erinnern sich?«

Natürlich erinnerte er sich. Jede Nacht.

»Ja, vage«, log Mertes.

»Darüber würden wir gerne mit Ihnen reden.«

»Dass das nicht geht, können Sie sich wahrscheinlich denken: Ich darf nicht mit Ihnen über meine Fälle reden.«

»Ja, wir wissen, dass das nicht geht – dass es eigentlich nicht geht. Deshalb rufen wir Sie auch privat an und nicht im Büro.«

»Nein, es geht wirklich nicht. Außerdem ist der Fall abgeschlossen.«

»Ohne Ergebnis, ich weiß.«

Sie hatten online weitere Artikel über den Tod von Kai W. gefunden, und in einem weiteren Bericht war davon die Rede gewesen, dass Internatsrektor Muhr spurlos verschwunden sei.

»Aber abgeschlossen«, beharrte Mertes, und er bereute schon, dass er das Gespräch überhaupt angenommen hatte – die kommende Nacht konnte er knicken, soviel war sicher.

»Wir müssen dringend mit Ihnen reden, bitte!«

Mertes schwieg. Wie konnte er diesen Mann wieder loswerden, ohne allzu unhöflich zu sein?

»Die beiden Lehrer, die neu an unsere Schule kamen, haben vorher im Internat Cäcilienberg unterrichtet.«

Mertes erstarrte.

»Ein Ehepaar, Franz und Rosemarie Moeller. Sagen Ihnen die Namen etwas?«

Mertes biss sich auf die Lippen.

»Herr Mertes?«

»Ja, hab ich schon mal gehört«, brummte er.

»Können wir nun mit Ihnen reden?«

»Nein, das geht nicht.«

Mertes hatte die beiden Lehrer deutlich vor Augen: seltsame Gestalten, die ihm von Anfang an unsympathisch gewesen waren – aber weder ihnen noch einem anderen Lehrer des Internats war eine Beteiligung an Kais Tod nachzuweisen. Außerdem brachte es nichts, wenn er wieder in dem alten Fall herumstocherte. Inzwischen war Ruhe auf dem Cäcilienberg eingekehrt. Und irgendwann würde auch er die quälenden Erinnerungen an diesen Fall loswerden. Tote Kinder waren immer das Schlimmste.

»Dass Lehrer von der einen Schule auf eine andere wechseln, kommt vor«, sagte er nach einer Pause. »Dass sie dabei in ein anderes Bundesland wechseln, ist vielleicht seltener, aber durchaus möglich – und natürlich nicht verboten. Ich kann Ihnen da wirklich nicht weiterhelfen.«

»Unsere Kinder haben sich verändert. Es gibt Probleme, die wir früher nicht hatten.« Rainer Pietsch ließ eine kurze Pause. »Und der Freund unseres Jüngsten wurde direkt vor der Schule von einem Auto erfasst. Er ist tot, ein Unfall, heißt es.«

Mertes legte auf, ohne noch etwas zu sagen. Einige Male schluckte er trocken, dann ging er ins Bad, um sich zu übergeben. Das Telefon klingelte über den Abend verteilt noch ein paar Mal, aber Mertes hob nicht ab. Es war immer dieselbe Nummer mit einer Vorwahl aus dem Raum Stuttgart.

Gegen ein Uhr nachts schreckte er im Bett hoch, rieb sich die Augen und massierte sich die Schläfen, doch das Kopfweh blieb. Er stand auf, nahm eine Tablette. Der Schmerz ließ etwas nach, aber die Bilder blieben. Die Bilder vom Ziegenhorn und den anderen Plätzen, an denen die Kinder gestorben waren. Die Bilder von kleinen Gräbern und weinenden Eltern. Und die noch sehr frischen Bilder der Eltern, die am Grab ihres toten Kindes ihrem eigenen Leben ein Ende gesetzt hatten.

Stefan Mertes nahm das Telefon und drückte die Rückruf-Option.

»Hi, Sören!«, rief Hendrik überrascht.

Er stand am Spielplatz und wartete auf Sarah, als er seinen Freund das erste Mal seit langer Zeit wieder auf der Straße traf.

»Geht's dir gut?«

»Ist okay«, murmelte Sören und lehnte sich neben Hendrik an das Geländer, das den Spielplatz vom Gehweg abgrenzte. »Und dir?«

»Mir geht's prima, danke.«

Hendrik hatte das so fröhlich dahingesagt, dass er sofort ein schlechtes Gewissen bekam – schließlich war es noch nicht so lange her, dass Sören sich umzubringen versucht hatte.

»Ist ihre Schuld, oder?«

Sören grinste und nickte zu Sarah hinüber, die gerade auf dem Gehweg herankam. Sie runzelte kurz die Stirn, als sie Sören erkannte, lächelte dann aber freundlich.

»Tag, Sarah«, sagte Sören und lächelte ebenfalls.

»Kommst du wieder in die Schule?«, fragte sie nach einer kurzen, beinahe peinlichen Pause.

»Mal sehen.«

»Machst du dir noch Sorgen wegen Moeller?«

»Nein, die Moellers können mich mal.« Sören sagte das ganz ruhig, aber mit einem gefährlichen Unterton. »Und die wären inzwischen auch ganz gut beraten, mich in Ruhe zu lassen. Sonst...«

Sarah erschrak.

»Mach keinen Blödsinn, Sören!«

»Ich mach keinen Blödsinn, da braucht ihr keine Angst

zu haben. Aber ich habe mitbekommen, dass die Moellers Blödsinn machen – und vielleicht ist es ihnen lieber, wenn das niemand erfährt.«

Er grinste hämisch.

»Und da wäre es klüger, sich nicht wieder mit mir anzulegen.«

Sarah und Hendrik sahen ihn fragend an, aber er sagte nichts weiter.

Unter der Woche hatte Rainer Pietsch nicht freibekommen, am Freitag hatte Annette Pietsch eine Geburtstagsparty mit einem Buffet zu versorgen, und so fuhren sie erst am Samstagvormittag los.

Die Kinder fuhren nicht mit. Rainer und Annette hatten ihnen den Familienausflug ins Wanderparadies Vulkaneifel besonders spießig ausgemalt, um sicher sein zu können, dass keiner mitwollte. Sarah verabredete sich mit einer Freundin, bei der sie auch über Nacht bleiben konnte. Michael hatte mürrisch zugehört und war dann mit einem pampigen »Bloß nicht!« in seinem Zimmer verschwunden. Lukas überlegte am längsten, aber die Großeltern hatten sich für Samstag und Sonntag bereiterklärt, im Haus zu schlafen – und das bedeutete für Lukas in aller Regel fernsehen ohne Ende und Süßigkeiten satt. Dagegen kam die Vulkaneifel zum Glück nicht an. Und damit stand der Plan, denn sie konnten sich ja schlecht mit Kommissar Mertes treffen und ihn in Lukas' Anwesenheit von dem Fall des toten Internatsschülers berichten lassen.

Das Navi wies ihnen den kürzesten Weg, und nachdem sie eine serpentinenreiche Strecke den Hang hinauf hinter sich gebracht hatten, sahen sie am verabredeten Treffpunkt einen Mittelklassewagen halb unter den Bäumen verdeckt neben dem Straßenrand stehen. Rainer Pietsch ließ das Auto daneben ausrollen. Als sie ausstiegen, öffnete sich die Fahrertür des anderen Wagens und ein Mann Anfang fünfzig kam heraus: groß, gerade noch schlank und das schüttere Haar streng nach hinten gekämmt.

»Herr Mertes?«

»Ja«, sagte der Mann knapp und gab ihnen die Hand. »Sie wissen, dass mich das den Job kosten kann?«

»Ja, und wir sind Ihnen sehr dankbar für Ihre Hilfe.«

»Schon gut, aber Sie reden mit niemandem über dieses Treffen, verstanden? Und mich haben Sie am besten nie gesehen.«

»Geht in Ordnung.«

Annette Pietsch sah sich um.

»Warum treffen wir uns eigentlich hier?«

Mertes deutete auf einen schmalen Pfad, der in den Wald hineinführte.

»Hier ist Kai vermutlich lang gelaufen, damals, am Abend seines Todes. Kommen Sie mit.«

Er tauchte ins Dämmerlicht des Waldes ein, und das Ehepaar Pietsch folgte ihm. Der Weg ging mal mehr, mal weniger steil bergauf, und als sie schließlich über einige Dornenranken stiegen und sich zwischen dichten Zweigen hindurchschoben, verschlug ihnen die Aussicht die Sprache.

»Das dort drüben ist das Internat«, sagte Mertes, als sie alle wieder etwas zu Atem gekommen waren. »Und das da vorn ist die Stelle, an der Kai vor zwei Jahren abstürzte.«

Mertes ging zu einem großen Felsbrocken kurz vor dem Abgrund, kletterte auf den Stein und setzte sich auf seine flache Oberseite.

»Kommen Sie ruhig her, von hier aus können Sie alles gut überblicken.«

»Nein, danke«, sagte Annette Pietsch und blieb auf halbem Weg zu dem Felsblock stehen. »Mir reicht der Blick von hier.«

Rainer Pietsch setzte sich neben Mertes auf den Stein.

»Höhenangst?«

»Ja«, sagte Rainer Pietsch. »Und hier haben Sie keine Spuren gefunden?«

»Zumindest nichts, was auf einen Streit oder die Anwesenheit einer anderen Person hingedeutet hätte. Es hatte geregnet, da war ohnehin nur noch wenig zu finden.«

»Könnte Kai dann nicht auch einfach auf dem nassen Untergrund ausgerutscht sein?«

»Es hat zu regnen begonnen, als er schon ein paar Stunden tot dort unten lag. Davor war es hier oben knochentrocken.«

Rainer Pietsch nickte und sah zu der Kante hin, hinter der es senkrecht nach unten ging.

»Und warum könnte er hier heraufgekommen sein?«

Mertes zuckte die Schultern.

»Hatte er Probleme?«

»Die Noten waren ganz ordentlich, wenn Sie das meinen. Die Eltern wussten auch nichts Besonderes zu berichten, Kai hat wohl zu Hause nicht sehr viel von der Schule erzählt. Und von seinen Mitschülern und den Lehrern war praktisch gar nichts zu erfahren: normaler Schüler, normal beliebt, so was halt. Kein Wunder eigentlich, die halten alle zusammen im Internat. Und die Schule stand ja sozusagen im Zentrum der Ermittlungen.«

»Wegen der anderen Toten?«

»Ja. Aber wie ich Ihnen schon am Telefon gesagt habe: Es hat sich kein Ansatz ergeben, Kai scheint einfach verunglückt zu sein.«

Sie sahen ein paar Minuten auf den Wald und die Hügel vor sich und sagten nichts.

»Was war mit den anderen Kindern?«, fragte Rainer Pietsch dann.

Mertes erzählte. Die Bilanz war erschütternd: Vor vier Jahren erhängte sich ein Mädchen aus der siebten Klasse im Keller des Internats, vor drei Jahren wurde ein Schüler der Oberstufe auf dem Weg vom Schulhof nach draußen von einem Auto erfasst und getötet, der Fahrer beging Unfallflucht und konnte nie ermittelt werden. Und vor zwei Jahren kamen vier Schüler innerhalb eines Schuljahres um: Kai Wirsching stürzte vom Ziegenhorn; eine Schülerin der achten Klasse vergiftete sich mit Blausäure, die aus einem aufgebrochenen Schrank im Chemiesaal stammte; ein Fünftklässler lag eines Morgens tot im Apothekergarten des Internats, nachdem er offenbar aus einem Turmfenster gestürzt war; und ein Mädchen aus der neunten Klasse erhängte sich im Keller – fast an derselben Stelle wie ihre Klassenkameradin zwei Schuljahre zuvor.

»Die Eltern der Neuntklässlerin haben das zuletzt nicht mehr ausgehalten: Vor Kurzem wurden sie tot am Grab ihres Kindes gefunden. Selbstmord.«

Annette und Rainer Pietsch schluckten, Stille senkte sich über sie, auch Mertes sah stumm auf die Landschaft hinaus.

»Gab es Gemeinsamkeiten?«, fragte Rainer Pietsch nach einiger Zeit.

»Ein richtiges Muster haben wir nicht gefunden. Die Schüler waren teils gut, teils eher schlecht in der Schule, manche waren sehr beliebt, andere eher Außenseiter. Kein roter Faden.«

»Hat sich jeweils vor den Todesfällen irgendetwas Dramatisches ereignet? Hatten sie Ärger mit einem Lehrer oder Probleme mit den anderen Kindern in der Klasse?«

»Uns hat niemand etwas in der Art erzählt. Vor allem im Fall der beiden toten Mädchen im Keller kam mir das komisch vor: Ich fand keinen Ansatz dafür, warum sich die beiden hätten umbringen sollen.«

»Aber sie haben sich umgebracht, oder glauben Sie etwas anderes?«

Mertes zuckte mit den Schultern.

»Ich hatte die Fälle damals nicht selbst auf dem Schreibtisch, eine Soko ist erst nach Kais Tod zusammengestellt worden. Alles andere sah nach Suizid oder Unfall aus – und wenn die Todesfälle nicht so gehäuft aufgetreten wären...«

Er ließ eine Pause. Es war ihm anzusehen, wie sehr ihm das alles noch immer zusetzte.

»Von den toten Kindern davor habe ich nur die Berichte gelesen und habe natürlich mit den Kollegen gesprochen, die sie bearbeitet hatten. Wir untersuchen ja routinemäßig jeden Todesfall, wenn er nach Unfall oder Selbstmord aussieht – man weiß ja nie. In den Berichten stand jedenfalls nichts, was an Unfällen oder Selbstmorden hätte zweifeln lassen.«

Der Kommissar versank kurz in ein dumpfes Brüten.

»Aber die Motive...«, fuhr er dann fort. »Mir wird einfach nicht klar, warum diese Kinder sich umbringen wollten. Es muss doch einen schwerwiegenden Grund geben, wenn man so früh schon sein Leben wegwirft.«

»Wissen Sie denn, wer die Schüler unterrichtet hat?«, fragte Rainer Pietsch.

Mertes sah auf, dann runzelte er die Stirn.

»Das stand nicht in den Berichten.« Er dachte nach.

»Soweit es Kai betraf, hatte er verschiedene Lehrer, eigentlich nicht viel anders als an einer staatlichen Schule. Allerdings haben sie hier im Internat sogenannte Mentoren – das ist so eine Art zweiter Klassenlehrer, der für das Kind das Große und Ganze im Blick behält, der über mehrere Klassenstufen hinweg für das jeweilige Kind zuständig ist und mit ihm ... ja, eine Art Karriereplan entwickelt. Also: welche Stärken und Schwächen ein Kind hat, wo es mehr tun muss, wo es besonders weit kommen kann und wo es sich vielleicht nicht für das Kind lohnt, mehr als das Minimum zu arbeiten. So habe ich es jedenfalls verstanden, als mir der Rektor die Organisation des Internats erklärte.«

»Und wer waren diese Mentoren?«

»Ganz unterschiedlich. Bis auf zwei, drei Lehrer hatten wohl alle eine bestimmte Anzahl von Schülern, die sie als Mentoren begleiteten.«

»Und wer war Kais Mentor?«

Mertes dachte kurz nach, dann murmelte er: »Franz Moeller.«

Sarah und Hendrik hatten sich ein gut verborgenes Plätzchen in der Nähe der alten Kaserne gesucht. Rundherum standen dichte Büsche, und der geschotterte Spazierweg führte erst ein Stück weiter entfernt durch die Anlagen.

Die vergangene Nacht hatten sie im Kino, im Bistro und hinterher noch mit Spaziergängen verbracht, erst weit nach Mitternacht waren sie in Hendriks Wohnung geschlüpft, die einen eigenen Eingang von der Gartenseite her hatte und im Untergeschoss des Flachdachbungalows seiner Eltern lag.

Hendrik hatte Sarah behutsam gestreichelt, aber zu mehr war sie noch nicht bereit, und schließlich schliefen sie, eng aneinander gekuschelt, in Hendriks Bett ein. Der Wecker klingelte gegen sieben, und die beiden schlichen sich wieder durch den Garten hinaus, ehe Hendriks Eltern sie entdecken konnten.

Nun lagen sie im Park, erzählten sich von ihren Träumen, hielten Händchen und ließen ab und zu die Fingerspitzen über den Körper des anderen streifen. Irgendwann wurde Hendrik ein wenig fordernder, und Sarah, ebenso müde wie glücklich, genoss das Gefühl seiner Hände auf ihrer Haut.

Mertes schrieb ihnen die Telefonnummer von Klara Schulze auf, der ehemaligen Elternbeirätin, die auch in dem Zeitungsartikel über Kai Wirschings Tod genannt wurde.

»Und nun sollten Sie sich das Internat einmal ansehen«, sagte er. »Das Gebäude ist wirklich eine Schönheit. Bei der Gelegenheit können wir auch gleich erfahren, wer die Mentoren der anderen toten Kinder waren. Ich kenne einige Leute dort, die auch am Wochenende im Internat leben – das wirbelt vielleicht weniger Staub auf, als wenn ich am Montag ganz offiziell von der Polizeidirektion aus anfrage.«

Annette und Rainer Pietsch ließen ihr Auto stehen, Mertes würde sie nach dem Besuch des Internats wieder hier vorbeifahren. Schon der Weg hinein ins Schulgelände war die Fahrt in die Vulkaneifel wert gewesen. Sie gingen durch ein steinernes Portal, und dahinter öffnete sich der Blick in die zugleich imposante und idyllische Anlage.

»Das war früher mal ein Kloster«, erklärte Mertes und wies sie auf einige Details der Gebäude hin, die sie umgaben. »Dort drüben, hinter der Mauer, liegt der Apothekergarten. Vielleicht gehen Sie da hinüber und warten auf mich. Ins Rektorat hinauf würde ich lieber allein gehen.«

Annette und Rainer Pietsch schlenderten durch den Hof und traten durch eine enge Seitenpforte in den Apothekergarten. Überall standen Holzbänke, alle waren unbesetzt, an allen waren Schilder mit Namen angebracht – vermutlich die Namen der Familien, die diese Bänke gespendet hatten.

Sie setzten sich auf eine der Bänke und sahen sich um. Vor ihnen erhob sich ein trutziger Turm, in dessen Mauern in regelmäßigen Abständen nach oben versetzt kleine Fenster wie Löcher klafften. Sie liefen neben der Treppe her, die im Turm zu dem Holzbalkon unter dem Dach führte. Aus einem dieser Fenster war vor zwei Jahren der Fünftklässler gefallen.

Im Rektorat sah der als Stellvertreter für den verschwundenen Robert Muhr amtierende kommissarische Schulleiter auf dem kleinen Display nach, ob die Fotos, die er gerade von den beiden Unbekannten im Hof gemacht hatte, auch wirklich die Gesichter erkennen ließen. Dann schaltete er lächelnd den Fotoapparat aus, steckte ihn in die Tasche und wappnete sich für das Gespräch mit Kommissar Mertes.

Er hatte ihn mit den beiden Fremden zusammen durchs Steinportal kommen und danach allein auf den Haupteingang zugehen sehen. Mertes würde mit ihm reden wollen, und er hatte so seine Befürchtung, in welche Richtung die Fragen zielen könnten. Er musste vorbereitet sein.

»Gut. Mailen Sie mir das Foto? Das ist nett, vielen Dank. Und danke auch noch einmal für den Anruf, das hilft uns wirklich sehr.« Rosemarie Moeller legte auf, schloss die Augen und lehnte sich in ihrem Stuhl zurück. Franz Moeller kam ins Zimmer, sagte aber nichts, als er seine Frau so sah, und setzte sich stumm neben sie.

Nach drei Minuten machte der Computer »pling«, und Rosemarie Moeller setzte sich wieder aufrecht hin. Sie gab ein paar Tastenkombinationen ein, dann sah sie zu ihrem

Mann hinüber. Auf dem Bildschirm war das Ehepaar Pietsch zu sehen, wie es zusammen mit Kommissar Mertes auf das Eingangsportal des Internats Cäcilienberg zuging.

Eine Zeit lang starrten Franz und Rosemarie Moeller auf den Bildschirm, dann sahen sie sich nachdenklich an. Schließlich stand Franz Moeller auf, holte einige Aktendeckel aus dem Schrank und legte sie aufgeschlagen vor seiner Frau auf den Tisch.

»Ich dachte, sie hätten es verstanden«, sagte Rosemarie Moeller.

»Dachte ich auch, aber wir müssen wohl noch ein wenig nachhelfen.«

Franz Moeller zog einige Akten, fein säuberlich in Klarsichtfolien eingeordnet, aus den Stapeln und fächerte sie auf.

»Die hier, oder?«

Rosemarie Moeller sah die Folien kurz durch, dann nickte sie.

Kommissar Mertes stand noch einen Moment in der Nebenpforte und betrachtete das Ehepaar aus dem Schwäbischen. Sie saßen dicht beieinander auf einer der Bänke, unterhielten sich, sahen ab und zu zum Turm hinauf, von dem aus einer der Schüler zu Tode gestürzt war, und hielten sich an den Händen. Sie sahen besorgt aus, aber er hatte auch einen kämpferischen Eindruck von den beiden bekommen. Beides sprach für sie, und beides bestätigte Mertes darin, dass er mit den richtigen Leuten über die toten Kinder gesprochen hatte. Vor allem das Kämpferische würden sie in nächster Zeit gut brauchen können.

Zunächst einmal mussten sie die Informationen verdauen, die er für sie erfragt hatte. Annette Pietsch entdeckte ihn, winkte ihm kurz zu, und Mertes setzte sich in Bewegung.

Am Montag blieb Lukas zu Hause. Die Großeltern hatten es mit den Süßigkeiten ein wenig übertrieben, außerdem hatte sich Lukas wohl irgendwo ein Magen-Darm-Virus eingefangen – nun war ihm übel, und das Erbrechen wollte in der Nacht zum Montag gar kein Ende mehr nehmen. Annette Pietsch sah morgens noch nach ihm, dann ging sie gegen halb neun als Letzte aus dem Haus, um Dekomaterial und Cocktailzutaten zu kaufen.

Lukas verschlief den halben Vormittag, rannte dann zur Toilette, musste sich diesmal doch nicht übergeben, trank ein Glas Sprudel und legte sich wieder schlafen. Um die Mittagszeit setzte er sich zwar zu seiner Mutter an den Tisch, aber mehr als heiße Brühe brachte er nicht herunter.

Danach schlich er wieder ins Bett, noch ziemlich schwach auf den Beinen, aber wenigstens ohne Magenkrämpfe. Annette Pietsch hantierte derweil in der Küche und probierte Cocktailrezepte aus.

Der Mann, der auf dem gegenüberliegenden Gehweg am Haus vorüberging und dabei unauffällig das Haus der Familie Pietsch musterte, fiel keinem von ihnen auf.

Jörg Zimmermann stand schon an der Straße, als Hannes Strobel ihn abholte. Sie hatten sich verabredet, und im Lehrerzimmer hatte Frido Hässler noch staunend die Augenbrauen gehoben, als er mitbekam, dass die beiden ungleichen Kollegen miteinander essen gehen wollten.

Nun brauste Strobel mit seinem roten Flitzer zur Stadt hinaus, und Zimmermann fläzte neben ihm auf dem Beifahrersitz und genoss den Klang des knurrenden Motors. Ein

Stück den Neckar hinauf bogen sie in den Hof eines griechischen Restaurants ein, und als der Kellner zwei Stunden später eisgekühlten Ouzo spendierte, war Zimmermann gerade mit seiner Erzählung fertig geworden.

Strobel überlegte noch ein wenig, bestellte sich einen Mokka – aber schließlich sagte er zu, den Kollegen zu seinem Treffen zu begleiten. Er hielt Zimmermann zwar noch immer für einen Loser, aber insgeheim war er doch auch ein wenig neidisch geworden, als er sah, dass Franz Moeller sich nicht mit ihm, sondern mit Zimmermann unterhielt und ihm offenbar nützliche Ratschläge gab.

Klara Schulze saß auf der Holzbank, die sie sich im Wohnzimmer vor das große Fenster gestellt hatte, und sah hinaus. Das Telefonat lag nun schon eine Stunde zurück, und noch immer konnte sie es nicht fassen, dass nach so langer Zeit endlich einmal wieder so etwas wie Hoffnung in ihr aufkeimte. Vielleicht versprach sie sich ja zu viel von den Recherchen, die dieses Ehepaar aus der Nähe von Stuttgart anstellte – aber sie hatte so lange vergeblich dafür gekämpft, dass jemand den Lehrern des Internats genauer auf die Finger sah, dass sie sich nur zu gerne an diesen Strohhalm klammerte.

Hinter dem Fenster lag ihr Garten, dahinter kamen Wiesen, bewaldete Hänge und ganz hinten war auf einem der Hügel das Internat Cäcilienberg zu sehen. Es lag trutzig unter einer dichten Wolkendecke, als würde es sich für ein Gewitter wappnen.

Ja, dachte Klara Schulze, ein Gewitter, das wär's. Ein reinigendes Gewitter, das alles Unklare wegwäscht.

Annette Pietsch schlief auf der Couch, vor sich auf dem Tisch die Unterlagen, die sie heute Abend hatten durchsprechen wollen. Rainer Pietsch drückte die Haustür leise hinter sich zu, streifte die Schuhe ab, hängte seine Jacke weg und stellte seine Aktentasche in den Flur.

Dann schlich er sich auf Socken zu seiner Frau und küsste sie sanft auf die Nasenspitze.

»Hm?«

Annette Pietsch sah schläfrig zu ihm hoch, dann versuchte sie die Uhrzeit am DVD-Recorder zu entziffern.

»Sorry, ist spät geworden«, sagte Rainer Pietsch und ließ sich neben ihr aufs Sofa sinken.

»Du warst um diese Zeit noch im Büro?«

»Ja, ich sag doch, die spinnen gerade. Und du weißt ja, dass ich jetzt mal eine Weile nichts riskieren sollte.«

Sie musterte ihn.

»Na ja«, grinste er dann, »wir sind hinterher schon noch kurz auf ein Bierchen in die Bar ums Eck gegangen. Die Kollegen hatten sich da schon verabredet, und als sie mich fragten, ob ich mitwill ...« Er zuckte mit den Schultern. »Ich muss zusehen, dass ich alles Mögliche aufschnappe – derzeit schwirrt das Büro nur so vor Gerüchten.«

»Und das da?« Sie deutete mit vorwurfsvoller Miene auf die Unterlagen, die auf dem Tisch lagen. »Ist das nicht wichtig?«

»Doch, es tut mir ja auch leid.«

Er nahm einige der Papiere, blätterte darin.

»Sollen wir noch oder bist du zu müde?«

Sie setzte sich auf, rieb sich die Augen.

»An die Arbeit. Ich bin ja schon fast wieder ausgeschlafen.«

Sie machten Listen, trugen Zahlen, Daten und Namen zusammen – als Quellen hatten sie zahlreiche Artikel aus dem Internet, Gesprächsnotizen und einige Unterlagen, die ihnen die ehemalige Elternbeirätin geschickt hatte. Klara Schulze schien noch immer mit großem Eifer zu versuchen, Beweise dafür zu finden, dass die Cäcilienberg-Schüler eben nicht durch Unfälle oder Selbstmorde ums Leben gekommen waren.

Keines ihrer Kinder war betroffen, und es war Annette und Rainer Pietsch bisher nicht ganz klar, warum sie sich so sehr ins Zeug legte. Der einzige Hinweis war der Zeitpunkt, zu dem sie ihr Amt als Elternbeirätin kurzfristig niederlegte: vor drei Jahren, mitten im Schuljahr und nur wenige Wochen nachdem vor dem Internat der Junge aus der Oberstufe überfahren wurde. Damals schien es Streit gegeben zu haben, und seither gab die Frau keine Ruhe mehr und überzog die Internatsleitung mit Vorwürfen und Anschuldigungen. Vielleicht waren also wirklich persönliche Kränkungen oder verletzte Eitelkeiten der Grund für ihr Engagement, wie es Rektor Muhr in einigen Zeitungsartikeln hatte durchklingen lassen.

Ihre Unterlagen waren aber sehr interessant, und überall fanden sich Hinweise – natürlich waren sie alle dick mit rotem Marker gekennzeichnet –, die durchaus den Verdacht nährten, dass alle oder einige der Kinder Opfer eines Verbrechens geworden waren.

Für Annette und Rainer Pietsch war allerdings eine andere Information von großer Bedeutung, die ihnen Kommissar Mertes schon im Apothekergarten des Internats anvertraut hatte: Alle sechs inzwischen toten Kinder hatten entweder einen der Moellers als Mentor oder als Klassenlehrer. Und nach allem, was sie sich bisher aus Namenslisten und Hinweisen auf der Homepage des Internats hatten zusammenreimen können, traf eine solche Gemeinsamkeit der Toten auf keinen anderen der Lehrer zu und auch nicht auf das einzige andere im Kollegium des vorvergangenen Schuljahrs verzeichnete Lehrerehepaar.

Im Internat Cäcilienberg brannte noch Licht.

Der kommissarische Schulleiter saß an Rektor Muhrs Schreibtisch, stöberte in einigen Unterlagen und ließ sich nach einer Weile im Sessel zurücksinken. Muhr, seit Jahren sein Vorgesetzter, war noch immer spurlos verschwunden, und bald schon würde das Kollegium ihn zum neuen Rektor wählen. Nachdenklich strich er über die vor ihm liegenden Papiere. Dieser Kommissar hatte gleich nach dem Verschwinden des Rektors die Spurensicherung hier heraufgeschickt, aber niemand hatte etwas Verdächtiges feststellen können. Es hätte ihn auch gewundert. Er kannte nicht alle Hintergründe, aber er nahm an, dass Muhr ... »entfernt« worden war – und soweit er wusste, hatte der alte Mann für solche Aufgaben einen sehr fähigen Mann, der in der Regel keine Fehler machte.

Kurz sah er sich um, als befürchte er, jemand stehe hinter seinem Sessel. Dann ließ er sich wieder zurücksinken und lächelte erleichtert. Er sah schon Gespenster.

Annette Pietsch schreckte auf.

Sie horchte, aber das Geräusch, das sie aufgeweckt hatte, war nicht wieder zu hören. Es hatte geklungen, als würde irgendwo im Haus etwas zersplittern oder zerschellen.

Sie horchte wieder, hielt kurz den Atem an, aber im Haus war alles still. Und während sie erwog, aufzustehen und im Erdgeschoss nach dem Rechten zu sehen, ließ sie sich zurück auf ihr Kissen sinken und war Sekunden später wieder eingeschlafen.

Am nächsten Morgen wusste sie, dass sie das Geräusch

nicht geträumt hatte. Ein Fenster im Wohnzimmer war aufgehebelt worden, ein Pflanzentopf, der dahinter auf dem Fenstersims gestanden hatte, war auf den Boden gefallen und dort in mehrere Stücke zerschlagen.

Die Unterlagen, die sie am Abend zuvor ausgewertet und danach auf dem Couchtisch liegen gelassen hatten, waren verschwunden, ebenso wie der Laptop, in den sie und Rainer ihren zusammenfassenden Bericht getippt hatten.

Annette Pietsch wählte mit zitternden Fingern die Nummer der Polizei, ihr Mann holte den Fotoapparat und machte einige Aufnahmen vom Tisch und vom Wohnzimmerfenster.

Jemand hatte mit Sprühfarbe die Konturen der Unterlagen und des Laptops nachgefahren, bevor er sie weggenommen hatte, sodass nun auf der Tischplatte noch die Umrisse von beidem zu sehen waren: innen mit scharfer Kante, außen diffus. Und in den beiden so entstandenen Rechtecken standen die beiden Worte »Finger« und »weg!«.

Die Botschaft war eindeutig.

Nach langer Zeit war das unterirdische Gewölbe wieder einmal voller Menschen. Wieder und wieder ächzte der Aufzug hinauf, neue Teilnehmer stiegen in den wenig vertrauenerweckenden Metallkäfig und fuhren ruckelnd mit ihm nach unten.

Der Rollstuhl stand ein Stück den Flur hinunter an der Wand, und der alte Mann, der darin saß, beobachtete das Geschehen ruhig und gelassen. Manchmal musste er sich beherrschen, um nicht spöttisch zu lächeln – doch dafür nahmen die anderen diesen Mummenschanz viel zu ernst.

Er hatte es immer als lächerlich empfunden, sich für die Zusammenkünfte des Inneren Zirkels, die jedesmal an einem anderen Ort stattfanden, mit einer über den Kopf gezogenen Kutte zu maskieren, wie es seit bald zwanzig Jahren bei ihnen Sitte war – ein Ritual, das sie bis dahin nicht gebraucht hatten und seiner Meinung nach auch heute nicht brauchten. Doch die anderen trugen ihre Kluft mit geradezu heiligem Ernst, und weil auch seine Macht letztlich auf geschickter Inszenierung beruhte, fügte er sich und ließ die anderen nun seit vielen Jahren mit größtenteils verschatteten Gesichtern herumlaufen.

Nur für sich selbst hatte er sich ausbedungen, dass er seinen Kopf unbedeckt lassen durfte. Der Vorsitzende hatte sich für die Treffen jeweils dieselbe mönchsartige Kutte wie die anderen anlegen lassen, aber die Kapuze hing locker nach hinten über die Rückenlehne seines Rollstuhls. Er hatte das mit seiner Sonderstellung begründet und pathetisch vom obersten Lehrer gesprochen, der sich seinen Schülern stets offen und unverhüllt nähern müsse – aber in Wirklichkeit wollte er nicht wirken wie dieser gruselige und vergreiste Imperator aus »Krieg der Sterne«, der immer so geheimnisvoll und halb irre aus seiner Kapuzenkutte hervorgestarrt hatte.

Als alle im einstigen Laborkomplex angekommen waren, wendete er ohne ein Wort den Rollstuhl und arbeitete sich Tür für Tür den Flur entlang. Nach jeder Tür, die er passierte, hielt er an und blieb eine Zeit lang stehen. In seinem Rücken verharrte auch der Rest der seltsamen Prozession, und wer in der Nähe einer der offenen Türen zum Stehen gekommen war, wandte sich dem dahinterliegenden Raum zu, so gut er konnte, und murmelte ein paar Sätze aus ihrem Methodenkatalog, den sie bei solchen Gelegenheiten gerne als eine Art Glaubensbekenntnis aufsagten.

Ganz hinten im Flur, wo hinter der nach links führenden Tür das kleine Büro untergebracht war, rollte er den anderen voraus nach rechts in einen größeren Raum. Hier war die Trennwand zwischen zwei Zellen herausgebrochen worden, die zweite Tür zum Flur hinaus war zugemauert. Er rollte bis zur hinteren Wand des Raumes und blieb dort mit dem Gesicht zur Mauer stehen.

Hinter sich hörte er, wie sich die Teilnehmer zu einem Halbkreis gruppierten. In dem für alle Anwesenden recht engen Raum wurde kein Wort gesprochen, ab und zu räusperte sich jemand leise, ansonsten waren nur Schritte zu hören, und nach einigen Minuten auch die nicht mehr.

Der Vorsitzende wartete noch kurz, dann wendete er seinen Rollstuhl, und die Elektromotoren seines Gefährts klangen in der drückenden Stille unnatürlich laut. Zufrieden ließ er seinen Blick über das Halbrund seines Publikums schweifen. Trotz der Kapuzen, die viele der Gesichter fast komplett in dunkle Schatten tauchten, wusste er bei jeder und jedem Einzelnen, wen er vor sich hatte.

Es waren natürlich vorwiegend im Schuldienst aktive Lehrer, aber auch Prominente, die hier niemand vermutet hätte. Darunter gefragte Experten von nationaler, Professoren von internationaler Berühmtheit – und einige, die inzwischen in unterschiedlichsten Medienberufen erstaunliche Karrieren gemacht hatten.

Rechts von ihm standen zwei Neue, flankiert von Franz und Rosemarie Moeller – und immer, wenn solche Gäste an Treffen des Inneren Zirkels teilnahmen, hatten die tief ins Gesicht gezogenen Kapuzen natürlich durchaus ihren Sinn. Ihn selbst kannte niemand außerhalb seiner Organisation – aber die wirklich prominenten Teilnehmer wollten nicht riskieren, sich vor noch unsicheren Kandidaten zu offenbaren. Sie hatten zu viel zu verlieren.

Franz und Rosemarie Moeller hatten die beiden Gäste über Wochen in Gesprächen auf dieses Treffen vorbereitet, und als er sich zur ersten von drei Unterredungen mit den beiden traf, hatte er vorsichtig angedeutet, was sie hier heute erwarten würde. Der eine, ein schwacher Charakter, den sich Franz Moeller nützlich zu formen zutraute, war anfangs etwas irritiert – der andere, ein plumper Mensch von vermutlich eher beschränkter Intelligenz, hatte alles zunächst für einen Scherz gehalten. Nun waren sie hier, und er würde sie genau beobachten. Erst danach würde er entscheiden, ob sie für seine Organisation taugten.

Kapitel sieben

»Haben Sie einen Überblick darüber, was alles fehlt?«

Der junge, hoch gewachsene Beamte sah sich um, sein Kollege machte ein paar Fotos. Besonders großes Interesse zeigten beide nicht an diesem Einbruch.

»Ein Laptop, ein Stapel Unterlagen – die Konturen sehen Sie ja noch hier auf dem Tisch«, sagte Annette Pietsch. »Außerdem bewahren wir an verschiedenen Stellen in der Wohnung Geld auf – ich kann es nicht genau beziffern, aber es scheint überall ein wenig zu fehlen. Vielleicht hundert Euro oder etwas mehr.«

»Das ist natürlich leichtsinnig«, sagte der Beamte altklug und sah Annette Pietsch tadelnd an. Dann stutzte er: »Sie sagten, es fehle überall etwas – wurde denn nicht das ganze Geld genommen?«

Annette Pietsch schüttelte den Kopf.

»Und Schmuck? Sonstige Wertsachen?«

»Es gibt ein paar Familienerbstücke, drüben in einer kleinen Kiste in der Speisekammer – alles noch da.«

»Und sonst nichts?«

»Wir haben Handys, Hi-Fi-Geräte, ein paar teurere Kunstdrucke – aber da fehlt nichts.«

»Tja«, machte der Polizist und nickte seinem Kollegen zu. »Da scheinen Sie ja noch einmal glimpflich davongekommen zu sein.«

»Nein, sind wir nicht«, protestierte Rainer Pietsch, der nach den Kindern gesehen hatte und gerade ins Wohnzimmer gekommen war. »Diese Unterlagen waren sehr wichtig für uns, und der Bericht, den wir daraus zusammengestellt haben, war auf dem Laptop gespeichert. Alles weg – das ist für uns eine Katastrophe.«

»Das mag sein, aber vom Wert her ... Wie würden Sie diesen Verlust Ihrer Versicherung gegenüber beziffern?«

»Beziffern? Diesen Verlust kann ich nicht beziffern – für uns sind die Unterlagen ... nicht zu ersetzen, wir sind darauf angewiesen.«

»Und worum genau geht es in diesen Unterlagen?«

Es war offensichtlich, dass der Polizist nur fragte, um Rainer Pietsch ruhigzustellen – die Langeweile, die er dabei ausstrahlte, war jedem seiner Worte deutlich anzuhören. Annette Pietsch sah ihren Mann an, schüttelte leicht den Kopf.

»Das ... kann ich Ihnen nicht sagen.«

»Tja, dann ... Mein Kollege und ich machen uns mal wieder auf den Weg. Wir haben alles notiert, den Bericht können Sie sich auf der Dienststelle abholen.«

Er reichte ihnen seine Visitenkarte.

»Sie können mich gerne anrufen, wenn noch etwas ist«, sagte er – und er machte sich gar nicht erst die Mühe zu verbergen, dass er so ziemlich genau das Gegenteil davon meinte.

Rosemarie Moeller fühlte sich unbehaglich, obwohl ihr der Besucher gute Nachrichten überbrachte. Gute Nachrichten, wichtige Unterlagen und einen Laptop.

»Wollen Sie einen Tee mit uns trinken?«

»Nein, danke.«

Der Fremde sah sich immer wieder misstrauisch um, als wäre er ständig auf dem Sprung und erwarte hinter jeder Tür eine unangenehme Überraschung. Er trug einen Mantel, den er auch in der Wohnung nicht öffnete oder gar ablegte. Und sein vom Wetter gegerbtes Gesicht wurde durch seine mürrische Miene nicht erfreulicher.

»Können wir noch etwas für Sie tun?«

Der Fremde sah Rosemarie Moeller fragend an.

»Oder haben Sie noch etwas für uns?«

Der Fremde grinste, er hatte verstanden, dass ihn diese Lehrerin loswerden wollte. Das überraschte ihn nicht, und es war auch nicht neu für ihn. Das brachte sein Job nun mal so mit sich.

»Warum sind die Sachen denn mit Farbe besprüht?«, fragte Franz Moeller, der jetzt ins Zimmer trat und für sich und seine Frau ein Glas Wasser mitgebracht hatte.

»Das sollte meine Warnung unterstreichen«, sagte der Fremde, und er grinste dazu so breit, dass sich seine Haut bis hinauf zu seiner kleinen Warze in Falten legte. Er zog eine Sprühdose aus einer seiner Manteltaschen und fuhr zur Demonstration die Konturen des Laptops nach, den Rosemarie Moeller wie einen Schutzschild vor sich hielt.

»Aha«, machte Franz Moeller, und seine Frau schluckte trocken.

»Eins noch«, sagte der Fremde nach einer kurzen Pause. »Der Chef meinte, Sie sollten sich besser um Ihre … Schäfchen kümmern. Dass ich helfe, sollte die absolute Ausnahme bleiben.«

Rosemarie Moeller wurde blass.

»Das wird es auch«, sagte Franz Moeller. »Wir haben schon das eine oder andere in die Wege geleitet.«

»Gut«, nickte der Fremde. »Dann kann ich das dem Chef so berichten?«

Die beiden nickten.

»Gut«, sagte der Fremde. »Das wäre wirklich gut.«

Er sah sie noch einmal prüfend an, dann wandte er sich um und ging aus der Wohnung.

Auf dem Weg in die große Pause sah Michael nicht weit vom großen Baum entfernt Tobias und Marc stehen. Sie unterhielten sich und schauten dabei immer wieder zum Haupteingang hinüber. Dann entdeckten sie Michael, stießen sich kurz in die Seite und lachten. Als er sie böse anfunkelte, wandten sie ihre Blicke ab und schlenderten betont lässig zu einem der Ausgänge des Schulhofs hin.

Erst überlegte Michael, ob er den beiden folgen und ihnen ein wenig Angst einjagen sollte, damit sie ihn auch ja in Ruhe ließen – doch dann holten ihn Ronnie und Petar ein, und wenige Augenblicke später sprachen sie schon von dem neuen Ballerspiel, das als Raubkopie in der Schule kursierte.

»Wagner.«

Kriminaldirektor Klaus Wagner war länger geblieben, um leidigen Papierkram zu erledigen. Und gegen halb sieben hatte er nun wirklich keine Lust mehr, sich mit dem ganzen Sprüchlein zu melden, das sie auf Wunsch des Präsidiums zur Pflege des Gesamtauftritts, wie es hieß, immer aufsagen sollten. Wenn jemand noch nach Feierabend diese Durchwahl anrief, wusste er wohl, dass sich dort der Leiter der Kriminalinspektion Wittlich melden würde.

»Hallo, Herr Wagner, Möhles hier. Gut, dass ich Sie noch erreiche.«

Möhles? Was konnte der Leiter der Polizeiwache Gerolstein um diese Zeit noch von ihm wollen?

»Was gibt's, Kollege?«

»Wir hatten heute eine Besprechung, und hinterher kam einer meiner Leute unter vier Augen wieder einmal auf den toten Jungen am Ziegenhorn zu sprechen. Mertes ist wohl wieder an dem Fall dran, und er hat auch wegen der anderen Todesfälle nachgefragt. Läuft da wieder was?«

Wagner dachte kurz nach. Möhles war ein guter Mann, aber nicht jeder musste es unbedingt wissen, wenn Mertes sich mal wieder daran machte, ihm auf der Nase herumzutanzen. Mertes war ein guter Ermittler, aber nicht einfach zu handhaben.

»Ich hätte Sie noch informiert«, log Wagner deshalb. »Tut mir leid, ist blöd gelaufen. Mertes hat es immer wieder mal sehr eilig, Sie kennen ihn ja. Da läuft dann nicht alles in der richtigen Reihenfolge. Natürlich hätten wir zuerst Sie informieren müssen – schließlich wollen wir ja auch Ihre Hilfe.«

»Wenn sich ein Fall dadurch besser lösen lässt, kann mir der lange Dienstweg gestohlen bleiben, Herr Wagner, das wissen Sie. Ich war mir nur nicht sicher ...«

»Ob Mertes mal wieder eine Extratour reitet?«

»Ja.«

»Nein ...« Wagner zögerte kurz, dann sagte er lahm: »Das ... hat schon seine Ordnung. Obwohl ich es nicht gut finde, dass er den Fall nicht endlich ruhen lässt.«

»Das steckt uns allen noch in den Knochen, nicht nur Mertes. Deshalb hat es mir der Kollege ja auch gesteckt. Der war wieder ganz aufgewühlt, all die toten Kinder ...«

Als das Telefonat ein paar Minuten später beendet war, saßen in Wittlich und Gerolstein zwei sehr nachdenklich gewordene Männer.

Was trieb Mertes nun schon wieder?, dachte Wagner und machte sich ein paar Notizen. Er würde ihm etwas genauer auf die Finger schauen müssen.

Warum weiß Wagner nicht, dass Mertes wieder ermittelt?, ging es Möhles wieder und wieder durch den Kopf. Der

Kollege hatte sich am Telefon zwar wacker geschlagen, aber Möhles kannte ihn zu lange, um ihm die Schauspielerei abzunehmen. Und warum ermittelt Mertes plötzlich wieder, nach der langen Pause?

Rainer Pietsch winkte seiner Frau zum Abschied zu und fuhr dann zügig los – aber er kam nicht weit. Noch vor dem Ende der Garageneinfahrt war ein lauter Schlag zu hören, der Wagen kippte nach vorn rechts weg und blieb abrupt stehen.

Annette Pietsch, die den Schlag und das anschließende Knirschen gehört hatte, kam schnell herbeigelaufen. Rainer Pietsch kletterte verblüfft aus dem Wagen und lief um die Motorhaube herum. Der Wagen war auf dem rechten bloßen Endstück der Vorderachse aufgesessen, und das rechte Vorderrad kullerte zwei Meter weiter auf dem Gehweg aus. Rainer Pietsch rollte es zurück zum Wagen, Annette Pietsch inspizierte die Stelle, an der das Auto über Nacht gestanden hatte, und sah sich um. Nach kurzer Suche entdeckte sie die gelösten Radmuttern. Irgendjemand hatte sie in eine kleine Plastiktüte gepackt und die Tüte halb unter einem Busch versteckt.

Rainer Pietsch lehnte das Rad gegen den Kotflügel und ging zu seiner Frau. Sie hockte vor dem Busch, hielt die Tüte in beiden Händen und zitterte am ganzen Körper wie Espenlaub.

Franz Moeller passte die beiden Jungen auf dem Heimweg ab. Er ließ sich alles haarklein erzählen, fragte ein-, zweimal nach, dann strich er beiden Jungs sanft über den Kopf. Erst waren sie verblüfft, dann strahlten sie bis über beide Ohren und gingen sich immer wieder spielerisch in die Seite boxend ihres Wegs.

Moeller sah ihnen lächelnd hinterher und schlug dann die Richtung zu seiner Wohnung ein. Rosemarie würde mit ihm zufrieden sein.

Rainer Pietsch rief die Polizei. Seine Frau hatte sich auf der Toilette eingeschlossen, und durch die Tür war zu hören, dass sie heulte wie ein Schlosshund. Der Beamte kam erst nach fast einer Stunde, sah sich um, nahm die Plastiktüte mit den Radmuttern in die Hand und kniete sich schließlich neben den Wagen, um sich die Kerben genauer anzusehen, die durch die aufsetzende Vorderachse in die Einfahrt gegraben worden waren.

»Hatten Sie zuletzt einen Radwechsel?«, fragte er, nachdem er wieder aufgestanden war.

»Im Herbst kamen die Winterreifen drauf, aber das ist ja schon eine Weile her.«

»Hm. Könnte trotzdem sein, dass sich das Rad seither immer ein bisschen weiter gelöst hat, und jetzt ... na ja.«

»Wir sind aber seit dem Radwechsel schon ziemlich viel gefahren. Heißt es nicht, dass man nach fünfzig Kilometern die Muttern nachziehen soll?«

»Ja. Haben Sie?«

»Nein, habe ich nicht. Das mache ich nie – aber wir waren vor nicht langer Zeit erst in der Eifel. Da hätten wir das Rad unterwegs doch auf jeden Fall verlieren müssen!«

»Tja ...«

Der Polizist zuckte mit den Schultern.

»Wollen Sie jetzt nichts unternehmen?«

»Was soll ich unternehmen? Soll ich Ihnen das Rad wieder dranmachen oder was?«

Er grinste, wurde aber gleich wieder ernst, als er Pietschs wütende Miene bemerkte.

»Sie könnten die Radmuttern untersuchen, ob sich da jemand dran zu schaffen gemacht hat.«

»Da werde ich sehr wahrscheinlich die Spuren eines Spezialschlüssels finden – den Ihres Reifenhändlers nämlich. Und falls Sie mir jetzt auch noch damit kommen, dass ich Fingerabdrücke nehmen soll oder Fußspuren suchen: Ihnen ist das Rad abgefallen, und alles sieht danach aus, dass es schlampig montiert wurde. Melden Sie das Ihrer Versicherung, machen Sie ein paar Fotos, zur Not kann ich es auch bezeugen – das sollte reichen.«

»Das sollte reichen?«, brauste Rainer Pietsch auf. »Und was wäre gewesen, wenn ich das Rad in voller Fahrt verloren hätte? Wenn ich dadurch verunglückt, vielleicht sogar gestorben wäre?«

»Da sehen Sie mal, wie viel Glück Sie hatten.«

»Jemand schraubt mir die Radmuttern ab, packt sie in diese Tüte und legt sie unter den Busch – und Sie sagen, die Muttern haben sich von allein gelöst, und alles andere bilde ich mir nur ein?«

»Wissen Sie...«

Der Polizist druckste ein wenig herum.

»Wir haben uns nach dem Einbruch bei Ihnen ein wenig umgehört – es scheint, als hätten Sie gerade Probleme, vielleicht ja auch finanzieller Art. Ich möchte Ihnen nicht zu nahetreten, aber der Einbruch... das wirkt alles etwas eigenartig.«

»Sie meinen, wir haben den Einbruch vorgetäuscht?«

»Ich will es mal so ausdrücken: Ich glaube, dass es für Sie besser wäre, wenn wir die Einbruchsgeschichte auf sich beruhen lassen. Und diese Radmuttern...«

»Ja?«

»Könnte es nicht auch sein, dass Sie die Radmuttern eingesammelt haben, nachdem das Rad abgefallen war, und sie selbst in diese Tüte gepackt haben?«

»Warum sollten wir das tun?«

»Genau das ist die Frage: Warum sollte das irgendjemand tun?«

Damit tippte er sich kurz an die Mütze und ging zurück zu seinem Streifenwagen. Sein Kollege, der am Steuer saß, war für das Gespräch nicht einmal ausgestiegen.

»Und? Macht ihr's?«

Marc hatte Rico in der Nähe der Bushaltestelle getroffen, an der er meistens herumlungerte, um Sarah auf dem Heimweg zu beobachten. Auch jetzt kam das hübsche Mädchen wieder vorbei, und Rico zog den Kleineren schnell ganz hinter den Busch, der ihn decken sollte.

»Spinnst du?«, zischte Rico. »Wenn wir zusammen gesehen werden ...?«

»Sarah gefällt dir, was?«

Marc grinste breit, wurde aber schlagartig wieder ernst, als direkt vor seinem Gesicht Ricos geballte Faust auftauchte.

»Ist ja gut«, beruhigte er den Älteren. »Und: macht ihr's?«

»Klar«, sagte Rico und tat wieder ganz cool. »Wenn ich dir sage, meine Jungs machen das, dann geht das klar. Da brauchst du gar nicht mehr zu fragen.«

»Und wann nehmt ihr ihn euch vor?«

»Das musst du nicht wissen, Kleiner. Aber schau einfach morgens, ob er zur Schule kommt – kommt er nicht, hat er uns getroffen.«

Kommissar Mertes rief gegen neun Uhr abends an. Er hatte noch einmal die Ermittlungsakte durchgesehen und die

Unterlagen zu den anderen toten Kindern angefordert. Die Kollegen hatten zwar überrascht reagiert, dass er noch immer an diesem abgeschlossenen Fall arbeitete, aber sie hatten ihm die Unterlagen trotzdem überlassen. Mord verjährte ja nicht, und wenn die Kripo meinte, da noch etwas überprüfen zu müssen, sprach natürlich nichts dagegen.

Neue Zeugen konnte Mertes einstweilen noch nicht befragen, aber auch die Protokolle der damaligen Ermittlungen hatten manches ergeben. So waren die Moellers vor vier Jahren neu an das Internat Cäcilienberg gekommen, davor hatten sie an zwei staatlichen Gymnasien in Rheinland-Pfalz unterrichtet, zu denen er bisher noch keinen Kontakt aufgenommen hatte.

Franz Moeller hatte damals als Klassenlehrer in der siebten Klasse begonnen, eine seiner Schülerinnen war das Mädchen, das sich noch im selben Schuljahr im Keller des Internats erhängt hatte. Rosemarie Moeller bekam zunächst keine Klasse zugeteilt, war aber Mentorin einiger Oberstufenschüler – darunter der Junge, der vor drei Jahren durch den Unfall mit Fahrerflucht ums Leben gekommen war.

So ging es weiter, und Rainer Pietsch schöpfte zum ersten Mal wieder Hoffnung, dass sie gegen Franz und Rosemarie Moeller doch noch etwas ausrichten konnten. Und es war sicher kein Nachteil, wenn sie Kriminalhauptkommissar Mertes auf ihrer Seite hatten, dem die Todesfälle im Internat offensichtlich nach wie vor keine Ruhe ließen.

Rico und seine Freunde lauerten Michael nach dem Nachmittagsunterricht auf. Tobias und Marc hatten Rico den Stundenplan ihrer Klasse kopiert.

»Na, Kleiner?«, fragte Rico gedehnt und stellte sich breitbeinig mitten auf den Gehweg.

Michael blieb stehen, sah den anderen kurz an und versuchte dann erst auf der einen, dann auf der anderen Seite an ihm vorbeizuschlüpfen. Doch Rico verstellte ihm jedes Mal den Weg.

»Was ist denn?«, fragte Rico und grinste breit. »Keine Zeit für ein Pläuschchen?«

Der Jugendliche redet ziemlich geschwollen daher, ging es Michael durch den Kopf, und vermutlich ist er nicht halb so cool, wie er tut. Aber er ist auf jeden Fall zu groß und vermutlich auch zu stark, um sich mit ihm anzulegen.

»Lass mich bitte durch«, sagte Michael.

»Soll ich?«

Michael nickte.

»Ach ... nö!«

»Was willst du von mir?«

Rico grinste nur.

»Jetzt lass mich bitte durch, ich verpass sonst noch meinen Bus!«

»Kannst ja den Krankenwagen nehmen«, zischte es plötzlich in Michaels Nacken. Er fuhr herum und sah sich einem fies grinsenden Gesicht gegenüber, dessen Narben unter dem rechten Auge gefährlich aussahen. Dann raschelte es in den Büschen neben dem Gehweg, und drei weitere Jugendliche traten hervor. Einer von ihnen hielt ein Messer in der Hand, das er spielerisch auf- und zuklappte.

»He, lasst mich! Ihr verwechselt mich sicher, ich kenn euch doch gar nicht!«

»Wir verwechseln dich?«, höhnte der Narbige. »Dann lass mal überlegen ... Du bist also nicht der süße Michael, der Freund von Tobias und Marc?«

Michael schluckte. Nun war ihm klar, wer diese Schläger auf ihn angesetzt hatte.

»Und der kleine Bruder der schönen Sarah?«

Der Narbige grinste nun noch breiter und machte mit seinen Händen eine obszöne Geste.

»Weißt du, Kleiner, die gefällt uns. Die gefällt uns sehr. So sehr, dass wir immer wieder an sie denken müssen. Und was uns nicht gefällt, ist, wie du mit Tobias und Marc umspringst.«

Der Junge mit den beiden Narben trat einen Schritt zurück und sah Michael abschätzig an.

»Also müssen wir uns was überlegen, damit du Tobias und Marc künftig besser behandelst. Und vielleicht auch was, damit wir nicht ständig an deine schöne Schwester denken müssen.«

Panisch geworden blickte sich Michael um. Die Jungs grinsten höhnisch..

»Mir fällt da gerade etwas ein«, knurrte der Typ mit dem Messer und trat dicht hinter Michael. Dann kratzte er leicht mit der Klinge seines Messers über Michaels Wange und zischte ihm ins Ohr: »Hinknien!« Als sich Michael nicht regte, drückte er ihm die Klinge etwas fester auf die Wange. Schließlich ließ sich Michael langsam auf die Knie sinken.

Der Junge mit den Narben nickte dem mit dem Messer kurz zu, grinste noch breiter und stellte sich vor Michael auf. Er nestelte an seiner Hose – dann trat er jedoch wieder einen Schritt zurück und zeigte auf den Jungen, der Michael zuerst angemacht hatte.

»Komm her, du träumst doch am heftigsten von seiner Schwester, oder? Das steht dir zu, komm!«

Rico rührte sich nicht. Erst als ihn der Typ mit dem Messer böse anfunkelte, kam er langsam zu Michael herüber.

»Und jetzt die Hose!«, kommandierte der mit den Narben.

Rico stand starr, dann schüttelte er langsam den Kopf.
»Nee, so einer bin ich nicht.«

Dann holte er aus und schlug Michael mit der flachen Hand so heftig ins Gesicht, dass er einfach umkippte. Er schlug mit der Schläfe hart auf den Boden, überall hörte er Summen und Pfeifen, und nur wie durch dichten Nebel hörte er die Beschimpfungen und Flüche der Jugendlichen über ihm und um ihn herum. Was er aber genau registrierte, waren die Schläge und Tritte, ein paar Mal spürte er auch zupackende Finger zwischen seinen Beinen, dann wieder Tritte, und schließlich mischten sich in die Tiraden der Jugendlichen die Stimmen zweier Frauen, die offenbar laut rufend auf die Jungen zurannten. Da ließen sie endlich von ihm ab.

In Michaels Körper schmerzte und pochte es überall, dann sah er das Gesicht einer Frau, die sich besorgt über ihn beugte. Und dann sah er nichts mehr.

Rosemarie Moeller hatte die Szene eher zufällig mitbekommen. Auf der gegenüberliegenden Straßenseite war sie gerade auf dem Weg zu einem Laden gewesen, als Michael ein Stück weiter die Straße hinunter die größeren Jungs traf. Sie hatte sich hinter eine Plakatwand gestellt und konnte nun aus einiger Entfernung alles beobachten, ohne von der anderen Seite gesehen zu werden.

Nachdem zwei Frauen die Jugendlichen in die Flucht geschlagen hatten, wandte sie sich um und nahm einen Umweg, um nicht von dem am Boden liegenden Michael erkannt zu werden. Sie hatte keine Lust, den Überfall zu bezeugen – wenn schon etwas ohne ihr direktes Zutun hilfreich war, musste sie nicht zwingend damit in Verbindung gebracht werden.

Annette und Rainer Pietsch hatten gerade den Tisch gedeckt, als der Anruf aus dem Krankenhaus kam. Annette fuhr direkt hin, Rainer wartete mit dem Wagen an der Bushaltestelle, wo Lukas und Sarah jeden Moment ankommen mussten. Als schließlich die ganze Familie an Michaels Bett versammelt war, strichen ihm alle vorsichtig über den bandagierten Arm und die schmutzverklebten Haare, redeten beruhigend auf ihn ein oder kämpften mit den Tränen.

Nur Michael selbst lag steif und stumm auf dem Rücken und starrte unverwandt an die Decke. Die Lippen hatte er fest zusammengepresst, die Augen schimmerten feucht, aber er sagte kein Wort und sah auch niemanden an.

Franz Moeller öffnete die Akte am PC und klickte einige Felder an, mit denen er die Entwicklung der einzelnen Schüler verfolgte.

»Und was meinst du, wer dahintersteckt?«, fragte er schließlich.

»Schwer zu sagen«, meinte Rosemarie Moeller. »Tobias und Marc sind mir als Erstes eingefallen – mit denen hat Michael ja immer wieder Ärger. Aber dieser Rico war dabei, der immer Michaels Schwester Sarah nachschleicht. Vielleicht hat sie ihn abblitzen lassen, und er wollte sich rächen.«

»An ihrem kleinen Bruder, weil er sich an sie selbst nicht herantraut?«

Rosemarie Moeller zuckte die Schultern.

»Vielleicht kommt das ja auch noch.«

»Es ist nichts gebrochen, und es wurden keine inneren Organe verletzt«, sagte Dr. Romero, der Michael in der Notaufnahme untersucht und versorgt hatte. Er tippte auf einige großformatige ausgedruckte Farbfotos, die an der Wand hingen. »Und das ist im Grunde genommen ein Wunder.«

Rainer Pietsch nickte, seine Frau versuchte die Aufnahmen näher zu betrachten, musste sich aber sofort wieder abwenden, um nicht loszuweinen.

»Wären die beiden Frauen nicht zu Hilfe gekommen ...«

Dr. Romero ließ den Satz in der Schwebe, aber Michaels Eltern wussten auch so, was er hatte sagen wollen.

»Können Sie uns Namen und Telefonnummern der beiden geben?«, fragte Rainer Pietsch. »Wir möchten uns gerne bedanken.«

»Die eine heißt Heike Römer und die andere Karin Hohmann. Sie sind übrigens noch da. Ich habe sie in die Cafeteria eingeladen, sie wirkten sehr mitgenommen. Vielleicht gehen Sie selbst auch kurz auf einen Kaffee hin, Michael ist im Moment gut versorgt – und seine Geschwister sind ja bei ihm.«

»Nein«, protestierte Annette Pietsch, »ich ...«

»Doch, vor allem Sie sollten sich eine kleine Pause gönnen«, redete ihr Dr. Romero gut zu. »Sie sehen aus, als könnten Sie eine brauchen.«

Rainer Pietsch nahm sie in den Arm, dann führte er sie hinaus. In der Tür drehte er sich noch einmal um.

»Können wir die Fotos haben? Die von Michaels Verletzungen, meine ich.«

Dr. Romero stutzte.

»Ja, aber das sind nur Ausdrucke.«

»Ich weiß, warum sagen Sie mir das?«

»Ich wollte nur, dass Sie wissen: Die eigentlichen Dateien bleiben auf dem Krankenhaus-Server gespeichert.«

»Ja, natürlich«, antwortete Rainer Pietsch, und er wurde nicht ganz schlau aus dem Blick, den der Arzt ihm zuwarf.

»Ich bringe sie Ihnen nachher in einem Umschlag in Michaels Zimmer, okay?«, sagte Dr. Romero nach einer kleinen Pause.

»Danke, Herr Doktor.«

Damit gingen Rainer und Annette Pietsch davon. Dr. Romero sah ihnen nach und versuchte, seine wild durcheinanderwirbelnden Gedanken zu ordnen.

Mertes las die Berichte wieder und wieder durch, aber er musste zugeben, dass die Kollegen nichts Offensichtliches übersehen hatten. Kinder und Jugendliche, die sich umbrachten, und tödliche Verkehrsunfälle mit Fahrerflucht waren zum Glück selten, aber sie kamen vor. Und außer der Tatsache, dass das Lehrerehepaar an beiden Schulen unterichtet hatte, konnte er nichts finden, was dafür sprach, dass die Moellers in irgendeiner Form hinter dem Tod der Schüler steckten.

Er dachte noch eine Weile nach, dann wählte er eine Nummer in Pelm.

»Wirsching?«, meldete sich die Mutter des Jungen, der vom Ziegenhorn gestürzt war.

»Ich würde Sie gerne noch einmal treffen«, sagte Mertes. »Vielleicht finden wir doch noch einen Ansatzpunkt, der uns hilft, Kais Tod aufzuklären.«

Es entstand eine Pause.

»Kai hat die Felskante nicht gesehen, deshalb ist er da heruntergestürzt – so haben Sie es in Ihrem Bericht geschrieben.«

»Ich weiß«, sagte Mertes. »Aber Sie wissen auch, dass ich das noch immer nicht wirklich glauben kann.«

Noch eine Pause.

»Ich auch nicht, aber irgendwie muss ich damit zurechtkommen, irgendwann mal. Und wenn wir uns erneut unterhalten, kommt alles wieder hoch. Ich bin mir nicht sicher, ob ich das wirklich will.« Mertes hörte die Frau schlucken. »Und ob ich das alles noch einmal aushalte.«

»Ich versteh Sie ja, Frau Wirsching, aber ...« Er horchte, sie war noch dran. »Wollen wir es nicht noch einmal versuchen? Für Kai?«

Frau Wirsching sagte lange nichts, Mertes befürchtete schon, sie werde auflegen. Schließlich kam die Antwort aber doch noch, kurz und knapp und mit erstickter Stimme. »Ja.«

Nach dem Gespräch mit Heike Römer und Karin Hohmann kamen Annette und Rainer Pietsch nach gut einer halben Stunde wieder zurück ins Krankenhauszimmer. Sarah stand am Fenster und sah hinaus, Lukas saß auf dem Bettrand und hielt die Hand seines großen Bruders. Michael starrte noch immer unbewegt an die Decke, aber man sah ihm an, dass es hinter seiner Stirn arbeitete.

Annette Pietsch trat ans Bett, Lukas rutschte ein wenig zur Seite, und sie setzte sich neben ihn, sehr darauf bedacht, ihrem Sohn nicht durch eine unvorsichtige Bewegung Schmerzen zuzufügen. Rainer Pietsch stand einen Meter entfernt vom Bett und sah zu Michael hin. Es drehte ihm fast den Magen um, wenn er sah, wie sein Junge litt – die körperlichen Schmerzen wurden vermutlich von Medikamenten ausreichend gedämpft, aber der verletzte Stolz eines fast pubertierenden Jungen, die Schmach der Schläge und der Niederlage, vielleicht auch die Angst vor viel Schlimmerem ... Er erinnerte sich noch gut an seine eigene Jugend und daran, wie sehr einem Jungen in diesem Alter selbst die kleinste Demütigung wehtun konnte.

Die Tür wurde geöffnet, Dr. Romero kam herein, einen Umschlag in der Hand.

»Die Fotos«, sagte er leise und hielt Pietsch den Umschlag hin.

»Danke.«

»Was haben Sie damit vor?«

»Es gibt Probleme in der Schule, und mit den Aufnahmen können wir dem vielleicht ein Ende machen. Ihren Bericht bekommen wir dann auch noch, ja?«

»Natürlich«, nickte Dr. Romero. »Wird aber ein, zwei Tage dauern. Wir wollten Michael ohnehin noch ein wenig dabehalten.«

»Darauf kommt es nun auch nicht mehr an.«

Annette Pietsch strich Michael leicht über die Wange, küsste ihren Zeigefinger und tippte ihm damit kurz auf den Mund. Erschrocken schlug Michael die Augen auf, sah dann zu seinem Vater und drehte mit einem abrupten Ruck den Kopf zur Seite. Sein Stöhnen war zu hören, offenbar hatte ihm die Bewegung Schmerzen bereitet.

Dr. Romero sah nachdenklich zwischen Michael und Rainer Pietsch hin und her. Wieso reagierte der Junge so heftig auf den Anblick seines Vaters? Er würde Michael in den nächsten Tagen wohl auch nach älteren Verletzungen untersuchen müssen.

Mertes hatte alles stehen und liegen lassen und war mit dem Dienstwagen nach Pelm gefahren. Vor dem Haus der Wirschings standen bereits der Kleinwagen von Kais Mutter und daneben ein Lieferwagen mit dem auflackierten Slogan eines Handwerksbetriebs. Die Ehe der Wirschings hatte dem Tod von Kai und den anschließenden Ermittlungen nicht standgehalten, aber offenbar war ihr Verhältnis zueinander noch nahe genug, um sich im Gespräch mit dem Kriminalkommissar gegenseitig beizustehen.

Im Grunde genommen war Mertes froh, dass er Frau Wirsching nicht allein treffen musste. Die Fragen würden ihr mit Sicherheit sehr nahegehen, da war es hilfreich, wenn sie Unterstützung hatte. Und vielleicht wusste ja auch ihr Exmann etwas, das ihm weiterhalf.

Mit Notizblock und Stift stieg Mertes aus und ging zur Haustür. Hinter ihm fuhr langsam und von ihm unbemerkt ein Streifenwagen vorüber. Der Beamte am Steuer kannte Mertes, er wusste, wer hier wohnte, und er nahm sich fest vor, seinem Vorgesetzten von dieser Beobachtung zu erzählen.

Dr. Romero hatte noch Zeit bis zu seinem nächsten Termin. Und wie so oft in den vergangenen Tagen wanderten seine Gedanken zu dem unglücklichen Jungen, der vor Kurzem eingeliefert worden war. Seine Eltern hatten sich offensichtlich Sorgen gemacht. Sie waren sofort gekommen und lange geblieben, sie hatten den Frauen gedankt, die ihrem Sohn geholfen hatten, und schienen sehr betroffen gewesen zu sein. Und doch war da das abweisende Verhalten des Jungen gegenüber seinem Vater ... Er hatte alles in seinen Bericht an den Kinderarzt geschrieben, dessen Adresse ihm die Familie gegeben hatte. Wie üblich war vieles in Fachbegriffen verklausuliert – sein Kollege würde trotzdem sofort erkennen, welche Schlussfolgerungen sich für Dr. Romero geradezu zwingend ergaben. Außerdem war je eine Kopie des Berichts auf dem Weg zu den Eltern und zum Jugendamt.

Noch am selben Vormittag, als Dr. Romeros Bericht mit der Post kam, fuhren Rainer und Annette Pietsch zum Polizeirevier. Anzeige hatten sie schon am Tag des Überfalls gestellt, und Michaels Retterinnen, Heike Römer und Karin Hohmann, hatten sich sofort als Zeugen gemeldet. Sie kannten keinen der Jugendlichen, hatten sich aber einige Details gemerkt: Einer der Jungs hatte zwei Narben unter dem rechten Auge, ein anderer ein auffälliges Klappmesser bei sich, und ein dritter hatte zwei nicht zueinander passende Turnschuhe und ein T-Shirt mit dem Werbemotiv eines alten Schwarzenegger-Films angehabt. Unterwegs rief Rainer Pietsch im Büro an und teilte seinem Abteilungsleiter mit, dass er kurzfristig zwei, drei Stunden freinehmen müsse.

Der Beamte, der den Einbruch und den Vorfall mit den gelösten Radmuttern aufgenommen hatte, kam ihnen im Eingangsbereich des Polizeireviers entgegen, runzelte die Stirn, ging dann aber weiter. Das Ehepaar Pietsch meldete sich bei dem wachhabenden Beamten an, und der ging nach hinten, um Bescheid zu sagen. Fünf Minuten später öffnete sich die Tür neben der Glasscheibe des Empfangs, und ein etwa fünfzigjähriger Polizist mit Bauch und Glatze kam heraus.

»Müller«, sagte er mit einer tiefen, angenehmen Stimme und drückte ihnen die Hand. »Kommen Sie bitte?«

Er ging ihnen durch die Tür voraus, einen Flur entlang und blieb schließlich neben einer geöffneten Tür stehen.

»Bitte, hier herein«, sagte er. »Entschuldigen Sie bitte das Chaos.«

Überall auf dem Schreibtisch, auf den halbhohen Wandschränken und teils davor auf dem Boden stapelten sich Unterlagen und Mappen aller Art. Er deutete auf zwei Holzstühle vor dem Schreibtisch und zwängte sich selbst in einen etwas abgenutzt wirkenden Drehstuhl dahinter.

»Wie geht es Ihrem Sohn?«

»Schon besser«, sagte Annette Pietsch. »Er ist in guten Händen.«

»Ja, Dr. Romero ist ein guter Arzt. Meine Tochter hatte auch mal einen Unfall, und wenn er nicht gewesen wäre ...« Er unterbrach sich. »Entschuldigen Sie bitte: Ich wollte damit nicht sagen, dass es bei Michael ein Unfall wäre.«

»Schon gut«, sagte Annette Pietsch. »Wir haben Ihnen den Bericht von Dr. Romero mitgebracht, die Bilder haben Sie ja schon.«

»Ja«, nickte Müller und griff sich den Umschlag. Er zog die Papiere heraus, las darin, blätterte hin und her, dann legte er den Bericht zur Seite.

»Gut, damit können wir erst einmal arbeiten. Das Problem ist, dass wir noch immer gegen unbekannt ermitteln. Es ist klar, dass es einen Angriff auf Ihren Sohn gegeben hat – aber bisher sind wir mit den Aussagen der beiden Zeuginnen nicht allzu sehr vorangekommen. Die Beschreibungen sind recht detailgenau, eigentlich, doch haben wir diese Typen offenbar nicht in der Kartei – was auch nicht weiter verwundert, sie sollen ja alle erst so um die sechzehn, siebzehn, vielleicht auch schon knapp volljährig sein.«

Er musterte das Ehepaar.

»Sie hatten erzählt, dass Michael auch in der Schule schon Probleme hatte. Wir haben da mal nachgefragt: Offenbar war Ihr Sohn dort auch schon in eine Schlägerei verwickelt – die allerdings er angezettelt haben soll. Was wissen Sie davon?«

»Wir kennen die Geschichte natürlich«, sagte Annette Pietsch. »Und wir wissen ehrlich nicht, was wir davon halten sollen. Michael war zuvor nie als aggressiv und streitlustig aufgefallen. Wir haben auch immer darauf geachtet, dass unsere Kinder ihre Probleme mit Worten und nicht mit Gewalt lösen.«

»Das ist gut und richtig, aber trotzdem hat Michael wohl Streit angefangen mit diesen beiden Klassenkameraden.« Er blätterte kurz in seinen Unterlagen. »Tobias Rominger und Marc Königs. Kennen Sie die beiden?«

»Na ja, wie man halt die Klassenkameraden seines Kindes kennt. Das wird auch mit jedem Jahr weniger, weil die Kinder immer deutlicher auf Abstand zu uns Eltern gehen. Da ist es gar nicht mehr so sehr erwünscht, dass wir Kontakt zu den Freunden oder Klassenkameraden haben.«

»Ja, das kenne ich gut.« Müller schmunzelte, dann wurde er wieder ernst. »Natürlich gehen wir nicht davon aus, dass Michael auch diesmal den Streit angefangen hat. Es soll sich um fünf Jugendliche gehandelt haben, alle älter, größer und stärker als Ihr Sohn. Da müsste er ja verrückt sein, wenn er sich mit denen anlegt. Aber es ist denkbar, dass Tobias und Marc sich diese großen Jungs zu Hilfe geholt haben – dass sie Michael gewissermaßen eine Lektion erteilen wollten, damit er seine Klassenkameraden künftig in Ruhe lässt.«

»Klingt fast so, als sei unser Sohn ein berüchtigter Schläger«, brummte Rainer Pietsch und sah finster drein.

»So habe ich das nicht gemeint, Herr Pietsch.«

Er blätterte noch einmal in seinen Unterlagen, schien danach eine bestimmte Passage in Dr. Romeros Bericht zu suchen und sah, nachdem er sie gefunden hatte, Rainer Pietsch nachdenklich an. Dann wandte er sich an Annette Pietsch.

»Wenn Sie Ihren Sohn früher nicht aggressiv erlebt haben, wenn er friedfertig war und seine Probleme im Gespräch löste … können Sie mir denn sagen, wann das zum ersten Mal anders war?«

Annette Pietsch sah ihn fragend an.

»Wann«, fuhr er fort, »hatten Sie denn zum ersten Mal den Eindruck, Michael regelt auch schon mal etwas mit den Fäusten – wenn ich's mal so salopp sagen darf?«

»Das erste Mal ...« Annette Pietsch dachte lange nach, dann schüttelte sie den Kopf. »Nein, uns ist nichts Bestimmtes aufgefallen. Er hatte diese neue Lehrerin, Rosemarie Moeller, und seit Beginn des Schuljahres gab es da eine schleichende Entwicklung – das betrifft aber auch viele andere Kinder an der Schule. Alle Schüler, die Rosemarie Moeller oder ihren Mann als Lehrer haben, verändern sich seit Herbst. Sie arbeiten disziplinierter, bekommen bessere Noten, aber sie scheinen auch mehr unter Druck zu stehen.«

»Ja, Rektor Wehling hat mir von Ihren Sorgen erzählt. Aber das meine ich nicht. Michael scheint eine etwas ... na ja ... deutlichere Entwicklung genommen zu haben als viele andere an der Schule. Vielleicht gibt es dafür noch einen weiteren Grund.«

Annette Pietsch sah ihn irritiert an.

»Welchen Grund meinen Sie?«

Müller zuckte mit den Schultern.

»Sagen Sie es mir«, meinte er schließlich.

Dann drehte er sich zu Rainer Pietsch, musterte den Mann einige Sekunden lang und dachte: Oder Sie ...

Annette Pietsch saß noch bis spät am Abend über ihrem Kalender und versuchte, sich einen Überblick über die zahlreichen neu eingegangenen Aufträge für ihre Cateringfirma zu verschaffen. Firmenjubiläum, Geburtstag, Goldene Hochzeit, Housewarming-Party – endlich brummte der Laden wie erhofft, und nun kamen alle Anfragen gleichzeitig, und sie musste zusehen, dass sie sich nicht übernahm.

Eine schriftliche Anfrage von Jonas Kray hatte sie gleich zerrissen. Sie hatte das Schreiben des Anwalts wütend in kleine Stücke zerrupft, und sie wunderte sich noch immer, warum Kray es wagte, sich nach der ekelhaften Szene damals überhaupt bei ihr zu melden. Eine Zeit lang hatte sie ihr Gesicht in ihren Händen vergraben, um die Erinnerung aus ihrem Gedächtnis zu verbannen, doch dann hörte sie ihren Mann kommen und riss sich wieder zusammen.

Rainer Pietsch sah den zerfetzten Brief und warf Annette einen fragenden Blick zu, ging dann aber gleich wieder hinaus, als er verstand, dass sie nicht darüber reden wollte.

Rosemarie Moeller kam in das Besprechungszimmer. Rektor Wehling saß schon am Tisch, außerdem sah sie einen Mann und eine Frau in der Runde. Die beiden stellten sich auch der Lehrerin als Mitarbeiter des Jugendamts vor und erklärten kurz, in welcher Angelegenheit sie das Gespräch mit dem Schulleiter suchten – und dass Herr Wehling sie als eine der Lehrerinnen des betreffenden Jungen zu dem Gespräch dazugebeten habe.

Rosemarie Moeller verkniff sich ein Grinsen und fragte dann mit gespielter Besorgnis, was denn geschehen sei – und wie sie dem betreffenden Jungen am besten helfen könnte.

»Erzählen Sie uns einfach, ob Ihnen an Michael in jüngster Zeit etwas aufgefallen ist.«

»Nur an ihm – oder auch an seinen Eltern?«

Die Frau vom Jugendamt sah kurz zu Rektor Wehling, er lächelte nur und nickte ihr bestätigend zu.

Michael blieb für die nächsten Tage zu Hause, mit seinen Bandagen und den immer noch anhaltenden Schmerzen im

Brustbereich wäre das stundenlange Sitzen im Klassenzimmer eine Qual gewesen.

Nun lag er einfach auf seinem Bett und starrte an die Decke, genauso, wie er es schon im Krankenhaus gemacht hatte. Ab und zu kam seine Mutter herein, sah nach ihm oder brachte ihm etwas zu trinken oder zu essen, aber die meiste Zeit über ließ sie ihn in Ruhe. Lukas und Sarah setzten sich nachmittags manchmal zu ihm ans Bett, aber er hatte keine Lust, sich mit irgendjemandem zu unterhalten, deshalb blieben sie nie besonders lange.

Wenn niemand im Zimmer war und er draußen im Flur oder auf der Treppe keine Schritte hörte, tastete er sich manchmal ab und befühlte seine blauen Flecken. Dann wanderten seine Finger weiter nach unten, wo ihn die Jungs an besonders empfindlichen Stellen malträtiert hatten, und meistens liefen ihm wenig später die Tränen übers Gesicht.

Dann hatte er wieder die Bilder vor Augen, wie er sich hinknien musste und wie sich der Narbige direkt vor ihn gestellt und an seiner Hose herumgemacht hatte.

Mein Gott, dachte Michael, wenn die das durchgezogen hätten ...

Aber auch so war der Gedanke daran kaum zu ertragen. Ihm wurde übel, er begann zu zittern, ihm war kalt und heiß zugleich. Und eines war klar: Das durfte niemand jemals erfahren.

Im Stockwerk darunter ging Annette Pietsch gerade ins Esszimmer. Sie sah blass aus und hielt einen Brief in der Hand.

»Was ist denn, Annette?«, fragte ihr Mann besorgt.

»Das Jugendamt hat sich angekündigt.« Sie hob den Brief hoch. »Sie fragen, ob uns Freitagabend dieser Woche passt.«

»Das Jugendamt?« Rainer Pietsch sah verblüfft drein. »Was wollen sie denn?«

Annette Pietsch hielt das Schreiben hoch und zitierte: »Im Zuge der polizeilichen Ermittlungen wegen der Verletzungen Ihres Sohnes Michael halten wir ein persönliches Gespräch nach Lage der Dinge für unverzichtbar.«

»Nach Lage der Dinge? Was wollen die von uns?«

Annette Pietsch zuckte mit den Schultern, sah ihren Mann lange an, dann wandte sie sich weinend ab und ging mit dem Schreiben zurück ins Wohnzimmer.

Sarah sah Rico aus den Augenwinkeln herantraben, und sie beeilte sich, es noch in den Bus zu schaffen, bevor er sie erreichte.

»He, Sarah, warte doch mal!«

Aber Sarah hatte keine Lust, auf Rico zu warten. Der Typ nervte, und im Moment zählte nur Hendrik.

An diesem Freitagabend war das Ehepaar Pietsch das erste Mal seit dem Wochenende in der Vulkaneifel wieder unter sich. Lukas und Michael waren am späten Nachmittag von den Großeltern abgeholt worden und würden erst am Samstag wiederkommen. Sarah hatte sich mit einer Freundin verabredet: Sie wollten zusammen ins Kino und Sarah würde anschließend bei ihr übernachten.

Annette Pietsch hatte Häppchen vorbereitet und eine alkoholfreie Bowle angesetzt, Rainer Pietsch war abgekämpft aus dem Büro gekommen und wollte nicht mehr von seinem Arbeitstag erzählen, als dass er nicht gut gelaufen sei. Dann tigerte er eine Weile nervös in der Wohnung auf und ab, bis ihn seine Frau in den Garten schickte, wo er sich mit der Hacke am Unkraut abreagieren konnte.

Ab und zu hörte sie ihn fluchen, aber meistens hackte er ohne Unterlass vor sich hin und arbeitete sich verbissen durch die Beete. Als er endlich wieder ins Haus kam, war gerade noch Zeit, sich zu duschen und umzuziehen. Dann saßen sie beide im Wohnzimmer, taten, als würden sie Zeitung lesen, und warteten.

Carina begleitete Sarah noch bis zur Ecke, dann verabschiedeten sich die beiden mit Küsschen links und Küsschen rechts.

»Ruf an, falls meine Eltern sich melden, ja?«

»Mach ich«, sagte Carina. »Bisher ist es ja jedes Mal gut gegangen. Aber ...« Sie sah Sarah an und lächelte. »Aber irgendwann solltest du es deinen Eltern beichten, finde ich. Du bist doch kein Kind mehr, was sollten Sie dagegen einwenden können?«

»Eltern sind komisch, das weißt du doch!«

»Ja, das weiß ich«, lachte Carina und gab ihr einen leichten Klaps auf die Schulter. »Jetzt aber los, und mach was draus.«

»Bis morgen früh, am Spielplatz, wie immer, ja?«

»Ja, ja, jetzt hau schon ab!«

Sarah ging schnell über die Straße, Carina sah ihr noch nach, wie sie Hendrik mit einem schüchternen Kuss begrüßte und die beiden eilig weggingen.

Dann seufzte sie und machte sich ein bisschen neidisch auf den Heimweg.

Als es klingelte, sprangen beide fast gleichzeitig auf. Rainer Pietsch öffnete die Tür, seine Frau holte das Tablett mit den Häppchen ins Esszimmer.

»Guten Tag, das ist mein Kollege Manfred Bremer, mein

Name ist Sybille Lahnstein«, stellte sich die Frau vom Jugendamt vor, und Rainer Pietsch musste sich beherrschen, sie nicht mit offenem Mund anzustarren.

Die Mitarbeiter hatten sich in ihrem Schreiben namentlich angemeldet, und er hatte insgeheim eine dürre Frau mittleren Alters mit streng zurückgekämmtem Haar und Brille sowie einen spießig wirkenden Herren erwartet – Klischees eben. Vor ihm standen jedoch ein drahtiger Mann Anfang vierzig mit Jeans und Turnschuhen und eine sehr groß gewachsene, ziemlich aufreizend gekleidete blonde Schönheit von höchstens Ende dreißig.

Als er mit den beiden Mitarbeitern des Jugendamts ins Zimmer kam, schien Annette Pietsch nicht weniger verblüfft zu sein. Sie wechselte einen kurzen Blick mit ihrem Mann, der Besuch entsprach wohl auch nicht ihren Klischeevorstellungen.

Sybille Lahnstein ließ sich auf dem Stuhl nieder, den Rainer Pietsch ihr zurechtrückte, und beobachtete dabei ebenso aufmerksam wie unauffällig alles, was um sie herum geschah. Während sich auch die anderen setzten, holte sie einen Notizblock und einen Stift hervor.

»Frau Pietsch, Herr Pietsch«, begann sie und nickte beiden noch einmal förmlich zu, »wir haben den Bericht von Dr. Romero bekommen. Er hat Ihren Sohn Michael behandelt, nachdem dieser zusammengeschlagen wurde.«

»Ja, wir kennen Dr. Romero, und wir sind ihm auch sehr dankbar, dass er sich so gut um Michael gekümmert hat«, sagte Rainer Pietsch.

»Ja?« Sie sah Rainer Pietsch kurz mit leicht hochgezogener Augenbraue an, lächelte dann aber. »Nun, das freut mich.« Dann zog sie Romeros Bericht aus der Akte und blätterte ein wenig darin.

»Es geht Ihrem Sohn wieder besser, hoffe ich?«

»Ja, viel besser. Er ist bis morgen bei den Großeltern.«

»Das ist gut«, nickte sie und überflog noch einmal einige Passagen im Bericht des Arztes. »Wir haben hier die Beschreibung einer Vielzahl von Verletzungen, die Dr. Romero an Ihrem Sohn festgestellt hat.«

»Schrecklich, nicht wahr?«, sagte Annette Pietsch.

»Ja, schrecklich. Allerdings ...« Sie sah kurz zwischen Annette Pietsch und ihrem Mann hin und her. »Nun ... nicht alle Verletzungen, die Dr. Romero feststellen konnte, stammen auch wirklich von diesem Überfall. Und bei manchen war er sich nicht sicher.«

»Was meinen Sie damit?«

»Er hat auch Spuren älterer Hämatome gefunden.«

Annette Pietsch sah sie verständnislos an, und Sybille Lahnstein verstand den Blick falsch.

»Hämatome sind Blutergüsse, blaue Flecken, sozusagen.«

»Ich weiß, was Hämatome sind. Aber ich weiß nicht, worauf Sie hinauswollen.«

»Ihr Sohn Michael ist offenbar schon vor dem Überfall geschlagen worden.«

»Ach das«, sagte Rainer Pietsch. »Er hatte mal Streit mit zwei Klassenkameraden, und im Zuge dieser Rangelei ist er die Treppe runtergefallen. Dabei wird er sich die blauen Flecken geholt haben. Das sah schlimm aus, damals.«

»Die Treppe runter?«, fragte Sybille Lahnstein und runzelte die Stirn. »Ja, sicher, die Treppe«, nickte sie dann und machte sich einige Notizen.

Rainer und Annette Pietsch sahen sich an: Was ging hier vor sich?

Stefan Mertes sah mit trübem Blick zum Fenster hinaus. Das war kein guter Tag für ihn gewesen, und er hatte allen Grund, wie er fand, diesen ganzen Mist mit Bier und Schnaps hinunterzuspülen.

Am Nachmittag hatte ihn sein Chef zu sich gerufen. Es ging um seine jüngsten Ermittlungen und darum, dass er zu einem offiziell abgeschlossenen Fall von anderen Dienststellen Unterlagen anforderte.

»Irgendwann muss Schluss sein, Mertes«, hatte Kriminaldirektor Klaus Wagner gedonnert. »Ich weiß, dass Sie das Bild von dem toten Jungen am Ziegenhorn nicht loslässt – das war für uns alle kein Zuckerschlecken. Aber unsere Ermittlungen haben ergeben, dass es sich um einen tragischen Unfall oder meinetwegen um einen Selbstmord gehandelt hat, nun sollte es auch mal gut sein. Sie können hier nicht Ihre private Obsession während der Dienstzeit und im Namen der Kriminalinspektion ausleben, haben Sie mich verstanden? Und dann gehen Sie auch noch raus und reden mit den Eltern des Jungen – muss das wirklich sein, dass Sie denen auch noch ihr bisschen Frieden rauben? Haben die es nicht schon schwer genug?«

So war es eine Weile hin und her gegangen, und als dem Chef schließlich klar wurde, dass Mertes den Absturz des Jungen mit den Todesumständen anderer Cäcilienberg-Schüler in Verbindung brachte, war ihm der Geduldsfaden gerissen und er hatte Mertes mit sofortiger Wirkung vom Dienst beurlaubt.

»Sehen Sie zu, dass Sie Ihre Gefühle wieder auf die Reihe kriegen«, hatte ihm der Chef noch nachgerufen, dann hatte die vom hinausstürmenden Mertes zugeschlagene Tür dem Gespräch ein abruptes Ende gesetzt.

Nun stand er an seinem Fenster, leerte Flasche um Flasche

und schenkte sich zwischendurch ab und zu einen Schnaps nach. Das war kein guter Tag gewesen – nicht für ihn, nicht für dieses Ehepaar aus dem Schwäbischen, nicht für die toten Kinder und nicht für diejenigen, denen vielleicht noch Gefahr drohte von Franz und Rosemarie Moeller.

»Machen wir es kurz, Herr Pietsch, Frau Pietsch«, sagte Sybille Lahnstein und sah die beiden nacheinander direkt an. »Ihr Sohn Michael hat Spuren von Hämatomen an Stellen, die für eine gewöhnliche Schlägerei nicht gerade typisch sind.«

»Davon wissen wir nichts«, sagte Rainer Pietsch und sah die Frau ungehalten an. Er hatte das ungute Gefühl, dass das Gespräch nicht zu ihren Gunsten verlief – ein Gefühl, das er nur zu gut von dem Treffen mit den Moellers und mit Rektor Wehling her kannte.

»Das wiederum ist typisch«, sagte Sybille Lahnstein in ziemlich schnippischem Tonfall.

»Sybille, bitte!«, mischte sich ihr Kollege ein.

»Entschuldigung«, murmelte die Frau. »Aber ich will Ihnen gerne erklären, welcher Verdacht sich mir aufdrängt, wenn ich den Bericht von Dr. Romero lese.«

Sie stand auf.

»Ich werde Ihnen kurz demonstrieren ...«

Sie sah Rainer Pietsch kurz an, setzte sich dann wieder.

»Mein Kollege wird Ihnen kurz demonstrieren, wo die Hämatome festgestellt wurden, die uns Sorgen machen. Manfred, bist du so nett?«

Bremer stand auf, stellte sich breitbeinig hin und deutete auf mehrere Stellen an der Innenseite seiner Oberschenkel.

»Hier, hier und hier wurden Spuren von Gewaltanwendung bei Ihrem Sohn gefunden.«

Rainer Pietsch bekam allmählich eine Ahnung davon, was die beiden andeuteten. Annette Pietsch dagegen schaute noch fragend.

»Und auch an seinem Glied beziehungsweise direkt daneben wurde Michael wohl berührt – es wurden Quetschungen festgestellt, um genauer zu sein.«

Annette Pietsch folgte Bremers Blick, der während der ganzen Demonstration zu ihrem Mann hinsah. Rainer Pietschs Augen verengten sich zu Schlitzen, er schien wütend zu werden.

»Diese Jugendlichen haben unseren Sohn auch ... da unten verletzt? Wollen Sie uns das damit sagen?«

Bremer schüttelte langsam den Kopf und ließ Rainer Pietsch nicht aus den Augen.

»Diese Hämatome müssen ihm nicht zwingend beigebracht worden sein, als ihn diese Jugendlichen verprügelten. Sie könnten auch schon vorher entstanden sein.«

»Vorher? Wieso vorher?«

Allmählich begriff auch Annette Pietsch.

»Wollen Sie damit andeuten, dass ...«

»Frau Lahnstein, das reicht!«, schnitt Rainer Pietsch ihr das Wort ab.

Er war aufgestanden, ballte die Fäuste und sah den Mann vom Jugendamt geradezu hasserfüllt an.

»Bitte verlassen Sie jetzt unser Haus!«, sagte er, nicht allzu laut, aber mit zornbebender Stimme. »Und zwar jetzt sofort!«

Sybille Lahnstein steckte den Arztbericht wieder zurück in die Aktenmappe, nahm die Unterlagen auf und erhob sich langsam. Sie wirkte kühl, achtete aber zugleich darauf, Rainer Pietsch nicht zu nahe zu kommen.

»Raus jetzt, alle beide!«

»Und wenn wir nicht gehen, vergessen Sie sich, nehme ich an?«, sagte Sybille Lahnstein noch, dann wandte sie sich zusammen mit ihrem Kollegen zum Gehen.

»Gehen Sie endlich!«

Er war nun recht laut geworden.

»Rainer, bitte!«, flehte ihn Annette Pietsch an und legte ihm eine Hand auf die Schulter. »Das macht es doch nicht besser.«

»Da hat Ihre Frau absolut recht, Herr Pietsch«, sagte Sybille Lahnstein von der Haustür her, dann sah sie die beiden noch einmal an und ging kopfschüttelnd hinaus.

Annette Pietsch stand noch ein paar Minuten regungslos im Wohnzimmer und versuchte, einen klaren Gedanken zu fassen.

»Alles in Ordnung, Annette?«, fragte Rainer Pietsch sie und ging zu ihr.

Sie sah ihn an, dann nahm sie das Tablett mit den Häppchen.

»Nein, Rainer, nichts ist in Ordnung. Gar nichts.«

»Annette!«

Er machte eine Bewegung, als wolle er sie trotz des Tabletts in den Arm nehmen. Aber Annette Pietsch trat einen Schritt zurück.

Gegen halb drei wälzte sich Mertes aus dem Bett und tappte durch die dunkle Wohnung zur Toilette hinüber. Dort knipste er das Licht an, erleichterte sich und sah beim Händewaschen in den Spiegel: Bartstoppeln, tiefe Augenringe, fahle Haut und hängende Wangen – der vorige Abend hatte deutliche Spuren hinterlassen. In der Küche trank er mehrere Gläser Wasser, schob sich ein paar Cracker in den Mund und spülte mit noch mehr Wasser nach. Dann setzte er sich an den Küchentisch und stützte den Kopf auf seine Hände. Über dem ganzen Ärger mit seinem Vorgesetzten hatte er vergessen, den Pietschs die letzte Info durchzugeben, auf die er vor seiner Beurlaubung noch gestoßen war: eine Telefonnummer in Bayern, deren Vorwahl mit 093 begann. Mertes hatte dort gestern Abend von zu Hause aus angerufen. Er hatte es lange klingeln lassen, und schließlich meldete sich ein Mann mit voller, aber schon etwas älter wirkender Stimme. Er hatte keinen Namen genannt, sondern nur »Ja?« ins Telefon gesagt, dann gewartet und schließlich, als Mertes nichts sagte, einfach wieder aufgelegt – aber als Kripobeamter hätte er der Nummer sicher schon in ein, zwei Tagen einen Namen und eine Adresse zuordnen können. Diese Möglichkeit war ihm nun verwehrt, aber vielleicht konnte ja das Ehepaar Pietsch mehr dazu herausfinden. Oder es würde ihm selbst gelingen, über einen Kollegen, zu dem er privat einen guten Draht hatte, doch noch an die Information zu kommen, wem der Anschluss gehörte.

Nun war es schon nach drei, aber an Schlaf war für Mertes nicht zu denken. Alles ging in seinem Kopf durcheinander, und immer wieder sah er die Fotos aus den Kinderausweisen vor sich, von all den jungen Toten, die ihn nicht losließen. Er fuhr seinen PC hoch und gab in einem Auskunftsportal auf gut Glück die mit der Vorwahl 093 beginnende Telefonnummer ein – kurz danach hatte er auch schon einen Namen und eine Adresse vor sich auf dem Monitor. Dass er so einfach an die Information kommen würde, hätte er nicht gedacht – wo doch inzwischen viele ihre Anschlussdaten für solche Portale sperren ließen.

Schließlich schnappte er sich seine Jacke, den Schlüssel und das Handy. Er steckte den Zettel mit der 093er-Telefonnummer, dem Namen und der Adresse in seine Hosentasche. Dann ging er hinunter, stieg in seinen Privatwagen und drehte den Zündschlüssel. Die Batterie war nicht mehr die beste, aber nach einer Weile sprang der Wagen an. Mertes, der durchaus noch die Nachwirkung des Alkohols vom Vorabend spürte, legte den ersten Gang ein und fuhr los. Er musste sich konzentrieren, um den Wagen gerade zu halten und nicht aus der Spur zu fallen. Den Geländewagen, der kurz nach ihm losfuhr und ihm in einigem Abstand folgte, bemerkte er nicht.

Zunächst fuhr Mertes nur ziellos durch die Gegend, dann schlug er die Richtung nach Pelm ein. Er folgte der A1 nach Norden, dann der Landesstraße nach Westen – den Weg kannte er gut, so war er gewöhnlich auch zum Internat Cäcilienberg gefahren und in letzter Zeit ein paar Mal zum Ziegenhorn hinauf. In Pelm ließ er den Wagen vor dem Friedhof ausrollen, blieb noch kurz sitzen, dann stieg er aus und ging zu Kai Wirschings Grab hinüber. Eine Weile blieb er dort stehen, wollte beten, aber es fielen ihm keine passenden Worte ein, also schwieg er einfach und starrte stumm auf die Erde. Dann wurde ihm kalt, und er kehrte zum Wagen zurück. Er fuhr ein kleines Stück zurück, hielt an, machte den Motor wieder aus und gab die Adresse zur 093er-Nummer in sein Navigationsgerät ein. Dann sah er auf die Uhr. Die Nacht war schon fast vorüber, und hier in seinem bisherigen Einsatzbereich konnte er wegen seiner Beurlaubung ohnehin nichts ausrichten. Er griff nach hinten, wo seine Jacke auf der Rückbank lag, und sah nach, was sich alles in der Innentasche befand: Scheckkarte, Ausweis, Führerschein, die Brieftasche mit hundertfünfzig Euro – und der Tank war voll.

Mertes ließ sich nach hinten sinken und schloss die Augen. Sollte doch seine Müdigkeit entscheiden, was er nun tun würde. Er wartete, und als er nach mehr als einer halben Stunde noch nicht eingeschlafen war, rieb er sich die Augen, setzte sich wieder aufrecht hin und fuhr los.

Mit jedem Kilometer fühlte er sich besser. Allmählich ließ die Wirkung des Alkohols nach, und die Tatsache, dass er sich auf den Weg machte und den Fall, der ihm ohnehin keine Ruhe ließ, nun eben als Privatmann anpackte, bescherte ihm ein gutes Gefühl. Er fuhr in gleichbleibendem Tempo, und der Geländewagen hatte keine Mühe, ihm trotz des großen Abstands zu folgen. Erst als sie sich Limburg näherten und die A3 auf das Lahntal zuhielt, kam der Geländewagen zügig näher.

Erst kümmerte sich Mertes nicht um den Wagen, der auf der zu dieser Zeit so gut wie unbefahrenen Autobahn hinter ihm fuhr, doch dann schaltete der Fahrer des Geländewagens sein Fernlicht auffällig oft ein und aus und Mertes musste sich die Hand vor die Augen halten, um noch die Fahrbahn vor sich erkennen zu können. Schließlich beließ der Fahrer seine Scheinwerfer durchgehend im Fernlichtmodus, und Mertes bremste mehrfach abrupt ab, um den Wagen hinter sich zum Vorbeifahren zu bewegen. Schließlich scherte der Geländewagen tatsächlich aus und wechselte dicht vor Mertes wieder auf die rechte Spur. Dann bremste er ab und nötigte auch Mertes, langsamer zu werden – kurz darauf standen beide Autos am rechten Fahrbahnrand.

Mertes war stinksauer. Er hatte die Warnblinkanlage eingeschaltet und den Motor abgestellt, nun wappnete er sich, dem anderen ordentlich die Meinung zu sagen. Der Geländewagen rollte noch einmal an und blieb etwa dreißig Meter vor Mertes wieder stehen, dann öffnete sich die Fahrertür und ein Mann stieg aus. Er kam langsam auf Mertes zu und schien sich nicht weiter daran zu stören, dass er genau im Lichtkegel des Wagens lief. Als er an Mertes' Fahrertür angekommen war, ließ Mertes die Scheibe herunterfahren.

»Sind Sie irre ...?«, begann er zornig, dann schnappte er nach Luft. Der Mann hatte durchs Fenster an seinen Hals gegriffen und drückte nun mit der Handkante auf Mertes' Luftröhre. Dann ein kurzer Hieb, Mertes verdrehte die Augen und sackte nach vorn. Der Fremde öffnete die Fahrertür, schob den leblosen Mertes zurück in seinen Sitz, löste den Sicherheitsgurt und schlug das Lenkrad scharf nach rechts ein. Dann holte er Werkzeug aus dem Geländewagen und machte sich an der Leitplanke zu schaffen. Schließlich kam er zu Mertes' Wagen zurück, schaltete die Warnblinkanlage aus, startete den Motor, stellte das rechte Bein aufs Gaspedal, sodass der Motor im Leerlauf aufheulte, setzte das linke Bein von Mertes auf die Kupplung, legte den ersten Gang ein, zog den Fuß dann wieder von der Kupplung und sprang schnell einen Schritt zurück.

Ruckelnd setzte sich der Wagen in Bewegung, kurz streifte das Auto noch an der Leitplanke entlang, dann durchbrach der Wagen die Begrenzung an der präparierten Stelle, rollte über den Abgrund und kippte dann hinunter, der Lahn entgegen, die rund fünfzig Meter unter dem Viadukt entlangfloss.

Er sah noch dem stürzenden Wagen nach, bis er unten im Wasser verschwand. Kurz fuhr er sich über seine Warze, dann stieg er wieder in seinen Geländewagen, sah auf die Uhr und fuhr weiter. Bis er dem Chef berichten konnte, dass Kommissar Mertes aus dem Anruf bei ihm keine gefährlichen Schlüsse mehr ziehen konnte, würde es noch ein wenig dauern.

Kapitel acht

Rektor Wehling sah noch einmal auf die Tagesordnung der Elternbeiratssitzung. Alle Punkte waren besprochen worden, und sonst war bisher nichts Außergewöhnliches zur Sprache gekommen. Das würde er nun ändern.

»Meine Damen, meine Herren«, begann er, »nun habe ich noch ein sehr unangenehmes Thema, über das ich Sie heute informieren muss. Es geht um Familie Pietsch, die drei Kinder hier an der Schule hat – viele von Ihnen kennen sie ja.«

Die Elternvertreterin der 6d, Frau Knaup-Clement, verdrehte genervt die Augen, einige grinsten, als sie das sahen.

»Nun, es gibt eine ungeheuerliche Anschuldigung Herrn Pietsch gegenüber. Sein Sohn Michael wurde von einigen Jugendlichen zusammengeschlagen, und im Zuge der ärztlichen Untersuchungen wurden auch ältere Spuren von Gewalteinwirkung gefunden.« Er machte eine Kunstpause und sah in die Runde, um auch von allen die volle Aufmerksamkeit zu kriegen. »Der arme Michael wies solche Spuren auch ... nun ja ... ähem ... im Intimbereich auf.«

Entsetztes Gemurmel, einige Anwesende hoben die Augenbrauen.

»Das Jugendamt hat mit mir ein Gespräch über Michael und seine Familie geführt, ich habe Frau Moeller dazugebeten, Michaels Klassenlehrerin.« Er unterbrach sich wieder, drückte die Fingerspitzen gegeneinander und versuchte eine möglichst leidende Miene aufzulegen. »Ich weiß natürlich nichts Genaues, und ich möchte, um Himmels willen, auch keine Gerüchte in die Welt setzen, aber ...«

»Aber?« Karin Knaup-Clement platzte fast vor Ungeduld.

»Aber … das Jugendamt scheint nach jetzigem Stand der Dinge davon auszugehen, dass Herr Pietsch …«

Mehr musste er nicht sagen, das Gerücht war in der Welt, die Pietschs, die ihm in diesem Schuljahr schon genug Ärger bereitet hatten, waren so gut wie erledigt – und es kostete Rektor Wehling einige Willenskraft, sich ein zufriedenes Lächeln zu verkneifen.

Lukas kam als Erster zu seinen Eltern an den Frühstückstisch, aber niemand sagte ein Wort. Er fragte, was los sei, bekam aber keine Antwort. Auch Michael kam herunter, setzte sich wortlos dazu. Schließlich erschien Sarah, plapperte drauflos und nahm die beiden Jungs dann gleich mit zum Bus.

Rainer und Annette Pietsch blieben noch kurz sitzen, tranken ihren Kaffee aus und gingen dann wortlos und ohne Abschiedskuss auseinander.

In der Schule hatte Lukas das Gefühl, dass er beobachtet wurde. Aber wann immer er sich umdrehte, er konnte niemanden entdecken, der zu ihm hersah. Nur einmal drehte sich seine Klassenkameradin Tabea ein wenig zu spät weg, und er konnte noch kurz ihren abschätzigen Blick auffangen.

Was war heute nur los?

Rosemarie Moeller stand in engem Kontakt mit dem Jugendamt, und ihre Nachfragen, manchmal verbunden mit gezielt gestreuten Fehlinformationen, verbesserten die Lage der Pietschs nicht.

Im Unterricht lief es längst wie geschmiert. Die Sechsklässler lernten mit dem Eifer, den sie zu wecken gehofft hatte. Sie vertrauten ihr voll und ganz, und die beachtlichen Lernerfolge selbst der etwas schlechteren Schüler bestätigten sie und ihre Eltern darin nur noch.

Es gab keine Gegenwehr mehr. Die Kinder ließen sich auf jede Lernmethode ein, saugten neues Wissen begierig auf und probierten ungewöhnlich wirkende Ansätze ihrer Lehrerin mit Freude aus. So machte ihr die Arbeit Spaß, und so konnte sie den besten der Kinder am ehesten den Weg nach oben ebnen – denen, die in späteren Jahren den Erfolg ihrer Methode von der Tabula rasa bedeuten würden, der leer gewischten und hinterher gezielt wieder mit nützlichem Wissen beschriebenen Tafel.

Heute stand Geschichte auf dem Stundenplan, und Rosemarie Moeller rief Michael Pietsch nicht zufällig nach vorn. Sie fragte ihn nach Details zum Stoff der vorangegangenen Stunden, und Michael konnte fehlerfrei und umfassend antworten. Seit seinem Streit mit Tobias und Marc, vor allem aber seitdem er von Jugendlichen verprügelt worden war, sah sie Michael oft stumm und allein in der Pause sitzen. Immer wieder ließ er selbst seine engen Freunde Petar und Ronnie abblitzen, aber die beiden waren unermüdlich und bemühten sich immer wieder neu um ihn.

Als Michael den Test vorne an der Tafel bestanden hatte, sah Rosemarie Moeller ihn kurz an. »Geht's dir gut?«, fragte sie ihn dann.

Michael erschrak ein wenig, weil er seit den Beschwerden der Eltern zu Beginn des Schuljahres von Rosemarie Moeller kaum ein persönliches, geschweige denn ein nettes Wort gehört hatte.

»Nicht, oder?«, fasste sie nach und strich ihm sanft über den Kopf. »Setz dich ruhig wieder, du hast alles richtig gemacht.« Verwirrt ging er zu seinem Platz zurück und setzte sich. »Nehmt euch an Michael ein Beispiel, Kinder. Er ist derzeit in einer sehr schwierigen Situation, er hat es nicht leicht, gerade mit seinen Eltern – und trotzdem arbeitet er gut in der Klasse mit und ist aufmerksam und lernbereit.«

Sie sah Michael freundlich an, aber der Junge wäre unter ihrem Blick am liebsten im Boden versunken. Jeder Satz, jedes Wort hatte ihn wie ein Peitschenhieb getroffen. Er hatte längst die Gerüchte aufgeschnappt, denen zufolge er Verletzungen zwischen den Beinen hatte – und dass ihm dort sein Vater Gewalt angetan hätte. Was hatte Rosemarie Moeller denn nur davon, ihn vor der ganzen Klasse auf diese erniedrigende Weise bloßzustellen?

Annette Pietsch erstarrte, als sie seinen Namen hörte.

»Jonas Kray, hier, hallo Frau Pietsch.«

Sie sagte keinen Ton, und ihr erster Reflex war, gleich wieder aufzulegen. Mit diesem Widerling wollte sie nichts mehr zu tun haben. Sofort war die Szene in seinem Büro wieder präsent.

»Ich hatte Ihnen eine Anfrage wegen eines Cateringauftrags geschickt, und Sie haben bisher noch kein Angebot abgegeben.«

»Ich will auch ...«

»Nun, Frau Pietsch, ich habe ja viele Kontakte hier in der Stadt, und was mir da zu Ohren gekommen ist ...«

Er ließ den Satz bedeutungsschwer in der Luft hängen.

»Herr Kray, das ...«

»Ich will mich an solchen Gerüchten auch gar nicht beteiligen, Frau Pietsch, und Sie tun mir ja durchaus leid. Sie können ja nichts für das, was Ihr Mann so anstellt, aber ... na ja: Es ist gut, dass Sie sich noch nicht die Mühe gemacht haben, ein Angebot aufzusetzen. Ich möchte unter den gegebenen

Umständen meine Anfrage doch lieber wieder zurückziehen.«

»Ich …«, begann Annette Pietsch, aber er ließ sie gar nicht zu Wort kommen.

»Man hat als Anwalt schließlich einen Ruf zu verlieren, Sie verstehen?« Er machte eine Pause, Annette Pietsch hörte förmlich, wie sich ein Grinsen auf sein Gesicht legte. Dann legte er auf.

»Diese miese Ratte!«, schoss es Annette Pietsch durch den Kopf. Wie gerne hätte sie ihm an den Kopf geworfen, dass sie seine Anfrage sofort zerrissen hatte und dass sie ihm nicht für alles Geld der Welt auch nur ein Brot schmieren würde. Aber aus dem Hörer drang nur noch das Freizeichen, und sie warf das Mobilteil auf die Couch und ließ sich schluchzend auf den Boden sinken.

Als er am nächsten Abend nach Hause kam, war Rainer Pietsch noch schlechter gelaunt als an den Abenden zuvor. Die Tasche flog geräuschvoll ins Eck, die Schuhe hinterher, und dann ließ er sich auf einen Stuhl am Esstisch sinken.

Lukas hatte seinen Vater hereinkommen gehört, als er gerade vom Bad in sein Zimmer wollte. Er kam herunter, setzte sich seinem Vater auf den Schoß und fühlte, wie Rainer Pietsch sofort erstarrte.

»Geh mal lieber runter«, sagte er und schob Lukas zu dem benachbarten Stuhl hin.

»Was ist denn, Papa?«

»Ach, ich …« Er schloss die Augen, rieb sich die Schläfen, fuhr sich durchs Haar. »Ich hatte Ärger im Büro.«

»Schlimm?«

»Na ja«, machte er und zuckte mit den Schultern.

Lukas stand auf, gab ihm noch einen Gutenachtkuss und

ging nach oben. Annette Pietsch saß im Wohnzimmer und las. Sie hatte ihren Mann ebenfalls gehört, hatte aber keine Lust auf seine schlechte Laune – und außerdem war sie sich im Moment nicht sicher, ob sie ihre Freizeit mit ihm verbringen wollte. Ohnehin war sie sich in nichts mehr sicher, wenn es um ihn ging.

Rainer Pietsch holte sich ein Bier aus dem Kühlschrank, hängte sein Jackett weg und zog aus der Innentasche den Brief, den ihm heute sein Abteilungsleiter überreicht hatte. Darin stand sinngemäß, dass er als bewährter Mitarbeiter gerne wieder in den Dienst zurückkommen könne, wenn die Vorwürfe gegen ihn wegen der Verletzungen seines Sohnes Michael aufgeklärt wären und er wieder entlastet sei.

Morgen jedenfalls konnte er sich in Ruhe um den Garten kümmern.

Schließlich tagte der Familienrat. Annette Pietsch hatte es nicht mehr länger mit ansehen wollen, wie die Kinder zunehmend irritiert wirkten und sie und ihren Mann immer wieder vergeblich fragten, was eigentlich los sei.

Sie versammelten sich um den Esstisch, Michael fehlte. Die Eltern wirkten nervös und wussten offensichtlich nicht so recht, wie sie das Gespräch eröffnen sollten.

»Ihr fragt euch wahrscheinlich, was hier bei uns vor sich geht«, begann Annette Pietsch zögernd und sah Lukas und Sarah dann ernst an.

Michael lag oben in seinem Bett, und seine Mutter hatte ihn selbst mit dem Hinweis, es gehe vor allem um ihn, nicht dazu bewegen können, sich zu den anderen an den Tisch zu setzen.

»Ist wieder was mit Michael?«, fragte Sarah.

»Es hat mit Michael zu tun, aber es geht eher um ...«

Sie sah Hilfe suchend zu ihrem Mann hin.

»Der Arzt«, sagte Rainer Pietsch schließlich, »hat Michael doch untersucht, nachdem er verprügelt wurde. Das wisst ihr ja.«

Lukas und Sarah nickten.

»Er hat Verletzungen, blaue Flecke und andere Spuren von Gewalt gefunden, und nicht alle stammen von der Prügelei. Zumindest sagt der Arzt, dass manche auf jeden Fall schon älter sind – und dass er sich bei ein paar anderen nicht sicher ist, ob sie nicht vielleicht auch von woanders her sein könnten.«

»Und?«, fragte Lukas. »Michael hatte doch auch mal Ärger mit Tobias und Marc, da habt ihr ihn doch von der Schule abgeholt, nachdem er sogar die Treppe runtergefallen ist.«

»Ja, das haben wir den Leuten vom Jugendamt auch gesagt.«

Sarah sah ihren Vater mit großen Augen an.

»Vom Jugendamt? Wieso vom Jugendamt?«

»Die waren hier und haben uns Fragen gestellt. Wollten wissen, was mit Michael los ist und woher seine älteren Verletzungen stammen könnten.«

Rainer Pietsch versuchte alles möglichst ruhig und sachlich zu erklären, aber es fiel ihm zunehmend schwer. Seine Stimme drohte zu versagen, und aus den Augenwinkeln bemerkte er, dass auch seine Frau die Situation nur schwer ertrug.

»Wann war das? Ich meine: wann habt ihr mit denen geredet?«, hakte Sarah nach.

»Erst vor Kurzem, vor ein paar Tagen.«

»Ihr Jungs wart bei Oma«, warf Annette Pietsch ein, »und du, Sarah, warst bei deiner Freundin.«

Sarah dachte an ihre heimlichen Treffen mit Hendrik und schluckte.

»Ist doch alles geklärt: Die Jugendlichen haben Michael verhauen, und davor ist er die Treppe runtergefallen«, meinte Lukas, nachdem keiner mehr weiterreden wollte.

»Und warum habt ihr dann so miese Laune?«

»Für die Leute vom Jugendamt ist eben noch nicht alles geklärt.« Rainer Pietsch lachte freudlos. »Oder eben doch ...«

Sarah sah ihre Mutter fragend an, auch Lukas wirkte ratlos.

»Sag's ihnen halt endlich, Rainer«, drängte Annette Pietsch schließlich.

»Die meinen ...« Er musste noch einmal ansetzen, weil ihm die Stimme versagte. »... dass ich Michael ... also, dass ich ihn ... da unten verletzt habe ...«

»Du?«

Sarah war aufgesprungen und sah verwirrt zwischen ihrer Mutter und ihrem Vater hin und her.

»Aber warum glauben die das?«

Rainer Pietsch sah sie traurig an, seine Augen schimmerten, und er zuckte mit den Schultern.

»Aber das ...« Sarah sah verzweifelt aus. »Sag, dass das nicht stimmt, Mama!«

Annette Pietsch sah ihren Mann nachdenklich an und schwieg. Bevor noch jemand etwas sagen konnte, trat Sarah schon ihren Stuhl wütend nach hinten und rannte die Treppe hinauf. Oben schlug die Tür zu, und Lukas sah noch einmal zu seinem Vater hin, aber der war offenbar auch völlig fertig mit den Nerven und sank vornüber, um so, mit dem Kopf auf den verschränkten Armen, weinend liegen zu bleiben. Langsam stand Lukas auf und verließ mit hängenden Schultern das Esszimmer.

Annette Pietsch saß noch ein paar Minuten mit am Tisch, dann ging sie zur Garderobe, nahm sich eine Jacke vom Haken und trat aus dem Haus.

Rektor Wehling wirkte sehr aufgeräumt an diesem Morgen. Er hatte wie immer an Markttagen am Stand des Biohofladens eingekauft, und nun schlenderte er zum Café hinüber, wo er sich zum Abschluss einen Latte macchiato gönnen würde.

Unterwegs wurde er immer wieder aufgehalten, doch so unangenehm das Thema auch war, das alle ansprachen, die ihm begegneten: Ihm konnte es nur recht sein, wenn die Geschichte möglichst gründlich in der Stadt durchgekaut wurde. Die Pietschs würden die Schule wechseln, vielleicht würden sie sogar wegziehen – und ein großer Unruheherd wäre damit endlich beseitigt.

Als er das Café gerade betreten wollte, sah er an einem kleinen Tisch im Eck Rosemarie Moeller mit der Frau vom Jugendamt zusammensitzen. Die beiden unterhielten sich rege, und ab und zu reichte die Lehrerin der anderen Frau Unterlagen und Notizen.

Nun gut, dachte Wehling und machte kehrt, dann trinke ich meinen Kaffee eben im Büro. Was er gesehen hatte, minderte seine gute Laune jedenfalls nicht im Geringsten.

»Mama?«

Sarah hatte ihre Mutter schon eine Weile lang beim Abwasch beobachtet. Sie schien angespannt und hatte offenbar schlecht geschlafen.

»Mama?«, fragte sie noch einmal, als keine Reaktion kam.

»Was ist denn, Sarah?«

Annette Pietsch hatte sich umgedreht. Mit den geröteten Augen und der aschfahlenen Gesichtsfarbe sah sie noch viel schlimmer aus, als Sarah es erwartet hatte.

»Dir geht's nicht gut, oder?«

»Nein«, sagte Annette Pietsch, setzte sich zu ihrer Tochter an den Tisch und wischte sich die feuchten Hände an der Hose ab.

»Was ist denn mit Papa?«

»Der hat Probleme. Große Probleme.«

»Können wir was tun?«

Annette Pietsch sah ihre Tochter traurig an, dann lächelte sie wehmütig.

»Haltet zu ihm, das ist das Beste, was ihr tun könnt, du und Lukas.«

»Ich und Lukas?«

Sarah stutzte.

»Du hast Michael weggelassen. Kann der nichts für Papa tun?«

»Doch, der am allermeisten – aber dazu müsste er einfach mal sagen, was Sache ist. Denn Michael oder eigentlich Michaels Schweigen sind der Grund für Papas Probleme.«

»Und du? Was kannst du tun?«

»Ich muss auch zu ihm halten.«

»Das machst du ja ohnehin.«

Annette Pietsch presste ihre Lippen zusammen, dann sagte sie: »Ich weiß nicht recht.«

»Wie meinst du das?«

»Ich weiß nicht recht, ob ich wirklich zu ihm halten kann.« Sie stockte und suchte nach den richtigen Worten. »Weißt du, Sarah, das ist wahrscheinlich der schlimmste Vorwurf, den man Eltern machen kann: dass sie ihr Kind anfassen, wie sie es nicht anfassen sollen.«

»Dass sie es missbrauchen, meinst du. Bitte, red mit mir nicht wie mit einem kleinen Kind.«

»Ja, tut mir leid, du hast ja recht. Auf jeden Fall ist es der schlimmste Vorwurf von allen. Aber ...«

Eine Pause entstand.

»Aber?«

»Aber noch schlimmer ist, dass letztendlich keiner weiß, was wirklich passiert ist. Papa wird beschuldigt, und Michael sagt kein Wort.«

»Aber Papa hat das doch nicht getan!«

»Nein, natürlich nicht«, sagte sie und stand auf.

Hoffentlich nicht, dachte sie und schluckte.

Rainer Pietsch blieb an diesem Morgen im Bett, bis alle anderen aus dem Haus waren. Seine Frau wusste Bescheid, er hatte sie den Brief der Personalabteilung lesen lassen, aber nicht einmal daraufhin war es zu einem richtigen Gespräch zwischen ihnen gekommen. Die Kinder glaubten, er habe heute kurzfristig freigenommen, weil es ihm nicht gut ging. Das klang für sie durchaus plausibel: Dass und warum er unter Druck stand, wussten sie ja. Doch Rainer Pietsch wurde das Gefühl nicht los, dass seine Frau nicht vollständig von seiner Unschuld überzeugt war – das tat viel mehr weh als alle Beschuldigungen und Verdächtigungen.

Er trank ausgiebig Kaffee, las die Zeitung komplett durch, aber auch danach war erst eine gute Stunde vergangen und der Vormittag noch lang. Also begann er, die Speisekammer aufzuräumen, abgelaufene Lebensmittel auszusortieren und Blumen zu gießen.

Gegen elf hatte er zu nichts mehr Lust, und er schaltete den Fernseher ein. Irgendeine Talkshow lief, in der sich unglaublich dumme Leute über unglaublich dumme Kleinigkeiten stritten. Er hatte nicht einmal mehr die Kraft, das Gerät auszuschalten.

Sarah sah Rico schon vom Bus aus, aber hinter ihr drängten bereits die anderen Schüler und damit war es zu spät, einfach eine Haltestelle später auszusteigen. Also ließ sie sich hinaustreiben und tat so, als hätte sie ihn nicht bemerkt.

Rico hatte nervös gewirkt, hatte sich immer wieder kurz umgesehen und war sich ein paar Mal durch die Haare gefahren. Nun hielt er sich ein Stück hinter ihr, sie hörte kaum seine Schritte.

Halb hatte sie den Heimweg schon geschafft und fast dachte sie, er würde sie diesmal vielleicht doch in Ruhe lassen, sich vielleicht nicht trauen, sie anzusprechen – aber da holte er auch schon auf und war an der nächsten Ecke neben ihr. Sie konnte das Haus ihrer Familie schon sehen, es stand kaum mehr fünfzig Meter von ihr entfernt.

»Hi, Rico«, sagte Sarah und versuchte, so gleichgültig wie möglich zu klingen.

»Ich hab dich gesehen«, sagte Rico, er wirkte noch immer sehr nervös.

»Ja? Wo denn?«

»Wo ist egal – aber ich hab dich mit diesem Kind gesehen.«

»Mit welchem Kind? Meinst du einen meiner Brüder?«

»Na, der Typ aus deiner Klasse, mit dem du in letzter Zeit immer rumhängst.«

»Hendrik meinst du?« Sarah lächelte. »Der ist kein Kind mehr.«

Rico packte sie am Arm und wirbelte sie zu sich herum.

»Wieso machst du mit diesem Opfer rum – wo du doch weißt, wie sehr ich dich mag?«

»Rico, du tust mir weh!«

»Und wenn schon!«, zischte er.

Sarah bekam es mit der Angst zu tun. Drehte Rico jetzt durch? Andererseits: Wenn er ihr blöd kommen würde, konnte sie sich immer noch losreißen – sie war schnell, und die paar Meter rüber zu ihrem Haus würde sie allemal schaffen, bevor er sie ein zweites Mal zu fassen bekäme.

»Schau, Rico«, begann sie besänftigend auf ihn einzureden, während sie fieberhaft überlegte, wann der richtige Moment gekommen war, loszurennen. »Hendrik ist ein guter Freund, wir verstehen uns, haben dieselben Interessen. Und, ja: Ich glaub, ich hab mich in ihn verliebt.«

Rico sah sie an, seine Nasenflügel bebten.

»Und wir beide«, fuhr sie fort, »das passt irgendwie nicht. Du willst draußen sein, immer unterwegs mit deinen Kumpels, immer cool ... Und ich bin eher langweilig drauf: lernen, fleißig sein, Karriere machen.«

Sarah musterte ihn, während sie drauflosfabulierte: Kaufte er ihr ab, was sie da sagte? Trug sie auch nicht zu dick auf? Rico schien nachzudenken, aber sein Griff um ihren Arm lockerte sich nicht.

»Ach, Rico, lass uns einfach Freunde sein, was hältst du davon?«

Sarah konnte sehen, dass er gar nichts davon hielt. Der Junge sah sie mit einer Mischung aus Trauer und Wut an, seine Kieferknochen mahlten und hinter seiner Stirn schien es mächtig zu arbeiten.

»Mensch, Rico, ich hab dir das doch alles schon einmal erklärt.«

»Dann erklär's uns doch auch noch mal!«

Die Stimme erklang nur ein, zwei Handbreit hinter ihr, und sie spürte fast den Atem des anderen Jungen in ihrem

Nacken. Rico ließ ihren Arm los, und Sarah drehte sich langsam um. Vor ihr standen vier Jungs in Ricos Alter, vielleicht auch etwas älter, die sie unverhohlen von Kopf bis Fuß musterten – und die offensichtlich recht verlockend fanden, was sie da sahen. Sarah sah von einem zum anderen, und dazwischen lugte sie immer wieder hinüber zum Haus ihrer Familie und zu den umliegenden Gebäuden, ob jemand sie sah, ob sie jemanden mit Hilferufen schnell genug alarmieren konnte.

Aber es war niemand auf der Straße, niemand sah zu einem Fenster heraus, und nicht einmal ein Auto fuhr vorbei. Sarah brach der Schweiß aus, dann spürte sie Ricos Hände auf ihren Schultern.

»Komm, Sarah, wir müssen jetzt los«, flüsterte er ihr ins Ohr.

Kurz nach halb drei hielt es Rainer Pietsch nicht länger aus: Er musste sich den Frust des Tages aus dem Leib laufen. Er hatte geputzt und den Keller aufgeräumt, er hatte Unkraut geharkt und danach noch das Nötigste eingekauft. Zu Hause war niemand da – oder zumindest war niemand zu sehen, vielleicht waren die Kinder oben in ihren Zimmern.

Er war schon lange nicht mehr laufen gegangen, und seine Schuhe lagen irgendwo im hintersten Kellerschrank, zwischen alten Sandalen und zu klein gewordenen Kinderschuhen. Er kramte sie hervor, pustete den Staub ab und nestelte die Schnürsenkel auf.

Schon während des Zubindens erinnerte er sich wieder an die schönen Stunden, die er früher regelmäßig draußen verbracht hatte. Damals war er noch mit dem Wagen dreimal die Woche zum Neckarufer oder in den Wald gefahren und hatte seine ausgiebigen Runden gedreht. Genau das brauchte er nun wieder, auch wenn er wusste, dass seine erste Runde heute sicher nicht allzu groß ausfallen würde.

Im Kleiderschrank wühlte er nach einer Jogginghose und warmer Unterwäsche – der Winter war zwar schon überstanden, aber es war immer noch häufig kühl. Schließlich war er fertig, trippelte zum Versuch ein paar Mal auf der Stelle, dann steckte er sich den Hausschlüssel in die umgeschnallte Gürteltasche und lief los.

Besonders gut und frisch roch die Luft in der Stadt nicht gerade, aber sein Puls ging hoch, und er schwitzte, und bald verdrängten die Konzentration auf regelmäßiges Atmen und der Versuch, einen einigermaßen runden Laufstil zu finden, die Gedanken an die Probleme in der Firma und seine üble private Situation.

Die fünf Jungs nahmen Sarah in die Zange und schoben sie schnell und ohne viel Aufhebens vom Gehweg weg hinter eine Gruppe großer Büsche, die hier dicht und eng beieinander wuchsen.

Als das Geäst Sarah und die Jungs vor Blicken von der Straße her verbarg, zerrte einer der Jungs an ihren Beinen, zwei andere stießen sie heftig gegen die Schultern, sodass sie nach hinten kippte, und dann zogen alle fünf sie immer tiefer ins Gebüsch hinein. Sarah versuchte zu schreien, doch einer der Jungs presste ihr die Hand so fest auf den Mund, dass sie ihn nicht einmal beißen konnte. Die Jungs schienen überall um sie herum zu sein, packten sie grob an und schleiften sie über den erdigen Boden. Sie strampelte mit den Beinen und versuchte, irgendwo Halt zu finden, an den Sträuchern, an den Wurzeln eines Baumes, irgendwo. Aber die Jungs waren zu stark für sie und zogen sie unerbittlich weiter.

Plötzlich spürte sie, wie sich eine Hand zwischen ihre Beine schob. Sie wurde panisch. Einer der anderen hatte gerade seine Hände frei, begrapschte sie am Busen und riss ihr schließlich die Bluse vorne auf. Dann griff er grob unter ihr Top und zog es hoch bis zu ihrem Hals. Er drehte es so, dass ihr die Luft wegblieb.

»Und jetzt halt still, du Schlampe«, raunte er ihr keuchend zu, »sonst dreh ich dir den Saft ab!«

Sarah blieb starr vor Entsetzen liegen und schloss die Augen. Rico und der andere hatten sie inzwischen komplett ins Gebüsch gezerrt. Überall spürte sie Kratzer an ihrem Körper, einer der Sträucher schien Dornen zu haben. Über ihr war lautes Keuchen zu hören, die Jungs schienen ihren Spaß zu haben. Hände rissen an ihrem Gürtel, öffneten ihre Hose und zogen ihr die Jeans bis über die Knie herunter. Wieder Hände, diesmal riss der Slip. Sarah hielt den Atem an.

Doch nun fühlte sie Finger, die zitternd über ihr Gesicht streiften, und einer der Jungs drängte sich neben sie. »Sarah, warum zwingst du mich nur zu all dem?« Die Stimme war kaum mehr als ein Flüstern, heißer Atem wehte ihr übers Ohr, und als sie die Augen öffnete, sah sie Ricos Gesicht dicht neben ihrem. Er schwitzte, er stank, und er befingerte sie überall.

Sarah begann zu schreien, sie schrie so laut, wie sie noch nie in ihrem Leben geschrien hatte. Rico hielt erschrocken inne, dann glimmte Hass in seinen Augen auf. Während ihr ein anderer den Mund zuhielt, öffnete er seine Jeans. Sarah wurde leichenblass.

Mehr als eine halbe Stunde hatte er nicht durchgehalten. Doch Rainer Pietsch ging den letzten Anstieg hinauf zu seiner Straße mit einem positiven Gefühl an. Er schnaufte laut, und seine Beine fühlten sich an wie Pudding – aber die letzten Meter würde er nun auch noch schaffen.

Als er das Haus schon sehen konnte, blieb er kurz breitbeinig stehen, stützte sich mit beiden Händen auf seinen Oberschenkeln ab und versuchte vornüber gebeugt wieder einigermaßen zu Atem zu kommen.

Erst hörte er nur sein Schnaufen und das Pochen des Blutes in seinen Schläfen, dann nahm er ein entferntes Rufen wahr. Ein-, zweimal musste er horchen, dann erkannte er die Stimme seiner Tochter, und er stellte sich aufrecht hin und sah sich um.

Die Schreie schienen aus dem dichten Gebüsch zu kommen, das die Straße zum Haus der Familie hin säumte. Rainer Pietsch rappelte sich auf und bahnte sich einen Weg hinein.

Schon nach wenigen Schritten konnte er eine Stelle erkennen, an der die Zweige der Büsche wild hin und her gezerrt wurden und aus der die Schreie herzukommen schienen. Beim weiteren Durchkämpfen machte er vier Jeansbeine aus, die aus dem Dickicht ragten. Er packte zwei der Beine und zog sie mit einem Ruck zu sich. Die Jeans riss, und vor ihm lag ein fies wirkender Bursche mit zwei Narben unter dem rechten Auge. Sofort fiel Rainer Pietsch die Beschreibung der Jugendlichen ein, die seinen Sohn Michael überfallen hatten, und er wollte sich schon auf den Narbigen stürzen, da hörte er wieder Sarahs Hilferuf aus dem Gebüsch. Er stieß den Narbigen grob zur Seite, tauchte in die Büsche ein und schlug dort mehrmals blindlings zu. Ab und zu traf er jemanden, manchmal scheuerten seine Fäuste auch nur über Dornen und Äste. Doch nun war Bewegung im Gebüsch, und die Jugendlichen schienen die Flucht zu ergreifen. Bald war im Gebüsch vor ihm nur noch Sarahs Wimmern zu hören, und er schob sich vollends zu ihr hin.

Sie lag völlig verrenkt am Boden und hatte die Augen geschlossen. Eine Schleifspur im Dreck markierte den Weg, auf dem sie hier hereingezerrt worden war. Ihre Kleider waren teils zerrissen, die Hose heruntergestreift, der Slip und das Oberteil zerfetzt.

Plötzlich schlug Sarah die Augen auf und blickte sich dann panisch nach allen Seiten um. Dann kam plötzlich Bewegung in sie. Sarah spuckte sich in die Hände und versuchte, sich damit Brüste, Bauch und Scham abzuwischen, als würde sie sich reinigen wollen. Kurz wusste Rainer Pietsch nicht recht, was er tun sollte, dann fasste er Sarah fest an den Handgelenken und redete auf sie ein.

»Sie sind weg«, versuchte Rainer seine Tochter zu beruhigen.

Schließlich wandte Sarah das Gesicht wieder ihrem Vater zu. Sie wimmerte noch immer, gewann aber allmählich wieder die Fassung. Rainer Pietsch half ihr halb hoch, bis sie sich in seine Arme fallen lassen und hemmungslos schluchzen konnte, von ihrem Vater geborgen wie früher, als sie noch ein kleines Kind gewesen war.

»Hallo?« Die Frauenstimme kam vom Gehweg her.»Ist alles in Ordnung?«

»Ja«, rief Rainer Pietsch, »jetzt ist alles in Ordnung. Wir kommen gleich raus, bleiben Sie bitte kurz?« Er ließ Sarah wieder los, entfernte vorsichtig ein paar Dreckkrümel von ihrem Körper und half ihr, mit den Kleiderfetzen das Nötigste zu bedecken. Schließlich hob er sie leicht an, damit sie wieder in ihre Hose schlüpfen konnte. Dann schoben sich die beiden nach hinten aus dem Gebüsch heraus. Auf dem Gehweg stand Frau Krien, die in dem älteren Haus wohnte, an dessen Grundstück die Büsche grenzten. Sie war etwas spießig und hörte nicht mehr besonders gut, war aber eine gute Seele. Nun schlug sie sich erschrocken die Hand vor den Mund und starrte Rainer Pietsch entgeistert an.

»Gut, dass Sie kommen, Frau Krien«, sagte er und versuchte sich den Schweiß mit dem Oberarm aus dem Gesicht zu wischen, ohne seine Tochter loszulassen. »Könnten Sie bitte die Polizei rufen? Meine Tochter ist von einigen Jugendlichen in dieses Gebäusch gezerrt worden und …« Er sah zu Sarah hin, sie schüttelte den Kopf. »Sie wurde überfallen, Frau Krien, und wir brauchen einen Arzt.«

»Sofort«, sagte sie, eilte so schnell es eben ging zu ihrem Haus und drehte sich auf dem Weg noch ein paar Mal kopfschüttelnd zu Rainer und Sarah Pietsch um.

Rico hatte die Szene noch einige Minuten im Auge behalten und war dann, als die alte Nachbarin ins Haus lief, den anderen hinterhergerannt. In ihrem Verschlag am Güterbahnhof befand sich nur Hacki, von den anderen fehlte jede Spur.

»Die sind nach Hause«, sagte Hacki, »haben die Hosen voll. Und?«

»Eine Nachbarin hat gesehen, wie Pietsch seine Tochter aus dem Gebüsch holte. Dann ist sie ins Haus – wahrscheinlich, um die Bullen anzurufen.«

»Meinst du, sie hat uns gesehen?«

»Eher nicht, höchstens durchs Fenster – als wir Sarah getroffen haben, war jedenfalls niemand auf der Straße. Und dann kam auch schon ihr Vater.« Rico kickte wütend einen Stein von der Bordsteinkante. »Was machen wir jetzt?«

»Wieso, was sollen wir machen?«

»Na, Sarah hat uns doch gesehen. Mich hat sie auf jeden Fall erkannt.«

»Ja, und? Dein Pech, oder? Hättest ihr halt nicht so lange nachsteigen sollen – das heute hättest du schon lange haben können. War geil, oder?«

»Nein, war's nicht«, brummte Rico und sah Hacki finster an.

»Oje, das Bübchen hat Gewissensbisse ... Mensch, Rico, bei der hättest du eh nie landen können – das ist nicht unsere Kragenweite, weißt du? Und wenn ihr Alter nicht dazwischengekommen wäre, hätte dir das schon noch gefallen, glaub mir.«

»Meinetwegen, aber sie hat uns gesehen.«

»Pfeif drauf.«

»Dich kann sie ganz sicher beschreiben«, sagte Rico und fuhr sich mit zwei Fingern unter dem rechten Auge entlang.

»Hm«, machte Hacki und sah plötzlich sehr nachdenklich aus. Dann stand er auf und packte Rico an der Jacke.

»Los, Alter, wir reden mit den anderen – sieht aus, als bräuchten wir ein Alibi.«

Sarah hatte sich neben die Büsche auf den Grünstreifen am Gehweg gesetzt und eine Wolldecke umgeschlungen, die Frau Krien nach dem Anruf bei der Polizei mit nach draußen gebracht hatte. Rainer Pietsch saß neben seiner Tochter und versuchte, sich möglichst genau an alles zu erinnern, was ihm seit seiner Rückkehr vom Joggen aufgefallen war.

»Du hast sie gesehen, Papa, oder?« Sarah sah ihn ängstlich an, als fürchte sie, man werde ihr gar nicht glauben, dass sie gerade überfallen worden war.

»Klar hab ich sie gesehen, aber persönlich gekannt hab ich keinen von ihnen. Nur der eine hatte zwei Narben unter dem rechten Auge – und so wurde auch einer der Typen beschrieben, die Michael verprügelt haben.« Er drückte ihr die Hand. »Denkst du denn, ich würde dir nicht glauben?«

Sarah zuckte mit den Schultern, dann weinte sie wieder.

»Wer sollte dir denn nicht glauben? Du bist zerkratzt, trägst zerrissene Kleider, ich hab dich in diesem Gebüsch gefunden – da kann es ja wohl keinen Zweifel mehr geben, oder?«

Sarah schüttelte langsam den Kopf, sie lehnte sich an ihren Vater, und der legte seinen Arm um sie.

»Rico war auch dabei«, sagte sie nach einer Weile.

»Rico? Welcher Rico?«

»Das ist ein Typ, der mir schon länger nachschleicht. Nicht von unserer Schule, und ziemlich nervig. Ich will nichts von dem, und das habe ich ihm auch schon ein paar Mal gesagt.«

»Das hast du richtig gemacht«, sagte Rainer Pietsch und drückte sie behutsam an sich.

Oder auch nicht, dachte Sarah. O Gott, bin ich womöglich selbst schuld? Hat Rico nicht gesagt, ich zwinge ihn dazu? Tränen stiegen in ihr auf, aber sie presste die Lippen fest aufeinander und verbot sich zu weinen.

Nach einer Stunde fuhr Hannes Strobel mit seinem roten Flitzer von der Autobahn ab und folgte der Wegbeschreibung, die er sich am Telefon notiert hatte. Jörg Zimmermann erwachte auf dem Beifahrersitz und sah sich verwirrt um, bis er wieder wusste, wo er war. Es ging eine Weile auf einer kurvigen Landstraße dahin, dann durch zwei kleine Ortschaften, und schließlich ließ Strobel seinen Wagen im Hof einer von Wiesen und Wald umgebenen Ausflugsgaststätte ausrollen. Der letzte Ort, den sie passiert hatten, lag etwa vier Kilometer hinter ihnen, und der nächste war noch gut fünf Kilometer entfernt.

Strobel und Zimmermann stiegen aus. Der Hof war bis auf Strobels Wagen fast leer – nur ein schwarzer Van mit verdunkelten Scheiben stand quer im Hof, sodass man die Autokennzeichen nicht lesen konnte. Neben dem Wagen stand ein Mann Mitte vierzig in dunklem Anzug, mit Handschuhen und Mütze, und rauchte eine Zigarette. Er nickte ihnen kurz zu und behielt sie aufmerksam im Auge, bis sie ins Gasthaus gegangen waren.

Im Gastraum saß niemand. Auf den großen Tischen standen Plastikblumen in kleinen, hässlichen Vasen, und an den Wänden hingen verschiedene Jagdtrophäen. Hinter der wuchtigen Theke stand ein älterer Mann und polierte Gläser. Als er Zimmermann und Strobel bemerkte, blickte er kurz auf zwei Fotos, die er sich von innen an die Thekenwand geheftet hatte, schaute wieder zu ihnen hinüber und nickte wortlos in die Richtung der Tür neben der Theke. Sie führte zu einem Nebenraum, in dem um drei Tische herum an die zwanzig Stühle standen. Hinten im Raum, direkt vor einem großen Fenster, das auf den Wald hinausging, stand ein Rollstuhl mit der Rückenlehne zu ihnen.

Zimmermann wischte sich die feuchten Hände an der Hose ab, und langsam ging er neben Strobel auf den Rollstuhl zu. Als sie nur noch zwei Meter von ihm entfernt waren und durch das schüttere Haar auf den Hinterkopf des alten Mannes blickten, der regungslos dasaß, blieben sie stehen und warteten.

Zunächst geschah nichts, dann kam plötzlich Leben in den Alten. Er betätigte einige Knöpfe, der Rollstuhl wendete, und der Mann sah sie wohlwollend an.

»Wer von Ihnen macht Kampfsport?«

»Ich«, sagte Strobel. »Taekwon-Do und Karate.«

»Dachte ich mir. Wer das nicht über Jahre hinweg verinnerlicht hat, wird immer recht schnell losplappern, anstatt einfach zu warten, bis die Zeit gekommen ist.«

Der Vorsitzende wusste natürlich aus seinen Unterlagen, wer von seinen Gästen Kampfsport betrieb und wer Probleme mit der Disziplin seiner Schüler gehabt hatte, bevor die Moellers an seine Schule kamen. Aber das mussten die beiden noch nicht erfahren.

Er rollte ihnen zu einem der Tische voran, an dessen Stirnseite kein Stuhl stand, und bat sie links und rechts von ihm auf den Stühlen Platz zu nehmen.

»Das Ehepaar Moeller hat Sie mir wärmstens empfohlen«, begann er schließlich, »und ich konnte mir inzwischen ja auch persönlich ein Bild von Ihnen beiden machen. Ich habe nun noch ein paar Fragen, danach würde ich Ihnen beschreiben, was unsere pädagogischen Ansätze so besonders macht.«

Er musterte die beiden: Zimmermann schwitzte, und auch Strobel war weit nervöser, als seine brüchige coole Fassade glauben machen wollte. Er lächelte ein wenig, hier würde er leichtes Spiel haben.

Und tatsächlich saugten die beiden in den folgenden drei Stunden alles, was er sagte und erläuterte, auf wie ein Schwamm. Und sie erlebten, ohne dass es ihnen bewusst geworden wäre, was das Prinzip Tabula rasa unter den Lehrern von Paedaea bedeutete: Mit geschickten Manipulationen wischte der Vorsitzende einige ihrer bisherigen Überzeugungen von ihrer Tafel und schrieb neue hin.

Als sie nicht einmal mehr bei der Schilderung der Experimente im

Kellergewölbe zusammenzuckten und alles als in sich stimmige Verbindung von Theorie und Praxis zu akzeptieren schienen, lehnte sich der alte Mann in seinem Rollstuhl zurück und bedachte seine beiden Gäste mit einem freundlichen Lächeln.

»Vielen Dank, meine Herren«, sagte er dann und streckte seine faltige rechte Hand aus. »Herzlich willkommen im Kreise von Paedaea – Sie haben den Test bestanden.«

»Welchen Test?«, fragte Zimmermann verblüfft. »Wir haben Ihnen doch nur zugehört.«

Strobel hielt sich mit solchen Feinheiten nicht auf, sondern nahm erfreut die Hand des alten Mannes und drückte sie fest.

»Nicht jeder unserer Tests«, sagte der Vorsitzende, »ist für die Schüler als solcher erkennbar, das hatte ich vorhin schon erwähnt – und für Sie als Lehrer wird das innerhalb unserer Organisation auch immer wieder der Fall sein.« Zimmermann nahm nun ebenfalls seine Hand. »Deshalb gilt für alle: Seien Sie sich nicht zu sicher, niemals.«

Der alte Mann lächelte, aber seine Ansage wirkte trotzdem ein wenig bedrohlich. Dann schob er eine Hand unter die Wolldecke, die auf seinem Schoß lag, zog einen Schnellhefter hervor, der als Deckblatt eine leere Seite enthielt, und legte ihn vor sich auf den Tisch.

»Hier sind die wichtigsten Mitglieder und Förderer unserer Organisation verzeichnet. Da Sie nun zu uns gehören, dürfen Sie natürlich Einsicht in diese Liste nehmen.«

Strobel streckte sofort die Hand nach dem Schnellhefter aus, sah aber sicherheitshalber noch einmal kurz fragend zu dem alten Mann hin.

»Bitte, nehmen Sie.«

Strobel zog den Schnellhefter heran, Zimmermann stand auf, ging um den Tisch herum und setzte sich neben Strobel, um mitzulesen.

Der Alte beobachtete alles aufmerksam, stufte Strobel als nassforsch und Zimmermann als eher anlehnungsbedürftig ein – Informationen, die später am Tag in ihr Profil einfließen würden und in den kommenden Jahren nützlich sein konnten, um die neuen Mitglieder effektiv zu steuern.

Die Augen der beiden weiteten sich von Zeit zu Zeit, wenn sie einen besonders prominenten Namen lasen. Schließlich hatten sie bis zur letzten Seite durchgeblättert, und sie staunten den Mann im Rollstuhl mit offenem Mund an.

»Sie sehen«, sagte er, »Sie sind nicht allein damit beschäftigt, dieses Land zu neuer Blüte zu führen. Wobei natürlich nicht alle diese Mitglieder an Schulen tätig sind, wie Sie wissen – aber auch die Medien sind ja in der heutigen Zeit wichtige Lehrmeister.«

Ein feines Lächeln umspielte seinen Mund.

»Und es versteht sich von selbst, dass Sie keinen dieser Namen jemals irgendjemandem verraten werden.«

»Danke für Ihr Vertrauen«, beeilte sich Zimmermann zu sagen.

»Und falls wir doch einmal …?«, fragte Strobel und sah den alten Mann an.

Der alte Mann zog seinen Daumen langsam quer über seine Kehle, als würde er ein scharfes Messer führen. Er lächelte dabei ein wenig spöttisch, aber Strobel und Zimmermann waren sich keineswegs sicher, ob die Geste wirklich nur als Scherz gemeint war.

Kapitel neun

Müller, der Polizeibeamte, der Annette und Rainer Pietsch im Revier zu Michaels Verletzungen befragt hatte, brachte seine Kollegen mit: Eine junge Polizistin in Uniform kümmerte sich zusammen mit zwei Sanitätern um Sarah und zwei Männer in Zivil stellten sich als Kripobeamte vor und stellten Rainer Pietsch Fragen, zwei weitere Uniformierte machten sich gleich an die Befragung der Nachbarn und Müller selbst unterhielt sich mit Frau Krien.

Rot-weißes Absperrband wurde um das Gebüsch gespannt, und Spurentechniker in weißen Ganzkörperanzügen krochen zwischen den Ästen herum und sammelten alles, was irgendwie zur Lösung des Falles beitragen konnte.

Annette Pietsch kam mit dem Wagen, Müller hatte sie angerufen. Kaum war sie ausgestiegen, hastete sie zu ihrer Tochter. Das Mädchen stand offenbar unter Schock. Sie sagte nichts und starrte geradeaus. Es schien ihr aber körperlich gut zu gehen, die Sanitäter berichteten der besorgten Mutter von Kratzspuren und Hämatomen, Sarah habe aber keine schweren Verletzungen davongetragen.

»Und sonst?«, fragte Annette Pietsch.

»Das untersucht der Arzt im Krankenhaus«, sagte der ältere Sanitäter, der sich natürlich denken konnte, was die Mutter meinte. »Das machen wir nicht hier.«

Als Annette Pietsch ihren Mann erreichte, waren die Kripobeamten soeben fertig damit, ihn zu befragen. Sie bedankten sich, gingen zu einem der Kriminaltechniker und fragten ihn nach den ersten Ergebnissen.

»Wollen Sie mitfahren?«, fragte der ältere Sanitäter und sah zwischen Annette und Rainer Pietsch hin und her. »Wir würden Ihre Tochter jetzt gerne ins Krankenhaus bringen.«

»Fahr du mit, vielleicht brauchen die Polizisten noch Infos von mir«, sagte Rainer Pietsch. »Ich komm dann später mit dem Wagen nach.«

Annette Pietsch folgte den Sanitätern, die Sarah zum Krankenwagen geleiteten. Das Mädchen wirkte noch immer abwesend, konnte aber problemlos zu Fuß bis zum Heck des Wagens gehen und ohne fremde Hilfe hinaufklettern. Dort setzte sie sich auf die Liege und starrte zum Fenster hinaus auf das Gebüsch. Einer der Sanitäter nahm ihre Hand und führte sie zu einem Griff in der Wand, den Sarah dann gleich fest umschloss. Er selbst setzte sich dem Mädchen gegenüber und bot Annette Pietsch den Platz direkt neben ihrer Tochter an.

Der andere Sanitäter drückte die Hecktür zu, setzte sich ans Steuer und fuhr zügig, aber ohne Blaulicht und Martinshorn davon.

Es hatte keine zehn Minuten gedauert, bis sie ihr Alibi in der Tasche hatten. Hacki hatte die drei anderen angerufen, hatte sich mit ihnen abgestimmt, und dann waren er und Rico hinübergegangen zu dem Schickimicki-Café ein paar hundert Meter stadteinwärts.

Sie hatten sich auf die kleine Grünfläche gegenüber gelegt, als seien sie hier schon immer gewesen und warfen nach kurzem Abwarten kleine Steinchen auf Passanten, die mal eilig weitergingen und mal wütend zu ihnen herüberschimpften. Schließlich standen sie auf, schlenderten zum Café, schubsten zwei, drei kleine Blumenvasen von den Tischen und kickten die Bruchstücke wild johlend hin und her. Zwei Gäste standen auf, bezahlten eilig und sahen zu, dass sie fortkamen.

Ein Kellner eilte mit wehendem Schurz zu ihnen heraus und baute sich in seiner ganzen Größe vor Rico und Hacki auf.

»Sagt mal, ihr Knalltüten, geht's noch?«

»Klar«, sagte Hacki, zog geräuschvoll die Nase hoch und spuckte vor dem Kellner auf den Boden. »Und bei dir, du Lusche?«

Er konnte sich gar nicht so schnell ducken, wie ihm der Kellner eine wischte, und danach schubste und boxte der offenbar gut trainierte junge Mann die beiden Jugendlichen quer über den Gehweg bis hinaus auf die Straße – dann lachte Hacki noch hämisch, zeigte dem Kellner den Mittelfinger und rannte mit Rico in Richtung Güterbahnhof davon.

In ihrem Verschlag rieb sich Hacki die Schulter, die Rippen und ein paar andere Stellen, an denen ihn der Kellner getroffen hatte. Es tat weh, aber es hatte sich gelohnt. Der kurze Auftritt sollte für ein Alibi reichen, falls eines nötig wurde.

Lukas staunte nicht schlecht, als ihn Christine Werkmann auf dem Weg zur Bushaltestelle abpasste. Er hatte Kevins Mutter seit ihrem Zusammenbruch nicht mehr gesehen – das Wissen, dass der Vorfall, der sie ins Krankenhaus gebracht hatte, in Wirklichkeit ein Selbstmordversuch gewesen war, hatten Rainer und Annette Pietsch ihren Kindern erspart. Sie hatten Lukas und Sarah nur davon berichtet, dass Christine Werkmann allmählich wieder Fuß fasste, dass sie auf Kur geschickt worden und recht erholt wieder zurückgekommen war.

»Hallo, Lukas.«

»Hallo, Frau Werkmann. Was ist denn?«

»Deine Eltern haben mich angerufen und mich gebeten, ob ich dich und Michael von der Schule abholen kann.«

»Ist ...« Lukas erschrak. »Ist schon wieder etwas passiert?«

»Ist schon alles vorbei, und es geht Sarah auch schon wieder viel besser. Du musst dir keine Sorgen machen.«

Die machte er sich nun natürlich erst recht.

»Sarah ist im Krankenhaus«, sagte sie betont beiläufig, als sie die Angst im Blick des Jungen erkannte. »Ein paar Jungs haben sie wohl blöd angemacht, und sie hat Kratzer abbekommen.«

Christine Werkmann wusste, was wirklich geschehen war, aber das sollten ihm lieber seine Eltern erklären.

»Wir warten noch kurz auf Michael, und dann fahren wir ins Krankenhaus.«

»Das dauert – Michael hat noch zwei Stunden Schule, heute hat der volles Programm bis halb sechs.«

Christine Werkmann dachte kurz nach, dann fragte sie: »Weißt du, wo er Unterricht hat?«

»Klar, erster Stock, Chemiesaal.«

»Bringst du mich hin, Lukas? Von den zwei Stunden Chemie hängt seine Schullaufbahn nicht ab.«

Rainer Pietsch ging direkt zur Notaufnahme, den Weg kannte er ja schon. Sarah war nicht mehr dort, sie war in ein Zimmer im ersten Stock gebracht worden, wo sie sich abseits vom Trubel in der Notaufnahme etwas ausruhen konnte.

Als er das Krankenzimmer seiner Tochter erreichte, kam gerade Dr. Romero heraus und nickte ihm mit ernster Miene zu. Er wollte kurz mit dem Arzt reden, aber der hatte es eilig und vertröstete ihn auf später.

Annette Pietsch saß an Sarahs Bett und hielt ihre Hände. Das Mädchen weinte und schaute zur Decke.

Rainer Pietsch sah für einen Moment Michael vor sich, wie er vor nicht allzu langer Zeit ebenfalls so dagelegen hatte. Und er fragte sich, was seine Familie wohl noch aushalten musste, bis dieser Albtraum endlich vorüber war.

»Wurde sie schon untersucht?«, fragte er seine Frau und blieb neben dem Bett stehen.

»Ja, Dr. Romero war gerade hier.«

»Ich weiß, ich habe ihn gesehen, als ich hier ankam. Aber er wollte nicht mit mir reden, hatte wohl keine Zeit.«

»Oder ein schlechtes Gewissen«, sagte Annette Pietsch. »Er hat mir, glaube ich, durchaus angemerkt, dass ich es nicht gut fand, wie er dich wegen Michaels Verletzungen angeschwärzt hat.«

Rainer Pietsch sah seine Frau an, konnte aber nicht mit Sicherheit sagen, ob sie Dr. Romeros Anschuldigungen für wahr oder ihn für unschuldig hielt.

»Hast du eigentlich ein gutes Gefühl, wenn ausgerechnet er es wieder ist, der Sarah untersucht?«

Annette Pietsch sah ihn fragend an.

»Nein, der macht auch nur seinen Job. Und daraus, dass ich Sarah vor einer Vergewaltigung bewahrt habe, kann er mir ja wohl kaum einen Strick drehen.«

»Du bist dir sicher, dass sie nicht vergewaltigt wurde?«

»Ich hab sie danach gefragt, als ich ihr aus dem Gebüsch half, und da hat sie den Kopf geschüttelt.«

Annette Pietsch sah ihre Tochter lange an, Sarah schien es auch so schon schlecht genug zu gehen.

»Und? Hat Romero etwas gesagt? Zu Sarahs Verletzungen, meine ich.«

»Er hat Kratzer gefunden, Druckstellen, an den Handgelenken ist sie wohl gepackt worden, auch an den Beinen und an den Schultern. Außerdem hat er versucht, an den Brüsten, zwischen den Beinen, am Bauch und am Hintern DNA-Spuren zu sichern. Er hat ihr ein paar Ästchen aus den Haaren gekämmt, hat die Kleidungsstücke einem Polizisten von der Spurensicherung mitgegeben, der ins Krankenhaus gekommen war. Das kommt jetzt alles ins Labor, und dann sehen wir weiter. Die fahren offenbar das volle Programm.«

»Das wollen wir doch hoffen«, sagte Rainer Pietsch und sah zu seiner Tochter hin, die einen einfachen Krankenhauskittel trug, sich die Bettdecke straff unter die Achseln geklemmt hatte und noch immer unverwandt zur Decke hinaufstarrte.

Christine Werkmann folgte Lukas ins Schulgebäude und hatte dabei ein mulmiges Gefühl. Sie gingen die Treppe im Hauptflur hinauf, und Lukas blieb schließlich vor der letzten Tür auf der rechten Seite stehen.

»Hier?«

Lukas nickte.

Christine Werkmann zog die Tür auf und ging in den Chemiesaal, Lukas folgte ihr.

»Ja, bitte?«

Die Lehrerin an der Tafel zog die Augenbrauen hoch und sah durch ihre schmale Brille streng zu Christine Werkmann hin. Sie kannte die Lehrerin nur von dem Bild auf dem Poster, mit dem sich das Kollegium an der Wand neben dem Sekretariat vorstellte – Kevin hatte diese Lehrerin nicht unterrichtet. Sie schluckte kurz, dann riss sie sich zusammen.

»Ich möchte gerne Michael Pietsch abholen.«

»Ach?«

»Seine Eltern haben mich darum gebeten, er soll bitte seine Sachen nehmen und gleich mitkommen.«

»Und wer sind Sie?«

»Mein Name ist Christine Werkmann, ich bin eine Freundin seiner Eltern.«

Die Lehrerin sah fragend zwischen Michael und der für sie fremden Frau hin und her.

»Wir haben Chemie, Michael hat noch Unterricht bis 17:25 Uhr. Kann das nicht so lange warten?«

»Nein, kann es nicht. Michaels Schwester liegt im Krankenhaus, und seine Eltern haben mich gebeten, ihn und Lukas« – sie deutete auf den Jungen neben sich, der dazu eifrig nickte – »abzuholen. Jetzt abzuholen!«

Michael packte schon seine Sachen zusammen, seine beiden Tischnachbarn links und rechts klopften ihm aufmunternd auf die Schultern, einer versprach ihm, die Unterlagen der heutigen Stunden für ihn zu kopieren.

»Aber«, machte die Lehrerin noch einen Versuch, »Sie können hier nicht einfach ... Ich kenne Sie ja gar nicht.«

Christine Werkmann hatte keine Lust auf Komplikationen und sie wollte so schnell wie möglich wieder aus dieser verdammten Schule verschwinden.

»Doch, Sie kennen mich«, sagte sie, und sie klang nun eiskalt. »Mein Name ist, wie gesagt, Christine Werkmann – und mein Sohn Kevin war der Schüler, der hier vor Ihrer Schule totgefahren wurde.«

Die Lehrerin starrte noch mit offenem Mund hinter ihr her, als Christine Werkmann schon längst die Tür hinter sich zugeknallt hatte und den beiden Jungen durch den Schulflur nach draußen folgte.

Rainer Pietsch ging auf den Flur hinaus, als Christine Werkmann mit Lukas und Michael ankam, und setzte die beiden Jungs so schonend wie möglich ins Bild, dann gingen die beiden zu ihrer Schwester ins Zimmer.

»Danke, Christine«, sagte er dann und drückte ihr die Hand.

»Keine Ursache. Wie geht's eurer Tochter denn?«

Er wollte gerade zu erzählen beginnen, als Gerhard Müller vom Polizeirevier eintraf.

»Haben Sie kurz Zeit?«, fragte er und sah zu der Frau neben Rainer Pietsch.

»Das ist Frau Werkmann, eine Freundin.«

»Ich setz mich solange in die Cafeteria , Rainer, okay?«

Müller wartete, bis die Frau um die nächste Ecke gebogen war.

»Sie hatten vorhin zwei der Jungs beschrieben, die Ihre Tochter überfallen haben. Einer mit zwei Narben unter dem rechten Auge, und einer soll Rico heißen – stimmt das so weit?«

Rainer Pietsch nickte.

»Die Burschen haben wir gefunden, eine kleine Gang, die sich wohl immer am Güterbahnhof rumtreibt.«

»Ach, gut, dann haben Sie die ja«, sagte Rainer Pietsch erleichtert.

»Das schon, aber wir haben sie wieder laufen lassen.«

»Warum das denn?«

»Sie haben alle ein Alibi. Sie waren zur Zeit des Überfalls auf Ihre Tochter zusammen und nicht in der Nähe Ihres Hauses.«

»Ja, klar, die decken sich natürlich gegenseitig – glauben Sie denen etwa?«

»Das müssen wir gar nicht. Sie haben mehrere Zeugen.

Kurz nach dem Überfall auf Sarah haben sie im Café Cornetto randaliert, einem ziemlich angesagten Bistro nicht weit vom Güterbahnhof. Der Kellner hat den Narbigen schon nach der Beschreibung erkannt, und wir haben gleich danach eine Gegenüberstellung organisiert – auch Rico war vor dem Cornetto mit dabei. Der Kellner hat dann noch zwei seiner Gäste benannt, die auch bezeugt haben, dass die Jungs unangenehm aufgefallen sind. Sie lagen wohl vorher schon auf einer Grünfläche gegenüber dem Café herum, wurden da auch von Passanten wahrgenommen, kamen dann zu den Tischen herüber und zerdepperten ein paar Vasen. Auch die Gäste erinnerten sich daran, dass einer der Typen ziemlich fies aussah mit seinen Narben unter dem rechten Auge.«

»Aber die lügen!«

»Das sagen Sie, Herr Pietsch.«

»Haben Sie denn schon mit Frau Krien gesprochen? Die hat diese Jugendlichen doch auch gesehen.«

»Ihre Nachbarin, die uns gerufen hat?«

Rainer Pietsch nickte.

»Natürlich haben wir sie befragt. Und sie hat auch ständig davon gesprochen, dass Ihre Tochter von mehreren Jugendlichen in den Busch gezerrt wurde. Allerdings hat sich irgendwann herausgestellt, dass sie die Jugendlichen selbst gar nicht gesehen hatte – sie hat Ihre Schilderungen in diesem Punkt einfach übernommen.«

»Dann kann Sie diese Typen gar nicht beschreiben?«

Rainer Pietsch klang ehrlich erschrocken, Müller musterte ihn aufmerksam.

»Nein«, sagte er dann, »das kann sie nicht.«

»Scheiße!«, entfuhr es Pietsch.

Gerhard Müller wandte sich zum Gehen.

»Aber Herr Müller, Sie müssen da dranbleiben. Die waren das, ich hab sie selbst gesehen! Ich hab sie ja noch aus dem Busch gezerrt – beiden ist etwas an der Jeans gerissen, dem einen müsste eine der hinteren Taschen fehlen.«

»Als wir sie befragt haben, hatten sie keine zerrissenen Hosen an.«

»Dann haben sie sich eben umgezogen, das ist doch klar.«

Rainer Pietsch starrte Müller an, allmählich schien sich Panik in ihm auszubreiten.

»Die legen Sie rein, Herr Müller, glauben Sie mir!«

Müller sah Rainer Pietsch nachdenklich an.

»Wenn Sie das sagen ...«

Damit nickte er ihm kurz zu und ging zum Stationszimmer hinüber.

Franz und Rosemarie Moeller saßen zusammen im Wohnzimmer und stießen auf die Neuigkeiten an. Zimmermann und Strobel hatten Gnade vor den Augen des Alten gefunden, und es würde ihrer Position sicher nicht schaden, dass sie so früh nach ihrer Ankunft hier in der Stadt schon neue Mitglieder für ihre Bewegung rekrutiert hatten.

Um die Bewertung noch etwas besser zu machen und endgültig jeden Gedanken an die Komplikationen in der Vulkaneifel zu verdrängen, planten sie eine Demonstration dessen, was sie mit ihrer Methode der Tabula rasa in ihren Klassen wirklich erreicht hatten. Ihre Schüler hatten nicht nur ihre Zensuren verbessert und eine zielgerichtetere Arbeitsweise entwickelt – sondern sie hatten sich auch biegen und schmieden lassen wie edles Metall, und nun waren sie in gewisser Hinsicht neue Menschen, neu geformt von Franz und Rosemarie Moeller.

Sie hatten in den vergangenen Wochen immer wieder kleine Experimente gestartet und die Schüler insgeheim getestet – die meisten von ihnen waren sehr bereitwillig und in dieser Hinsicht schon viel weiter als für diesen Zeitpunkt erhofft. Und das gedachten sie der ganzen Schule eindrücklich vorzuführen.

Franz Moeller nahm noch einmal den Schuljahreskalender zur Hand: Es war nicht mehr allzu lange hin bis zum Sommerfest des Gymnasiums. Einen besseren Rahmen konnte es für die Demonstration gar nicht geben.

Als es an der Tür klingelte, saßen Rainer und Annette Pietsch gerade neben Sarahs Bett. Sie hatten ihr Kekse und Kakao gebracht, wie sie es als kleines Mädchen gemocht hatte – und hofften, ihr damit ein Stück Geborgenheit zu vermitteln. Ohnehin liefen sie seit Sarahs Rückkehr aus dem Krankenhaus wie auf rohen Eiern durchs Haus, um für ihre Tochter die Tage nach dem Überfall möglichst ruhig und erholsam zu gestalten.

Rainer Pietsch ging nach unten, vor der Tür stand einer der beiden Kripobeamten, die ihn nach der versuchten Vergewaltigung befragt hatten.

»Herr Kersting, richtig?«, fragte er und bat den Mann herein.

»Ja, ich bin Roland Kersting, der Kollege arbeitet schon wieder an einem anderen Fall. Haben Sie einen Moment?«

Die beiden setzten sich im Esszimmer an den Tisch. Lukas kam die Treppe herunter, holte sich aus der Küche etwas zu trinken und sah neugierig zu dem fremden Mann hinüber.

Kersting nickte ihm freundlich zu, wartete aber mit seiner ersten Frage, bis der Junge wieder nach oben gegangen und die Tür seines Zimmers ins Schloss gefallen war.

»Hat der Arzt Ihnen schon die Laborergebnisse mitgeteilt?«
»Nein, bisher noch nicht. Ist denn schon alles ausgewertet?«
»Ja, inzwischen schon. Was wissen Sie denn bisher?«
Rainer Pietsch wunderte sich ein wenig über die Frage, aber dann gab er eine kurze Zusammenfassung.
»Gilt das alles noch?«, fragte er dann.
»Ja, Sarah wurde nicht vergewaltigt. Sie hat sich nichts gebrochen und auch sonst keine bleibenden Schäden davongetragen – keine körperlichen Schäden, meine ich natürlich.«
Er musterte Rainer Pietsch kurz.
»Wie geht es Ihrer Tochter inzwischen?«
»Körperlich gut, aber sie ist immer noch völlig fertig und starrt unentwegt an die Decke.«
Kersting nickte und sah Rainer Pietsch nachdenklich an.
»Ist Ihre Frau auch da?«
»Ja, oben bei Sarah.«
»Könnten Sie sie vielleicht kurz zu uns herunterbitten? Ich würde es vorziehen, Ihnen beiden die Laborergebnisse gemeinsam zu erläutern.«
Rainer Pietsch stutzte, dann ging er nach oben und kehrte gleich darauf mit seiner Frau wieder zurück. Kersting stand auf, begrüßte sie höflich.
»Ich wollte Ihnen beiden von den Laborergebnissen berichten. Sie bekommen das alles noch schriftlich, aber so geht es erst einmal schneller.«
Als alle wieder saßen, sahen Rainer und Annette Pietsch den Kripobeamten gespannt an.
»Nun, wie Sie schon wissen: Sarah wurde nicht vergewaltigt. Sie hatte offenbar auch … äh … sonst noch keinen Geschlechtsverkehr«

Rainer Pietsch hob die Augenbrauen. »Geschlechtsverkehr« – wie das im Zusammenhang mit seiner Tochter für ihn klang ... Er hatte bereits mitbekommen, dass Sarah kein kleines Mädchen mehr war, aber als Vater sträubte er sich dennoch, sie schon als Frau zu sehen – mit allem, was dazugehörte.

»Herr Kersting, wir wissen ja bereits, dass Sarah nicht vergewaltigt wurde, und darüber sind wir natürlich froh. Aber was hat sich nun im Labor darüber hinaus ergeben?«, fragte er schließlich, schon ein wenig gereizt. »Sie wollten uns beiden doch noch etwas Wichtiges mitteilen, oder habe ich mich da verhört?«

»Wir haben Genspuren an Sarahs Körper gefunden, auch wenn sie nach dem Überfall versucht hat, sich mit Spucke und der bloßen Hand überall zu ... na ja: ›reinigen‹. An den Kleidern haben wir DNA isoliert, die wir noch nicht zuordnen können. An den Brüsten, an den Handgelenken, am Po und zwischen den Beinen haben wir eine andere DNA gefunden, es scheint überall dieselbe zu sein.«

Kersting verstummte und sah Rainer Pietsch lange an.

»Ja? Und was ist nun?«, fragte der und sah den Beamten fragend an.

»Die DNA weist große Ähnlichkeiten mit Sarahs DNA auf.«

»Ja, klar, sie hat sich doch überall mit der Hand abgewischt, da war überall ihre Spucke dran.«

»Wir reden nicht von Sarahs DNA, sondern von einer DNA, die mit der von Sarah große Ähnlichkeit hat, Herr Pietsch.«

Er sah Sarahs Vater forschend an, der schien noch immer nicht zu begreifen. Dann zog Kersting eine kleine Plastiktüte aus der Tasche, entnahm der Tüte ein Wattestäbchen und hielt es ihm hin.

»Herr Pietsch, ich muss Sie bitten, mir eine Speichelprobe von sich zu überlassen.«

»Soraya, Claas, Tabea, kommt ihr bitte mal nach vorn zu mir?«

Rosemarie Moeller hatte die Namen kaum ausgesprochen, als die Kinder auch schon eifrig zu ihr eilten, bereit, die nächste Aufgabe zu lösen. Sie sah sich um: Bis auf Lukas und Benjamin wirkten alle Kinder enttäuscht, dass nicht sie nach vorne gerufen worden waren. Besser ging es nicht. Für Benjamin hatte sie seit Kevins Tod ohnehin keine Verwendung mehr, und Lukas hatte genug mit den Problemen seiner Familie zu tun.

Ihr Test hatte also nicht weniger prächtig funktioniert als der ihres Mannes vom Vortag in der 9c. Wobei er es natürlich leichter hatte: Sören hatte er schon früh aus dem Klassenverband eliminiert, Sarah war nach dem Überfall noch krankgeschrieben, und nur Hendrik wirkte noch weniger gefügig als die anderen. Aber Hendrik war längst isoliert in seiner Klasse.

Die beiden Streifenwagen kamen am frühen Morgen, Lukas und Michael waren gerade dabei, sich auf den Weg zur Bushaltestelle zu machen. Hinter den Polizeiautos kamen noch zwei Zivilfahrzeuge und parkten ebenfalls quer über dem Gehweg.

Polizisten in Uniform postierten sich links und rechts des Zugangs zum Grundstück der Familie Pietsch, und Roland Kersting ging zusammen mit Gerhard Müller zur Haustür. Zum Klingeln kam er nicht mehr, weil die Haustür schon aufschwang und Lukas und Michael mit Schulranzen und offenem Mund vor ihm standen.

Hinter ihnen kam ihre Mutter heran, die das Großaufgebot durch das Küchenfenster gesehen hatte.

»Was ist denn jetzt los?«, fragte sie und fügte vorwurfsvoll hinzu, »meine Jungs müssen in die Schule.«

Kersting und Müller gaben den Weg frei, und die beiden Buben sahen flehend zu ihrer Mutter hin.

»Los, los, ihr geht jetzt, hier gibt es nichts zu sehen. Ich erzähle euch alles hinterher, los jetzt!«

Damit machten sich die beiden schweren Herzens auf den Weg, sahen sich aber noch ein paar Mal um.

»So, und was wollen Sie nun, Herr Kersting? Herr Müller?«

»Ist Ihr Mann da?«

»Wieso?«

»Das würde wir ihm gerne persönlich sagen.«

Sie blickte die beiden Beamten noch kurz an, und es war ihr anzusehen, dass sie schon eine Ahnung davon bekam, was die Polizisten von ihrem Mann wollten.

»Rainer!«, rief sie zum Badezimmer hinauf. »Kommst du mal? Die Polizei ist hier!«

»Musste das sein?«, brauste Kersting auf und schob sich an Annette Pietsch vorbei ins Haus. Er sah schnell hierhin und dorthin und überlegte schon, wo er dem Flüchtigen am besten den Weg nach draußen abschneiden konnte – da kam Rainer Pietsch auch schon langsam die Treppe herunter, mit heraushängendem Hemd und in Hausschuhen, und sah den Kriminalbeamten fragend an.

»Was wollen Sie hier?«

»Herr Pietsch, wir müssen Sie leider mitnehmen.«

»Mitnehmen? Wieso das denn?«

»Sie haben uns doch eine Speichelprobe überlassen.«

»Ja, und?«

»Nun wissen wir: Die DNA-Spuren an den Brüsten, am Hintern und zwischen den Beinen Ihrer Tochter stammen von Ihnen, nicht von irgendwelchen Jugendlichen, die überdies ein Alibi vorzuweisen haben.«

Rainer Pietsch wirkte verblüfft, dann wurde er bleich.

»Sie meinen doch nicht wirklich, dass ich … ? Sarah ist meine Tochter, Herrgott noch mal! Sind Sie jetzt vollkommen verrückt geworden?«

»Machen Sie jetzt bitte kein Theater, Herr Pietsch. Wir haben auch an Sarahs Handgelenken Spuren von Ihrer DNA gefunden – demnach dürften Sie Ihre Tochter dort festgehalten haben. Wie passt das zu Ihrer Version, dass Sie diese Jugendlichen in die Flucht geschlagen und hinterher Ihrer Tochter aus dem Gebüsch herausgeholfen haben?«

Rainer Pietsch war sprachlos.

»Und dass die Vergewaltigung nicht vollzogen wurde, kann ja auch daran liegen, dass Ihnen die Nachbarin dazwischenkam. Sie hat jedenfalls nur bemerkt, dass jemand in dem Gebüsch steckt – und gesehen hat sie nur, wie Sie und Ihre Tochter aus dem Gebüsch krochen.«

»Aber meine Tochter kann Ihnen doch alles bestätigen, was ich Ihnen gesagt habe!«

»Kann Sie das? Ihre Tochter sagt kein Wort seit diesem Tag, und vielleicht ist der Schock, der sie verstummen ließ, ein ganz anderer als ›nur‹ die beinahe erfolgte Vergewaltigung. Vielleicht hat sie ja immer noch Angst – weil die Bedrohung noch immer in ihrer unmittelbaren Nähe ist.«

Annette Pietsch wollte sich auf Kersting stürzen, doch Müller hielt sie auf. Sie sackte weinend in den Armen des Polizisten zusammen und trommelte kraftlos auf seine Schultern ein.

»Kommen Sie mit, Herr Pietsch, machen Sie es uns allen

nicht so schwer«, drängte Kersting, und langsam ließ Rainer Pietsch den Kopf sinken und ging zu dem Beamten hinunter.

Als Kersting Anstalten machte, Pietsch Handschellen anzulegen, ertönte am oberen Ende der Treppe ein spitzer Schrei. Alle sahen hinauf: Oben stand Sarah, in Slip und weitem T-Shirt, mit verwuschelten Haaren und weit aufgerissenen Augen. Sie schrie, wieder und wieder. Annette Pietsch sah Müller flehend an, der ließ sie los, und die Mutter eilte die Treppe hinauf zu ihrer schreienden Tochter.

»Warten Sie bitte noch kurz, bis das Mädchen wieder in ihrem Zimmer ist«, raunte Müller dem Kollegen zu. Rainer Pietsch stand mit feuchten Augen da, wehrte sich nicht und sah traurig zu seiner Tochter hinauf.

Annette Pietsch streichelte dem Mädchen über den Kopf und wiegte Sarah sanft in ihren Armen.

»Die dürfen das nicht«, schluchze Sarah ihrer Mutter ins Ohr. »Die dürfen Papa doch nicht mitnehmen. Er hat mich doch gerettet! Wenn er nicht rechtzeitig gekommen wäre, hätte mich Rico ...«

Der Rest des Satzes ging wieder im Schluchzen unter.

Annette Pietsch sah zu den Männern hinunter.

»Herr Kersting, Sie sollten sich vielleicht zunächst einmal anhören, was meine Tochter Ihnen zu sagen hat.« Sie strich Sarah einige Strähnen aus dem Gesicht. »Geht das? Kannst du mit den Polizisten reden?«

Sarah nickte und schniefend folgte sie ihrer Mutter die Treppe hinunter.

Franz Moeller legte die Planskizze vor sich auf den Tisch. Der Pausenhof war eingezeichnet, die Zugänge, die große Ulme und das Schulgebäude selbst.

»Hier«, sagte er und tippte mit seinem Stift auf eine Ecke des Gebäudes, »hier ist die Aula. Da finden die Aufführungen statt, falls es regnet. Das heißt: Wir können dort alles deponieren, aber wir müssen darauf gefasst sein, ein bisschen improvisieren zu müssen, falls das Wetter schlechter wird.«

Rosemarie Moeller ging den Plan noch einmal in Ruhe durch, dann warf sie einen letzten Blick auf die Skizze – und stand auf.

»Das kriegen wir hin, kein Problem.«

»Und wie erklären Sie die DNA-Spuren überall am Körper Ihrer Tochter?«

Rainer Pietsch dachte nach.

»Die müssen dorthin gekommen sein, als ich meine Tochter aus den Büschen holte. Sie hat wie wild an sich herumgerieben, als wolle sie sich den ganzen Schmutz und die ganzen Berührungen abwaschen – da habe ich mir nicht anders zu helfen gewusst, als ihre Handgelenke festzuhalten, um sie zu stoppen, und dann beruhigend auf sie einzureden. Dann habe ich ihr geholfen, sich wieder zu bedecken. Sie hatte Dreckkrümel überall, die habe ich abgewischt – dabei habe ich wahrscheinlich auch ihren Busen und die Oberschenkel berührt, das weiß ich aber nicht mehr so genau.«

»Und dann«, meldete sich auch Sarah noch einmal zu Wort, »wollte ich mir die Hose wieder hochziehen, und mein Vater hat dafür meinen Po ein wenig angehoben.«

Kersting sah zwischen den beiden hin und her.

»Ja«, sagte er nach einigem Überlegen. »So wird es gewesen sein.«

Er sah Müller an, dann wieder Annette, Rainer und Sarah Pietsch.

»Herr Pietsch, ich muss mir doch keine Sorgen machen, dass Sie plötzlich spurlos verschwinden, oder?«

»Ich habe Familie, Herr Kersting, wo soll ich denn hin?«

Kersting dachte noch einmal nach, dann nickte er, steckte die Handschellen wieder weg und ging mit Müller aus dem Haus. Ein paar Minuten lang hörten sie noch Rufe, startende und davonfahrende Autos – und zwei, drei Haustüren, die in der Nachbarschaft zufielen.

Dann herrschte wieder Stille. Sarah Pietsch schob ihre beiden Eltern dicht nebeneinander, legte ihre Arme um sie beide und lehnte sich an sie.

Kriminaloberkommissar Huber vertrat die Kriminalinspektion Wittlich während der Untersuchungen zu den Todesumständen von Kriminalhauptkommissar Stefan Mertes, und weil er sich nicht nur außerhalb seines Zuständigkeitsbereichs, sondern in Limburg an der Lahn auch in einem anderen Bundesland befand, beobachtete er die Arbeit der hessischen Kollegen sozusagen als Gast.

Er hatte Mertes ganz gut gekannt und auch gemocht, und ein bisschen nahm er es seinem Vorgesetzten übel, dass er ausgerechnet ihn nach Limburg entsandt hatte. Der Kollege war nachts vom Autobahnviadukt hinunter in die Lahn gestürzt, er war mit seinem Wagen von der Fahrbahn abgekommen und hatte die Leitplanke durchbrochen. Auf der Autobahn waren mehrere Bremsspuren gefunden worden, aber einen nachvollziehbaren Unfallhergang konnte man aus ihnen nicht rekonstruieren.

Das Autowrack war übel zugerichtet, Mertes ebenfalls, und es grenzte fast an ein Wunder, dass die Kollegen noch überraschend viele Details feststellen konnten. Nichts davon brachte sie allerdings wirklich weiter. Einen Zusammenstoß schien es oben auf dem Viadukt nicht gegeben zu haben: Jedenfalls konnten die Techniker am Wrack im Fluss keine fremden Lackspuren nachweisen.

Allerdings hatte Mertes noch Alkohol im Blut, und es sah ganz danach aus, als sei er einfach so mit dem Wagen von der Brücke gestürzt, nicht ganz nüchtern und nur kurz nachdem ihm sein Chef ordentlich den Kopf gewaschen und ihn bis auf Weiteres beurlaubt hatte.

Es hatten sich Leute schon wegen kleinerer Probleme das Leben genommen.

Gegen vier Uhr früh schreckte Ursel Weber wieder auf. Sie wischte sich über die Augen und horchte. Hatte sie sich den Schrei nur eingebildet? Dann hörte sie Benjamin erneut, und sie tappte hinüber ins Kinderzimmer.

Der Junge lag verkehrt herum, die Bettdecke hatte er sich vom Leib gestrampelt, nun war sie auf den Fußboden gerutscht. Benjamin lag auf dem Rücken, stöhnte, warf seinen Kopf hin und her, dann plötzlich riss er die Augen auf, starrte an die Zimmerdecke und begann zu zittern.

»Ruhig, Benjamin, ruhig«, sagte seine Mutter und ging vor dem Bett in die Hocke. »Alles ist gut, mein Schatz.«

Benjamin sah panisch um sich, als wolle er herausfinden, woher die Stimme kam. Dann entdeckte er seine Mutter und erstarrte.

»Benjamin, was ist denn mit dir?«

Der Junge öffnete den Mund, schloss ihn wieder, dann deutete er an seiner Mutter vorbei auf die Tür, und seine Augen weiteten sich.

Ursel Weber drehte sich erschrocken um, aber da war nichts: Die Tür stand halb offen, und der Flur lag tiefschwarz dahinter.

Als sie sich wieder Benjamin zuwandte, hatte der schon die Augen geschlossen und war wieder zurück auf sein Kissen gesunken. Eine Zeit lang blieb Ursel Weber noch an seinem Bett sitzen, dann stand sie auf. Sie stützte sich am Bettrahmen ab, und das Holz ächzte ein wenig.

Sofort war Benjamin wieder wach. Er schlug die Augen auf, sah seine Mutter an, dann begann er leise zu weinen. Ursel Weber kniete sich wieder hin und nahm ihren Jungen in die Arme.

So saßen sie gut eine Stunde. Kurz nach halb sechs hörte Benjamin schießlich auf zu weinen. Er machte sich von seiner Mutter los, setzte sich auf – und redete sich endlich alles von der Seele.

Endlich hatte die Familie wieder zueinandergefunden.

Lukas, Michael und Sarah hatten sich ausgesprochen, und auch die Eltern redeten offen über ihre Ängste und die überwundenen Zweifel – endlich schien zwischen ihnen wieder Vertrauen zu herrschen.

Als die Kinder eingeschlafen waren, diskutierten Annette und Rainer Pietsch bis tief in die Nacht – nun ging es erneut um das Ehepaar Moeller, und darum, was sie gegen die beiden unternehmen konnten. Sie hatten keinen Zweifel daran, dass sie einige ihrer jüngsten Probleme zumindest indirekt auch den beiden Lehrern zu verdanken hatten, und trotz Sarahs Aussage zu Rico und seinen Freunden war klar, dass ihr Ruf in der ganzen Stadt zu stark ramponiert war, um mit Anschuldigungen gegen Franz und Rosemarie Moeller durchzukommen.

Sie mussten ihnen eine Falle stellen und sie dazu bringen, sich selbst zu entlarven. Wenn sie es irgendwie schaffen konnten, dass Franz Moeller vor Zeugen ebenso offen über seine Methoden redete wie an jenem Tag, als Rektor Wehling das Besprechungszimmer verlassen hatte ...

Doch wie konnte eine Falle für das Ehepaar Moeller aussehen?

Zwischendurch hatten sie immer wieder versucht, Kommissar Mertes zu erreichen, den sie unbedingt mit dabeihaben wollten – doch dort ging nur der Anrufbeantworter ran. Sie hinterließen Nachrichten, aber Mertes rief nicht zurück.

Schließlich stand ihr Plan. In den nächsten Tagen würden sie einige Telefonate führen müssen, und wenn alles klappte wie erhofft, sollte es möglich sein, Franz und Rosemarie Moeller so zu demaskieren, dass auch die euphorischsten Eltern trotz der guten Noten ihrer Sprösslinge endlich einsehen würden, was für eine große Gefahr diese beiden Lehrer für die Kinder darstellten.

Am nächsten Tag bekamen sie Unterstützung von völlig unerwarteter Seite. Ursel Weber rief an und kündigte ihren Besuch für den frühen Abend an. Sie kam eine halbe Stunde zu spät, aber es stellte sich heraus, dass sich das Warten gelohnt hatte.

Ursel Weber berichtete ihnen, was ihr Sohn Benjamin ihr am Tag zuvor frühmorgens über den Unfall von Kevin Werkmann erzählt hatte. Sie verabredeten, dass auch Ursel Weber ihnen dabei helfen würde, die Moellers in die Falle zu locken – und dass sie ihr Wissen um den Hergang von Kevins Unfall bis dahin für sich behielt.

Zwei Tage später hatten Rainer und Annette Pietsch alles vorbereitet. Das Sommerfest kurz vor dem Ende des Schuljahrs würde den richtigen Rahmen abgeben, also hatten sie noch etwas Zeit. Von den Eltern, die sie telefonisch erreicht hatten, wollten drei mitmachen – schon um ihrer toten Kinder willen. Auch Klara Schulze, die ebenso wütende wie engagierte ehemalige Elternbeirätin am Internat Cäcilienberg, hatte ihr Kommen zugesagt – aber Annette Pietsch wollte die Frau im Auge behalten, nicht, dass sie in ihrer sehr impulsiven Art übers Ziel hinausschoss und so am Ende noch den Erfolg der ganzen Aktion gefährdete.

Und schließlich versuchten sie noch einmal, Mertes zu erreichen, erst zu Hause, dann im Büro. Dort war erst besetzt, dann ging niemand ran, und als sich schließlich doch jemand meldete, war es nicht Mertes.

»Kriminalinspektion Wittlich, Kriminaloberkommissar Huber, guten Tag.«

Die Stimme war angenehm und hatte den offensichtlich auswendig gelernten Spruch routiniert, schnell und trotzdem halbwegs verständlich heruntergeschnurrt.

»Ich wollte Ihren Kollegen sprechen, Kommissar Mertes. Ist er heute nicht da?«

»Mertes?«

Der Mann am anderen Ende schien zu erschrecken.

»Nein, Kriminalhauptkommissar Mertes ist nicht zu erreichen. Worum geht es denn?«

»Wir ... Ich müsste wirklich mit ihm persönlich sprechen.«

»Geht es um einen Fall?«

»Nein ... wir ...«

Rainer Pietsch verstand zwar nicht, warum dieser Huber ihn so ausfragte, aber Mertes hatte erwähnt, dass der Fall der toten Internatsschüler eigentlich längst abgeschlossen war und dass er eher unter der Hand weiterermittelt hatte.

»Wir sind private Bekannte von Herrn Mertes«, log er schließlich.

»Oh, dann …«
Eine Pause entstand.
»Herr Mertes ist hier nicht mehr zu erreichen, er …«
»Ja?«
»Der Kollege hatte leider einen Autounfall.«
»Einen Unfall? Um Himmels willen!«
»Ja, und er …«
»Schlimm?«
»Ja.«
»Ist er … tot?«
»Ja, tut mir leid, Herr Pietsch.«
Am anderen Ende war ein Schlag zu hören, es rumpelte in der Leitung, dann hörte er im Hintergrund Schritte, und der Mann rief nach einer Annette.
»Herr Pietsch? Hallo? Sind Sie noch dran?«
Als keine Antwort kam, legte Kriminaloberkommissar Huber auf und lehnte sich seufzend in seinen Sessel zurück. Warum musste eigentlich die Durchwahl seines verunglückten Kollegen ausgerechnet auf seinen Anschluss durchgestellt werden?

Die Bildqualität war schlecht, und durch die Kopie von VHS auf DVD war sie nicht besser geworden. Immer wieder wackelte die Handkamera, mit der das Video gemacht worden war – aber als Lehrmaterial taugte der Film noch ebenso gut wie damals, als er vor rund dreißig Jahren entstand.

Ein Mann mittleren Alters stand vor dem Nebeneingang eines älteren und offenbar großen Gebäudes und sprach mit Blick in die Kamera.

»Paedaea wurde 1952 gegründet, zu den ersten Mitgliedern gehörten Studenten verschiedener Pädagogischer Hochschulen, die das damalige Schulsystem als nicht effizient genug ansahen. Unser Ziel ist damals wie heute dasselbe: Wir wollen Kindern, die dazu befähigt sind, den Weg an die Spitze unserer Gesellschaft und in die wichtigsten Führungspositionen ebnen – und damit auch der Gesellschaft insgesamt helfen. Ja, wir wollen eine Elite formen, aber davon haben auch all diejenigen etwas, die nicht zu dieser Elite zählen – aber doch zu der Gesellschaft, die von der Elite in eine bessere Zeit geführt wird.«

Der Mann sprach im Tonfall eines Missionars, er sprach ohne Manuskript und Notizzettel – was ihm die Möglichkeit gab, den Zuschauer immer direkt anzusprechen, ohne ständig den Blick abwenden und auf Merkhilfen schielen zu müssen. Der Vorsitzende hatte sich seit damals stark verändert und war kaum wiederzuerkennen, nicht nur wegen des Umstands, dass er vor dreißig Jahren noch keinen Rollstuhl brauchte.

»Wir verbinden mit unseren Zielen keine politischen Absichten, und wer sich uns anschließt, legt seinen Eid auf unsere Grundsatzerklärung ab, die neben anderen Punkten auch diesen klar regelt. Wir fördern den Leistungsgedanken und formen dadurch Charaktere, die führen können, die von sich und anderen alles fordern und die mit heißem Herzen, kühlem Verstand und langem Atem auch ambitionierte

Projekte anpacken. Auch wir selbst wissen, dass wir unsere ehrgeizigen Ziele nur mit langem Atem erreichen können – und mit einer Mischung aus modernen Methoden und den neuesten Erkenntnissen der Forschung.«

Er wandte sich um und ging zu der Tür hin, die in das Gebäude führte. Sie stand offen, und dahinter war im Dunkeln zunächst nichts zu sehen.

»Ich werde Ihnen nun zeigen, wie wir das verfügbare wissenschaftliche Wissen erweitern und unsere theoretische Arbeit mit … sagen wir: praktischen Übungen abrunden.«

Er winkte die Kamera näher heran und tauchte dann ins Dunkel des Gebäudeinneren ein. Kurz blieb der Bildschirm dunkelgrau, dann pegelte sich die Kamera auf die neuen Lichtverhältnisse ein: Der Mann stand in einem Treppenhaus, in das von irgendwo oberhalb des Bildausschnitts stark gedämpftes Tageslicht drang. Er ging zu einer Gittertür, zog sie mit Schwung zur Seite und stieg in einen alt wirkenden Aufzug, die Kamera immer dicht hinter sich.

Die Fahrt ging offenbar abwärts, und nach einer Weile war das unterirdische Ziel erreicht. Das Ächzen und Rattern des Aufzugs verebbte, und im Hintergrund waren nun andere Geräusche zu hören. Menschliche Stimmen, die Unverständliches riefen, die wimmerten oder weinten.

»Hier in unserem Labor entwickeln wir die Grundlagen für Ihre Arbeit, hier erproben wir neue Ansätze – damit Sie mit Ihren Schülern auf vertrautem Terrain bleiben können und keine unnötigen Risiken eingehen müssen.«

Er öffnete die Tür und trat aus dem Aufzug auf einen Flur. Die Kamera folgte ihm und schwenkte nach rechts und links. In regelmäßigen Abständen gingen vom Flur Türen ab, und Männer und Frauen in grau-weiß gemusterten Kitteln eilten geschäftig den Flur entlang oder zwischen den einzelnen Türen hin und her. Dabei achtete die Kamera darauf, dass sie vom Sprecher abgesehen keine Gesichter filmte, sondern den oberen Bildrand immer höchstens bis zum Halsansatz hinaufreichen ließ.

Der Mann ging nun langsam den Flur entlang und erklärte dabei den theoretischen Unterbau von Paedaea. Und während er im Plauderton von Platon und Aristoteles erzählte, die das menschliche Denk- und Merkvermögen mit einer Schreibtafel verglichen, führte er die Kamera an mehreren Türen vorbei, ohne dass die Kamera den Blick durch eine der Türen warf. Aber auch so war am jeweiligen Bildrand kurz zu sehen, wie sich mehrere Männer und Frauen in Kitteln an anderen, nahezu unbekleideten Personen zu schaffen machten.

Der Vorsitzende blieb schließlich neben einer der Türen stehen und wandte sich um.

»Der englische Philosoph John Locke war im 17. Jahrhundert davon überzeugt, dass Menschen mit einem Gehirn geboren werden, das einem weißen Papier gleicht. Erst das Leben schreibt das Wissen auf dieses Papier – oder eben auf diese Tafel, die anfangs leer ist und später voller Informationen, Überzeugungen und intellektueller oder mentaler Fähigkeiten.«

Er machte eine Pause und schaute kurz durch die Tür, als warte er auf den richtigen Moment. Dann fuhr er fort: »Aber wir gehen weiter als Locke – wir wollen die einmal durch die Erfahrungen aus Kindheit und Jugend beschriebene Tafel wieder säubern. Wir wollen unnützes oder ineffektiv angehäuftes Wissen gewissermaßen wegwischen, und wir wollen dadurch Platz schaffen für Neues, Nützliches.«

Damit ging er durch die Tür und betrat den Raum. Offenbar roch es nicht besonders angenehm, denn der Mann hielt kurz den Atem an und schloss die Augen. Die Kamera fing eine gespenstische Szene ein: ein junger Mann hing vornübergebeugt, seine Arme und Beine mit Ketten an der Wand befestigt, ein Ledergurt um die Hüfte fixierte den Körper und hielt ihn aufrecht. Der Mann stierte mit offenen Augen auf den Boden, sein Mund stand halb offen und Speichel rann ihm über die Unterlippe und das Kinn.

Zwei Männer in grau-weißen Kitteln kontrollierten den Sitz mehrerer Kabel, die zu dem Körper des Angeketteten führten, eine ebenfalls mit einem Kittel bekleidete Frau hielt ein Klemmbrett vor sich und machte sich Notizen. Ab und zu schüttelte sich der junge Mann, vermutlich durchzuckten ihn Stromstöße, und unablässig rann Speichel aus seinem Mund.

»Mit elektrischem Strom versuchen wir, auch geistig zurückgebliebenen Probanden größere Lernerfolge zu ermöglichen – leider mit noch überschaubarem Erfolg.«

Damit verließ er den Raum wieder und ging vor der Kamera her in ein kleines Büro am Ende des Gangs.

»Sie werden in Ihrer täglichen Arbeit eher von theoretischen Unterweisungen in Gruppendynamik und Psychologie profitieren, aber im Labor werden die Grundlagen gelegt. Hier betreiben wir Forschung, um Ihnen später wirksame Ratschläge an die Hand geben zu können – um Ihnen helfen zu können, indem wir Sie die Funktion des menschlichen Gehirns, des Gedächtnisses, ja: auch der Seele verstehen lehren.«

Er stellte sich hinter einen Schreibtisch in dem Büro, nahm das Buch, das vor ihm lag, und hielt es in die Kamera. »Paedaea«, stand auf dem Titelblatt, und das Ganze wirkte mit seinem billig aussehenden Einband aus graugrünem Karton eher wie eine umfangreiche Dissertation.

»Dieser Leitfaden soll Ihnen helfen, unsere Ziele zu unterstützen. Er soll Sie dazu befähigen, eine Elite zu formen, die unsere Zukunft sein wird. Dazu müssen Sie mit gutem Beispiel vorangehen: müssen willensstark sein und Ihre Forderungen den Schülern gegenüber klar und kompromisslos vertreten. Sie müssen die Starken fordern und fördern – und dürfen nicht daran scheitern, wenn Sie einzelne Schwache auf dem Weg zurücklassen müssen. Halten Sie sich immer das große Ziel vor Augen – und die Tatsache, dass wir für Sie den Boden bereiten und die Forschung vorantreiben. Hier und an anderen Orten. Lassen Sie all das hier nicht vergeblich gewesen sein.«

Während der letzten Appelle hatte die Kamera langsam auf das Gesicht des Vorsitzenden gezoomt. Nun füllte es das Bild fast ganz aus, und die Augen blickten stechend in die Kamera.

»Danke für Ihre Aufmerksamkeit.«

Der Bildschirm wurde dunkel, und Franz Moeller drückte mit wehmütigem Lächeln den Knopf für das Öffnen der DVD-Schublade.

Kapitel zehn

Fast eine Woche verging, bis sie wieder Tritt gefasst hatten. Annette und Rainer Pietsch waren zunächst am Boden zerstört, als sie vom Tod ihres wichtigsten Verbündeten erfuhren, des Kripobeamten Stefan Mertes. Und kurz schien es, als würde ihnen sein Tod vollends den Boden unter den Füßen wegziehen – nachdem sie gerade erst eine ganze Reihe von Nackenschlägen hatten aushalten müssen.

Dann stellte sich Trotz ein, Wut und der Wunsch, sich nie wieder so ohnmächtig zu fühlen wie zuletzt. Außerdem hatten ja einige der Eltern, deren Kinder in der Vulkaneifel gestorben waren, ihre Unterstützung zugesagt – also bestand noch Hoffnung, dass sich alles auch ohne Mertes finden konnte.

»Er soll wenigstens nicht umsonst gestorben sein«, sagte Annette Pietsch am fünften Abend, und damit war endgültig klar, dass sie ihren Plan fortführen würden.

Danach redeten sie mit den Kindern.

Sarah ging es inzwischen so gut, dass sie wieder in die Schule gehen konnte – ihr eröffneten sie den ganzen Plan und baten sie, sich zum Schein allem zu fügen, was Franz Moeller in Geschichte oder Mathe von den Schülern verlangte. Außerdem sollte sie ihre Eltern über alles auf dem Laufenden halten, was ihr am Unterricht der Moellers als interessant auffiel.

Lukas brachten sie dazu, ihnen alles zu erzählen, was er am Morgen von Kevins Tod hatte mitansehen müssen. Erst tat er sich schwer, dann erzählten sie ihm, dass sie von Benjamins Mutter ohnehin schon alles wussten – und schließlich brachen bei dem Jungen alle Dämme. Er erzählte, weinte sich aus, und hinterher schien er erleichtert, endlich alles losgeworden zu sein. Zwar schien ihn noch irgendetwas zu beschäftigen, das er ihnen im Moment noch nicht erzählen wollte – aber das Schlimmste hatte er offenbar hinter sich. Danach baten sie auch ihn, sich einfach auf alles einzulassen, was seine Klassenlehrerin Rosemarie Moeller vorschlug – sie seien, so versicherten sie ihm, inzwischen zu dem Schluss gekommen, dass sie sich in der Lehrerin wohl getäuscht hatten und dass die Spannungen zwischen ihnen und den Moellers letztlich auf Missverständnissen beruhten.

Michael erzählten sie dasselbe. Vielleicht hätten sie ihm noch eher als Lukas zugetraut, Rosemarie Moeller etwas vorzuspielen – aber so verstockt, wie Michael noch bis vor Kurzem gewesen war, wollten sie trotz der gebesserten Stimmung nicht riskieren, dass er den Plan womöglich an seine Lehrerin verriet. Tatsächlich hörte sich Michael alles in seinem Zimmer in Ruhe an, vor allem das Eingeständnis der Eltern, sich in den Moellers getäuscht zu haben und nun einzulenken, schien ihn zu erleichtern.

»Wir werden noch heute in der Schule anrufen, einen Termin mit den Moellers verabreden und diese ganze Geschichte aus der Welt schaffen«, sagte Rainer Pietsch.

Dann riefen sie die Moellers an und verabredeten sich für den kommenden Tag.

Der Espresso tat gut, aber noch immer hatte er sich nicht entschieden. Johannes Wehling ging in seinem Büro auf und ab und dachte über das Gespräch nach, das er vor einigen Tagen mit Franz Moeller geführt hatte.

Moeller führte etwas für das Sommerfest im Schilde, das war dem Rektor schon zuvor klar gewesen – allzu auffällig hatte sich der Kollege nach dem genauen Ablauf der Vorführungen erkundigt. Schließlich hatte Moeller ihm seinen Plan erläutert.

Im Anschluss an die von Chor, Orchester und weiteren AGs einstudierten Vorführungen wollten Franz und Rosemarie Moeller den Erfolg ihrer pädagogischen Arbeit demonstrieren – auf eine seiner Meinung nach eher drastische Art, aber Moeller versicherte ihm so eifrig, dass keinem der Schüler dadurch Gefahr drohe, dass Wehling sich schließlich hatte breitschlagen lassen, nichts gegen Moellers Vorhaben zu unternehmen.

»Notfalls können Sie ja behaupten, Sie hätten von nichts gewusst«, schlug ihm Moeller vor. Dieser Gedanke war dem Rektor auch schon gekommen.

Inzwischen fragte er sich, ob das ein Fehler gewesen war.

Die Moellers wollten einige Schulklassen, mit denen sie am besten zusammenarbeiteten, in der Aula im Untergeschoss versammeln, die sie das Jahr über notgedrungen als Turnraum nutzen mussten, weil im Umkreis nicht genügend Sporthallen verfügbar waren. Bei schlechtem Wetter würde in der Aula ohnehin der Großteil der Aufführungen stattfinden, und man musste dafür sorgen, dass die betreffenden Schüler dort zurückblieben, während die anderen Gäste hinausgingen. Und wenn schönes Wetter war, würden die betreffenden Klassen unter einem Vorwand in die Aula gelockt werden.

Dann sollte der Rest der Anwesenden kurz eingeweiht werden: Ein Feueralarm würde ausgelöst werden, natürlich ohne wirkliches Feuer, und einige harmlose Rauchkörper würden in der Aula für etwas mehr Realismus sorgen. In dieser Situation, da war sich Moeller sicher, würden die von ihnen ausgewählten Schüler besonnen und zielstrebig reagieren und so ihren Mitschülern und allen Eltern demonstrieren, wie stark sie sich auch abgesehen von den Noten in diesem Schuljahr entwickelt hatten.

Nachdem die Moellers zu Beginn des Schuljahrs heftig von einigen Eltern angegangen worden waren, würde eine solche gelungene Demonstration die Gemüter sicher noch weiter beruhigen – aber Wehling fragte sich, ob zu Beginn der Übung nicht womöglich Panik aufkommen würde, und dafür müsste er als Schulleiter seinen Kopf hinhalten, ob er davon nun gewusst haben wollte oder nicht.

Und so schwankte er seit Tagen zwischen der Furcht vor einer in irgendeiner Form misslingenden Übung – und der durchaus verlockenden Aussicht darauf, dass durch eine geglückte Demonstration vemutlich endgültig der Friede in seiner Schule gesichert war.

Schließlich rief er Frido Hässler, den Vertrauenslehrer, auf seinem Handy an und verabredete sich für den Abend mit ihm in einem Bistro in der Innenstadt. Hässler konnte ihm helfen, bei einem drohenden Scheitern der Kollegen einzugreifen – und er, Wehling, würde sich durch einen Mitwisser zusätzlich absichern können.

Franz und Rosemarie Moeller hatten sich alles in Ruhe angehört, ab und zu hatte Franz Moeller verstohlen zu seiner Frau hingesehen. Die Kehrtwende von Annette und Rainer Pietsch hätte ihn normalerweise stutzig gemacht, aber so sehr, wie die Familie derzeit unter Druck stand, konnte man es ihnen nicht verdenken, wenn sie nun einknickten.

»Es freut mich, dass Sie das inzwischen so sehen«, sagte er in versöhnlichem Ton. »Und ich kann nachvollziehen, wie schwer es Ihnen gefallen sein muss, dieses Gespräch mit uns zu führen. Respekt, Frau Pietsch, Herr Pietsch.«

Er nickte beiden anerkennend zu.

»Aber Sie müssen wirklich keine neue Schule für Ihre Kinder suchen, wie Sie es gerade angeboten haben.«

Er musterte die beiden. Sie konnten ja kaum vergessen haben, wie das letzte Gespräch zu viert geendet hatte – aber so sehr er auch in ihren Gesichtern zu lesen versuchte: Er sah nichts weiter als ein Elternpaar am Ende seiner Kräfte. Warum sollte er sich also nicht großzügig zeigen? Warum sollte er also nicht Frieden schließen mit den beiden? Und warum sollte er ihre Kinder an eine andere Schule ziehen lassen, wo er und seine Frau sie nicht mehr so gut unter Kontrolle haben würden? Außerdem wollte er sich nicht schon wieder vom Vorsitzenden ermahnen lassen, dass seine Arbeit zu viel Aufsehen erregte – auch wenn ein Schulwechsel weit weniger dramatisch war als ein totes Kind.

»Wenn meine Frau und ich nun wissen, dass Sie Ihren Irrtum schlussendlich eingesehen haben und dass Sie unsere Arbeit künftig unterstützen werden, sollten wir es einfach gut sein lassen, finde ich.«

Er stand auf, streckte ihnen die Hand hin. Ein Problem weniger.

Rainer Pietsch musste sich auf dem ganzen Weg vom Besprechungsraum bis zum Parkplatz neben der Schule zusammenreißen. Ihm war übel, und am liebsten hätte er gegen irgendetwas getreten. Dass Moeller ihnen ihren Auftritt abgekauft hatte, war natürlich gut – aber dass Rainer Pietsch dabei so tun musste, als krieche er vor den beiden zu Kreuze, das schmerzte ihn geradezu körperlich. Annette Pietsch sah es ihm an, und sie nahm im Gehen seine Hand und drückte sie immer wieder.

Rektor Wehling stand in seinem Büro und sah den beiden hinterher. Was sie wohl mit Franz und Rosemarie Moeller zu besprechen hatten?

Es klopfte an der Tür. Franz Moeller stehe im Vorzimmer, sagte die Sekretärin, und wolle ihm eine gute Nachricht überbringen.

»Sind Sie wahnsinnig?«, fragte der Vorsitzende. »Hatten Sie in diesem Jahr denn noch nicht genug Ärger?«

»Das wird gutgehen, glauben Sie mir«, versicherte Franz Moeller und drückte die Hand seiner Frau, die neben ihm saß und mitzuhören versuchte. »Wir lösen den Alarm aus, die Schüler werden die Initiative ergreifen, und sie werden ihre Sache gut machen. Wir haben im Unterricht schon mehrfach Rollenspiele inszeniert, in denen sie genau solche Situationen meistern mussten – und sie haben jedes Mal bewiesen, dass sie schon viel weiter sind, als wir hoffen konnten. Und die Eltern werden ebenfalls eingeweiht: Während ihre Kinder in der Aula sind, informieren wir sie darüber, dass den Schülern keine Gefahr droht und dass sie ihren Kindern die Chance auf den nächsten Schritt in ihrer Entwicklung nicht nehmen sollen.«

»Trotzdem: Mir gefällt das nicht.«

»Der Rektor ist eingeweiht, und auch er sieht inzwischen die einmalige Chance, dadurch endgültig alle Eltern von unserer pädagogischen Arbeit zu überzeugen.«

»Wehling? Auf den sollten Sie sich lieber nicht verlassen. Ich habe ein paar Informationen über ihn eingeholt – für unsere Organisation würde er nicht taugen.«

»Natürlich nicht, er ist ein Weichei und will vor allem

Schwierigkeiten aus dem Weg gehen. Aber wenn sogar er die Chance begreift, die wir der Schule durch diese Demonstration bieten ...«

»Ich weiß nicht recht.«

Franz Moeller sah seine Frau an und rollte genervt mit den Augen. Der Vorsitzende hatte längst nicht mehr den Biss früherer Zeiten. Vielleicht war es Zeit für einen Nachfolger.

»Vertrauen Sie uns, bitte!«, beschwor ihn Moeller. »Sie haben in diesem Jahr schon so viel für uns getan, nun sind wir an der Reihe. Sie werden sehen: Wir revanchieren uns.«

Langes Schweigen am anderen Ende, dann sagte der Vorsitzende mürrisch: »Das will ich hoffen.«

»Wir werden Sie nicht enttäuschen.«

Franz Moeller war erleichtert, als er das Gespräch beendet hatte. Zumindest unwillig hatte er die Zustimmung bekommen, die er haben wollte. Auch Wehling schien einverstanden, es konnte alles laufen wie geplant.

Der Vorsitzende sah noch kurz auf das Telefon in seiner Hand, dann wählte er eine Handynummer und wartete, bis sich am anderen Ende eine Männerstimme meldete.

»Ich habe einen neuen Auftrag für Sie«, sagte er, dann nannte er den Namen einer Stadt und den Tag, an dem dort das Schulfest eines der Gymnasien stattfinden sollte.

Der Tag des Sommerfests brach mit viel Sonne und einigen schnell am Himmel vorüberziehenden Wolken an.

Der Hausmeister und ein Team von Eltern und Oberstufenschülern stellten von acht Uhr an Tische und Bänke im Schulhof auf, unter der großen Ulme war schon in den Tagen zuvor ein Podium errichtet worden, auf dem Rektor Wehling eine kurze Rede halten würde und danach die diversen Vorführungen stattfinden sollten.

Ab elf Uhr trafen die Kuchen und Torten ein, die von den Eltern beigesteuert wurden, und die neunten und zehnten Klassen malten mit bunter Kreide einen Parcours für die Unterstufenschüler auf den Asphalt. Aus der Aula drang der Gesang von Kinderstimmen, ein paar Mal wurden Lieder begonnen und wieder abgebrochen. Als die Chorkinder auf den Hof hinausströmten, war aus der Aula die Probe der Orchester-AG zu hören.

Rektor Wehling stand am Fenster und sah dem Treiben zufrieden zu. Seine Rede hatte er kurz gehalten, das würden ihm Schüler, Lehrer und Eltern gleichermaßen danken, und das Programm, das er heute früh noch einmal durchgegangen war, hatte für alle etwas zu bieten. »Sogar mehr, als die meisten ahnen«, ging es ihm durch den Kopf, und er wurde ein wenig nervös bei dem Gedanken an Moellers unkonventionelles Vorhaben.

Franz Moeller half im Untergeschoss des Schulgebäudes dabei, Ringe und Bälle für die geplanten Spiele im Hof zu sortieren, und dabei behielt er immer den Zugang zur Aula im Blick, um nicht zu verpassen, wenn die Orchester-AG endlich ihre Probe beendete und den Raum verließ.

Rainer Pietsch erwartete seine Gäste vor dem Haus. Beide Wagen kamen gleichzeitig die Straße entlang und parkten am Straßenrand. Er wartete, bis alle ausgestiegen waren, dann begrüßte er Klara Schulze, Anna Wirsching und die Ehepaare Brahem und Speidler mit Handschlag und ging ihnen voraus ins Haus.

Die Kinder waren bereits in der Schule, wo sie noch mit den letzten Vorbereitungen für das Schulfest beschäftigt waren. Auch sie selbst mussten bald los.

Aber zuvor hatten sie und Ursel Weber, die mit Annette

Pietsch bereits im Wohnzimmer saß, noch einiges mit ihren Gästen zu besprechen.

Endlich war die Musikprobe zu Ende. Franz Moeller ging zur Aula hinüber, wartete ab, bis der letzte Schüler seine Trompete im Instrumentenkoffer verstaut hatte und hinausgegangen war, dann huschte er zu den Toren hinüber, hinter denen Spiel- und Turngeräte gelagert wurden.

Er zog eines der Tore auf, schlüpfte in den dahinter liegenden Raum und machte sich an die letzten Vorbereitungen.

Etwas später kamen Annette und Rainer Pietsch zusammen mit Ursel Weber auf den Hof, ihr Mann Achim stand zusammen mit Christine Werkmann neben dem Podium, winkte sie zu sich heran und erzählte ihnen, was er bisher vom Programm des heutigen Tages in Erfahrung bringen konnte. Christine Werkmann wirkte ein wenig nervös, aber sie hatte es sich nicht nehmen lassen, zum Schulfest zu kommen – eigentlich hatte Annette Pietsch ihr von der für den heutigen Tag geplanten Gegenüberstellung nur erzählt, damit sie merkte, dass ihr toter Sohn nicht vergessen war und sie noch immer daran arbeiteten, den Moellers das Handwerk zu legen.

Anna Wirsching, Klara Schulze und die Ehepaare Brahem und Speidler hatten sich unter die Eltern des hiesigen Gymnasiums gemischt, hielten Blickkontakt zueinander und achteten darauf, dass Franz und Rosemarie Moeller sie nicht sehen konnten. Es war immerhin möglich, dass sich die beiden Lehrer einige ihrer Gesichter gemerkt hatten – sechs tote Kinder innerhalb von drei Schuljahren sollten auch die Moellers so beschäftigen, dass sie deren Eltern wiedererkennen würden.

Schließlich kletterte Rektor Wehling auf das Podium unter der Ulme. Die Ehepaare Pietsch und Weber rückten zusammen mit Christine Werkmann ein wenig zur Seite, und Wehling war kurz irritiert, als er vom Podium herunter die Mutter des verunglückten Kevin bemerkte. Anna Wirsching hatte Franz Moeller im Eingang zur Schule entdeckt, gab den Pietschs ein unauffälliges Zeichen und wandte sich ein wenig ab. Rosemarie Moeller trat aus dem Gebäude, sagte etwas zu ihrem Mann, blieb dann stocksteif neben ihm stehen und sah zur Ulme hinüber.

Frido Hässler wischte sich die feuchten Hände immer wieder an der Hose ab und versuchte die Moellers im Blick zu behalten. Rektor Wehling hatte ihn gegen den Willen von Franz Moeller in dessen Plan eingeweiht – und er hatte ihn gebeten, darauf zu achten, dass auch alles glatt laufen würde.

Hässler war nicht wohl dabei, er hielt das Ganze ohnehin für eine Schnapsidee, aber Wehling war nicht dazu zu bringen, dem Kollegen das riskante Vorhaben wieder auszureden. Also blieb nichts anderes übrig, als das Ganze aufmerksam zu verfolgen und im Notfall dazwischenzufahren.

Rosemarie Moeller sah mürrisch über die Festgesellschaft, die sich im Hof versammelt hatte. Immer und immer wieder ließ sie ihren Blick über die Köpfe schweifen, vom oberhalb der Treppe erhöht liegenden Hauseingang hatte sie eine gute Sicht. Dann schien sie zu stutzen, musterte eine Gruppe von Eltern etwas genauer – und beugte sich zu ihrem Mann hin, um ihm etwas ins Ohr zu flüstern.

Auch sein Blick ging daraufhin zu der Elterngruppe, und er wirkte erschrocken. Frido Hässler sah in dieselbe Richtung, aber von seiner Position aus konnte er die Gesichter der Eltern nicht erkennen.

Kurz sprachen die Moellers miteinander, dann legte Rosemarie Moeller ihrem Mann eine Hand auf den Unterarm und sah ihn fragend an, doch Franz Moeller zuckte nur mit den Schultern.

Rektor Wehling kam zum Ende seiner Rede, und Rainer Pietsch überlegte fieberhaft, ob nun der richtige Moment gekommen sei. Doch da gab Wehling Franz Moeller ein Zeichen. Der Lehrer nickte und kam zum Podium – dabei sah es kurz so aus, als wolle Rosemarie Moeller ihren Mann aufhalten.

»Meine Damen und Herren, liebe Kinder«, begann Franz Moeller, und seine Stimme wurde von den Lautsprechern bis in den letzten Winkel des Schulhofs getragen, »wir feiern heute unser Sommerfest – und haben damit auch schon beinahe das Ende des Schuljahres erreicht. Für mich und meine Frau war es ein wertvolles Jahr, da wir diese Schule, unsere neuen Kollegen und natürlich Sie und Ihre Kinder kennenlernen durften.«

Rainer Pietsch musste sich sehr beherrschen, nicht den Kopf zu schütteln – Moeller hatte den Satz tatsächlich ohne jeden Anflug von Zynismus ausgesprochen.

»Ich möchte mich dafür bedanken, dass wir an dieser Schule von Ihnen allen nach kurzen Anlaufschwierigkeiten so gut aufgenommen wurden. Und ich hoffe, wir konnten Ihnen, den Eltern und unseren Kollegen, für Ihr Vertrauen auch einiges zurückgeben. Manches ist schon jetzt an den Noten Ihrer Kinder abzulesen, manches andere wird Ihren Kindern vielleicht erst in ein paar Jahren zugute kommen, wenn Sie es gar nicht mehr unbedingt mit der Zeit hier an dieser Schule in Verbindung bringen werden.«

Er sah sich um und hatte vorwiegend positiv gestimmte

Gesichter vor sich, Eltern, die zustimmend nickten oder zumindest aufmerksam zuhörten.

»Uns werden nun hier im Hof einige Aufführungen geboten, wofür ich Ihnen gute Unterhaltung wünsche – aber zum Abschluss des eigentlichen Programms möchte ich Sie trotz des schönen Wetters dann noch kurz in die Aula bitten, wo meine Frau und ich Ihnen mit Hilfe Ihrer Kinder noch eine kleine Demonstration dessen geben wollen, was Ihre Kinder ganz abgesehen vom Unterrichtsstoff in diesem Jahr noch gelernt haben und wovon sie später einmal profitieren werden. Vielen Dank für Ihre Aufmerksamkeit – und bis später.«

Franz Moeller nickte kurz in die Runde, dann gab er Rektor Wehling die Hand und kehrte zurück auf seinen Platz.

»Und du meinst, wir sollen es trotzdem durchziehen?«

Rosemarie Moeller sah wieder zu den Eltern hin, die sie noch vom Internat Cäcilienberg her kannte. Dass sie hier waren, konnte nichts Gutes bedeuten – denn irgendjemand musste sie hierher eingeladen haben, und es war nicht schwer zu erraten, dass sie und ihr Mann mit ihnen auf irgendeine Weise konfrontiert werden sollten.

»Ja«, sagte Franz Moeller. »Wir ziehen das durch – und falls wir improvisieren müssen, gibt es noch eine andere Möglichkeit. Da würde es dann nur noch nebenbei um das fiktive Feuer gehen, aber zur Not könnte das unsere Flucht decken.«

»Unsere Flucht?«

»Schau, wenn die Cäcilienberg-Eltern zu Wort kommen, kann sich die Stimmung durchaus gegen uns richten. Und dann können wir hier nichts mehr ausrichten – dann müssten wir wieder anderswo von vorn anfangen.«

Rosemarie Moeller seufzte.

»Mein Gott, warum wird es einem so schwer gemacht, das Richtige zu tun?«, sagte sie schließlich. »Und dann wieder eine andere Schule? Wieder neue Schüler, neue Eltern, neue Kollegen?«

Sie sah ihren Mann an.

»Ich hatte eigentlich gehofft, dass wir hierbleiben könnten.«

»Das können wir wahrscheinlich auch«, beruhigte er sie. »Aber ich will zur Sicherheit einen Plan B in der Tasche haben.«

Und dieser Plan B bedeutete für Franz Moeller nicht zwingend den Neustart an einer anderen Schule: War der Vorsitzende der Paedaea denn nicht inzwischen zu weich geworden für seinen Posten? Und zu alt …?

Die beiden Schüler, die mit großen Gesten und pathetischer Stimme unter dem anhaltenden Gelächter der Unterstufenjungs eine Szene aus »Romeo und Julia« aufgeführt hatten, verbeugten sich noch einmal geziert und flitzten dann mit hochroten Gesichtern von der Bühne.

Rektor Wehling löste sich aus einer Gruppe von Eltern, mit denen er sich vor der kleinen Theatereinlage unterhalten hatte, und steuerte auf die Treppe zum Podium zu. Es war Zeit für seine Rede. Dann blieb er abrupt stehen. Vor sich sah er Rainer Pietsch ebenfalls zur Bühne eilen, ihm folgte ein Paar, das er nicht kannte – was war denn nun schon wieder los? Waren das Eltern, denen er bisher noch nicht begegnet war?

Rainer Pietsch schaltete das Mikrofon ein und räusperte sich. »Darf ich Sie kurz um Ihre Aufmerksamkeit bitten?«, fragte er laut, und auf dem Schulhof kehrte Ruhe ein. Karin

Knaup-Clement und einige andere Eltern, die bei ihr standen, sahen plötzlich erschrocken aus, die anderen Zuschauer schienen lediglich gespannt zu sein, welchen Programmpunkt er nun ankündigen würde.

Franz und Rosemarie Moeller standen unbeweglich am Fuß der Podiumstreppe – sie warteten darauf, dass Rektor Wehling seine Rede hielt, und hatten sich gleich danach auf den Weg machen wollen, um ihre Demonstration in der Aula mit einer kleinen Ansprache einzuleiten.

»Wie viele von Ihnen wissen, haben meine Frau und ich sehr lange deutlich Kritik ausgeübt am Ehepaar Moeller, den beiden Lehrern, die zu Beginn dieses Schuljahres neu an unser Gymnasium kamen.«

Karin Knaup-Clement entdeckte Rektor Wehling in der Nähe des Podiums und huschte zu ihm.

»Was ist denn jetzt wieder los?«, fragte sie ihn. »Was macht Herr Pietsch denn da?«

Wehling zuckte nur mit den Schultern. Nicht weit von ihm entfernt standen Christine Werkmann und Ursel Weber mit ihrem Mann. Benjamins Mutter sah sich um, fing den fragenden Blick der Elternsprecherin auf und machte eine Geste, mit der sie sie um Geduld bat.

»Wir haben mehrfach mit Herrn und Frau Moeller gesprochen, weil es uns keine Ruhe gelassen hat, dass Sören Karrer, ein Schüler aus der neunten Klasse, versucht hat sich das Leben zu nehmen – vermutlich, weil sein Lehrer Franz Moeller ihn kontinuierlich unter Druck setzte und vor seiner Klasse erniedrigte.«

»Ruhe jetzt!«, rief ein Vater dazwischen.

»Ungeheuerlich!«, stimmte eine Mutter zu.

»Schicken Sie Ihre Kinder doch auf eine andere Schule, wenn es Ihnen hier nicht passt!«

Die allgemeine Ablehnung und die wütenden Rufe trafen Rainer Pietsch mit voller Wucht, aber das musste er jetzt aushalten. Auch Annette Pietsch fröstelte, als sie ihren Blick über die aufgeregt durcheinanderrufenden Festgäste schweifen ließ, während sich Sarah, Michael und Lukas fragende Blicke zuwarfen. Franz und Rosemarie Moeller dagegen standen nach wie vor am Fuß der Treppe und schienen das Geschehen entspannt zu beobachten.

»Als Kevin Werkmann aus der sechsten Klasse direkt vor der Schule tödlich verunglückte, wollte außer seiner Mutter und uns niemand wahrhaben, dass dieser Junge sein Leben verlor, weil das Ehepaar Moeller unsere Kinder auf eine Art lehrt oder eher dressiert, die unseren Kindern zwar Ehrgeiz und Zielstrebigkeit einpflanzt – aber auf Kosten von Mitgefühl und Rücksichtnahme«, fuhr Rainer Pietsch fort. Er musste seine Stimme erheben, um sich gegen den weiter anschwellenden Tumult durchzusetzen. »Sie alle fanden es gut, dass Ihre Kinder bessere Noten bekamen. Aber keiner von Ihnen fragte, ob unsere Kinder dafür vielleicht auch einen Preis bezahlen müssen. Einen viel zu hohen Preis.«

»Stellt diesem Irren doch endlich das Mikrofon ab!«

»Kinderschänder!«

»Mensch, Pietsch, hau endlich ab aus dieser Stadt!«

Die Angriffe wurden immer heftiger, und Franz Moeller gestattete sich ein leichtes Lächeln. Vor einem Fenster, das nur einen halben Meter über dem Boden des Schulhofs lag und eines der Oberlichter der Aula darstellte, stand ein Mann, beide Hände in den ausgebeulten Manteltaschen, der die Szenerie aufmerksam betrachtete. Er hatte einige Gesichter unter den Anwesenden erkannt und wusste, dass sie eigentlich nicht hier sein sollten. Beiläufig fuhr er sich mit dem Finger über die Warze neben seiner Nase, dann trat er ein paar Schritte zur Seite, um auf seinem Handy eine Kurzwahlnummer aufzurufen.

Rainer Pietsch hob oben auf dem Podium abwehrend die Hände und trat tatsächlich ein paar Schritte vom Mikrofon zurück, als beuge er sich den wütenden Zwischenrufen. Doch er machte Platz für Ursel Weber, die nun zusammen mit ihrem Mann und ihrem Sohn Benjamin die Treppe hinaufkam und ans Mikrofon trat. Der Mann im Mantel sagte mit knappen Worten etwas ins Handy, dann steckte er das Telefon in die Tasche, ohne das Gespräch zu beenden, und sah gebannt zum Podium hin.

»Mein Name ist Ursel Weber, das ist mein Mann Achim und das hier mein Sohn Benjamin«, begann die Frau ins Mikrofon zu sprechen. »Es fällt uns nicht leicht, hier oben zu stehen, und wir würden lieber schweigen über das, was wir zu sagen haben – aber ich mag es nicht länger hinnehmen, wenn hier jemand von Ihnen allen lautstark beschimpft und verleumdet wird. Von uns allen, denn bis vor Kurzem habe ich Herrn und Frau Pietsch als ebenso störend empfunden wie Sie jetzt. Ich wollte nicht zuhören, als mir Herr Pietsch unangenehme Dinge über meinen Sohn Benjamin erzählte – und weiß jetzt von meinem Sohn, dass alles noch weit schlimmer ist, als es Herr Pietsch schilderte.«

Sie sah in die Runde, dann nahm sie ihren Sohn in den Arm und schob ihn ein kleines Stück auf das Mikrofon zu.

»Benjamin hat Ihnen etwas zu sagen – und ich hoffe, dass Sie wenigstens ihn nicht beschimpfen, wenn Sie von ihm schon die Wahrheit hören müssen.«

Der Junge trat noch einen halben Schritt nach vorn, und Ursel Weber stellte das Mikrofon auf seine Größe ein.

»Ich ...«, begann Benjamin, aber er kam nicht weiter, sondern sah zu seiner Mutter auf und schüttelte den Kopf.

Ursel Weber ging kurz in die Hocke und sprach leise mit ihrem Sohn. Dann stellte sie das Mikrofon wieder höher und nahm Benjamin erneut in den Arm.

»Sieht so aus, als müsste ich für ihn sprechen. Aber glauben Sie mir: Er hat mir nichts anderes gesagt als das, was ich Ihnen jetzt mitteilen werde – und er ist einverstanden, dass ich nun in seinem Namen spreche. Stimmt das, Benjamin?«

Der Junge nickte und drückte sich etwas enger an seine Mutter.

»Kevin ist nicht von allein vor das Auto gestürzt, das ihn überfahren hat«, sagte sie und machte eine Pause.

Im ganzen Schulhof war kein Wort mehr zu hören, alle starrten gebannt auf die Frau, als müssten sie sich erst darüber klar werden, was sie da gerade gehört hatten. Marius und Hype, die in der Nähe ihrer Eltern standen, sahen ebenso gebannt auf ihren Kumpel wie Claas, der bis zu Kevins Unfall ebenfalls mit den dreien befreundet war.

Christine Werkmann, der Ursel Weber schon alles erzählt hatte, sah mit zusammengepressten Lippen nach oben, als wolle sie nur ja keine Tränen zulassen. Rektor Wehling sah fragend zwischen ihr und den Moellers hin und her, beide Lehrer standen bewegungslos, allerdings wirkte Franz Moeller sehr angespannt.

»An dem Morgen, als der Unfall geschah, war Benjamin zusammen mit seinem Freund Marius unterwegs zur Schule«, fuhr Ursel Weber fort. »Sie kamen gerade an und sahen Kevin und Lukas vor dem Schulhof aufeinander zugehen. Zwischen Kevin und der Bordsteinkante drängten sich zwei Mädchen durch, und Benjamin und Marius gingen hinter den beiden – allerdings auf der anderen Seite ihres Klassenkameraden. Sie hatten Kevin nicht lange davor zusammen mit ihren Kumpels Claas und Heiko verprügelt – und nun wollten sie ihm noch ein wenig Angst einjagen, damit er niemandem verriet, dass sie es gewesen waren. Als die Mädchen an Kevin vorbei waren, trat er wieder etwas näher an den Straßenrand hin, mein Sohn und Marius liefen von hinten an ihn heran und ...«

Sie machte eine Pause, atmete ein paar Mal tief ein und aus.

»Dann hat Marius ihm irgendeine Drohung ins Ohr gezischt, und Benjamin packte ihn an der Jacke. Im selben Moment drehte sich Kevin um, bekam einen Schreck, riss sich los, stolperte – und fiel auf die Straße, direkt vor das Auto.«

Christine Werkmann hatte den Kampf gegen die Tränen verloren, sie sah schluchzend hinauf zu Ursel Weber und Benjamin und nickte den beiden zu, als sei sie dankbar, dass sie den Mut gehabt hatten, all das öffentlich zu bekennen.

Benjamin sah elend aus, aber auch erleichtert. Marius versuchte sich davonzuschleichen, aber der eiserne Griff seines Vaters und dessen strenger Blick ließen ihn wie angewurzelt stehen bleiben. Hype sah zu Claas hin, und der nickte nur traurig. Im Schulhof begannen sich immer mehr Menschen angeregt miteinander zu unterhalten, Zwischenrufe waren nicht zu hören.

Am Podium war nun auch Familie Weber zu Rainer und Annette Pietsch in den Hintergrund getreten, zwei Frauen und zwei Paare betraten die Bühne.

»Mein Name ist Klara Schulze«, sagte eine der Frauen ansatzlos in das allgemeine Gemurmel hinein, schnell wurde es wieder still im Schulhof. Rektor Wehling ging ein Stück auf das Podium zu und sah noch einmal zu den Moellers hinüber: Nun wirkten die beiden doch einigermaßen unruhig, Franz Moeller redete leise auf seine Frau ein.

»Ich war bis vor drei Jahren Elternbeirätin des Internats Cäcilienberg in der Nähe von Gerolstein in der Vulkaneifel. Damals wurde direkt vor dem Internat ein Schüler überfahren – der Fahrer beging Unfallflucht und konnte nie ermittelt werden. Im Schuljahr zuvor hatte sich ein Mädchen im Keller des Internats erhängt: Ina Speidler. Ihre Eltern sind heute ebenfalls hier.«

Sie deutete auf eines der beiden Paare neben sich.

»Ich hatte damals darauf bestanden, dass in beiden Todesfällen ermittelt wird – doch die Schulleitung hatte kein Interesse daran, dem Internat negative Schlagzeilen zu bescheren, also wurde alles unter den Teppich gekehrt. Daraufhin habe ich mein Amt als Elternbeirätin niedergelegt.«

Einige Zuhörer sahen sich fragend an: Was hatte das mit dieser Schule zu tun?

»In dem Schuljahr, in dem sich Ina Speidler im Keller des Internats erhängt hat, waren zwei neue Lehrer auf den Cäcilienberg gekommen.« Sie zeigte auf die Moellers. »Franz und Rosemarie Moeller waren damals als Lehrer neu ins Internat gekommen.«

Gemurmel kam auf, Franz Moeller hob beide Hände, als wolle er etwas sagen, aber Klara Schulze sprach weiter ins Mikrofon.

»Im nächsten Schuljahr wurde also der Junge überfahren, und im Schuljahr darauf, das ist jetzt etwa zwei Jahre her, kamen vier Schüler ums Leben.« Sie legte erneut eine Pause ein. Es war jetzt totenstill geworden. »Kai Wirsching – seine Mutter ist heute ebenfalls anwesend – stürzte nachts von einem Felsen in der Nähe des Internats. Dann starb eine Achtklässlerin, vergiftet mit Blausäure, die wohl aus dem

Chemiefundus des Internats stammte. Kurz darauf wurde im Apothekergarten der Fünftklässler Sami tot gefunden – das hier sind seine Eltern Latifa und Mahmoud Brahem.« Sie zeigte auf das zweite Paar neben sich. »Der Junge war aus einem Turmfenster gestürzt, die Umstände sind bis heute ungeklärt. Und schließlich erhängte sich eine Neuntklässlerin im Keller des Internats – nahe der Stelle, an der schon ihre Freundin zwei Jahre zuvor tot aufgefunden wurde. Ihre Eltern wären vielleicht heute ebenfalls hier, aber sie haben inzwischen Selbstmord begangen. Sie lagen tot am Grab ihrer Tochter, auch hier hat die Polizei die Ermittlungen inzwischen eingestellt.«

Keiner sprach ein Wort, die Blicke gingen zwischen Klara Schulze und den Moellers hin und her.

»Einer der Polizisten, der noch immer wegen der Todesfälle rund um das Internat recherchierte, wäre heute vielleicht ebenfalls hier – aber er stürzte vor Kurzem mit seinem Wagen von einer Autobahnbrücke bei Limburg an der Lahn. Seine Kollegen gehen davon aus, dass er Selbstmord begangen hat.«

Die Stille wirkte bedrückend, und Rektor Wehling gab sich einen Ruck und ging die Treppe hinauf aufs Podium.

»Selbstmord, Unfall«, schallte plötzlich die Stimme von Franz Moeller über den Hof. »Das haben Sie selbst gesagt, Frau Schulze.«

Er stand inzwischen oben vor dem Eingang zum Schulgebäude, und seine kräftige Stimme kam ohne Mikrofon aus.

»Aber Sie prangern uns hier reichlich unverhohlen als Mörder an. Worin soll denn unsere Schuld liegen? Wir haben Kevin nicht überfahren, und wir haben die Mädchen nicht im Internatskeller aufgehängt. Und wenn Kinder den Druck einer Eliteschule nicht aushalten und sich deshalb das Leben nehmen, ist das tragisch – aber andererseits sollten sich dann auch die jeweiligen Eltern fragen, ob sie das Leistungsvermögen ihrer Kinder richtig eingeschätzt haben.«

»Sie fragen, wo Ihre Schuld liegt?«, rief Ursel Weber, die sich wieder ans Mikrofon gestellt hatte. »Das will ich Ihnen sagen: Sie haben in den Klassen, die Sie unterrichten, eine Atmosphäre aus Druck und Neid geschürt, und Sie haben ...«

»Druck müssen Kindern aushalten«, fiel Moeller ihr ins Wort, »unter Druck werden sie geformt, veredelt – so, wie aus altem Holz erst Kohle und später Diamant wird.«

»... und Sie haben die Kinder angestachelt, ihre schwächeren Mitschüler auszugrenzen und zu mobben, zu verprügeln und wie in Kevins Fall sogar die Mitschuld an ihrem Tod zu tragen.«

»Frau Weber, bitte!«, wandte Wehling ein, der inzwischen vor dem Mikrofon angekommen war. »Das sind doch alles haltlose Anschuldigungen! Das hatten wir doch alles schon!«

»Eben«, schimpfte Ursel Weber weiter, »das hatten wir schon – und es ist wahr. Benjamin hat mir erzählt, wie Rosemarie Moeller ihm und seinen drei Freunden erst verboten hatte, Kevin zu ärgern – er sei für die vier kein würdiger Gegner, so etwa drückte sie sich aus. Daraufhin knöpften sie sich Lukas Pietsch vor. Und schließlich, als Rosemarie Moeller der Klasse klarmachte, dass künftig wegen der Elternproteste alle Kinder gleich behandelt würden, fiel Kevins Sonderrolle weg – und damit auch sein Schutz durch die Lehrerin.«

»Das ist doch alles konstruiert!«, rief Franz Moeller von der Treppe herüber. Seine Frau stand stumm am Fuß der Treppe und sah Ursel Weber hasserfüllt an.

»Und«, fuhr Ursel Weber fort, »eines Tages erklärte sie Benjamin und seinen Freunden, dass schwache Kinder wie Kevin letztendlich nur die Klasse aufhalten und verhindern würden, dass die anderen so zügig vorankämen, wie es ihren Fähigkeiten entspräche. Als sie dann davon erfuhr, dass sich die vier Kevin und Lukas ab und zu vornahmen, ließ sie durchblicken, dass sie das durchaus in Ordnung fand.«

»Das können Sie niemals beweisen!«, rief Franz Moeller.

Seine Frau stand nicht mehr an ihrem alten Platz, ein Stück entfernt kam Bewegung in die Menge. Rainer Pietsch, der befürchtete, Rosemarie Moeller mache sich aus dem Staub, besprach sich kurz mit Achim Weber, und die beiden Männer eilten vom Podium zu den Ausgängen des Schulhofs, um der Lehrerin den Weg abzuschneiden.

Doch Rosemarie Moeller wollte nicht fliehen, sie hatte den Schülern der drei Klassen, die sie unterrichtete, etwas zugeflüstert und sprach nun mit einigen Jugendlichen aus einer der Klassen ihres Mannes.

»Sie haben es uns selbst gesagt!«, meldete sich Annette Pietsch zu Wort. »Rektor Wehling haben Sie vorgespielt, dass Sie mit uns einen Kompromiss finden wollten und dass wir Quertreiber seien – und als er den Raum verlassen hatte, legten Sie Ihre Maske ab und sagten uns, dass Kevins Tod im Grunde genommen ganz in Ihrem Sinne sei.«

Rektor Wehling sah verblüfft zu Franz Moeller hinüber, der Kollege machte keine Anstalten, sich zu verteidigen. Stattdessen strömten immer mehr Schulkinder über die Treppe zu ihm hinauf, an ihm vorbei und hinein ins Schulgebäude. Ohne auf das Gesprochene einzugehen, drehte er sich zum Publikum und sagte mit lauter Stimme: »Ursprünglich wollten wir Ihnen an dieser Stelle demonstrieren, wie weit wir Ihre Kinder in ihrer Entwicklung zum selbstbestimmten, zielstrebigen Menschen gebracht haben. Diese Demonstration werden wir nun ...«

Sein Handy klingelte, und er unterbrach sich mitten im Satz. Irritiert zog er das Handy hervor und sah auf das Display. Der Klingelton war für den Vorsitzenden reserviert, aber dessen Nummer war auf dem winzigen Handymonitor nicht zu sehen. Er blickte um sich, als suche er jemanden, und sein Blick wirkte ängstlich. Dann entdeckte er den nahe beim Schulhaus stehenden Mann im Mantel. Der Mann nahm sein Handy vom Ohr und machte mit der flachen rechten Hand eine kurze waagrechte Bewegung, als sei das Maß voll, als sei es nun genug. Franz Moeller schluckte, sah den Mann fast flehend an, aber der schüttelte nur kurz den Kopf. Und bevor ihn noch jemand anderes bemerken konnte, war der Mann schon wieder untergetaucht.

Franz Moeller steckte sein Handy weg.

»Wir werden unsere Demonstration ein wenig anders inszenieren als ursprünglich geplant«, rief er und schien es nun sehr eilig zu haben. »Herr Wehling kann Ihnen zumindest sagen, was wir vorhatten – den Rest erleben Sie ja dann gleich selbst mit.« Er deutete auf den Rektor, der ein wenig überrumpelt schien. »Leben Sie wohl!«, rief er noch und schlüpfte mit seiner Frau, die hinter den letzten hinaufeilenden Schülern die Treppe erklommen hatte, ins Schulgebäude. Dann fiel die Tür ins Schloss, und alle sahen zu Johannes Wehling hin.

»Meine Damen und Herren«, begann der Rektor vorsichtig, und schien dabei fieberhaft zu überlegen, was er nun eigentlich sagen sollte. »Bitte bleiben Sie ruhig, es besteht kein Grund zur Sorge.«

Empörte Rufe waren aus der Menge zu hören, und

schließlich kam Frido Hässler aufs Podium und drängte Wehling beiseite. Der Rektor sah ihn noch flehend an und schüttelte den Kopf, aber Hässler ließ sich nicht stoppen.

»Liebe Eltern, bitte bewahren Sie Ruhe – wir brauchen Ihre Unterstützung!«, rief Hässler. »Herr und Frau Moeller wollten Ihnen vorführen, wie vernünftig Ihre Kinder inzwischen auch mit gefährlichen Situationen umgehen können. Dazu haben Sie Ihre Kinder in die Aula gelockt – und dort haben sie alles vorbereitet, um einen Brand vorzutäuschen.«

Weitere Rufe wurden laut.

»Bitte, meine Damen und Herren! Falls Sie gleich irgendwo Rauch aufsteigen sehen, vergessen Sie bitte nicht: Es ist nur ein vorgetäuschter Brand! Ihre Kinder schweben nicht wirklich in Gefahr!«

Hässler versuchte überzeugend zu wirken, dabei hatte er ernsthafte Zweifel, ob das auch noch galt, nachdem seine Kollegen ganz offensichtlich ihren Plan geändert hatten. Er zog sein Handy aus der Tasche, tippte die Notrufnummer ein und alarmierte die Rettungskräfte.

»Rauch! Rauch!«, schrie jemand, und tatsächlich drangen erste Schwaden aus zwei gekippten Oberlichtern der Aula auf den Schulhof heraus. Von innen waren Mattenwagen zu den Fenstern geschoben worden, und jemand hatte die Vorhänge zugezogen. Nur durch wenige Schlitze konnte man die Decke der Aula und die daran befestigten Halterungen für verschiedene Turngeräte sehen, die Menschen in der Aula waren durch die Mattenwagen vor den Blicken vom Schulhof aus geschützt.

Alle Augen richteten sich nun auf die Fenster, sodass der Mann im Mantel den Schulhof unbeachtet verlassen konnte. Er beeilte sich, um über die umliegenden Gehwege die Rückseite des Schulgebäudes zu erreichen.

»Liebe Schüler«, begann Franz Moeller und sah zufrieden auf die zahlreichen Kinder und Jugendliche, die der Aufforderung seiner Frau gefolgt waren und sich hier in der Aula versammelt hatten, »eigentlich wollten wir hier in diesem Raum euren Eltern demonstrieren, wie reif ihr schon seid, wie gut ihr mit schwierigen Situationen zurechtkommt – und dass wir schon jetzt vieles bedenkenlos in eure Hände legen könnten.«

Sein Publikum aus Sechst-, Siebt- und Neuntklässlern sah gebannt zu ihm hin, wie er da auf einem Kastenelement leicht erhöht vor ihnen stand und beide Hände hinter seinem Rücken verschränkt hielt. Die neunte Klasse war bis auf zwei Kinder komplett anwesend: Sogar Sarah Pietsch stand zu Moellers Überraschung mitten unter ihren Schulfreundinnen. Sie schaute zwar feindselig, aber sie war gekommen. Als seine Frau die Tür der Aula ins Schloss fallen ließ, bemerkte Moeller neben ihr noch zwei Neuntklässler, die er ganz sicher nicht hier erwartet hatte: Hendrik und Sören bahnten sich einen Weg durch die anderen Schüler und blieben schließlich neben Sarah stehen.

Egal, dachte Franz Moeller. Was sollen sie jetzt noch gegen mich ausrichten? Dann holte er wieder tief Luft und gab seiner Stimme einen möglichst vollen Klang: »Aber eure Eltern haben erneut nicht verstanden, was wir mit euch vorhaben – was wir für euch planen und wie alle Welt von euch und eurer Generation profitieren kann. Ihr seid unsere Zukunft!«

Er deklamierte den letzten Satz und strecke beide Arme aus, als wolle er die Anwesenden umarmen – in seiner rechten Hand baumelte ein langes Seil, das er bisher hinter seinem Rücken verborgen hatte. Einige Kinder blickten inzwischen fast schon fiebrig zu ihm hinauf, alle anderen hörten zumindest gespannt zu – nur Sarah und ihre beiden Klassenkameraden fixierten ihn mit ablehnenden Blicken.

Rosemarie Moeller trat neben ihren Mann auf das breite Kastenelement, und auch sie hielt ein Seil in der Hand, das an einem Ende in einer Schlinge endete. Einige der Kinder sahen sich erschrocken um, die ersten bemerkten den Rauch, der aus einem der Geräteräume in die Aula drang.

»Ihr müsst keine Angst haben«, beruhigte Franz Moeller sie. »Das ist kein richtiges Feuer – wir haben nur einige Rauchkörper dort drüben deponiert. Damit wollten wir einen Brand simulieren. Draußen wussten alle Bescheid, und ihr hier drin solltet zeigen, wie gut ihr mit der Situation umgehen könnt. Damit endlich alle Erwachsenen begreifen, was jetzt schon in euch steckt!«

Er wurde immer pathetischer, aber keines der Kinder in der Aula reagierte spöttisch, fast alle hingen gebannt an Moellers Lippen. Sarah sah sich um: Die beiden Lehrer hatten in diesem Schuljahr tatsächlich ganze Arbeit geleistet.

Rosemarie Moeller nahm nun das geschlungene Ende des Seils in die linke Hand, ließ das andere Ende, an dem ein Haken befestigt war, einige Male kreisen, dann flog der Haken hinauf und blieb gleich beim ersten Versuch an einer der Vorrichtungen hängen, die über die Decke der Aula verteilt waren. Franz Moeller tat es ihr gleich. Dann ließen beide die Seile lose baumeln und gingen nach hinten, um weitere Seile zu holen.

Einige Kinder kamen hinzu und boten ihre Hilfe an. In einer Atmosphäre gespenstischer Ruhe wurde Seil um Seil an der Decke befestigt.

»Da hängen Seile!«, rief eine Mutter, die sich neben eines der Fenster der Aula gehockt hatte und versuchte, durch die Schlitze zwischen den Vorhängen irgendetwas zu erkennen.

»Gehen Sie da weg«, sagte Frido Hässler. »Die Polizei muss jeden Moment da sein.«

»Aber wir können doch nicht einfach hier stehen und abwarten, was die mit unseren Kindern machen!«, rief ein Vater und redete sofort auf einige umstehende Männer ein, dass sie ihm helfen sollten, die Aula zu stürmen.

»Bitte, bewahren Sie Ruhe – das ist kein echtes Feuer, und die Seile müssen nichts bedeuten!«

»Es werden immer mehr Seile aufgehängt«, rief die Mutter von vorhin nun. »Und diese Seile haben Schlingen am unteren Ende!«

Ein Raunen ging durch die Menge auf dem Schulhof, und Rektor Wehling drängte sich durch die Menge auf das Schulgebäude zu. Auf der Treppe wandte er sich um und forderte die anderen auf, ihm zu folgen. Offenbar setzte ihm sein schlechtes Gewissen so sehr zu, dass er nun doch endlich selbst etwas unternehmen wollte.

Unter wütenden Rufen begann sich die Menge einen Weg in die Aula zu bahnen. Die innere Tür war jedoch abgeschlossen.

Franz und Rosemarie Moeller sahen mit Genugtuung, wie sich gut ein Dutzend ihrer Schüler ebenfalls Kastenelemente heranzogen und sie unter die baumelnden Seilschlingen stellten.

Von draußen her waren Rufe zu hören, und jemand versuchte offenbar, die Tür einzutreten. Den einzelnen Mann, der sich von der Rückseite des Gebäudes her in eine der Gerätegaragen geschlichen hatte, bemerkte niemand.

»Auch diesmal wollen eure Eltern verhindern, dass ihr an euren Aufgaben wachst«, deklamierte Franz Moeller, und sein flackernder Blick begann die ersten Schüler in der Aula abzuschrecken. »Aber das werden wir nicht zulassen!«

Er hatte draußen an der Treppe seiner Frau zugeraunt, dass der Vorsitzende seinen Helfer geschickt hatte – und dass sich ihnen nur noch eine letzte Möglichkeit bot, der vermutlich schrecklichen und schmerzhaften Strafe durch ihn zu entkommen. Nun wollten sie wenigstens dafür sorgen, dass ihre Lehrerfolge in den Schülern fest verankert blieben – und ein Trauma konnte das bewirken, daran ließ die theoretische Schulung der Lehrer durch Paedaea keinen Zweifel.

Und dass einige ihrer Schüler so von ihnen eingenommen waren, dass sie nun sogar mit ihnen in den Tod gehen wollten, konnte die Wirkung auf die anderen nur verstärken.

Lächelnd sah Franz Moeller in die Runde und legte sich die Schlinge um den Hals.

Die aufgebrachten Eltern stauten sich vor der verschlossenen Innentür, aber sie war fest verriegelt und hielt auch den Schlägen und Tritten stand. Plötzlich gab die Tür doch nach, sie schwang auf und Sarah, Sören und Hendrik, die sie von innen geöffnet hatten, konnten gerade noch zur Seite springen, um den in blinder Panik hereinstürmenden Eltern auszuweichen.

Franz und Rosemarie Moeller standen auf einigen Kastenelementen, Schlingen um den Hals, und blickten verärgert auf, als fänden sie die Störung einfach nur ungehörig.

Doch die Eltern kümmerten sich nicht weiter um die beiden Lehrer und drängten sich zu den Schülern hin. Sie umarmten ihre Kinder und hielten diejenigen auf, die sich gerade ebenfalls Schlingen um den Hals legen wollten. Dann zogen und schoben sie die Kinder und Jugendlichen hinaus aus der Aula, um sie auf dem Schulhof tränenreich in die Arme zu schließen.

Drinnen standen nun nur noch Franz und Rosemarie Moeller und sahen traurig zu der offen stehenden Tür. Rosemarie Moeller spürte eine tiefe Leere, und sie horchte hoffnungsvoll, ob sich nicht doch einzelne Kinder von den Erwachsenen losrissen und wieder zu ihr und ihrem Mann heruntergerannt kämen.

Sie lauschte, doch das Einzige, was sie hörte, war ein Knacken neben sich. Sie wandte den Kopf und sah ihren Mann leblos im Seil hängen, die Beine leicht eingeknickt auf dem Kastenelement ruhend.

Dann trat der Mann im Mantel auch hinter sie, packte ihre Schultern und beendete ihre Zeit an dieser Schule mit einem heftigen Ruck nach unten.

Schließlich zog er die Kastenelemente leicht nach hinten, damit die Beine der beiden Toten frei in der Luft pendeln konnten und es wirklich wie Selbstmord aussah. Wenig später war er auf dem gleichen Weg aus der Aula und dem Schulgebäude verschwunden, auf dem er auch gekommen war.

Polizei und Rettungssanitäter trafen ein, einige Schüler standen unter Schock, einige Eltern ebenfalls, doch Franz und Rosemarie Moeller war nicht mehr zu helfen.

Ein Notarzt stellte ihren Tod fest, und die Polizisten begannen zwar mit der Spurensicherung – aber es war offensichtlich, dass diese beiden Leben durch Selbstmord geendet hatten.

Rektor Wehling besprach sich mit Vertrauenslehrer Frido

Hässler und einigen anderen Kollegen, dann redete er mit einigen Elternsprechern, und schließlich kamen sie überein, dass sie das Schulfest zwar nicht fortsetzen, aber doch die Anwesenheit der zahlreichen Gäste dazu nutzen wollten, gemeinsam den Schrecken der vergangenen halben Stunde besser zu bewältigen.

Die Polizei befragte einige Anwesende, aber die meisten wurden nicht behelligt und begannen sich nach einiger Zeit wieder etwas gefasster miteinander zu unterhalten.

Rektor Wehling eilte auf dem Schulhof hin und her. Er sprach mit diesem, redete mal auf jenen ein – und ein bisschen wirkte er dabei trotz des letztlich glücklichen Endes der dramatischen Ereignisse wie ein aufgeschrecktes Huhn.

Überall hatten sich Gruppen gebildet, in denen sich die Menschen lebhaft unterhielten oder sich einfach nur stumm und erleichtert ansahen. Manche standen mit hängenden Schultern da und lächelten, andere weinten stumm vor sich hin.

Schließlich entdeckte Wehling auch die Gruppe um die Eltern aus der Vulkaneifel, und einige Meter entfernt von ihnen stand die Familie Pietsch beisammen. Er machte ein paar Schritte auf sie zu, blieb dann aber wieder stehen. Rainer und Annette Pietsch hatten die Arme um ihre drei Kinder gelegt, und Sarah, Michael und Lukas sahen immer wieder unter Tränen zu ihren Eltern hinauf, sichtlich gezeichnet von den dramatischen Ereignissen des heutigen Tages.

Sie sahen nicht so aus, als würden sie sich über freundliche oder auch entschuldigende Worte jenes Mannes freuen, der ihnen lange nicht geglaubt und ihnen deshalb furchtbare Unannehmlichkeiten eingebrockt hatte. Wehling sah noch kurz zu ihnen hinüber, dann schluckte er, seufzte und wandte sich um, schon die nächste Gruppe von Eltern und Kinder im Blick.

Hannes Strobel stand etwas abseits, als sein Handy klingelte. Auf dem Display wurde keine Nummer angezeigt. Er meldete sich, hörte dann lange zu. Schließlich nickte er, murmelte eine knappe Bestätigung ins Handy und drückte das Gespräch weg.

Zimmermann, der ein paar Meter von ihm entfernt stand und Strobels markanten Klingelton auch gehört hatte, schaute fragend zu ihm hinüber. Strobel winkte ihn heran, dann gingen die beiden langsam nebeneinander zurück ins Schulgebäude.

Auf dem Weg durch den verlassenen Flur erklärte Strobel dem Kollegen mit leiser Stimme, worin ihre nächste Aufgabe bestand.

Danksagung

Ich danke allen, die mir bei der Arbeit an diesem Thriller geholfen haben – besonders Andrea Wildgruber von der Agence Hoffman, die an der Entstehung dieses Buches einen größeren Anteil hat, als das für eine Literaturagentin üblich ist. Und meiner Familie verdanke ich, am Abend wieder verlässlich aus der Geschichte ins wirkliche Leben zurückzufinden.

Sollte sich jemand in diesem Buch wiedererkennen, danke ich für das (unverdiente) Lob: Wie in Romanen üblich, sind Handlung und Personen frei erfunden. Bei Versuchen, herauszufinden, was an den Schauplätzen real und was fiktiv ist, wünsche ich viel Spaß.

Jürgen Seibold

Ben Berkeley
Judaswiege
Thriller. 448 Seiten.
Piper Taschenbuch

»Schau unter den Fahrersitz, Jessica.« Mit Autobomben zwingt ein Psychopath junge Frauen in abgelegene Waldgebiete und ermordet sie mit einem mittelalterlichen Folterwerkzeug, der Judaswiege. Doch schon bald ist ihm das nicht mehr genug: Er stellt Videos von seinen grausamen Taten ins Netz, getarnt als harte Pornografie. Ein schwieriger Fall für Sam Burke, Psychologe und leitender Ermittler beim FBI. Hilfe von unerwarteter Seite erhält er durch seine Ex-Partnerin Klara »Sissi« Swell, die sich bei ihren Untersuchungen jedoch am Rande der Legalität bewegt. Können sie den brutalen Killer stoppen?

Oliver Stark
American Devil
Thriller. Aus dem Amerikanischen von Gabriele Weber-Jarić und Bettina Zeller. 448 Seiten.
Piper Taschenbuch

»Nichts ist grausamer, als jemanden zu töten, den man liebt. Seit Jahren hat der Teufel ihm Dinge ins Ohr geflüstert, die ihm unvorstellbar erschienen. Aber jetzt, endlich, war er allein mit dem Mädchen, das er liebte ...«

Chloë Mestella war erst fünfzehn, als sie nachts in ihrem Kinderzimmer brutal vergewaltigt und ermordet wurde. Zwanzig Jahre später wird New York von einer beispiellosen Mordserie erschüttert: fünf junge Frauen – reich, blond, schön – werden in nur einer Woche vergewaltigt und regelrecht abgeschlachtet. Fieberhaft suchen Detective Harper und seine Kollegen nach dem »American Devil« – doch der ist ihnen stets einen Schritt voraus ...

»Oliver Stark ist ein herausragendes neues Talent.«
Daily Mail

Ferdinand von Schirach
Verbrechen
Stories. 208 Seiten.
Piper Taschenbuch

»Ein erfolgreicher Berliner Strafverteidiger erweist sich als bestürzend scharfsichtiger Erzähler, der in schlaglichtartigen Geschichten zeigt, wie sich die Parallelwelt des Verbrechens in der bürgerlichen Welt einnistet.«
Literarische Welt

»Schirach schreibt so souverän, klar und einfach, als hätte er nie etwas anderes gemacht. Er ist ein großartiger Erzähler, weil er sich auf die Menschen verlässt, auf deren Schicksale … Geschriebenes Kino im Kurzformat«
Der Spiegel

»Im atemberaubenden Erzähldebüt ›Verbrechen‹ des Rechtsanwalts Ferdinand von Schirach geht es um die Wahrheit – nichts als die Wahrheit.«
Frankfurter Allgemeine Zeitung

Aurélien Molas
Die elfte Geißel
Thriller. Aus dem Französischen von Thorsten Schmidt. 480 Seiten.
Piper Taschenbuch

Die Pariser Polizistin Blandine Pothin wird zu einem Noteinsatz gerufen: zwei Mädchen wurden von der Metro überfahren. Selbstmord, Unfall oder Mord? Nach der Auswertung der Videoaufnahmen ist klar, die beiden Opfer wurden absichtlich vor den Zug gestoßen. Schnell ist eines der Mädchen identifiziert: Amandine Clerc, Psychologiestudentin. Die junge Frau forschte auf dem Gebiet der Pädophilie. Besteht ein Zusammenhang zwischen dem Mord und einem Kinderschänderring, der zurzeit im Internet mit grausamen Websites handelt und Frankreich seit Monaten in Atem hält?

»Ein überzeugender, klar und elegant geschriebener Thriller, der unbarmherzig den Abstieg der Menschheit in die Hölle skizziert.«
Le Figaro magazine